# 希腊神话

## 众 神 与 英 雄 的 故 事

〔英〕罗宾·沃特菲尔德　凯瑟琳·沃特菲尔德 Robin Waterfield　Kathryn Waterfield　著
王爽　译

THE
GREEK
MYTHS

STORIES OF THE GREEK GODS AND
HEROES VIVIDLY RETOLD

北京联合出版公司
Beijing United Publishing Co.,Ltd. · 拾音

# 目录

CONTENTS

# 10    299

## 奥德修斯的归途
Odysseus' Return

# 11    353

## 希望的终结
The End of Hope

# 序 章

## Introduction

　　这本书主要是重述古希腊的神话与传说。你会读到那些耳熟能详的著名故事（说不定还能读到几个未曾听说的），还能发现一些不为人知的细节。重述古希腊神话并不是一件简单的事情，首先，很少有神话故事是一成不变流传至今的，现存各版本神话之间常常存在很明显的矛盾，因此任何神话都没有一个确定的版本。事实上，越是有名的故事，内容各异的版本越多。

　　这种多样性是希腊神话的基本特征——希腊神话不存在单一、统一或"权威"的版本。试想一下生活在公元前 5 世纪雅典城的那些悲剧作家，如埃斯库罗斯、索福克勒斯、欧里庇得斯等人，他们经常以传统故事为基础，按照各自的想法进行改编——通常都是为了向在场的观众论证政治或伦理方面的观点。只要故事的核心没变，或者这个核心在其大框架下保持得还算完整，作者就可以按自己的意图对情节进行添减。

　　希腊神话与传说正是因此获得了长久的生命力。和悲剧作家们一样，生活在公元 1 世纪前后的奥维德[1]也常常以天马行空的想

对页图：美惠三女神是希腊神话中著名的形象。她们是代表美好和欢乐的女神，分别为阿格莱亚、欧佛洛绪涅和塔利亚，相传为宙斯与欧律诺墨之女。

《美惠三女神》（又译《三美神》），彼得·保罗·鲁本斯，1639—1640 年。

---

1　奥维德（ Publius Ovidius Naso，公元前 43—公元 17），古罗马诗人，著有《变形记》等作品。

象重新讲述希腊神话故事；阿里奥斯托[1]以珀尔修斯的故事为内核创作了长诗《疯狂的罗兰》（创作于 16 世纪早期）；1967 年《星际迷航》中出现了题为《谁为阿多尼斯哀悼》的一集；2004 年沃尔夫冈·彼得森制作了电影《特洛伊》；雷克·莱尔顿创作了"波西·杰克逊"系列童书。此外还有无数作品可作为例证，它们的创作方式和目的都各不相同，却无一例外让古希腊神话越发具有生命力，让那些战争与冒险、魔法与奇迹、爱、嫉妒、谋杀、强暴、复仇的故事历久弥新。

古希腊人喜欢各种故事——他们把故事画在墙上、神庙里，高档餐具和仪式用的盔甲上也时常可见，甚至家具上的装饰图案也包含着故事内容。故事的作用远不止娱乐。古希腊人给孩子们讲述神话的时候，他们希望孩子不光听得开心，同时也要受到教育：这些故事让他们了解众位男女神祇的秉性和众神那令人敬畏的力量；也让他们知道身为凡人必须品行端正；而且还要知道众神虽然看似无所不能，但依然无法违抗命运——凡人正是因为任性妄为才招致毁灭。还有一些神话更加直接地为社会基础提供了情感上的助力，比如让宗教仪式更有意义，或是推测宇宙的起源。

神话如果不能为社会提供潜在的深层意义，是不可能持久的。事实上，古希腊神话与传说已经超越了它们的本源，超越了孕育它们的文化环境，而与如今的社会紧密相连，它们仿佛深深刻印在人类思想深处。对我们来说，能涉足古典

---

[1] 阿里奥斯托（Ludovico Ariosto，1474—1533），文艺复兴时期意大利著名诗人。《疯狂的罗兰》讲述的是查理大帝麾下十二勇士之一罗兰骑士的冒险经历。

神话的长河，让神话经由我们继续流传，这是无比的快乐和光荣，我们希望这些故事能继续鼓舞未来的读者。

——罗宾·沃特菲尔德，凯瑟琳·沃特菲尔德

在希腊神话形成之初，古代希腊人对世界的认知和我们截然不同。在他们当时的地图中，主要的大陆被标注出来了（美洲当然是不存在的），但是具体范围不明，大陆边缘是虚构的地域，整个世界被环流的大洋包围着。如柏拉图所言，古希腊人就像青蛙住在池塘边一样住在已知世界的海岸上。他们没有建立国家——在19世纪以前，没有名为"希腊"的国家——只有许多独立的城邦。为方便贸易和旅行，大部分城邦都建在海岸线附近，控制着一定面积的内陆耕地，比邻的城邦之间纷争不断，也时常和当地部落对抗。

# 人类的希望

## Hope for Humankind

## 人类的诞生

　　众神在无穷无尽的时间之海中停滞不前，他们感到无聊了。长生不老当然是好事，但是在经过数万年后，打发时间变成了沉重的负担。

　　每位神祇执掌不同的领域，拥有不同的力量。比如阿佛洛狄忒是爱欲的化身，但是她早就厌烦了煽动男女之间的情感。

　　平静无事不是无聊，一成不变才无聊。众神的生活陷入了永无止境的单调状态，每个世纪都毫无差别，下个世纪也不可能有任何变化。他们需要趣味和娱乐，而且更重要的是：他们发现自己渴望对手。对手能激发出兴趣，在平静顺遂的岁月中创造出纷繁芜杂的事态。

　　他们决定在凡间创造出人类。这是一次伟大的实验，也许能让他们的生命变得有意义，若不成功的话，他们随时都能销毁实验品从头再来。众神之王宙斯命令自己的大家族立刻行动起来，众神开心地开始了工作。很快，他们就用黏土造出了凡间一切生物的模型。黏土的形状完备之后，众神便让普罗米修斯去给每种生物赋予不同的技能。

　　普罗米修斯是提坦神之一。提坦是更为古老的神族，但是被宙斯和奥林匹斯众神取代了。提坦众神由宙斯的父亲克洛诺斯领导，他们曾与奥林匹斯众神有过一番争斗，最后败给了奥林匹斯众神。普罗米修斯的兄弟墨诺提俄斯和阿特拉斯都受到了严厉的惩罚——墨诺提俄斯被关押进冥府最幽暗的塔耳塔洛斯，而阿特拉斯作为最高大的一位提坦神，被迫将整个天空和所有天体永远扛在肩上。

提坦神与奥林匹斯众神的战争以提坦神战败告终，身材最高大的提坦神——阿特拉斯，被惩罚永远肩负天体。

《阿特拉斯与赫斯珀里得斯姐妹》，约翰·辛格·萨金特，1922—1925 年。

　　　　　　希腊神话：众神与英雄的故事

但普罗米修斯说服了母亲——正义与秩序的女神忒弥斯，让她在战争中站在宙斯一边，因此他和他的双胞胎兄弟厄庇墨透斯逃过了惩罚，得以和其他神祇一起在奥林匹斯的宫殿和大厅中生活。普罗米修斯很聪明，他脑子里随时都能冒出各种想法和计划，而他兄弟则不然。事实上厄庇墨透斯十分……平庸。他可以按照既定的计划完成任务，却缺乏创造力，行动有些迟钝。要是放任他不管的话，他多半会出错。

因此宙斯把为每种生物分配技能的工作交给了普罗米修斯。厄庇墨透斯却对此心生嫉妒，他抱怨道："你已经分到了各种有趣的工作，这件事还是交给我吧。"见普罗米修斯犹豫，厄庇墨透斯又说："我干完了你来检查，最终还是你说了算。"

于是普罗米修斯同意了，厄庇墨透斯开始了工作。他将力量赐予一部分生物，但没给它们速度，那些没有得到力量的生物则健步如飞；小型生物能够飞上天空或钻进洞穴自保，大型动物则凭借体形占据优势；有些动物有尖牙或利爪，有些则长着厚厚的皮毛来抵御尖牙利爪。各种动物的外形各有特点，可以对抗外部环境的极寒和高热。它们的内脏也能够应对地球上的各种食物，任何一种动物都不必担心找不到可吃的食物：它们有些喜欢吃植物根部，有些喜欢吃草或树叶，有些则喜欢食用弱小动物的血肉。弱小动物有深深的洞穴庇护，而且繁殖力强、后代众多，强大的动物则繁殖得较少。

厄庇墨透斯对自己的工作成果很满意——他确保了每一种动物都能生生不息。他的主神会高兴的。不过首先他必须让自己的兄弟满意。普罗米修斯觉得这样的分配好得出乎意料。他的兄弟出色地完成了任务。他检查了所有动物的原型，听了厄庇墨透斯

众神对自己的新玩具很满意。所有生物都如期出现在了凡间。自此以后，"好"的定义就是：在凡间这个舞台上短暂起舞的生物能够取悦众神。

的解说，同时赞成地点头。但是到了最后，还是出现了问题。

在厄庇墨透斯工作室的阴影和灰尘中，普罗米修斯发现了一块被遗忘的黏土模型。它赤身裸体，没有蹄子也没有爪子，速度慢，力量也弱，没有天然的庇护所，没有能力吃生食存活，没有厚实坚固的皮毛——什么都没有。这块泥土什么都没有。但工作期限已经到了。宙斯指定的日子近在眼前，大地上马上就要出现各种生物了。

"这个怎么办？你打算给它分配什么？它到底是什么呢？"

"这是个人类。"厄庇墨透斯说。他意识到自己犯了个愚蠢的错误，几乎要哭了。"我不知道该给它分配什么。我忘了，现在我们既有的权能已经分配完了，什么都不剩了。"普罗米修斯想了一下，说："好吧。现在什么都做不了了。宙斯想要凡间马上出现生物，一种都不能少。我们只能让这个……人类……暂时自己照顾自己。我来想想办法。"就这样，为了给众神排解无聊，地球上出现了各种动物。

\* \* \*

众神对自己的新玩具很满意。所有生物都如期出现在了凡间。自此以后，"好"的定义就是：在凡间这个舞台上短暂起舞的生物能够取悦众神。最让众神开心的事情就是，他们可以通过各种不同的方式考验那些生物的品行，并且提醒它们谁才是造物主。要是一切太过顺利的话，他们就发动洪水或地震，或者饥荒，或者让某个个体遭灾。他们为自己的玩具设计出越来越复杂的生命之舞。

普罗米修斯不停地思考要怎样才能确保人类生存下去。他对这种生物有种奇怪的亲切感，仿佛是他亲手创造了人类似的。他觉得它们有潜力，像他和他的兄弟——它们既能拥有高度的智慧，也能拥有同等程度的罪行。但是在当时的情况下，它们的生活状况和周围那些蠢笨野兽没有区别。它们很快学会了成群结队躲在山洞里，共同行动、互相保护，避免单独觅食。但是没过多久，凡间别的动物就开始捕食这些毫无防御的人类，因此普罗米修斯首先将自己的一点神力输送给了人类。

此举如同闪电的光芒照亮阴影，美丽的晨曦洒向大海。但这也是一把双刃剑，它让人类和动物有了区别，同时也形成了比动物高级的新阶层。这份神力名为智慧，人有了智慧也就有了语言。一开始，他们发出的只是毫无意义、模糊难辨的声音，后来渐渐发展出了词语。经过人类彼此认同之后，词语的发音代表了固定的对象，于是声音就有了意义，他们可以通过声音交流、传递有关世界的知识。起初他们用语言来确保自身安全，然后他们发展出了规则来约束自身行为，这样他们就能和平地住在一起，不彼此伤害。

有了普罗米修斯的智慧，这些早期的男人（当时没有女人）懂得了害怕未来，还懂得保护自己免遭意外。到目前为止，众神还不知道人类这种生物的智慧是普罗米修斯赠予的，他们以为这只是一种特殊的能力，和其他生物的力量、速度或其他过人之处一样。但他们很快就看出了人类的潜力。人类现在懂得惧怕未来，而众神有能力左右他们的未来。于是他们说，就让人类事事都必须请示我们吧，让他们恳求我们，取悦我们，以避免坏事发生，换取更好的未来。还要让人类以适当的方式来请示我们，不然我们就无视他们的请求。这个主意让众神十分满意。这样做肯定其乐无穷。

于是众神发明了"献祭"一说。人类觉得自己需要什么东西的时候，就要向神祇祈祷，祈祷会随着祭品的烟雾上达天听。献祭用的祭品是献给众神的礼物，必须是有价值的东西。祭品越有价值，烟雾就越浓厚，奥林匹斯的众神就越容易闻到祈祷的气息。可是若要献祭，人类必须先有火才行。

普罗米修斯也迅速意识到火对受他庇护的人类来说有多重要。火可以弥补厄庇墨透斯的无心之失，可以成为人类生存发展的基

普罗米修斯窃取天火。有一种传说是他用奥林匹斯山上的茴香枝接近太阳神马车，从中得到了天火。

《普罗米修斯从太阳神战车盗火》，朱塞佩·科利尼翁（Giuseppe Collignon），1814 年。

　　　　希腊神话：众神与英雄的故事

宙斯将火赐予人类，人类则要向众神献祭，将祭品中最好的部分献给众神。"今日决定之事不再改变，"宙斯高声宣布，他的声音如同雷霆，在群山之间回响，"今天就是火之日！"

本工具。他们可以用火烹制食物，这样更易于消化；可以在窑炉里生火制作陶器；可以在冬季取暖；还能冶炼金属。没有火的话，根本不可能出现发达的文明。而有了火，再加上普罗米修斯赋予的智慧，谁敢说人类不可能也成为神呢？不管怎么说，火能保护人类不受野兽伤害，火将成为文明社会公众生活的基础。

于是众神离开奥林匹斯山宫殿里高高在上的厅堂，下降到凡间，确保他们的想法能够被正确地执行。普罗米修斯则作为人类的代表，双方很快就谈妥了。宙斯将火赐予人类，人类则要向众神献祭，将祭品中最好的部分献给众神。"今日决定之事不再改变，"宙斯高声宣布，他的声音如同雷霆，在群山之间回响，"今天就是火之日！"

首先被当作祭品的是一头毛色纯粹的奶牛。宙斯让普罗米修斯将牛分成两部分，好的一部分给众神，次等的部分给人类。普罗米修斯喜爱人类，一心为人类着想，于是对宙斯要了点小聪明。他将牛身上所有的好肉塞进牛胃里，让这坨东西看上去完全是一大堆牛下水。然后他又把牛的骨头用一层脂肪裹起来，塞进牛皮里，看起来像是很不错的整头牛。宙斯选择了外表肥美、内里全是骨头的那一份。众神并不需要吃肉，但他们想要比较肥美的那份祭品中散发出的烟气。

宙斯的宣言不可更改，当日所做的事情就是最终决定。从此以后，众神只能得到次等的祭品，凡人的祈祷和请求将随着献祭的烟雾传达到奥林匹斯的宫殿和高堂之上。因为这是在火之日决定的事情。

宙斯发现这个诡计之后勃然大怒，他决定彻底抹掉人类的存在。他不打算使用洪水、饥荒或者其他大灾害，他想要人类经受更大的痛苦，他还想要让普罗米修斯目睹人类受苦。他收回了赐予人类的火。没有了火，没有了与火相关的技术和技巧，别的动物会捕食人类，人类定会灭亡，而且要饱受煎熬，经过很长时间才灭亡。这样才有趣，才是恰当的惩罚。

普罗米修斯决定孤注一掷。他知道这么做的后果，知道自己注定要做个受伤的治愈者。他和众神一起回到奥林匹斯，随即就溜进工匠之神赫菲斯托斯的工作室，那里必定有火。他将一团珍贵的火花偷偷藏在一株巨大的茴香茎秆里，把它从天界带到了凡间。火之日还没有结束，这一天所定的事情往后就不可变更。普罗米修斯把火、生命和文明赠予人类，这是不可能被收回的了。人类高举着燃烧的火把整夜跳舞庆祝。他们现在安全了，可以继续生存下去了，只要假以时日，他们就能成为凡间的主宰。

宙斯的怒火全部发泄到了普罗米修斯头上。他让赫菲斯托斯铸造了一条坚不可摧的铁链锁住普罗米修斯。普罗米修斯被拽出奥林匹斯，来到凡间的高加索山上，剥掉衣服，四肢摊开，手腕和脚踝被那条坚不可摧的锁链拴在一根深深植根于山岩的柱子上。为了确保他不会逃脱，锁链纵向穿透了这根石柱。普罗米修斯逃不掉了，但这还不是最糟的。每天都有一只巨鹰飞来，撕开他的腹部啄食他的肝脏，而到了晚上，伤口又会自动愈合，次日巨鹰又继续来啄食。这样的折磨没有尽头，因为普罗米修斯是不死之身，甚至无法以死亡来减轻自己的痛苦。唯有想到自己的举动给众神带来了多大的烦恼，他才会开心一点，然后继续坚持下去。

巨鹰每日来撕扯普罗米修斯的肝脏,而被吃掉的部分在夜间又会恢复如初。普罗米修斯为挑战宙斯的权威付出了沉重的代价,然而他无所畏惧。

《被缚的普罗米修斯》,雅各布·乔登斯,1640年。

　　即使是众神的愤怒也会随着时间的流逝而减轻。过了三万年后,宙斯决定减轻对普罗米修斯的折磨,他派出自己最爱的儿子赫拉克勒斯去杀死了那头巨鹰。虽然普罗米修斯依然不能动,但是痛苦减少了一半。为了表示感谢，他告诉赫拉克勒斯一些消息，帮助他完成了一项试练。我们稍后会说到。

时间波澜不惊地继续流逝，宙斯忽然意识到自己迷恋上了海洋仙女忒提斯。这正是普罗米修斯等待已久的机会，他知道一个秘密：忒提斯注定会生下一个超越父亲的儿子。如果宙斯和忒提斯生下了男孩，这孩子必定会打败宙斯，就像宙斯打败克洛诺斯一样。他用自己所知道的情报和宙斯做了个交易，于是宙斯放了他，但是他必须保证不再惹是生非。此后普罗米修斯还必须戴着拴过他的铁环，代表他并未离开锁链的束缚。普罗米修斯愿意就此隐姓埋名，也不再展露自己的才智，受他庇护的人类已经得到了力量，足以取悦众神。他的工作完成了。

普罗米修斯因盗火而受到宙斯的惩罚，人类同样也承受了宙斯的怒火。这是当然的，人类直接挑衅了他的权威，他不会让这件事无声无息地过去。但这个故事稍后再说。我们现在暂时放下人类，满怀希望地等上一会儿，先继续讲众神的故事。

这正是普罗米修斯等待已久的机会，他知道一个秘密：忒提斯注定会生下一个超越父亲的儿子。如果宙斯和忒提斯生下了男孩，这孩子必定会打败宙斯，就像宙斯打败克洛诺斯一样。

# 奥林匹斯众神的崛起

**The Ascent of the Olympian Gods**

*02*

## 天地初开之时……

　　缪斯啊，请告诉我。请赐我言辞以讲述众神出生的奇迹，讲述从天地初开至今，天父宙斯的统治。天地初开之时，这里……什么都没有。

　　把它想象成一片虚无就好，但那虚无并不空洞，而是充满了涡流。一切都是分散的，哪里都没有差别，没有任何计量的方式去计量任何东西。没有边界也没有限制，在这片虚无之中出现了盖亚——大地女神，这和修房子时先建地基的道理是一样的。

　　盖亚之后是塔耳塔洛斯，他代表着大地之下的世界，专为惩罚而存在的深深地府。大地和地府都是自然而然就出现的，但爱才是创造力的基础。与盖亚、塔耳塔洛斯同时存在的爱神，掌管着接下来各个阶段的造物。

　　盖亚和塔耳塔洛斯都被黑夜包围着，但是充满黑暗的夜晚却诞生出了光明和白昼。时间就这样开始了，不断轮番前行的昼夜计量着时间。大地女神盖亚独自生出了天空之神乌拉诺斯，天空恰到好处地覆盖着她，笼罩在大地之上。盖亚又构思了一番，生出了大洋神俄刻阿诺斯，大洋河绕着陆地，海之女神忒梯斯则用水路连通各个大陆。

各处的水路四通八达，滋润了陆地。天空与大地结合生出了众多子嗣，其中包括十二位提坦：克洛诺斯和瑞亚、许珀里翁和忒亚、伊阿珀托斯（普罗米修斯之父）以及其他多位古老神祇。他们的名字如今少有人知，因为那已经是上古之事了。克洛诺斯统治的世界有一套与如今截然不同的规则，人类很难理解，只能说它十分原始。

光彩夺目的忒亚为许珀里翁生下了灿烂的太阳、明朗的月亮以及有着玫瑰色手指的晨曦——在太阳升起前她温柔地布满整个天空。太阳神赫利俄斯每个白天都驾驶着他的黄金战车从东跑到西，夜里他就乘坐金色的船穿过海洋回到东边。按大地上的历史计算的很多年以后，赫利俄斯有个儿子名叫法厄同，他对儿子一时心软，允许他驾驶战车出行一天。但是除了赫利俄斯外，谁也无法控制那辆由四匹强壮骏马拉着的黄金战车。结果战车失控撞向大地，变成了一团火球。地面上很多地方都被烧焦，变成了荒漠，住在那些地方的人皮肤也永远变黑了。法厄同的姐妹流出大颗大颗的泪水悼念自己的兄弟，后来她们变成了树，不断流淌出的眼泪则变成了琥珀。

后来，月神塞勒涅和黎明之神厄俄斯姐妹俩都爱上了凡人。恩底弥翁是一个牧羊人，他每天晚上都睡在卡吕刻的一个山洞里。当苍白的月光照在他身上时，塞勒涅在空中看见了他，便深深沉迷。这就是爱的吸引力。每天晚上塞勒涅就伴在酣睡的恩底弥翁身边，而恩底弥翁丝毫不知道自己所处的现实比任何梦境都要离奇。塞勒涅爱他至深，一想到他会年老死亡就无法接受。她请求宙斯让恩底弥翁永远保持现在的样子，于是众神与人类共同的天父赐予恩底弥翁永远的青春，但也令他长眠不醒——只在每天夜里，塞勒涅满怀期望地拜访他时，他才会醒来。

厄俄斯的风流韵事则数不胜数，因为她曾与阿瑞斯欢好而激怒了阿佛洛狄忒，妒恨交加的阿佛洛狄忒罚她处于永无休止的情欲中。她爱的人中，有一位了不起的特洛伊猎手提托诺斯，他英俊无比，不输特洛伊的任何一位贵族。厄俄斯请求宙斯让自己的情人永生不死。

宙斯同意了她的请求，然而这位被爱情冲昏头脑的女神忘了要求让情人永远年轻。当他们感情依然火热时，美丽的厄俄斯生下了门农，他注定要成为埃塞俄比亚的国王，并在特洛伊的城墙前迎来自己的终结。随着岁月流逝，数百年弹指而过，提托诺斯

月亮女神塞勒涅与恩底弥翁。年轻的牧羊人在睡眠中永葆青春，其也常被后世为诗人的象征。

《塞勒涅与恩底弥翁》，尼古拉斯·普桑，1630 年。

变得年老佝偻，最终成了蚱蜢一样。厄俄斯不再爱他，把他赶走了。如果有人问起，提托诺斯会说死亡是他最大的心愿。

而赫利俄斯忽然喜欢上了一个名叫琉科托厄的凡人少女。他一心只想着她，为了多看一眼她的美貌，他愿意早早升起、迟迟落下，一路上都慢吞吞地走着，结果人间的各个季节全部错乱了。他必须要满足自己的欲望才行，否则世界会继续混乱下去。于是他变成琉科托厄母亲的模样，遣散了她的侍女，好和她独处。他露出了本来面目，琉科托厄被他的热情打动，没有拒绝。然而她的父亲发现了此事，趁夜把她给活埋了，这样太阳就见不到这桩罪行，等清晨到来时，赫利俄斯也无法挽救自己的情人了。不过，琉科托厄虽然被埋进了土里，赫利俄斯却把她变成了乳香，这样她甜美的气息就能终日愉悦众神了。

乌拉诺斯，繁星点点的天空，他憎恨自己的孩子——不光是讨厌十二位提坦，还讨厌三个独眼巨人库克罗普斯，以及三个百臂巨人赫卡同刻伊里斯，他们每一个都有五十个头。每次有孩子出生，乌拉诺斯就抓住孩子，将其塞回母亲的子宫里，也就是地层深处。

大地也为无休止的分娩之痛感到烦恼，她呼唤体内的孩子，向他们寻求帮助。但那些孩子由于害怕全能的父亲，都畏惧地退缩，唯独最年轻且有计谋的克洛诺斯不怕。只有他如此大胆，决定终结父亲这种可恶的行径。他母亲曾铸造了一把坚不可摧的镰刀，他等待时机，准备用这把镰刀对付自己的父亲。很快，乌拉诺斯又来和大地女神同眠，他伸展开来完全覆盖了大地。克洛诺斯从自己藏身之处出来，举起镰刀狠狠一挥，割掉了他父亲的生殖器，并丢到他身后很远处。

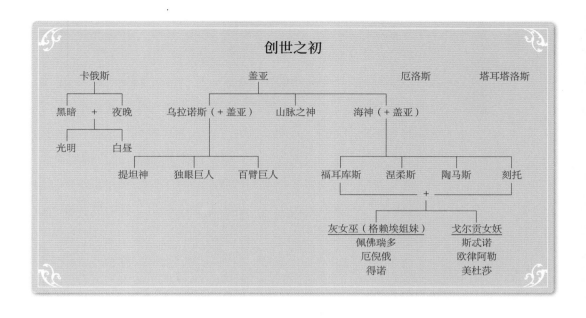

## 创世之初

卡俄斯　　　　　　　　　盖亚　　　　　　　　厄洛斯　　　　塔耳塔洛斯

黑暗　＋　夜晚　　乌拉诺斯（＋盖亚）　　山脉之神　　海神（＋盖亚）

光明　　　白昼

提坦神　　独眼巨人　　百臂巨人　　福耳库斯　　涅柔斯　　陶马斯　　刻托

＋

灰女巫（格赖埃姐妹）　　戈尔贡女妖
佩佛瑞多　　　　　　　斯忒诺
厄倪俄　　　　　　　欧律阿勒
得诺　　　　　　　　美杜莎

　　一时间鲜血四溅，血浸入土地，诞生了巨人族和复仇三女神，她们有时被称作"厄里倪厄斯"（凶残的），比较具有讽刺意味的是，"欧墨尼得斯"（仁慈的）则是她们的另一个名号。她们保护家庭内部的神圣关系，并惩罚谋杀血亲之人。她们喝下受害人的血，并把倒霉的犯罪者逼到发疯，不得不以死解脱。她们全身漆黑，呼吸散发着臭味，眼睛里流着脓液。

　　乌拉诺斯的生殖器落入大海，形成了塞西拉岛，其中一部分顺着海流漂到了四面环海的塞浦路斯岛。从它的泡沫里出现了一位非常美丽的少女。她穿过白色的海浪走到岛上，绿茵在她美丽的脚下展开，季节女神迎接她的到来，给她戴上金色的王冠，以黄铜耳环和金色的花朵为她打扮。她颈上戴着精心打造的金色项链，任何人的目光都会被吸引到她美丽的胸前。

　　她的名字是阿佛洛狄忒——从泡沫中诞生的女神。她只要回眸一笑，一切人和神都无法抗拒。她被称为塞西拉之女或者塞浦路斯之女。从此以后，爱伴她同行。

作为乌拉诺斯最小的一个孩子，克洛诺斯推翻了父亲的统治，但是他继承了父亲的那份恐惧，这正是一个暴君特有的恐惧。他的父母警告他：将来他也会被自己的孩子所取代。因此，每当他的妻子兼姐妹瑞亚生下孩子时，他就将孩子吞掉，以免他们长大。他总共吞掉了五个孩子：赫斯提亚、得墨忒耳、赫拉、哈迪斯以及波塞冬。再次怀孕时，瑞亚向大地母亲倾诉，盖亚答应保护这即将降生的第六个孩子。于是，当她临产时，瑞亚在克里特岛一个深深的山洞里产下了宙斯，她将一块大石头裹在襁褓之中交给克洛诺斯，让他吞掉。

婴儿宙斯被藏在狄克忒山的山洞里，被蜜蜂喂养，大地的女儿——众位水仙女，给他吃刚挤出来的新鲜山羊奶。住在山中的年轻人库瑞忒斯在山洞外跳起战舞，用长矛敲打盾牌掩盖婴儿哭声。等他长大后，放牧山羊的阿玛耳忒亚将地上所有的物产盛在羊角中带给他。

就这样，克里特岛的群山成了神圣的地方，直到现在克里特岛的人也会通过舞蹈的方式呼唤神祇，他会鼓舞他们的心灵，庇护他们的庄稼。宙斯长得很快，他强壮有力，而他心里还装着他母亲的复仇之梦。

一时间鲜血四溅，血浸入土地，诞生了巨人族和复仇三女神，她们有时被称作"厄里倪厄斯"（凶残的），比较具有讽刺意味的是，"欧墨尼得斯"（仁慈的）则是她们的另一个名号。她们保护家庭内部的神圣关系，并惩罚谋杀血亲之人。

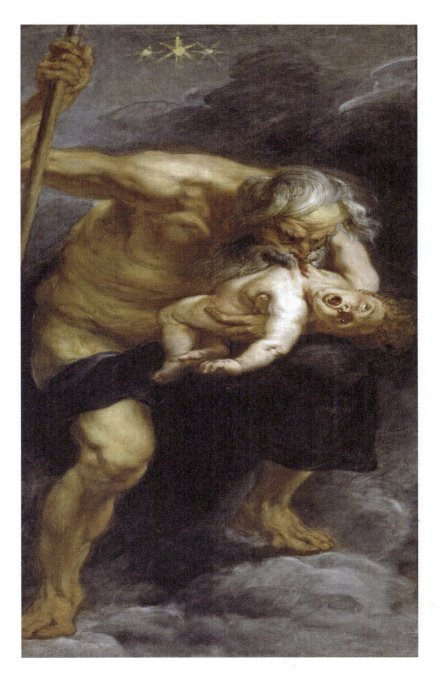

克洛诺斯为了确保自己
的王位稳定，将每个生
下的孩子都吞吃了，只
有宙斯幸免于难。

《萨图恩食子》，彼得·保
罗·鲁本斯，1636 年。

## 与提坦的战争

宙斯的计划很狡猾也很有技巧——他有一个名叫墨提斯的狡猾助手，墨提斯这个名字的意思就是"技巧""狡猾"。作为俄刻阿诺斯和忒梯斯的女儿，墨提斯对草药无所不知，她帮助宙斯调制了一剂效力很强的药，强到足以麻醉强大的克诺洛斯。他们两个一起，在祖母大地女神的帮助下，让克洛诺斯服下了这一剂有毒的蜜。趁他还昏迷的时候，他们又给他吃了催吐剂。

结果正如宙斯所愿：克洛诺斯先是吐出一块大石头，那石头还裹着襁褓的布片，接着宙斯的两个哥哥波塞冬和哈迪斯就被吐出来了，随后是他的姐姐赫拉和得墨忒耳，最后是赫斯提亚，所有的孩子按照从小到大的顺序吐出来了。战争不可避免，在即将到来的战争中，他们就是宙斯的忠实盟友了。克洛诺斯这边有众位提坦及其后代相助，但正义女神忒弥斯没有站在克洛诺斯这边，因为此次战争宙斯才是正义的一方，他注定会获胜。

宙斯在希腊北部的奥林匹斯山上建立了自己的总部，克洛诺斯则驻扎在稍微偏南的俄特律斯山上。这是世界上的第一场战争，此后也再没有这样激烈的战争了。他们接连不断地激战了十年也不分胜负，天空震荡不已，充斥着战斗的喧嚣。提坦和奥林匹斯的神都没能占据上风。

早在战争开始前，普罗米修斯和他的母亲忒弥斯就留在奥林匹斯山了，宙斯从他那里得到了一些建议。当时百臂巨人和独眼巨人都被关在大地深处，宙斯认为它们过于暴虐，不易控制，但现在他急于打破僵局，也顾不得了。于是他让巨人们立下最庄严的誓言，保证在获得自由、得到武装之后，成为宙斯的忠实同盟。

百臂巨人可以用他们的一百只手举起山那么大的石头，独眼巨人则是喜欢穴居的能工巧匠，他们可以为宙斯打造最合适的武器，也就是雷电——这种投掷武器掷出时伴随着耀眼的闪光。同时他们还为宙斯的兄弟也打造了武器：波塞冬得到了三叉戟，哈迪斯得到了隐形的头盔。大地、天空和海洋都回荡着锤子敲打铁砧的声音，溅出的火星如同天上的星星。

宙斯从世界的堡垒奥林匹斯出发去直面敌人。他迅速地连连掷出闪电，很快压制了敌人。大地上满是炽热的火焰，河流沸腾了，蒸汽和火焰升上天空，仿佛是大地深处隐秘的烈火从地底喷发而出，要覆盖整个地面一样。那种巨响仿佛大地和天空会轰然碎裂，毁于一旦。

宙斯的闪电压制住了提坦，闪亮的电光让他们什么都看不见。宙斯在克里特岛的山洞里的时候有个义兄弟，名叫埃奎刻卢斯，他是个半羊半鱼的生物，此时他用自己的魔法海螺壳吹响了号角，让提坦们恐慌不已。百臂巨人也上了战场。他们朝提坦投下冰雹般猛烈的巨石，连天空都被遮蔽了，克洛诺斯也受了伤。提坦们最终被打败，送进了幽暗的塔耳塔洛斯，若不得到万物统治者的宽恕，任何人、任何生物都不可能从那里逃脱。塔耳塔洛斯就像一个巨大的罐子，周围都是密不透风的青铜墙壁，入口被三重黑暗封锁着，百臂巨人是此地的看守。这是实施终极惩罚的地方，它位于地底极深处，天空高高在上，一个铁砧从天空落到地上要花九天时间，若要落入塔耳塔洛斯则要再花九天时间。不过这样的坠落其实还算容易了，毕竟原路返回去是绝无可能的。

就这样，乌拉诺斯的儿子们从我们的认知中被抹去了，因为游吟诗人不会为战败者吟唱颂歌。高贵的阿特拉斯受到误导，站

宙斯以手中闪电雷霆的
力量击向邪恶者。

《朱庇特惩罚邪恶》，保罗·
委罗内塞，约 1556 年。

　　　　希腊神话：众神与英雄的故事

在自己的叔叔克洛诺斯一边，结果他被罚永世将天空扛在肩上。女性提坦——勒托、记忆女神、忒梯斯、福柏、忒弥斯、忒亚和瑞亚——她们被允许继续在天庭生活，赞颂声如雷霆的宙斯。勒托屈服于宙斯，在神圣的提洛岛上，她为宙斯生下一对双胞胎，阿耳忒弥斯和阿波罗。记忆女神和宙斯同眠，生下了九位神女，也就是神圣的缪斯，她们庇护一切文化与艺术。忒弥斯生下了备受尊敬的命运三女神，但她们不幸被描述为瞎眼的巫婆。

住在赫利孔山上的缪斯们有：掌管史诗的卡利俄珀，掌管历史的克利俄，掌管科学的乌拉尼亚，掌管音乐和长笛的欧忒耳珀，掌管悲剧的墨尔波墨涅，掌管喜剧的塔利亚，掌管歌曲和舞蹈的忒耳普西科瑞，掌管爱情诗的埃拉托，掌管颂歌的波吕许谟尼亚。

美丽的缪斯在歌舞中感到快乐，但是她们知道唯有真正的悲伤才能激发诗人的灵感，让他们创作出巨著，同时她们也像别的神祇一样对于自己统治的领域十分自豪。佩拉城富翁庇厄洛斯的九个女儿在歌唱比赛上挑战缪斯，她们输了之后因傲慢受罚，被变成了吵闹的喜鹊。有一次，当时最有名的音乐家、色雷斯的塔密里斯想要与九位缪斯同眠，他的眼睛一只蓝色一只绿色，眼中闪耀着这个念头。缪斯同意了——只要他能在音乐上超越她们就可以。塔密里斯输掉了比赛，于是他的天赋和视力都被夺走了。他是个和神祇竞争的蠢人。

命运三女神中，克洛托坐在纺锤和旋涡旁，为每个人纺织出从生到死的丝线。她左边坐着她的姐姐拉克西斯，拉克西斯是公正的分配者，她给每条命运之线定下长度。她们身边是谁都不可抗拒的阿特洛波斯，她随时准备好在选定的点剪断命运的丝线，终结生命。命运女神不仅决定凡人的寿命，这些古老的女神还决定繁荣、健康或和平的时期能维持多久。一定要记住：如果生命的长度已经决定了，人就该勇敢地去做事，反正无论怎样，生死早已注定了。

## 与巨人族的战争

提坦虽然被打败了，但是宙斯的统治依然面临挑战。不久后——在人类的时间来说是几百年后——他不得不面对巨人族，他们都是乌拉诺斯的后代。巨人们的形态和特征各不相同，整体上就像人类的小孩，不过他们弯曲的腿有宛如巨蛇的力量，而且他们外表粗野多毛。他们是狂乱和无序的力量，是强奸犯、小偷、杀人犯，他们无法与新秩序共存。当巨人袭击太阳神赫利俄斯时，事情到了紧要关头。战争开始了，那些粗野肮脏的巨人拿着巨石和燃烧的火把冲进天庭。

巨人数量众多，宙斯一个人无法控制他们，于是有史以来众神首次团结一致起来。即使如此，他们也无法战胜这群暴徒。因为早有预言说过，唯有包括了凡人的队伍才能战胜巨人。可是任何凡人和巨人对抗的话都会马上丧命，就像把蜡烛放在暴风雨中一样——当时还不是英雄的时代。巨人们深知这一点，坚信自己会获得最终的胜利。

宙斯制订了一个可怕的计划。凡人中他唯一需要的就是赫拉克勒斯，但赫拉克勒斯此时还未出生。宙斯从未来将赫拉克勒斯带到现在来对抗巨人。对赫拉克勒斯而言，这就像一个清醒的梦境，永远不会忘记的梦——充满火焰、痛苦和骇人的行为。盖亚

对宙斯的诡计感到十分绝望，于是她要找一种独特的草药，可以让她那些粗野的孩子永生，就连赫拉克勒斯也杀不死他们。但是宙斯得知她的企图之后，不让太阳和月亮升起来，于是黎明就一致持续着，这样盖亚就找不到那株植物，宙斯便将它据为己有了。

巨人中最厉害的一个名叫阿尔库俄纽斯，只要他身体一部分还接触着大地，就绝不会被杀死，因为大地上有他力量的源泉——帕勒涅半岛。赫拉克勒斯很不解：他明明一次又一次击中了阿尔库俄纽斯，但每一次，那巨人都恢复了力量。睿智的雅典娜把那个秘密告诉了赫拉克勒斯，她唤来深沉的睡眠，巨人便昏睡过去。在他睡觉的时候，赫拉克勒斯抓住他，带他离开帕勒涅半岛。阿尔库俄纽斯醒来后只稍微挣扎了一下就咽气了。

缪斯女神常出现于众神聚会上，以美妙的音乐、诗歌和舞蹈来增添欢愉的气氛。

《阿波罗与缪斯》，小扬·勃鲁盖尔，17世纪。

但是阿尔库俄纽斯的兄弟，和他同样强大的波尔费里翁，同时也是巨人族的领袖，他抓住了赫拉，开始撕扯她的衣服，想把她抢走。宙斯被巨人族这种暴行惊呆了，他掷出闪电，赫拉克勒斯随即用弓射死了这个巨人。狄俄尼索斯被各种野生动物环绕。他骑着一头驴子上了战场，那头驴子的叫声让敌人万分恐惧。他用自己的酒神杖击倒了欧律托斯，邪恶的克吕提俄斯在可怕的巫术女神赫卡忒的火焰前倒下了。米玛斯死得很惨，赫菲斯托斯的坩埚里倒出了熔化的金属，烧化了他的身体。

　　可怕的雅典娜先将恩克拉多斯埋在西西里岛的地底，然后又把他带去了帕拉斯。她将恩克拉多斯活活剥皮，然后把那带血的粗皮做成了盾牌。波塞冬将科斯岛的一部分震碎，掩埋了波吕玻忒斯。阿耳忒弥斯打败了格拉提翁。阿波罗射瞎了厄菲阿尔忒斯的左眼，赫拉克勒斯的箭射死了其他的巨人。命运女神挥舞巨大的青铜棍子砸碎托阿斯和暴躁的阿格里俄斯的脑袋。还有的巨人被宙斯的闪电击中，赫拉克勒斯驾驶着战车追赶巨人大杀四方，和预言描述的一模一样。盖亚请求宙斯饶了自己的孩子，但是宙斯毫不动摇，因为任何东西都不能挑战他的权威。

　　经历了艰难的战争之后，奥林匹斯终于和平了。天庭暂时风平浪静，宙斯开始治理自己的新领土。但是新世界很快又出现了王位竞争者。盖亚十分伤心，因为她的孩子，乌拉诺斯的血脉战败死亡。但是她必须承认，宙斯确实证明了自己有能力成为众神之王。她为他准备了最后一次试练，看他究竟是真正的主宰还是会成为笑柄。

　　一头最恐怖的怪兽从大地深处升起。堤福俄斯的肩上长了一百个蛇头，它们嘴里吞吐着分叉的舌头，两百只眼睛闪耀着可

狄俄尼索斯被各种野生动物环绕。他骑着一头驴子上了战场，那头驴子的叫声让敌人万分恐惧。他用自己的酒神杖击倒了欧律托斯，邪恶的克吕提俄斯在可怕的巫术女神赫卡忒的火焰前倒下了。

怕的光芒。但最可怕的是这巨怪发出的声音：不是蛇一样嘶嘶嘶的声音，而是狗吠、牛鸣、狮吼一般的声响，那种前无古人后无来者的怪声，似是人言，又令人根本无从理解。堤福俄斯那半人半蛇的身体像山一样强壮，他信心十足地朝奥林匹斯进发，准备朝众神和人类发起新一轮进攻。

　　奥林匹斯的众神一看到这怪物就吓得立即化身成各种普通动物，逃去了埃及。只有宙斯从山上下来接受了挑战。这次战斗就算有目击者，也只能看到被恐怖的风暴遮蔽的大地和海洋。翻滚的紫黑色云雾笼罩了整个战场，其间只能见到火光闪耀，云层如怒

巨怪堤福俄斯，又名提丰。相传他与厄喀德那结合，生下了诸多著名的怪物，如三头犬刻耳柏洛斯、九头蛇许德拉、喷火兽喀迈拉等。

《希腊神提丰》，温泽尔·霍拉（Wenzel Hollar），17世纪。

一头最恐怖的怪兽从大地深处升起。堤福俄斯的肩上长了一百个蛇头，它们嘴里吞吐着分叉的舌头，两百只眼睛闪耀着可怕的光芒。

涛般翻涌。那声音简直骇人听闻——轰隆作响的雷声，响亮刺耳的闪电，火焰落入海中熄灭发出的嘶嘶声音，还有堤福俄斯发出的痛苦吼叫，那叫声犹如把一百个将死之人的哀号放大了一百倍。

宙斯毫不留情地攻击他，用火焰束缚了这个怪物，用闪电将它的那些头烧得焦黑。堤福俄斯跳进海里扑灭身上的火，但宙斯一次又一次地重创他。连战场上的石头都像蜡一样融化了，海水也被煮沸了，遭受重创的大地到处冒着烟震颤不已，并且裂开形成巨大的黑色峡谷。最终宙斯将这个怪兽扔进了最深的裂谷，让其落回了塔耳塔洛斯，然后他又把埃特纳火山压在上面，让火山的根深深植入地层中，这样就永远囚禁了堤福俄斯。堤福俄斯偶尔会挣扎一下，不知情的凡人就会说，是西西里岛的火山又活动了。

其实火山的声音不过是他古老号叫声的微弱回响而已，而火山爆发的力量也只相当于他过去力量的冰山一角。他还有一些子嗣留了下来，有各种掀起毁灭之风的怪鸟和多头怪兽——守卫地下世界大门的地狱犬刻耳柏洛斯就是其中之一，他有三个凶暴的头，尾巴是毒蛇。另外还有住在沼泽中的九头蛇许德拉、长着两个脑袋的双头犬俄耳托斯，它保卫着革律翁的红色牛群。还有喷火兽喀迈拉，她的前半部分像狮子，尾巴是活生生的蛇，躯体却是山羊的样子，她的三个头一个嘶嘶叫，一个咆哮，还有一个吐着毒液，全都非常吓人。

## 宙斯和他的兄弟

　　宙斯将世界上最具威胁性的混沌无序的力量消灭掉了，后来还有些英雄也遭遇了类似的力量，但那是它们中比较弱的了。宙斯凭借武力确定了自己的地位，他坐上了奥林匹斯至高的金色王座。

　　为了确保和平永驻，大地上各处有生命居住的领域都被分配给神祇管理，每个神都有自己特定的领域，谁也不准有不满。最上方是辽阔的天空，最下面是深至塔耳塔洛斯的晦暗的地下世界，那是个恐怖之地，这二者之间则是凡间。伟大的宙斯，手握雷霆和闪电的大神将天空和奥林匹斯的宫殿分给了自己，他对待自己的两个兄弟也很公平。沉郁的哈迪斯成了地下世界的主宰，热爱马匹的波塞冬掌管大地，尤其是掌管着海洋。

奥林匹斯众神最终击败了巨人族，从此，天地间混沌无序的力量消失了，宙斯坐上了奥林匹斯的王座。

《诸神与巨人族之战》，乔吉姆·维特维尔，1608 年。

谁也不知道他的地下王国入口在哪里。有些人说在遥远的西方，太阳落入黑暗中的地方，也有人说那入口伪装成了某个洞穴或某条大峡谷。

于是宙斯成了集云之神、雷电之神，天空与天气的主宰。人们因为各种事情向他祈祷，因为所有神祇都听他指挥。不过人们祈祷得最多的还是降雨充沛、土地肥沃，这样牲畜就会长得硕壮，庄稼就能丰收。

宙斯从奥林匹斯的高山上俯瞰大地，思考凡间的命运。他轻轻松松就能让一个人平步青云或者一落千丈，也能轻松扭曲命运的坦途，让高贵之人没落。他一点头，大地就颤抖。如果他降临到大地上，闪电也会随他落下，他从战车上下来时烧焦的地面是神圣之地。他的力量无与伦比，他还会以飞翔的鹰的形态出现，雄健而高高在上。他通过动摇多多那的神圣橡树来对凡人讲话，奥林匹亚有他的神谕，四年一次的运动会也是献给他的。

人们认为波塞冬是手持三叉戟的海洋霸主，他们向波塞冬祈祷航海安全，因为波塞冬十分强大，脾气也变化无常，人和人类的技能在他面前都是微不足道的。他同时也是地震之神，地震都是由他产生的，地震时大块的陆地会像海洋一样翻起波浪，仿佛也渴望变成海洋。他喜爱马匹，因为自由奔跑的马群就像强大的波浪，它们肌肉闪亮尾巴飘逸。他只需一跺脚，或者用三叉戟一顿，清水就会从岩石中涌出。他的妻子是安菲特里忒，栖身在海浪轰鸣和贝壳低语间的女神。不过他和其他很多水仙女和女神都有孩子。波塞冬驾驶着战车穿过海洋，那战车由青铜蹄子、金色鬃毛的马拉着，他所到之处海浪全部平息，大海为他让出道路。

哈迪斯的情况又如何呢？任何活人都没见过他的脸，死者则

不会从他那片恐怖的领地返回。他是不可战胜的，因为死亡等待着每一个人，他和他的手下一刻不停地在充满回音的宫殿穹顶下疾驰。谁也不知道他的地下王国入口在哪里。有些人说在遥远的西方，太阳落入黑暗中的地方，也有人说那入口伪装成了某个洞穴或某条大峡谷。

在地下世界的昏暗光线中，飘浮着古老苍白的幽灵们虚弱的残影，它们被抛弃了，痛苦地呻吟着，只能以灰尘和迷雾为食。它们永远无法渡过冥河——这条河环绕着冥府，就像大洋河环绕

海神波塞冬与海后安菲特里忒

《尼普顿与安菲特里忒的凯旋》，帕罗·德·麦缇斯，18世纪。

它们就只能成为苍白的幽灵，永远在河岸呜咽低语，哀求那些通过正式葬礼到达冥河的人，然而那些人也只是亡魂而已，根本帮不了它们。

着大陆，银河环绕着天穹。卡戎是冥河上的摆渡人，人人都惧怕他，只要死者用随葬的钱币支付船资，他就会将死者送到河对岸，去往它们永远的家园。如若没有船资，它们就只能成为苍白的幽灵，永远在河岸呜咽低语，哀求那些通过正式葬礼到达冥河的人，然而那些人也只是亡魂而已，根本帮不了它们。

这样的结局在等着我们每一个人，正义或邪恶都一视同仁。只有少数例外，就是在其短暂生涯中取悦了众神的人，将被允许永远住在祝福之岛——极乐世界。在那里，和风吹动草地上的花朵，清泉和细雨浇灌植物。但好战者、暴君、杀人犯、强奸犯、行凶作恶之人、亵渎神明和残害双亲之人会被扔进塔耳塔洛斯深处，接受无止境的折磨。哈迪斯是死者的统治者，他的夫人珀耳塞福涅也有着和他一样的权能，死者的灵魂必须接受三位判官的严苛审判：其中两位是宙斯和欧罗巴睿智的儿子——克里特岛的米诺斯和拉达曼提斯，还有宙斯和埃癸娜的儿子埃阿科斯。哈迪斯也被叫作普路托，财富给予者，因为一切庄稼都是从地下生长出来的。在宫殿隐秘的深处，他还藏着许多贵金属。

# 奥林匹斯众神

The Gods
of Olympus

*03*

PART THREE

## 众神之王宙斯

宙斯的统治很有序。世界终究稳定了：人或者牛不会生出羊，只有羊才能生出羊。畸形恐怖的生物——混血怪物或状貌扭曲的怪物——变得非常稀少，也不会再增加了。

太阳日复一日从东方升起，季节按顺序变化。这些变化标志着克洛诺斯的时代结束，我们熟悉的世界到来。现在该由众位英雄来驯服这个世界了。

按照宙斯的意志，世界应该永远稳定地运转下去。地、水、火、空气任何一种元素都不会过多或过少，因此任何一位神的职能也能确保不被改变。每一位神祇都各尽其责，恰到好处——如果阿佛洛狄忒过强，世界上就只有一对对的情侣了；如果阿瑞斯的恶能力太强，人类就只知道疯狂的战争了。这位集云者无须离开自己的宝座。他通过自己的智慧来统治一切，但他不容忍任何不同意见，就连他的妻子赫拉惹他不高兴的话，也会被黄金的锁链绑住双手、脚上吊着一块铁砧，绑在绳子上从天庭里扔出去。

宙斯的力量超越一切，其他神祇哪怕全部联合起来也不敢忤逆他，就算他们有此打算也做不到。

与宙斯一起住在奥林匹斯高山上的神祇有：阿佛洛狄忒——最初始的神祇之一；宙斯的妻子兼姐姐赫拉；他的另外两位姐妹得墨忒耳和赫斯提亚；宙斯的众位孩子——雅典娜、阿瑞斯、赫菲斯托斯、双胞胎阿波罗与阿耳忒弥斯、赫耳墨斯和狄俄尼索斯。这些便是住在奥林匹斯山上的众神，他们血管里流淌着灵液。他们数量众多，但目的却只有一个——执行众神之父的意志。

## 赫 拉

宙斯的姐姐兼妻子，白臂女神赫拉庇护神圣的婚姻，保护婚姻的纽带。和宙斯不同，她没时间去做那些轻浮的私通之事。她被尊为天庭上金色宝座的女王，她还被描述为有着母牛一样的眼睛，因为她总是庄严宁静地望着世界，凡间所有王后都应效仿她。女性向她祈祷，希望婚姻幸福，子孙健康。赫拉和她的女儿厄勒梯亚都是保佑分娩的女神。

虽然她和她的丈夫同眠——据说当他们结合时，身下的草地就会开花——但是每一年，她在纳夫普利翁的泉水中沐浴之后就会恢复处女之身。她是处女，也是妻子，同时又是主母，她代表着女人的各种身份。当赫拉克勒斯出生时，宙斯派赫尔墨斯让赫拉给孩子喂奶，希望以此让自己最爱的一个儿子获得永生。但是这个健壮的婴儿咬疼了她的乳头，赫拉惊讶之余把他推开了。女神的乳汁从胸前喷溅出来形成了银河，其中一些落到大地上形成了雪白的百合花。

尽管赫拉对于自己那位统治一切的伴侣是出了名地忠诚，但有一个故事却讲到了伊克西翁。此人是辽阔的色萨利的国王，当他受到宙斯的邀请来到奥林匹斯那神圣的大殿时，忽然对天庭美丽的神后产生了热情，他成了那份热情的俘虏。原本伊克西翁杀死了自己的岳父，宙斯是想洗去他的罪孽的。然而伊克西翁背叛了好客的主人，于是他的罪孽又多了一重。宙斯察觉到了他的不轨想法，便用一朵云彩——涅斐勒，幻化成赫拉的模样，她和伊克西翁同眠，而伊克西翁还以为自己在和赫拉亲热。

　　任何企图欺骗众神的罪行都会招致灾祸。伊克西翁因为自己的罪行——觊觎脚穿金凉鞋的赫拉（虽然他并未占到赫拉的便宜），被宙斯绑在一只燃烧的轮子上，在宇宙中永无休止地滚动。

　　至于云彩涅斐勒，虽然她充其量只是有个形状而非实体，但

赫拉为赫拉克勒斯哺乳。女神的奶水喷溅出来形成了银河。

《银河的起源》，丁托列托，1578 年。

## 神话的来源

古代希腊神话和传说得以被重新发掘出来，是依据了很多不同的信息来源。主要是很多文学作品——故事中细致的描述，作品中出现的某些场景，以及各种文艺媒介。然而失落的故事远比保存至今的故事多，比如说所有的早期壁画、绝大部分的文字材料都消失了。陶器绘画是目前最重要的艺术作品参考材料，此外还有雕像，不过雕像和陶器的内容通常有些模棱两可。假如我们有一个罐子，上面画着一个男人正抢走一个女人。若非上面的角色有特别标注名字，我们根本无法判断画中的人是帕里斯和海伦，还是神话中其他某个经典的强暴场景。文学作品的描述就比较准确，但不同的作者对于神话有不同的解读，而且很多作者并不是为了准确地复述一个神话故事，而是要借神话表达自己的观点。因此希腊神话本质上就具有灵活多变的情节，以及开放式的结局。

还是怀孕生下了伊克西翁的儿子肯陶洛斯。这个孩子让他母亲伤心不已，因为他既让人类蒙羞也违背众神的律条。他在皮立翁山的山坡上和母马交配，生下了马人族[1]——它们一半是人一半是马，这种生物天性不良，耽于肉欲、喜爱暴行。

---

1　也称半人马族、肯陶洛斯人。

由于对赫拉的非分之想，伊克西翁被绑在一个华丽的轮子上永远旋转。

《伊克西翁》，"四个坠落者"系列蚀刻画，亨德里克·戈尔齐乌斯，1588 年。

## 赫斯提亚

　　赫斯提亚是克洛诺斯和瑞亚的第一个孩子。她庇护炉灶和其中神圣的火焰——那是生活的源头，是每一个家庭、每一个定居点繁荣的起点。她乌黑的长发油光润滑地飘拂，古往今来每一个家庭的中心就是她所在的位置。每当土地变得贫乏，年轻男子决定结伴前去寻找新的家园，他们就会带上故乡的神圣火焰，好让自己旅途平安。

　　虽然她的兄弟波塞冬和她的侄子阿波罗都曾向她求爱，但她在宙斯面前发誓要永远保持童贞，这样她就能公平无私地住在每一个家庭里。她不需要庙宇，因为每个社区、每个家庭炉灶里的火就是她的圣所，也是她休憩、庇护的地方，任何人都不会遭到拒绝。家庭中有新成员到来，也会受到她的照顾；他们离开的话，她会熄灭然后重新燃起火。但这位堪称模范的女神从未离开过宙斯的大殿，凡人也很少听到关于她的故事。

## 得墨忒耳

得墨忒耳是谷物女神，这些谷物包括可爱的小麦、大麦、燕麦和黑麦。没有她的庇护，人类就可能被饿死。每个文明都能见到她的身影。她庇护耕地和播种，也庇护收获、扬谷和储藏。每一株谷物上结出的每一颗谷粒都是她的恩惠。她是法律和道德的基础，因为没有食物，饥饿的人就可能犯罪。

得墨忒耳和宙斯生了一个女儿珀耳塞福涅，她一心爱着女儿。但是宙斯让这位年少的女神嫁给了他的哥哥——地下世界的阴暗主宰哈迪斯。有一天，珀耳塞福涅正和海仙子朋友们在众神的花园里摘花，大地女神盖亚拿出一朵前所未见的美丽花朵，那是一朵水仙，它甜美的香味让大地和海洋都笑了起来。

珀耳塞福涅远离了自己的朋友去摘那朵花。但是当她伸手去摘那白色的花朵时，大地突然裂开，哈迪斯乘着他的战车出现，将珀耳塞福涅带走了。那位少女哭着呼唤自己的母亲，但是没有人看见，也没有人听见。只有赫卡忒和几个鬼魂在她偏僻的山洞里听见了。片刻后哈迪斯把珀耳塞福涅带到了地下，进入了深深的地底世界，她惊恐的尖叫声也消失了——幸好，最后一丝微弱的哭声顺着风传入她母亲耳中。

得墨忒耳在埃特纳火山的火焰里点燃两把火炬，她在大地上流浪了整整九天，不眠不休地寻遍了每一座高山，每一条峡谷，但是任何地方都没找到她的女儿。她只在大地裂隙合拢的地方找到了几朵枯萎的水仙花。波塞冬开始趁此机会追求她，得墨忒耳变成一匹母马躲避他，但波塞冬变成了公马追上了她。在此过程中她生下一匹漂亮的公马，名叫阿里翁，还生下一个女儿，她的名字只有母亲知道。

在第十天的时候，忧郁的赫卡忒出现了，将自己知道的少许情况说了出来——珀耳塞福涅被绑架了。她们两个一起去找看得见一切的太阳神赫利俄斯。赫利俄斯说，宙斯意欲让珀耳塞福涅和他的哥哥哈迪斯结婚，并安慰她说，作为宙斯的亲兄弟，哈迪斯一定会是个好丈夫。

但得墨忒耳并不觉得宽慰，她也没有放弃。她现在再也不想和奥林匹斯的众神在一起，他们背叛了她和她的女儿。于是她装扮成一个凡人，绝望又悲伤地在人间四处流浪。只有暮星之神赫斯珀洛斯可以劝说她稍微喝点水润润干渴的嗓子，因为这对母女是不可分离的，她们一直是被放在一起崇拜的。

最终她来到刻勒俄斯统治的厄琉息斯，坐在"少女井"边的橄榄树下休息。刻勒俄斯的女儿们出来打水，她们以对待长者的态度礼貌地询问她。当时得墨忒耳化装成一个年长的女性，化名为多索，自称是从海盗手中逃出来的。她以这个庄重的模样请求对方给她一份工作。

可爱的卡利狄刻回答："我们的母亲墨塔涅拉最近生下一个

波塞冬开始趁此机会追求她，得墨忒耳变成一匹母马躲避他，但波塞冬变成公马追上了她。

冥王将珀耳塞福涅带入冥府。

《劫夺珀耳塞福涅》，沃尔特·克莱恩，1877 年。

男孩。你举止端正就像一位女神，这座城不会拒绝你，但我要先问问母亲。要是有人来帮忙照顾我们的弟弟德摩丰，她肯定会很高兴。"这几个女孩打水回去，把情况告诉了母亲，墨塔涅拉很高兴，表示愿意让多索来家中帮忙。女神跟着她们去了，她内心悲痛，头戴面纱，但是当她站在门口时，墨塔涅拉一抬头，竟在一瞬间看到了一位女神，她以为自己看花了眼。

过了几个星期，又过了几个月，女神照顾的那个孩子长得健康快乐。因为得墨忒耳每天都给他吃神祇享用的食物，夜里就把他埋在火堆的余烬里，因为她想让这个孩子成为长生不老之身。尽管依然无时无刻不挂念着珀耳塞福涅，但照顾这个男孩确实让她感到快乐。

但是有一天，墨塔涅拉撞见得墨忒耳将自己的儿子埋在焦炭里，她吓得尖叫起来。得墨忒耳愤怒地把孩子从火堆里拎出来扔到一旁，高声说："愚蠢！无知的凡人！"此时她显露出自己神祇的身份。"我本来可以让你的儿子永生，但是现在他只能受到和旁人无异的庇护而已，好在他曾被女神养育过。我是得墨忒耳，所有人都受我庇护。"然后她命令厄琉息斯的所有人为她建立神庙，这样她的神迹就会永世流传了。

得墨忒耳不断地流泪思念自己的女儿，同时也对人和众神施以极大的惩罚。荒凉的土地上，庄稼都死了，甚至根本就寸草不生，到处都是萧条枯萎的样子。起初人们的牛、绵羊、山羊死了，然后人们自己也饿死了。更严重的是，神祇也没了祭品，因为人类没有任何东西可以献祭。

宙斯不能容忍这种情况，于是他派出众神的信使——有无数色彩的彩虹女神伊里斯。伊里斯来到坐在厄琉息斯的得墨忒耳面前。"回来吧！"伊里斯说，"集云者宙斯将让你在奥林匹斯的宫殿里重新受到欢迎！"但是得墨忒耳铁了心，捂住耳朵不听。她发誓只要女儿不回来，就再也不走上奥林匹斯那芳香的小路。

宙斯着手处理此事，他派出脚程极快的赫耳墨斯去将珀耳塞福涅从地下世界带出来，和她的母亲见面。赫耳墨斯来到冥府，说："跟我来吧，否则人类就会饿死了，他们的生命只不过是梦里的影子，众神谁也不会怀念他们。"

哈迪斯很理解。他的新娘就坐在旁边，她虽然已经准备好了成为地下世界的王后，心里却仍然牵挂着自己的母亲。哈迪斯说："去吧，亲爱的。安慰你悲痛的母亲。等你回来，就是我尊贵的妻

起初人们的牛、绵羊、山羊死了，然后人们自己也饿死了。更严重的是，神祇也没了祭品，因为人类没有任何东西可以献祭。

子了。"但是他却不放心让珀耳塞福涅回去，就给了她一些甜美的石榴籽让她吃，那是死者们禁忌的食物，这样她将来就不得不返回地下，不能一直跟奥林匹斯的众神和她那身穿黑袍的母亲住在一起。

哈迪斯将自己的马车借给赫耳墨斯，赫耳墨斯与珀耳塞福涅一道快马加鞭来到厄琉息斯。母女二人重逢了，就像大家想象的一样充满欢乐和泪水——但是突然，得墨忒耳似乎想到了什么。她推开女儿的拥抱，问道："孩子，告诉我，你在地下世界的时候有没有吃任何东西？如果你没有吃，就能和我一起永远自由地生活在奥林匹斯。如果你吃了，哪怕只是一点点，也必须返回地下，每年三分之一的时间，你都要作为哈迪斯的新娘在冥界生活，因为命运就是这样规定的。那段时间，土地就会因为悲伤而荒芜。"

事情的确如此。得墨忒耳回到奥林匹斯，田野就变得物产丰富。刻勒俄斯的儿子特里普托勒摩斯受到了她在农业方面的恩赐，成了她的代行者。他坐着由两头龙拉着的两轮战车在大地上飞驰，教导人们如何耕种土地。但是每年珀耳塞福涅都要返回阴森的冥府，以新娘的身份坐在哈迪斯身边，由忧郁的赫卡特担任她的侍女。此时在人间，果实开始褪色，树木开始落叶，而当她返回光明的奥林匹斯时，花朵会再次盛开，植物的根系将再次深入肥沃的泥土中。

因此，住在奥林匹斯的众神都尊敬得墨忒耳，她以尊贵的身份永远住在那里。有一次，她有了一个凡间的情人伊阿西翁，他们在三重耕作过的田垄里见面，但是宙斯无情又自大，竟用自己的闪电劈死了那个人。她也曾被一个凡人激怒，于是惩罚了那个人。波塞冬的孙子厄律西克同带着二十个巨人一样的手下，砍掉

得墨忒耳和珀耳塞福涅的重逢是苦乐参半的，因为这位少女每年都必须返回冥府。

《珀耳塞福涅的归来》，弗雷德里克·莱顿，1891年。

树木建造宴会厅，他们选了女神最爱的果园中的树。树木的仙女痛苦地呼喊，于是得墨忒耳亲自现身想说服他，但是厄律西克同用斧子傲慢地威胁她说："走开！否则就让你尝尝斧头的滋味！"

因为他贪婪狂妄，女神便诅咒他永远饿肚子。饥饿感无法满足，更无法消除，不管他吃多少东西都不会饱。他的肌肉日渐消瘦，最终变得只剩皮包骨头。他的肚子依然十分饥饿，他吃光了屋里的一切，包括他的猫，于是害虫四处横行。最终，海王的儿子堕落成了乞丐，在十字路口乞讨陈腐的面包皮和发臭的垃圾。要小心神祇啊！让"谨言慎行"四字铭刻心头！

## 阿佛洛狄忒

众位缪斯，为阿佛洛狄忒歌唱吧！歌唱她无人能抵挡的优雅迷人！歌唱她金色的发辫，这位被少女们爱戴的女神生于塞浦路斯海水的泡沫中，她是赫菲斯托斯的妻子，也被冷酷残暴的阿瑞斯所爱！海洋为她变得平和；草地为她绽放鲜花，引来蝴蝶；风暴也为她平息；花园为她变得繁茂。野狼和豹子眼中充满崇拜之情，顺从地摇着尾巴紧随她的裙裾。鸽子是她的神使，微笑的阿佛洛狄忒，魅惑之神，美惠女神和厄洛斯不离她左右，她便是爱神。她有着性的诱惑，她的魔法腰带可以让任何佩戴它的女性变得美丽迷人。有时候她关心的并不是在哪里找到恋人，婚姻中的性爱才是她的首要关注点，其次是合法出生的孩子。最早出现的娼妓是塞浦路斯那些拒绝承认她神祇地位的女性，她们因此要背负可以向任何人出卖身体的耻辱，而且还有其他惩罚。这位女神不光能带来荣誉，同时也能带来耻辱。

皮格马利翁被这些娼妓吓到了，他拒绝结婚，也拒绝享受婚后的床笫之欢。不过他制作了一尊像雪一样白的象牙雕像，这雕

像比任何活着的女人都要美。由于它实在栩栩如生，你甚至会坚信它只是暂停了一下动作，很快就会继续活动了。皮格马利翁爱上了自己的作品，他亲吻它，细心照料它，唯恐弄伤了它纤细的模样，还给它起名为伽拉忒亚。他送给它礼物和爱的信物，给它穿上精美的衣服首饰。

在阿佛洛狄忒的节日那天，每个人都出门参加游行去了。皮格马利翁将供品放在祭坛上并向女神祈祷，祈祷的内容他不敢大

阿佛洛狄忒诞生于塞浦路斯海洋的泡沫中，她是无法阻挡的爱和欲念的结合体。

《维纳斯的诞生》，弗朗索瓦·布歇，1740年。

声说出来。但阿佛洛狄忒善解人意，她明白了皮格马利翁的要求，她祭坛上的火变得更明亮了。当皮格马利翁回到家的时候，他亲吻了雕像——发现雕像似乎变得温暖了，而且摸起来比以前柔软了。他非常小心，但又满怀期待地抬起头看着伽拉忒亚的脸，发现她美丽的双眸正神采奕奕地望着他，眼中充满惊讶和爱意。他摸了摸她的胸部，又抚摸了她的身体——她是活的！他那未说出口的祈祷得到了回应！赞美女神！

皮格马利翁有个孙子叫刻尼拉斯，刻尼拉斯有个女儿名叫密耳拉。尽管她美丽动人，追求者众多，阿佛洛狄忒却煽动密耳拉对自己的父亲怀有罪恶的感情，因为密耳拉的母亲曾夸耀自己的女儿比阿佛洛狄忒更美。密耳拉和自己内心的恶魔角力，整夜难以入眠，那份罪恶的感情渐渐吞噬了她。最终在仆人的帮助下，在黑夜的某个隐秘角落，她达成了自己的心愿。刻尼拉斯发现自己居然睡了亲生女儿，不禁愤怒又恐惧。憎恨父亲也不及这样爱父亲更罪恶。密耳拉逃离父亲的怒火，向众神祈祷，想获得解脱，于是她被变成了一棵没药树，永远流着苦涩的泪水。但是密耳拉已经怀孕了，她的孩子在树干里生长，直到足月。她生出一个男孩，这孩子被水仙女们抚养，起名叫阿多尼斯。

这孩子虽然是非法出生的，但是他实在太可爱，阿佛洛狄忒甚至想要亲自抚养他，于是她把阿多尼斯装在一个箱子里交给珀耳塞福涅保管。珀耳塞福涅偷看了箱子里的东西，结果自己也想留下这个孩子。这两位女神争吵的声音传到奥林匹斯山，让宙斯听见了，他判定，这孩子每年花三分之二的时间分别陪伴两位女神，剩下三分之一的时间可以自由选择和谁在一起。于是阿多尼斯选择剩下三分之一的时间仍然和阿佛洛狄忒在一起。

阿多尼斯长大后成了一个无比完美的青年，阿佛洛狄忒对他心动不已。爱动摇着她的内心，就像狂风撼动大树一样。她完全沉浸于恋爱中，甚至远离了奥林匹斯的神殿，也不再流连于柔软的枕头。她每天都和心爱的人一起打猎，甚至雪白的皮肤也被晒黑、划伤。

有一天，阿佛洛狄忒没有陪着他，阿多尼斯被一头野猪伤得很重。野猪是猎人们公认最野蛮、最反复无常的猎物，就连最厉害的猎人也会失手，何况这头野猪是阿佛洛狄忒那嫉妒的情人阿瑞斯送去的。脚踝纤细的阿佛洛狄忒听到那年轻人濒死的呻吟，立刻跳上自己的马车飞驰而下，结果只来得及抱起他的尸体。她向珀耳塞福涅祈祷，在临终仪式上将仙露洒在阿多尼斯四散飞溅的血上，那血中开出了美丽的花朵。就像阿多尼斯一样，秋牡丹生命力脆弱，只能在短暂的时间里显露出脆弱的美丽。在女人们以阿多尼斯的名义进行哀悼之后，那脆弱的生命就消逝了。

阿多尼斯不是唯一受过女神青睐的凡人，但是在他之前，受到女神喜爱的那个人其实只是神祇诡计中的一个玩偶。宙斯想让狡猾的阿佛洛狄忒汲取教训。她很擅长让别的神祇爱上凡人，但是她自己往往置身事外。于是人与神的主宰让特洛伊山上的牧牛人安喀塞斯充满男子气概。那位金发的女神完全被迷住了，她不允许任何东西阻拦自己和安喀塞斯的爱情。于是她径直回到塞浦路斯的帕福斯，到自己那座装点着群星和新月的大神庙里去了。美惠三女神为她沐浴，用芳香的仙炙油脂涂抹她全身，那甜蜜的香味充满天庭。但是在她隐隐作痛的内心深处，她知道安喀塞斯是个凡人，注定一死。

那天夜里她发现自己的情人独自在山上。她变成一个美丽的少女出现在他面前，月光将她丰满的胸部照得雪白。安喀塞斯看到她眼中热切的期待之情，于是解开她的腰带，在对她身份毫不知情的情况下和女神做爱。他醒来后，阿佛洛狄忒在他面前显出本来面目，安喀塞斯很害怕，只敢看着地面。他知道和女神同眠的凡人永远不能有子嗣，但是阿佛洛狄忒说："不必怕！众神的床笫也不是贫瘠的，我会为你生一个儿子，名叫埃涅阿斯。他会由山里的仙女抚养，他的子孙将统治世界！"这番话成了现实。在特洛伊陷落时，埃涅阿斯背着自己的父亲顺利逃脱，经历了很多冒险之后，他建立起七丘之城——罗马。但是安喀塞斯总是夸耀自己曾和阿佛洛狄忒共度一夜，他因这份自大而变成了瘸子。

没有阿佛洛狄忒惹是生非的话，倾国倾城的海伦绝不会青睐帕里斯。没有阿佛洛狄忒，希波墨涅斯绝不会解下阿塔兰忒的腰带。阿塔兰忒是皮奥夏国王斯科俄纽斯的女儿，她端庄无比，喜欢打猎胜过一切。她所有的追求者都知道，只有在越野长跑中胜过她的人才能和她结婚。她容貌美丽，身材苗条，因此追求者众多，但是谁都比不过她，而比赛失败的人就会死。通常她会让那些没有希望的人先跑，她稍后出发，等到追上他们之后就把他们杀死，因为他们总是拿着盾和剑奔跑。她并不讨厌那些人，只是有一个神谕警告过她，要警惕婚姻。

但是墨伽柔斯之子希波墨涅斯深爱这位矫健的少女，决心要娶她为妻。他准备了三个金苹果，阿佛洛狄忒在苹果里加入了无人能抗拒的咒语。他和阿塔兰忒赛跑时，把一个苹果丢在她面前，她捡起这个苹果，稍微耽误了些时间。但是很快她又追上了希波墨涅斯——他便丢出第二个苹果。之后又扔了第三个苹果，刚好争取到时间，比阿塔兰忒早一步跨过终点线。她忠于自己的誓言，

开心地和希波墨涅斯结婚了，但是她愚蠢的丈夫忘了感谢阿佛洛狄忒赠送苹果之事。作为惩罚，那位脚踝纤细的女神让这对有情人因感情过于激烈而亵渎了众神之母的神殿，瑞亚把他们变成了一对没有性别的狮子，为自己拉车。所以神谕曾提醒阿塔兰忒警惕自己的婚姻终究是说中了。通过这样的故事，我们可以稍微了解一下众神的能力和秉性。

阿佛洛狄忒和赫耳墨斯生下了赫耳玛佛洛狄托斯。有一天，这个年轻人在卡里亚的山上游荡时看到一个很美的池塘，池水清澈见底。此地是水仙女萨耳玛西斯的家，她不由自主地喜欢上了

她所有的追求者都知道，只有在越野长跑中胜过她的人才能和她结婚。

阿佛洛狄忒与安喀塞斯

《维纳斯和安喀塞斯》，威廉姆·布雷克·里奇蒙，1889-1890 年。

这个俊美的男孩。当赫耳玛佛洛狄托斯脱下衣服到池中沐浴时，她也脱下衣服和他一同沐浴。这个未经世事的男孩害怕起来，想挣脱她，但是萨耳玛西斯紧紧抓着他，抱紧了他。"你永远逃不掉！"她喊道，"众神请听听我的祈祷吧：让我们永远不要分离！"结果他们就变成了一个人，但同时具有男人和女人的特征。赫耳玛佛洛狄托斯沮丧地朝自己的双亲哭诉，请求他们诅咒那个池塘。从那之后，凡有男人进入那个池塘，出来之后就不再是男性了。

狄俄尼索斯和阿佛洛狄忒生下了普里阿普斯，他是个好色的园林之神。他长得好似侏儒，却有个巨大膨胀的阴茎，如果有人向他祈祷，他就会帮这些人驱走花园里的一切害虫；如果有人擅自踩踏受他保护的土地，他就会诅咒那些人。他是第一个教幼年阿瑞斯跳舞的神，但阿瑞斯却成了制造战争的神。

## 阿瑞斯

人类在铁器时代常常近身搏斗，阿瑞斯总会出现在这种场合。他不在乎谋略，也不关心远距离的杀戮，只专注人们疯狂、愤怒地近身搏杀时发出的狂乱尖叫，那种时候你甚至能感受到对手的呼吸和汗水。阿瑞斯代表了疯狂，他是最受人惧怕、也最被厌恶的神，因为除了天父宙斯以外，任何人或神都无法让他遵纪守法。

众神中谁也不及他有男子气概，只有勇敢的人才能被他煽动，别的人就只能畏惧逃跑。他戴着金色的头盔，身穿青铜盔甲，双拳有力，总是急于奔赴各处的战场。他出现在凡人眼中的时候，就好像是一片乌黑的风暴悬在战士们上方。他骑着一头壮硕

得令人恐惧的大野猪。他就是战场上的呼号，他的儿子名为"畏惧"和"恐怖"，长着山羊腿的潘神跟在他身边恐吓那些注定失败的人。随着阿瑞斯的呼喊，山岳颤抖，天空阴沉，所有生物四散奔逃。

　　赫拉之子阿瑞斯和许多凡间的女子生下了英勇的战士，但是他真正的伙伴一直都是阿佛洛狄忒。就像磁石吸铁一样，他们两个互相吸引着。虽然宙斯让阿佛洛狄忒和赫菲斯托斯结婚，阿瑞斯对这场婚姻却很是不屑。阿瑞斯引诱了这位美丽的女神，不过阿佛洛狄忒也不是不情愿。谁都不知道他们之间的风流韵事，但时间长了，太阳神赫利俄斯看到了他们，并且将此事告诉了跛脚

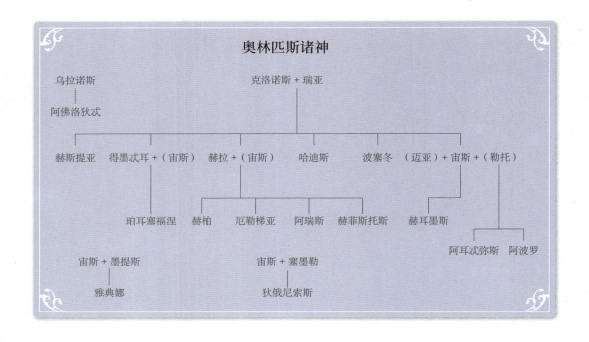

# 奥林匹斯诸神

乌拉诺斯

阿佛洛狄忒

克洛诺斯 + 瑞亚

赫斯提亚　得墨忒耳 + （宙斯）　赫拉 + （宙斯）　哈迪斯　　波塞冬　（迈亚）+ 宙斯 +（勒托）

珀耳塞福涅　赫柏　厄勒梯亚　阿瑞斯　赫菲斯托斯　赫耳墨斯

阿耳忒弥斯　阿波罗

宙斯 + 墨提斯

雅典娜

宙斯 + 塞墨勒

狄俄尼索斯

的赫菲斯托斯。这位被戴了绿帽的神气愤地做了一张蛛网般轻薄的网，这网子非常纤细，凡人根本看不见，然而它却非常强韧，就算是战神在狂怒之际也无法挣脱。这张网仿佛是用无形之物的力量制造出来的：有黎明的寂静、风的力量、橡子的潜力、风信子的声音。赫菲斯托斯非常狡猾地将这张网放在阿佛洛狄忒的床上，布置成了陷阱。

然后赫菲斯托斯离开辉煌的奥林匹斯，假装去了楞诺斯岛，那里是他最喜欢的休息场所。阿瑞斯没有浪费时间。他看到那位工匠之神一瘸一拐地走开之后，就直接去找了阿佛洛狄忒，那位女神正戴满鲜花等候他。他们两人毫不迟疑地去了卧室，希望能享受欢乐。但是他们躺在垫子上互相拥抱的时候，赫菲斯托斯的魔法网缠住了他们，两位神祇赤裸身体躺在一起拥抱的样子被固定住了。

赫菲斯托斯得到提示立刻回来，看到这对情人躺在一起，这情景像一把利剑刺穿了他的心。他痛苦又愤怒地喊道："天父宙斯和所有的神啊！来看看阿佛洛狄忒怎样嫌弃我跛脚无能吧，她选择阿瑞斯当情人，只因为他是个外表英俊的神。但是至少让我复仇吧。我要让他们一直困在这里，直到天父宙斯把我迎娶阿佛洛狄忒时赠予他的礼物全部送还为止。这是他欠我的：我跛脚受辱全是他的错。"

此时女神体面全无，所有的男神都跑来看热闹，大家大声嘲笑这对被困的情侣。看到阿佛洛狄忒赤裸地躺着，大家都很露骨地看着她，狂妄的赫耳墨斯甚至说，能和这位美丽的女神共度春宵的话，就算被困在网子里丢人也值得。波塞冬请求赫菲斯托斯放了他们，还保证说他会支付所有赫菲斯托斯认为该付的代价。于是赫菲斯托斯就放了这对情人，阿瑞斯羞愧之下逃到了色雷斯，阿佛洛狄忒回到她位于帕福斯的神庙，在那里，美惠三女神安慰她，抚慰了她受伤的自尊。


## 赫菲斯托斯

赫菲斯托斯是火神，众神之中他像个局外人，外表粗野，习惯了旁人的嘲弄。他在地下的锻造厂工作，而别的神却终日无所事事，他仿佛不是他们的同类。他的工作和残疾的身体让他成为众神之中的边缘人，他是铁匠中的魔法师，身上沾满炉子里的煤灰和渣子，但是他能创造出无比美丽的物品，能让普通的岩石发

挥作用。魔法师们必须永远离群索居，否则他们就会变得不那么
客观了。

　　赫菲斯托斯之手制造出的物件都异常精巧，所有工匠，尤其
是金属工匠，内心都无比崇拜他。他工作室里有独眼巨人们相助，
他们是最先锻造了宙斯的闪电的工匠，此外他还有黄金的机械助
手，这些也是赫菲斯托斯自己做的。他建造了众神的居所，还制
作了有一百条金色流苏装饰的宙斯之盾，他打造了赫拉克勒斯的
头盔，以及阿喀琉斯的全副盔甲。

　　由于天生驼背，他被自己的生母赫拉所厌恶。他一出生，赫
拉把他从高高的奥林匹斯山上扔下，落入阴郁的大海中，她翻动

那孩子时还扭伤了他的脚踝，使得他永远成了瘸子。海洋女神忒提斯将他养在海岸边的山洞里，他为忒提斯制作了无比精美的珠宝。但是赫菲斯托斯憎恨自己的母亲，他想羞辱赫拉，就像当初赫拉羞辱他一样。他为她制作了一座金色的御座，这座椅一看就十分庄严，他将这座椅作为礼物送到奥林匹斯的神殿，表示要与赫拉和解。赫拉浑然不觉，只是喜欢这个豪华的御座——但是她一坐上去，椅子就把她紧紧地固定住，升到了半空中。

众神与凡人的女王、女神赫拉非常愤怒，她派阿瑞斯把赫菲斯托斯带到奥林匹斯，让他松开自己。阿瑞斯乘着燃烧的战车冲到海上，但是赫菲斯托斯用自己的火炬打败了他，并痛苦地叫喊着说自己没有母亲。狄俄尼索斯是赫菲斯托斯的朋友，他来到赫菲斯托斯位于火山下的锻造厂，一杯接一杯地请他喝最好的葡萄酒——即使对神来说那酒也是很烈的。最终赫菲斯托斯四肢放松下来，心里的怒火也平息了。狄俄尼索斯让这位醉酒的神歪歪倒倒地骑在一头骡子上，护送他回到奥林匹斯。他说只要父亲赐予他恩惠，他就放了自己的母亲。

御座恢复正常之后，赫菲斯托斯立刻请求克洛诺斯那全能的儿子，要求让雅典娜做自己的床伴。宙斯怜悯地笑了笑，因为雅典娜发誓要保持贞洁，但宙斯说他可以去试试。赫菲斯托斯虽然跛脚且丑陋，却满怀狂妄的自信去找了雅典娜，她把他一脚踢开，赫菲斯托斯的种子洒在了地上。数年后，受孕的土地里生出了厄里克托尼俄斯，此人是大地生出来的雅典统治者。

但是赫菲斯托斯在雅典娜那里失败之后，再次提出要求，因为他释放了牛眼的天后赫拉，理应得到奖赏。他要求阿佛洛狄忒成为他的妻子。伟大的集云者宙斯实现了他的愿望，因为阿佛洛狄忒自然不会为这个丈夫保持贞洁。但是这场婚姻既不是阿佛洛狄忒自己选择的，也不是她中意的。


## 雅典娜

　　歌唱吧，缪斯，为眼神炽烈的雅典娜。她是墨提斯和宙斯所生，但是当墨提斯临盆时，宙斯吞掉了她，唯恐生出来一个比他更强大的儿子取代他统治众神和凡人，因为即使是神也不可能违抗命运。

　　但神圣的雅典娜急于出生，她急于找到一条通路离开自己的父亲。她尝试了各种方法，最终来到宙斯的头部。宙斯背负着这个沉重的负担，头胀痛得大喊大叫想要解脱，奥林匹斯的神殿都被这喊声震动了。就连在响声震天的锻造厂深处的赫菲斯托斯都听见了，他一瘸一拐地奋力赶到宙斯的御座前，宙斯正双手捧着脑袋坐着。赫菲斯托斯没有犹豫，他大胆地举起自己的斧头砍向伟大的众神与凡人之王，宙斯的头裂开了，从里面跳出了身穿全副金色盔甲的雅典娜。她已然是成年的模样，灰色的眼睛炯炯有神。神圣的奥林匹斯在这位女神的威能面前颤抖，大地都退缩了，海中汹涌的波涛变得一片死寂，太阳神赫利俄斯的战车在空中骤然停止，直到新生的雅典娜脱下盔甲，那恐惧才退去。

　　她外表美丽端庄，是一位正值妙龄的女性，但她是由父亲生出来的，她的思想也完全继承自父亲。她的想法充满男子气概，军事方面的权能让她和别的女神截然不同。她惊人的美貌让她显得越发不可接近，任何人或神都不敢亲近她，因为她发誓要保持贞洁。忒拜的预言家泰瑞西阿斯有一次无意间看到她沐浴，她就用双手遮住他的眼睛，让他变成了盲人——虽然他既是男人，又做过女人[1]。

雅典娜也是第一个教导社会底层人民料理家务的神。她发明了船、马车、犁头和织布机。同时她也掌管技术进步，所以她既是家庭的保护者，也是有着猫头鹰眼睛的城市保护者，如果有人受到威胁，她就一定会回应。她脚边盘着一条嘶嘶作响的蛇。她与阿瑞斯不同，她不是靠愤怒的激情去战斗，而是用技巧和谨慎的态度，阿瑞斯喜爱危险，她却喜欢想办法化险为夷。她是策略家，领袖中的领袖，阿瑞斯也是按照她的意志行事。她手中掌握着胜利和荣光。宙斯把自己的盾送给这个心爱的女儿，这是莫大的荣誉，因为这盾能保护整座城市。它既是防御武器，又是强大的攻击武器，因为在战场上敲这个盾的话，它会发出恐怖的声音，让听见的人都吓得四肢颤抖。

还有一个关于她的故事。克罗丰的阿拉克涅，虽然出身低微，却因纺织技艺出色而闻名吕底亚。就算是住在山岭深处和蜿蜒河流中的仙女都不远万里去看她的手工作品，甚至只是去看一看她工作的双手。她们把她和雅典娜做比较时，阿拉克涅说："如果她愿意，就来和我比试一下吧。"于是雅典娜装扮成一个老妇人来到她面前，说："孩子，听我的忠告，你就不会有问题。只需努力超越其他凡人即可，第一名的位置永远留给女神。祈祷女神原谅你说的鲁莽话吧。"但是阿拉克涅十分不屑地高声回应："老太婆，

---

1　泰瑞西阿斯有一次撞见正在树林里交媾的两条大蛇，他用手杖打了雌蛇。说也奇怪，他立即由男子变为女子，并且在这种形态下度过了七年光景。到第八年他又看见了这两条大蛇交媾，就说："我打了你们之后，竟有魔力改变打击者的本性，那么我再来打你们一下。"说完，他又打了雄蛇，果然恢复到他生下来时的男身。

你老糊涂了吧！看看女神是如何拒绝我的挑战的。"雅典娜喊道：
"不！"说着，她抛去自己的伪装，"她就在这里！"

她们两个同时开始刺绣。雅典娜绣的主题是她在争夺雅典城
守护神一职时战胜波塞冬的情景，她在主画面的四边又绣上了愚
蠢的凡人挑战神祇的例子；而阿拉克涅却绣了神祇诱骗凡人女子
的内容。她的刺绣十分完美，就连雅典娜也挑不出毛病，但是出
于骄傲和愤怒，这位可怕的女神迫使阿拉克涅忽然失去理智，跑
去自缢。但是在她被绳子勒得快要窒息的时候，雅典娜又放了她
一条生路，把她变成一只蜘蛛，这样她就能永远不停地纺织了。

## 阿波罗

万岁，上天保佑的勒托，阿耳忒弥斯和阿波罗的母亲。在你
怀孕临产时，探遍全世界，试图找到一方净土以供安全生产。但
是因为所有地方都担心阿波罗出生后会统治全部土地，所以最终
只有卑微的提洛岛接受了你和你的儿子。提洛岛因其贫瘠的土地，
原本无人问津，但它由此获得了财富和无限名望，成为黄金青年
的朝拜中心。提洛岛曾是一个荒岛，它因了你的入驻而改变。

对阿波罗来说，德尔斐位于宇宙的中心，因为宙斯从世界的
两头释放的两只老鹰正是在这里相遇的。

太阳神阿波罗走下奥林匹斯山的时候，需要选择一个地方作
为他的神示之所，他来到了克里萨，并杀死了被雪覆盖的帕纳索
斯山雪盖下的雌龙，将那里作为自己的领地。

克里萨就是德尔斐，当年阿波罗变作海豚带领克里特水手在

阿波罗——光明、诗歌
与艺术之神，身边常有
缪斯女神相伴。

《阿波罗——光明与艺术之
神和天文学缪斯乌拉尼亚》，
查尔斯·梅尼尔，1798 年。

这里登陆，并将此作为自己的第一个圣域。如今阿波罗的祭司都
由年轻女性担当。虽然在其他地方，阿波罗也是通过少女之口宣
布神谕，但德尔斐的神谕最为清晰，那里的天空充满了光，闪耀
在悬崖的岩石上，闪耀在神圣泉水的晶莹的水滴上。他是法律、
教育和文明之光的源泉。七弦琴属于他，他庇护下的游吟诗人们

玛息阿为自己的成就感到骄傲，他向阿波罗挑战，要他参加一场比赛，笛子和七弦琴的对抗。"好的，那这样吧，"金发的阿波罗同意道，"让我们约定，胜利者对失败者做什么都可以！"

弹奏甜美的音乐，抚慰野蛮的胸怀；诗歌——正如我们这些游吟诗人所熟知的——是预言的姊妹。

阿波罗是金色的，他有金色的七弦琴和金色的弓，金色的卷发和金色的短袍。他是一个心怀宽广的神，足以容纳多种特质。同时他也是高明的弓箭手，因为他总是站得远远地完成自己的工作，就像掌管七弦琴一样，他也是掌管弓箭的神。他的音乐甜美，同时他也擅长颂歌——他在战争中高唱颂歌鼓舞士气。他是神，既能传播疾病又能驱散疾病。他温柔又粗暴，有着英俊的面孔和乌黑的眉毛，他是治疗者也是毁灭者。赞美伟大的神祇！愿他只赐予我们好处，在我们的生活里避免一切邪恶！顺他者昌，逆他者亡。

现在，雅典娜，庄严的女神，她发明了笛子模仿挽歌甜美而尖锐的声音，以此哀悼美杜莎之死。她喜欢这风吹过芦苇般的音调，她轻轻地走在时间的尽头。但是有一天，她吹笛子时，看到了自己在池塘里的倒影，吹笛子的动作让她的脸显得十分滑稽丑陋。于是她把那讨厌的乐器扔到弗里吉亚去了。后来这笛子被一个名叫玛息阿的萨提尔[1]捡到，他学会了用这个笛子演奏。他演奏的乐曲十分悦耳，那旋律甚至可以拭去云朵悲哀的泪水。

玛息阿为自己的成就感到骄傲，他向阿波罗挑战，要他参加一场比赛，笛子和七弦琴的对抗。"好的，那这样吧，"金发的阿

---

1　希腊神话中，一种半人半山羊的林神，性喜乐，常以好色、纵欲无度的形象出现。

波罗同意道，"让我们约定，胜利者对失败者做什么都可以！"玛
息阿沉思了一会儿，倾听着世间声音的源头，当他弹奏的时候，
就仿佛他已经知悉了世界所有的秘密。阿波罗用自己的七弦琴也
没能比玛息阿演奏得更出色。但他是神，不能容忍输给玛息阿这
样的耻辱，他活剥了玛息阿全身的皮，这个萨提尔的眼泪汇流成
了一条河，上面还有他的名字。

关于阿波罗的故事很多。他永远俊美、年轻，被许多少女

阿波罗因为玛息阿挑战
他的乐器演奏而活剥了
他全身的皮。

《阿波罗剥玛息阿的皮》，乔
瓦尼·比利韦尔蒂，1630年。

和青年所爱。而他的挚爱则是河神珀纽斯之女——美丽的仙女达佛涅。他对她的热情前所未有，只因他嘲笑摆弄弓箭的爱神厄洛斯，说他不如自己箭法精准，小爱神用那只黄金制成的利箭射穿了他。[1] 结果，即使是厄洛斯——爱情的治疗师，也没办法治愈阿波罗的相思之痛。达佛涅发誓要保持贞洁，拒绝了阿波罗的求爱。同时，俄诺玛俄斯之子琉喀浦斯也爱着她，他装扮成一个女人待在她身边。因此，阿波罗出于嫉妒，把他放进达佛涅沐浴的河里。可怜的琉喀浦斯！他想看她的裸体，但不想让她看到他自己的。当他拒绝跟其他姑娘一起脱衣服和游泳时，他的骗局被揭穿了，达佛涅和她的伙伴们在愤怒中把他拖进河里淹死了。但是阿波罗不能再等了，他如同猎人追赶野兔一样追求达佛涅。尽管她全速逃跑，但是眼看着阿波罗就快追上他了。绝望之中，她向父亲祈求，毁去她的美貌，她就不必再承受这些了。河神珀纽斯没有与阿波罗争执，而是支持女儿的贞操誓言，马上将她的祈祷应验。就在她奔跑的时候，她的四肢僵硬了，她的脚趾寻找着什么似的钻入黑暗的地下。她变成了一棵月桂树。但是阿波罗仍然爱着她，并把月桂树作为自己的圣树。即使是现在，德尔斐派蒂亚运动会的获胜者除了获得一枚奖牌外，就只有月桂树的花环，这是来自神的祝福。

阿波罗也爱过特洛伊公主卡珊德拉。当她跟他在一起时，他赠给她预言未来的能力，但后来她改变了主意，这侮辱了阿波罗。阿波罗请求她最后一个吻，当她抬起头来面对他时，他向她的嘴里吐了一句诅咒：从此以后，她的所有预言都必定成真，但没有

---

1　相传厄洛斯的箭有黄金箭和铅箭两种，被黄金箭射中的人会产生爱，被铅箭射中的人则会拒绝爱。

人会相信她的话，所有人都会认为她是疯子。

　　阿波罗也爱过斯巴达的雅辛托斯，他们俩喜欢一起嬉戏，给自己身体涂上橄榄油，测试彼此的运动能力。有一次，他们比赛掷铁饼，阿波罗把一只沉重的铁饼拿在手里，扔得又高又远，雅辛托斯高兴地笑着去追赶铁饼，想把它捡起来。但是这位斯巴达王子曾蔑视过西风之神仄费罗斯，仄费罗斯心存怨念，故意把砸在地上又弹起的铁饼吹偏了方向——铁饼正面击中了雅辛托斯的额头。最终，雅辛托斯死在了阿波罗的怀抱里。

　　阿波罗有两个高贵的儿子——医术之神阿斯克勒庇俄斯，诗人歌手俄耳甫斯。科洛尼斯深受阿波罗的爱恋，并孕育了儿子阿斯克勒庇俄斯。但是阿波罗的爱鸟白乌鸦看到她躺在另一个男人怀里，就将此事告诉了主人。暴脾气的阿波罗拉弓射死了科洛尼斯。但他不忍心杀死自己的孩子，就将孩子从他母亲的子宫中拿出，并将其带到马人喀戎的洞穴，让他抚养这个孩子。之后，他将白乌鸦羽毛的颜色彻底从白色变成了黑色，以此来惩罚它带来了坏消息。青出于蓝而胜于蓝，阿斯克勒庇俄斯长大后继承了父亲治愈疾病的天赋和能力，狩猎女神阿耳忒弥斯请求他医治她已死去的随从——忒修斯之子希波吕托斯。出类拔萃的阿斯克勒庇俄斯使出浑身解数，最终使得这个年轻人又开始了呼吸。但阿斯克勒庇俄斯却结束了自己的最后一口气息，宙斯因为其行为违反自然法则，放出霹雳劈死了他。不过阿斯克勒庇俄斯死后被带到天上，成了医药界的守护神，因他的医术而受到许多人的爱戴。

阿波罗对他儿子被杀感到愤怒，并为此迅速施展了报复行动。他的快箭精准地射中了目标——三个独眼巨人的心脏——他们是赫菲斯托斯的助手，宙斯霹雳的制造者。但宙斯的意志是不可藐视的，因而克洛诺斯的儿子，云彩收集者，准备把阿波罗扔到塔耳塔洛斯，永远囚禁在那里。但勒托善良地插手了此事，阿波罗被判处在色萨利弗里的国王阿德墨托斯手下服刑一年。

当时，阿德墨托斯只剩下很短的寿命，阿波罗怜悯他的主人，祈求命运保佑他不死。命运之神同意了——条件是要有一个人代替阿德墨托斯的位置。所有人都退缩了，只有他忠诚的妻子阿尔刻提斯愿意替他赴死。但赫拉克勒斯与死神搏斗，从死神手中夺回了美丽的阿尔刻提斯，将她还给了丈夫。

俄耳甫斯，缪斯女神射手的儿子，是个极有天赋的音乐家。当他弹着他的七弦琴歌唱的时候，微风都会驻足倾听，野兽温驯地跟在他后面，大树会弯下高高的树冠来听这动人的声音。俄耳

甫斯爱上了美丽的橡树仙女欧律狄刻，并用自己音乐的魅力赢得了她的心。但是在他们结婚的那天，她被阿里斯泰俄斯——健壮的养蜂和橄榄之神求爱。她跳进树林，想逃离他的追逐，结果在那里被蛇咬死了。

　　世人从未见过如俄耳甫斯这般悲伤。他勇敢地来到冥府，向冥王哈迪斯及其戴着面纱的王后珀尔塞福涅求情。听到他的歌声，三头犬刻耳柏洛斯也坐在地上竖起耳朵，恶鹰停止撕扯普罗米修斯的肝脏，抬起了它们血淋淋的喙，西绪福斯[1]也坐在他的石头上

俄耳甫斯求得冥王许可，带欧律狄刻离开冥府。

《俄耳甫斯与欧律狄刻》，爱德华·约翰·波因特，1862 年。

---

1　Sisyphus，又译西西弗斯、西西弗。

## 神谕

在古希腊，个人和国家都需要去求问神谕。众神会以各种方式（比如梦境）赐予人类神谕，但是它们通常是模棱两可的，很难得出清晰的解释。如果某处神庙给出的神谕非常明了易懂，它可能会获得大范围的声誉。在古希腊世界，这种情况在很多地方都发生过，尤其是在意大利南部的库美（人们称之为"大希腊"）、希腊西北部的多多那和希腊中部的德尔斐。在德尔斐，占卜者是一些被称为"皮提亚"或"西比尔"的阿波罗女祭司。她们坐在阿波罗神庙里的三脚架上，进入一种恍惚状态，为神祇代言。她们鼓舞人心的话语有时以诗的形式写下来，并保存下来。库迈的做法与此类似，但在多多那，女祭司则通过聆听微风吹拂圣橡树树叶的声音来预知未来。

倾听着。黑暗之神被迷住了，放下了他惯常的冷漠，他接受了俄耳甫斯哀心的恳求，让他的妻子死而复生。只是必须要满足以下条件：俄耳甫斯可以带妻子离开，但走出冥府之前不能回头看她。他们走过又长又暗的道路，最后终于走到了尽头。站在冥府与人间的交界处——俄耳甫斯忍不住回头看了一眼自己的挚爱，却发现再也听不见他身后的脚步声——瞬间，欧律狄刻的肉体化为乌有，灵魂跌回了她刚刚离开的地方。

无论他怎样恳求，无论他在冥河阿刻戎之岸逗留多久，阴郁的船夫卡戎都拒绝给他第二次机会。之后，俄耳甫斯离开了冥河岸边，沮丧地回到了家乡色雷斯。他选择荒野以免伤及无辜，因为许多人听到他苦涩的歌声甚至会哀伤致死。只有空中的飞鸟和野兽陪伴着他。但这片荒野是被酒神狄俄尼索斯的女祭司们占领的，她们中的一伙人遇到了他，把他当作敌人。她们把他撕成碎片，他的头和竖琴还在悲叹，沿着赫布鲁斯河向波涛汹涌的大海漂去。他与他心爱的欧律狄刻再也不会分开了。


## 阿耳忒弥斯

阿波罗非常独特，他的孪生姐姐阿耳忒弥斯也与众不同。她是动物的保护神，快乐地驰骋于荒野和偏远地区；她是贞洁的处女，高傲、纯洁、自由。她不喜欢男人，幼年时便恳求父亲宙斯保留她的贞洁，她希望能像她高贵的兄弟一样成为伟大的神。伟大的宙斯满足了她所有的请求。

她和她的仙女侍女们在阴凉的山丘和多风的处女地上漫步，这些地方没有被男人玷污过。潘给了她最好的阿卡迪亚猎犬，她用箭打猎，这箭由独眼巨人库克罗普斯制作，与她的银弓很配。她的头饰上装饰着冰冷纯洁的弯月。她是蛮荒之地绝对强大和可怕的存在，那里的凡人会发现，面对这位神祇他们是多么渺小。当她穿过月光降临时，山丘和谷地颤抖，百兽吟啸长嚎。她是雁阵的头领，是猞猁眼中的金色瞳仁。她是万物之母，是所有幼小生物的保护者。她允许一些动物存活，而弱者则被宰杀。她代表着边缘和转折期，特别是当女孩成为女人，女人成为母亲时。

忒拜的人民因为勒托生了孪生神阿波罗和阿耳忒弥斯而非常

希腊神话：众神与英雄的故事

尊敬她，但是国王安菲翁傲慢的妻子尼俄柏不同意。作为坦塔罗斯的女儿和阿特拉斯的孙女，她声称她的血统比勒托更高贵。她还自夸说，鉴于她生育的孩子更多，她的生活也充满了更多的幸福。如果她不自吹自擂的话，她可能确实是最幸福的母亲。

由于对他们母亲的侮辱，阿波罗和阿耳忒弥斯夺走了尼俄柏的幸福：阿波罗射死了她的六个儿子，阿耳忒弥斯也射杀了她的五个女儿，只留下了克洛里斯。弓弦声与垂死的尖叫声交织在一起，尸体九天都无人埋葬。尼俄柏变成了石头，被龙卷风带去了她的家乡吕底亚，她的泪水仍然从西皮洛斯山的顽固岩石上不断流下。

一天，勒托去德尔斐时，厄拉瑞的儿子巨人提堤俄斯想要强奸她，阿波罗和阿耳忒弥斯再次为她的荣誉进行报复。他们对他穷追猛打，看到他时就用箭射穿了他。他踉跄着到了冥府，巨大的身体平摊到地上，两边各站了一只秃鹫，以他的肝脏为食。

忒拜的阿克特翁精通森林中的知识，经过一上午的狩猎后，他打算小憩一下。他爱上了他的姑姑塞墨勒，但她是宙斯的挚爱，嫉妒的怒火充满了这位伟大神祇、神与人之父的胸腔。他让阿克特翁不知不觉地进入阿耳忒弥斯青睐的小树林，正遇到阿耳忒弥斯来到这里，由她的随从仙女服侍，在一个隐蔽洞穴的清凉水池中沐浴。仙女们看到一个男人就尖叫着遮挡她们女主人的裸体——没有凡人可以看到阿耳忒弥斯的裸体和真身！这时阿耳忒弥斯站直了身体，端庄且无所畏惧，并在阿克特翁作为人类的最后时刻向他显示了她全部的光辉。

她甩了一下手腕，将池水轻轻地泼在他身上，最后的水滴还没像泪水一样从他的脸颊滚落，他的头上就已经冒出鹿角了。这只雄鹿四肢着地，逃之夭夭，而阿克特翁自己的猎犬流着口水追

对页图：狩猎女神阿耳忒弥斯，阿波罗的贞洁的孪生姐妹，野兽和少女的保护神。

《狩猎女神狄安娜》，吉娄梅·赛涅克，19世纪。

潘给了她最好的阿卡迪亚猎犬，她用箭打猎，这箭由独眼巨人库克罗普斯制作，与她的银弓很配。她的头饰上装点着冰冷纯洁的弯月。

逐他。他想向它们大喊，像过去那样让它们镇静下来，但它们听到的不是主人的声音，而是一只雄鹿惊恐的咆哮声。不久猎犬就抓住并扑倒了他，领头犬有力的嘴巴一口咬住他的气管，紧紧咬合，直到雄鹿断气。

没有人命令它们，剩下的猎犬蜂拥而上，将它们曾经心爱的主人撕成碎片。作为动物的女主人，阿耳忒弥斯非常满意——女神的纯洁不容玷污，即使纯属意外也不可以。

卡利斯托日夜都待在阿卡迪亚山脉，与阿耳忒弥斯及她的仙女们一起狩猎，度过野外生活。她非常美丽，宙斯心中和下身都燃烧着欲望。

一天当她独自在小山谷中休息时，他变成阿耳忒弥斯的模样去找她。当他强要拥抱她时，这个少女才发现他的把戏，但为时已晚。她进行反抗，但没有人或神可以抵抗宙斯的力量。几周过去了，几个月过去了，阿耳忒弥斯召集她所有的追随者与她一起沐浴，因为没有男人会看到她们。卡利斯托感到脸红，犹豫了，但她别无选择，裸体让她的孕肚显露无遗，所有人都看到了。阿耳忒弥斯愤怒地将这个少女变成一只熊，并将她从随从中除名。后来这只熊生了一个儿子，名叫阿尔卡斯，由赫耳墨斯的母亲迈亚抚养长大。后来卡利斯托走进了宙斯的一处禁地，即将死在阿尔卡斯手上，因为他已经成为技艺精湛的猎人；但宙斯同情他的前任情人，于是把她升到天上，成了大熊星座。

俄里翁是波塞冬之子，一个强大的猎人，他也是黎明女神厄俄斯的情人。他的脚步矫健又敏捷，一跳就可以跨越山谷，他的父亲还赋予他在水上行走的能力。但有一次他在希俄斯岛喝醉了——因为这岛生产最好的葡萄酒——强奸了国王的女儿，为此他失了明。他让一个小男孩骑到他的肩膀上，命令小男孩带他去东方；当太阳升起时，厄俄斯的光直接照进了她爱人的眼睛，治愈了他。然后他又回到克里特岛，作为奖励，被授予在阿耳忒弥斯和勒托陪伴下狩猎的独特荣誉。

他清理地球上捕食人类羊群、破坏人类生计的凶猛野兽，他做得非常好，便开始吹嘘。"没有任何生物，"他喊道，"是我用我锋利的矛或敏捷的箭不能打倒的。"这愚蠢的吹嘘使得宙斯的眉头蹙了又蹙，愤怒地送去了一只巨大的蝎子攻击俄里翁。这场较量在这怪物一甩尾巴的瞬间就结束了。宙斯将胜利者带到天上，应阿耳忒弥斯的请求，把俄里翁也升到了天上。从此以后，蝎子在天上永远追着猎人。[1] 然而，俄里翁同时还在追逐阿特拉斯的七个女儿——普勒阿得斯七姊妹，他一直贪恋着她们。他追求了她们七年，直到宙斯怜悯，将她们也变成了星星[2]。

## 赫耳墨斯

许多故事都讲到了狡猾的赫耳墨斯，宙斯与女神迈亚的儿子。从他出生的那刻起，他那不安分的天性就显而易见。据说，在赫

赫尔墨斯通常被描绘为穿戴着有翼的帽子、凉鞋，手持双蛇杖的青年形象。

《墨丘利》，彼得·保罗·鲁本斯，17世纪。

---

1　指蝎子变成了夜空中的天蝎座（Scorpius），俄里翁则为猎户座（Orion）。
2　指普勒阿得斯七姊妹星团（Pleiades），即昴星团。

据说，在赫耳墨斯出生的那天，他发现并杀死了一只龟，挖出肉，用线穿了龟壳，制作了世界上第一把七弦琴。

耳墨斯出生的那天，他发现并杀死了一只龟，挖出肉，用线穿了龟壳，制作了世界上第一把七弦琴。然后，同一天晚上，他偷走了弓箭之神阿波罗的牛。为了迷惑追踪之人，他赶着牛倒着走，自己也倒着走，将大号凉鞋像穿雪靴一样绑在脚上，以掩盖他那小小的婴儿赤脚的脚印。

捉住牛之后，他发明了打火棒，然后用打火棒点燃篝火，烤了两整头牛并吃掉了它们。然后他回到他出生的洞穴，爬上他的小床，天真地哭着。但阿波罗猜到了谁是罪魁祸首，并威胁要把他扔进塔耳塔洛斯。起初赫耳墨斯不说实话——"我只是个婴儿！我怎么能偷牛？"——但随后他还是坦白了。为了与阿波罗和解，他将七弦琴送给了阿波罗。阿波罗收下了这个乐器，作为回报，为赫耳墨斯做了神使权杖，这栩栩如生的金色权杖将永远是赫耳墨斯的象征和标志。

赫耳墨斯是代表突发和意外的神，他行事常神出鬼没，难以捉摸。他掌管盗窃、贸易与谈判、传递消息与恶作剧、灵感与发明。他永远是个青年的模样，也是个骗子，总在人不期望他出现时出现，召唤他时又不一定会现身。他是不安分的魔法和幸运之神，他的面容从未平静过。他是边界与过境之神；是羊群的守护者，没有他的指引，羊群就会走失；他还是探路者，旅行者把自己托付到他的手中。他会突然出现，或许是在清晰的梦中，带来好运或神的旨意；或者他抓住一个垂死的人，指引他去往冥界，因为生与死之间的旅程只是一瞬间。如果有人突然沉默或突然快乐

赫尔墨斯也是小偷、骗子与诡计之神。宙斯曾屡次偷偷派遣他帮助自己的情人与孩子。伊娥被迫变为母牛的时候，就是赫尔墨斯用计杀死了看守——百眼的阿耳戈斯，将她解救出来。

《赫耳墨斯杀死阿耳戈斯》，奥维德《变形记》铜版画插图，1770年。

激动，就是赫耳墨斯出现了；意外的爱或财富机会都是他的馈赠。

　　有人说赫耳墨斯是潘的父亲。潘有着山羊足，是山谷之神，也是最偏远的峭壁、山峰和草地之神。傍晚，当牧羊人呼叫他们的羊群时，他就会吹奏芦笛，峡谷间回荡着美妙的笛声。潘找不到他所追求的女神时，就去寻找她藏身的芦苇丛，于是发明了芦笛。他喜爱的另一个有音乐天赋的少女是厄科，她可以模仿世界上任何声音。当她唾弃他时，他驱使一些牧羊人发疯，将这个漂亮的仙女撕成了碎片。但大地女神收容了她散乱的残骸，埋葬她残骸的秘密之处仍然回荡着她的声音。[1] 潘是牧羊人之神，也是狩

---

1　厄科，即回声（Echo）。

猎小动物者之神，他保护守夜的人类，在山间看守他们的羊群。但他也是恐慌的传播者，能使羊群——或战斗的人——无缘无故地心中惶恐，疯狂逃窜。他叫潘，意思是"一切"，因为他能取悦所有的神，尤其是狄俄尼索斯。

## 狄俄尼索斯

可爱的缪斯最后讲述了出生两次的狄俄尼索斯。他的母亲是宙斯的情人，卡德摩斯的女儿塞墨勒。当赫拉发现这件事时，就嫉妒地密谋杀死她的情敌。她变成塞墨勒年长的奶妈去找塞墨勒，并劝说她，她是神与人的统治者的床伴，应与赫拉平起平坐——宙斯应该以神，而不是凡人的形象，与她共处。塞墨勒听信了女神甜蜜的谎言，因为她想体验与神，而非凡人同床共枕的更大乐趣。

当宙斯又一次以凡人形象去见她时，她强迫她的情人答应她所要求的任何事情。当然，她的要求是让他现出神形。这位伟大的神犹豫了，因为他知道后果。但他已经承诺了，就无法反悔。他带着炽热的光辉来到她的床前。如赫拉所愿，塞墨勒被宙斯伟大的光辉所吞噬，但这位集云之神从她死去的子宫中带走了他们的儿子，并将其缝进自己的大腿中。足月时，这孩子——狄俄尼索斯，再一次出生了。后来，狄俄尼索斯去冥界救回他的母亲，现在她与奥林匹斯山上的神祇们永远生活在一起。

狄俄尼索斯是葡萄种植和葡萄酒之神，是凡人的欢乐之源，因此也是代表狂喜和放纵的社会习俗的神。他是生命的力量，是静脉中搏动的血，是口中葡萄绽开的甜香。他也是戏剧之神，因

为当人类沉浸在剧作家的奇妙作品中时，会让自己情感得以尽情释放，不管是好的还是坏的。狄俄尼索斯还被称为反叛者布罗米乌斯，他的长袍像女孩的衣服一样华丽。

　　他的馈赠是"自由"，他很少在意人们所谓的"法律"和"习俗"，因此，据说当他的追随者——狂热的酒神女祭司们被他附身，就会拥有超人类的力量，撕碎野生动物并生吃它们。她们把他的血当成葡萄酒喝，并吃掉他的肉。其他的神都会与追随者保持距离，但狄俄尼索斯亲密无间地拥有他的追随者们，也完全被她们所有拥有。她们身披鹿皮，紧握神圣的酒神杖，杖上缠绕着常春藤，顶端是一只松果。和着笛声和钹声，他和她们在乡村野地里狂欢，抚摸驯服的黑豹，抓捕毒蛇而百毒不侵。与此同时，马耳朵的西勒尼和长着山羊胡子的萨提尔也会加入他们的行列，一起狂欢。

　　很多故事都讲述了抗拒他惊人且反传统的酒神信仰之人所遭受的命运。当色雷斯的莱克格斯将狄俄尼索斯的追随者赶下山时，

塞墨勒因宙斯的光辉而死，但还未出生的狄俄尼索斯却悄悄幸免。

《朱庇特与塞墨勒》，丁托列托，16世纪。

狄俄尼索斯的父亲——伟大的宙斯，因为这个人的盲目而让他失明。当祭拜所有女人聚集到山丘和森林中敬拜狄俄尼索斯时，国王彭透斯迫害她们，因而被他自己的母亲和姐妹们杀死。这个傻瓜监视她们的祭祀仪式，然后被发现了，她们在神引发的狂热之下没有认出他。她们像撕野兔一样轻易地把他的肢体从躯干上扯下来，尽最大努力完成她们可怕的任务，将他撕得四分五裂，表明她们献身于狄俄尼索斯。

在皮奥夏的俄克美诺斯，米努阿斯的女儿们拒绝承认他的神性，也不愿意加入乡村的其他女人。她们宁愿待在屋里，继续她们的编织工作，因为她们认为好女人应该这样。狄俄尼索斯变成一个女孩的模样出现在她们面前，警告她们太过愚蠢，因为他并非没有同情心，但她们忽视他。他让她们发疯，其中一人把她自己的孩子撕成了碎片。

狄俄尼索斯一边旅行一边传播着他的信仰，来到了雅典。他教导国王潘狄翁种植葡萄和把葡萄酿成酒的技艺，但是一些醉酒的农民不感谢神的神圣恩赐，认为他们的国王毒害了他们。他们杀死了潘狄翁并藏了他的尸体。潘狄翁的女儿厄里戈涅被她父亲的忠犬引到了林地的坟墓边，在一根粗壮的树枝上悲伤地绞死了自己。但狄俄尼索斯并没有停止报复，他驱使雅典的女人发疯，之后人们永远把厄里戈涅的木雕挂在树上摇晃，以此来安抚狄俄尼索斯。

有一次，狄俄尼索斯化身成一个少年在海岸边行走时，被海

有一次，狄俄尼索斯化身成一个少年在海岸边行走时，被海盗撞见。他们很高兴，因为他们认为他是一位国王的儿子，绑架他可以勒索一大笔赎金。

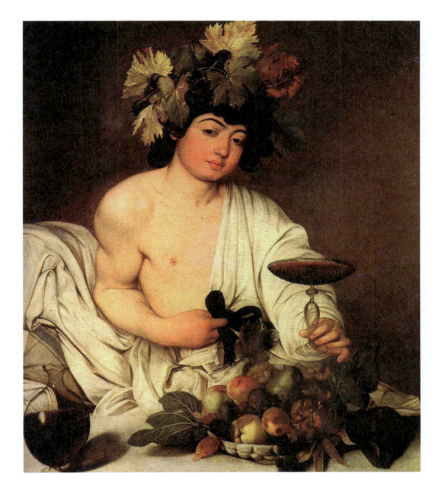

卡拉瓦乔笔下的酒神
巴克斯（狄俄尼索斯），
被描绘为一位身材丰
满、神态慵懒，富有世
俗气息的美少年。

《酒神巴克斯》，卡拉瓦乔，
1593 年。

盗撞见。他们很高兴，因为他们认为他是一位国王的儿子，绑架
他可以勒索一大笔赎金。他们用结实的绳索绑了他，但绳索却卷
成圈落在船的甲板上。当海盗仍然没有注意这个警告时，又出现
了其他迹象：船上到处溢出甘甜的葡萄酒；开满花朵的常春藤和
结满硕果的葡萄藤缠绕着桅杆和船帆；老虎和黑豹形状的幽灵在
甲板上徘徊。然后他变成了一头狮子，吞噬了船长，而其他水手

漂亮的特洛伊王子伽倪墨得斯被宙斯带去奥林匹斯山服侍他。

《朱庇特绑架伽倪墨得斯》，尤斯塔什·勒苏厄，约1644年。

则跳入大海，变成了海豚。只有舵手幸免于难，因为他认出了这位圣神，并带他安全地穿过水域，到了他的圣地，即郁郁葱葱的纳克索斯岛。

＊　＊　＊

在高高的奥林匹斯山上，宙斯和赫拉的女儿赫柏是众神金色盛宴的斟酒官，因为她是理想的年轻适婚女性，又忠于她的年长亲属，并致力于为他们服务。但宙斯的特别斟酒侍者是伽倪墨得斯。他曾是特洛伊王子，容貌和身材都非常漂亮，宙斯无法抵抗他的魅力，于是用一阵旋风将他带去了奥林匹斯山，不过也有人说是宙斯自己变成鹰把他带去了那里。这个小伙子的父亲特洛斯很伤心，因为他不知道儿子去了哪里；但宙斯派赫耳墨斯给他传递了一个好消息，即伽倪墨得斯在高山服侍宙斯，并会永葆青春。

作为对他失去儿子的进一步补偿，宙斯将自己神圣畜群中最好的一部分赐给特洛斯——他得到了永生的天马。所以美丽的伽倪墨得斯忠诚地站在宙斯的王座旁边，为金杯斟满甘露，而赫柏谨慎地照看着宴会并确保众神所有的胃口都在宴会桌上得到满足。

这些是永远幸福地住在奥林匹斯山宫殿里的男神和女神。关于他们的故事中，他们充满了像我们人类一样的特征，好像他们只是比凡间的男人和女人在力量和智慧方面强了很多倍。然而，在他们与只有血肉之躯的生物之间存在着一道不可逾越的鸿沟——神不会死！他们是永恒的，且终日无忧无虑，而人类就像树上的叶子一样很快枯萎死去，且人类的生活满是辛劳和悲伤。因此，对于凡人来说，最终是无法理解神的，就如猴子无法理解人一样，这就是为什么我们只能通过比喻来谈论他们。讲故事的人的宗旨就是揭示，仅此而已。

然而，在他们与只有血肉之躯的生物之间存在着一道不可逾越的鸿沟——神不会死！他们是永恒的，且终日无忧无虑，而人类就像树上的叶子一样很快会枯萎死去，且人类的生活满是辛劳和悲伤。

# 英雄的时代

## 大洪水

　　人类历史有过数个时代，或者可以说，曾经出现过数代不同的可以被认为是人类的物种。

　　但在每个时代之间，总会发生毁灭天地的浩劫，至少也会发生毁灭人类的大事件，最终只剩下少许关于那个时代的记忆，而各个时代之间也缺乏连续性。这就是人类的历史：若干被灾难分割而成的片段。人类若不学会虔诚地崇拜众神和大地，就总会招致灾难。

　　首先，在克洛诺斯统治的时代，有过一种黄金的人类，他们每一个都是直接从大地里诞生出来的成年人。他们不必工作，甚至不必烹制食物，大地就会自动提供食物，他们只要收获就可以了。他们不会生病也不会衰老，一直都保持着盛年的状态，死亡也只是在某日睡眠时平和地死去，回到诞生的大地中去。这些人和他们的轻松惬意的生活都已经无迹可寻，即使有，也只是一个个淡薄的幽灵般的影子留在世间了。很难说他们外形是否像现在的人类，现在的人也未必会把他们视为同类，因为他们是从地里长出来的，而非人类母亲生出来的——那时候根本就没有女性。他们受宙斯和众神眷顾，比任何动物都要优越，他们生活的时代远早于普罗米修斯将火送给人类的时候，而火正是现代人类的基石。在黄金时代，世界还非常年轻。

接下来又有两种人类——白银和青铜，他们也是最先享受到普罗米修斯的火的恩惠的种族。这两种人类都是有缺陷的。白银种族的人美丽却愚钝，即使到了一百岁也还是不成熟，没有责任心，随后很快就死了。他们活着的时候就像小孩一样，互相欺负，不敬神祇。到了某个时候，宙斯除掉了这个种族，但随之而来的青铜种族也没有丝毫改善。这些人身材巨大，非常笨重，还有一层厚厚的青铜外壳。他们智力低下，只喜欢战争，后来他们也从大地上消失了，现在这些青铜族永远住在冥府。

宙斯掀起大洪水，想抹消这些野蛮生物，但普罗米修斯保护了人类种族延续下去。他的儿子丢卡利翁和厄庇墨透斯的女儿皮拉让大地上再次有了生机，于是他们自然就成了接下来那种人类的祖先。这是个英雄辈出的种族。有不少英雄在战争中或冒险途中英年早逝，但是世界也繁盛一时，无数英雄故事得以流传。人类充分发挥了普罗米修斯赋予他们的潜力。不过由于退化的缘故，我们现在处于黑铁时代，人类的生活除了痛苦工作和过早死去以外就没有别的了，这就是黑铁时代给予人类的东西。众神不再徘

人类充分发挥了普罗米修斯赋予他们的潜力。不过由于退化的缘故，我们现在处于黑铁时代，人类的生活除了痛苦工作和过早死去以外就没有别的了，这就是黑铁时代给予人类的东西。

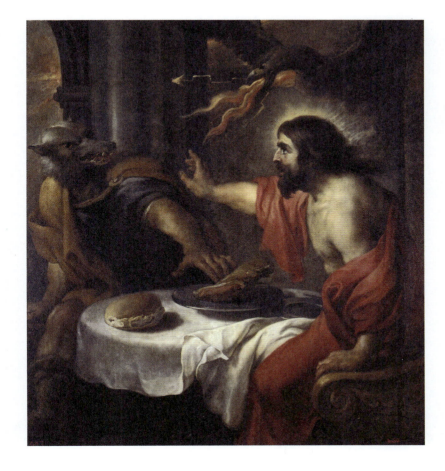

吕卡翁为了测试神祇是否无所不知，故意杀子款待神祇，被惩罚变作了恶狼。

《朱庇特与吕卡翁》，让·科斯西尔，17世纪。

徊在人间，不再与凡人同在。在英雄时代他们确实是曾与凡人同在的，但现在他们丢下人类，独自过无忧无虑的日子去了。正如诗人所说："最好不要出生，否则应尽量早死。"

　　关于青铜时代那些邪恶的人类，讲一个故事就足够了。阿卡迪亚之王吕卡翁有很多儿子，他们野蛮至极，但宙斯还是容忍了他们的暴行。一天，宙斯装作一个贫穷的朝圣者找到吕卡翁和他的儿子，想亲自看看他们有多邪恶。国王在用餐时端上一盘刚被杀死的小孩的肉和内脏。乔装打扮的宙斯推开盘子立刻走了。他现在下定决心要除掉这些不可救药的青铜种族。他看清了，这个种族的内心是个装满毒蛇蛆虫的粪坑，即使他们做了什么好事，也是因为畏惧宙斯。因此他决定让他们充分地畏惧他。

首先他把所有相互冲突的风都关进山洞里，这样风就不会到处散布云朵了，他只留下了潮湿的南风。南风的胡子和湿润的白发里充满雨水，眉毛上悬挂着乌云。雨带着希望和腐朽的味道落下来，下得很大，几小时内洪水就淹没了庄稼，吞没了农田。宙斯叫自己的兄弟波塞冬来帮忙，这位动摇大地之神命令所有的河流泛滥。洪水冲倒了大树，卷走牛和人，房屋马车也被冲走。小溪成了激流，激流成了大江大河，江河变成了湖泊。很快，最高的高塔也消失在波涛之下，大地变成了一片汪洋。鱼在树枝之间游动，乌龟在羊群的草场上爬行。在洪水中幸存下来的人不久后也都饿死了，因为洪水过后哪里都没有食物。

丢卡利翁是一个异数，他的父亲普罗米修斯抚养他，使他成了青铜时代罕见的正直之人。那位提坦神警告他即将发生大洪水，于是丢卡利翁建起一艘大船，形似一个巨大的箱子，船上装满他和妻子皮拉的生活必需品。这艘奇怪的船漂浮了很久，幸运地没被风浪掀翻。到了第十天，船被卡在了帕纳塞斯山的山峰之间，那座山现在成了汪洋大海之中的小岛。丢卡利翁找到一座忒弥斯的神殿，他和皮拉眼含热泪祈祷人类能够复兴。女神对他说："你和你的妻子必须蒙住头，走出神殿，把母亲的骨头扔到身后。"

他们夫妇二人思考着女神这番话究竟是什么意思。然后他们离开神殿，将石头抛向身后，因为石头就是大地母亲的骨头。石头砰的一声落地，立刻变得柔软并且有了人形。丢卡利翁从山上

丢卡利翁从山上扔下的石头变成了男人，皮拉扔下的石头则变成了女人。

《丢卡利翁与皮拉》，乔瓦尼·贝内德托·卡斯蒂廖内，1655 年。

扔下的石头变成了男人，皮拉扔下的石头则变成了女人。大水退去后，温暖的淤泥地生出了各种其他生物。就这样，又一个时代的人类出现了，这就是英雄的时代，他们都是丢卡利翁和其他幸存者的后代——终究还是有极少数人幸存下来。宙斯的意志实现了。

## 丢卡利翁的家系

丢卡利翁和皮拉有个儿子叫赫楞，所有的希腊人都是他的后代。他们的血脉中有着普罗米修斯和厄庇墨透斯的精神。赫楞的儿子包括：多洛斯、埃俄罗斯、苏托斯，苏托斯又生了伊翁和阿开俄斯。所以希腊的几个主要部落就是：多利安人、伊奥利亚人、爱奥尼亚人和阿开亚人。

埃俄罗斯有很多儿女，他们都成了英雄的祖先。有些故事讲的就是埃俄罗斯的儿子们。萨尔摩纽斯狂妄自大，妄称自己就是宙斯。他驾驶一辆两轮马车，车上装着青铜罐和松木火把，滑稽地模仿宙斯的雷电。宙斯把他扔进了塔耳塔洛斯，让他永世受折磨。宙斯还消灭了萨尔摩纽斯的追随者，因为那些人遵从这位疯国王的指令，对他行礼、崇拜他。不过萨尔摩纽斯的女儿堤洛得以幸免，因为她试图阻止父亲的疯狂行为。波塞冬化为波浪亲近她，她生下涅琉斯和珀利阿斯，此外她还和自己的丈夫克瑞透斯生下了斐瑞斯、埃宋和阿密塔翁。他们都是英雄，而他们的孩子则更加强大。

波塞冬还与埃俄罗斯的女儿卡那刻亲近，他们的儿子之一是埃厄忒斯。埃厄忒斯的妻子伊菲墨狄亚也为波塞冬所爱，她还生下两个健壮的儿子，分别是俄托斯和厄菲阿尔忒斯。但这两个孩子如萨尔摩纽斯一样狂妄，居然想推翻宙斯和奥林匹斯众神。在九岁的时候，这两个男孩就已经身高九英寻[1]、体宽九腕尺[2]。他们只畏惧战神阿瑞斯，但是他们却通过诡计把他用枷锁锁起来，还把他囚禁在一个严丝合缝的青铜罐子里。结果阿瑞斯的下落被这对巨人的继母透露给赫耳墨斯，赫耳墨斯把自己的战神兄弟放了出来。当俄托斯和厄菲阿尔忒斯开始进攻天庭的时候，他们堆叠起高山——奥萨放在高耸的奥林匹斯之上，皮立翁山又放在奥萨之

---

1　1英寻合1.828米。约为一个成年男子手臂展开的长度。

2　古代埃及、希腊和罗马使用过的计量单位，意为手肘到中指端的长度。1希腊腕尺约合46.38厘米，

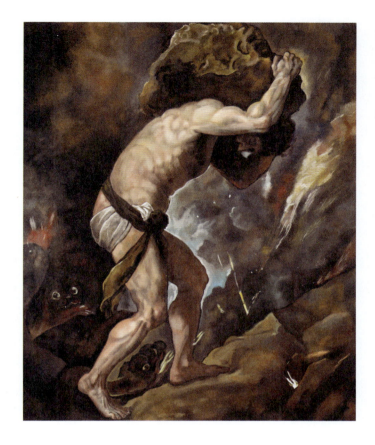

西绪福斯因欺骗死神、
违背宙斯的意志，被
罚在冥府无休止地做
苦工。

《西绪福斯》，提香·韦切利
奥，1548—1549 年。

上，这样堆起一座直达天庭的巨大天梯——但是他们最终被战神
打败，鲜血淋漓的残肢被从天上扔下来。丢卡利翁的后代，这些
新的人类，在他们内心深处其实也像青铜时代的人一样有着强烈
的傲慢。

　　著名的西绪福斯是埃俄罗斯的另一个儿子，他之所以有名是
因为他受到了特别的惩罚。据说他与阿特拉斯的一个女儿墨洛珀
结婚了，但依然与拉厄耳忒斯的妻子安提克勒亚密会。安提克勒
亚因此怀孕，这个孩子就是奥德修斯。然而她隐瞒了这个事实，

把奥德修斯作为拉厄耳忒斯的孩子生下来。西绪福斯的罪过在于，宙斯爱着河神阿索波斯的女儿埃癸娜，于是就把埃癸娜绑架到一个以她名字命名的岛上，让她当自己的情人。阿索波斯四处寻找自己的女儿未果，西绪福斯将埃癸娜的下落告诉给了他。因为此事，宙斯决定处死西绪福斯。

然而西绪福斯和死神角力，竟然束缚了死神，世界上的自然秩序也就此暂停，因为现在谁也不会死了。但那位眉毛乌黑的阿瑞斯释放了死神，并将西绪福斯交到死神手中。

埃俄罗斯之子又一次试图欺骗死神：他不让妻子举行葬礼，这样卡戎就不会让他渡过冥河，他也就去不了死者的世界了。但是西绪福斯也就只有这一点诡计了，他最终还是死了。哈迪斯为了防止他再次逃跑，就给了他一项极重的惩罚。他必须用尽全力不停地把一块巨石推上山，然而每当快到山顶之时，巨石就会滚回山脚下，西绪福斯不得不再次推石头上山。这样一来所有人都将知道，不可触怒众神。


## "阿耳戈号"和金羊毛


阿塔玛斯是埃俄罗斯的儿子，也是皮奥夏的国王，他的妻子是云女神涅斐勒。涅斐勒生下两个健康的孩子，一个男孩、一个女孩，名字分别叫佛里克索斯和赫勒。后来涅斐勒回到天上，阿塔玛斯便娶了第二任妻子，也就是卡德摩斯的女儿伊诺。伊诺曾照看过狄俄尼索斯，但是她讨厌前妻留下的孩子，决定把他们除掉。当皮奥夏的庄稼歉收的时候，她的机会来了。事实上庄稼歉收本身就是伊诺干的好事：她教唆那些女人把谷仓里的种子全煮熟了，结果自然长不出庄稼。

阿塔玛斯派人去德尔斐求问阿波罗的神谕，想知道如何才能避免发生饥荒。然而那信使也是伊诺的人，他们回来之后说，阿波罗要求献祭佛里克索斯王子。男孩品行高贵，愿意为了众人献出自己的生命，阿塔玛斯满脸泪水地准备执行神祇残酷的要求。就在此时，涅斐勒将自己的两个孩子带到天空中逃走了。阿塔玛斯得知了真相，伊诺带着自己的儿子跳崖，不过狄俄尼索斯救了自己昔日的乳母，在她临死时把她变成了海洋仙女琉科忒亚。

与此同时，涅斐勒将自己的两个孩子放在一头金色公羊的背上。这头羊是波塞冬的孩子，是当初波塞冬变成一头公羊和变成了母羊的忒奥法涅交配而生的。这头神奇的公羊飞快地向东方飞去，但是当它穿过亚洲和欧洲之间那片狭窄的海域时，赫勒没抓稳掉进了海里。从此以后，为了纪念这可怜的女孩，那条海峡就被称为"赫勒斯旁"[1]，意思是赫勒的海。而她的兄弟则继续向东飞，此时他知道了海水和泪水都是咸的。

他继续飞行，飞过了黑海的南部海岸，最后来到了科尔喀斯。那里的统治者是太阳之子埃厄忒斯王，埃厄忒斯欢迎了佛里克索斯王子。为了感谢神祇相救，佛里克索斯把那头公羊献祭给了宙斯，然后把羊毛送给埃厄忒斯。埃厄忒斯把金羊毛挂在属于阿瑞斯的圣林的一棵橡树上，让一条恐怖的巨龙去守卫。那巨龙永不闭眼休息。但埃厄忒斯得到警告，一定要提防带来或带走金羊毛的陌生人，因为这意味着他的统治即将结束。于是他杀了佛里克

---

1 即现在的达达尼尔海峡。

"阿耳戈号"诸英雄的冒险,也是希腊神话中一次著名的英雄集结。

《阿耳戈英雄登船》,洛伦佐·科斯塔,约1480—1490年。

索斯王子以避免这种命运,然而他不知道佛里克索斯王子并不是神谕中所说的那个陌生人。

　　要不是因为远在希腊的堤洛之子珀利阿斯的恶行,这件事也算是永远解决了。阿塔玛斯的兄弟克瑞透斯死后,珀利阿斯篡夺了合法继承人、自己的兄弟埃宋的王位,成为伊俄尔科斯之王。埃宋出于恐惧,将自己的儿子伊阿宋偷偷送出城,藏进山里,交给马人喀戎抚养长大。但珀利阿斯很怕伊阿宋,因为他知道一

就在此时,涅斐勒将自己的两个孩子带到天空中逃走了。阿塔玛斯得知了真相,伊诺带着自己的儿子跳崖……

个神谕说过，他必将死于埃俄罗斯后裔之手。埃俄罗斯虽然有很多后裔，但是那神谕却说得很明确："谨防只穿了一只凉鞋的人！"——这确实有点奇怪。

＊　＊　＊

伊阿宋长大后回到了伊俄尔科斯。他在返乡途中路过一条河，河水因下雨而暴涨，一个老妇人无助地站在汹涌的河边，伊阿宋同情她，于是主动背她过了河。但是他不知道这个老妇人其实是赫拉乔装而成的，而赫拉就这样十分青睐伊阿宋了。由于河水汹涌，老妇人也不轻，河中的淤泥害得他掉了一只凉鞋，水流很快卷着那只鞋漂远了。

伊阿宋就这样穿着一只鞋来到伊俄尔科斯的宫殿，珀利阿斯感到十分恐惧。伊阿宋提出，自己才是王位继承人，现在他成年了，理应继承王位。珀利阿斯表示同意，但却提出一个条件：伊阿宋必须前往科尔喀斯取回金羊毛才行。珀利阿斯想趁此机会一劳永逸地除掉这个狂妄的青年。但是伊阿宋是个了不起的英雄，他年轻又自信，他认为这个挑战值得一试，于是答应完成这个任务。

但是要如何去往科尔喀斯呢？那个地方几乎位于已知世界的边缘了，还从未有人造出过能够进行这样长距离航行的船只。伊阿宋向工匠女神雅典娜求助，请求她帮忙解决这个问题。这位聪明的女神想了一会儿，很快有了主意。她把自己的知识送入工匠阿耳戈的脑中，于是他造出的那艘船就被称为"阿耳戈号"，意思是"迅速"。女神亲自用宙斯在多多那圣域的一棵橡树做成船首，并赋予它说话的能力。

## 马人喀戎

在希腊神话中，马人族是一股混乱邪恶的力量，他们贪婪且沉迷肉欲，住在文明社会边缘的遥远群山中，主要是在色萨利和阿卡迪亚。拉庇泰人和马人之间的战争是希腊艺术的常见题材，因为这场战争代表了人类驯服自然这一永恒的主题。不过有两位马人与他们的同类不一样，他们被描绘成智者，丝毫不野蛮危险。其中一位是弗罗斯，但更有名的是喀戎。喀戎受过双胞胎神祇阿耳忒弥斯和阿波罗的指教，精通狩猎、医药和音乐，他也成了众多英雄的老师。这些英雄包括伊阿宋、阿喀琉斯、阿斯克勒庇俄斯。喀戎的妻子是阿波罗的女儿卡里克洛，后来就成了恩得伊斯的父亲，而恩得伊斯则是佩琉斯的母亲，阿喀琉斯的祖母。

这趟旅行肯定漫长且危险，因为要经过未知的水域，行过陌生的岛屿，岛上多半都是无法无天的怪物。但希腊的英雄们就是想接受这样的挑战，赫拉也暗中鼓动他们，让他们积极响应伊阿宋的号召，争相去那艘快船上当船员，参加这趟惊险的远航。不久，伊阿宋就召集起足够的人手，共计五十人，个个都是勇敢的战士或聪敏的谋士，他们都是出众的英雄。

赫拉克勒斯是船员之一，力量体形都能与他匹敌的伊达斯也在船上。伊达斯曾为了与美丽的玛耳珀萨同眠而挑战阿波罗。墨勒阿革洛斯和墨诺提俄斯也是船员，他们两个是技艺高超的猎人，也是了不起的战士。埃癸娜的佩琉斯和他的同伴——萨拉米斯的忒拉蒙也在船上，他们负责在船两侧划桨。预言家伊德蒙和摩普索斯也登上了"阿耳戈号"，波塞冬的儿子欧斐摩斯也是船员之一，他可以在海浪表面飞速奔跑而不会打湿双脚。驯马好手卡斯托尔和他的双子兄弟拳击手波吕丢刻斯也无法拒绝这一挑战。擅长变化的佩里克吕墨诺斯也用自己的技巧帮助伊阿宋。舵手是提费斯，千里眼林叩斯负责瞭望，俄耳甫斯为桨手们打节拍。

离开希腊大陆之后，他们遇到的第一个险情是在楞诺斯岛，那里的居民全是女性，她们的统治者是许普西皮勒女王。楞诺斯岛的女人忽略了对阿佛洛狄忒的崇拜，女神惩罚她们全身发臭，她们的丈夫都宁愿和奴隶们在一起，也不想和她们亲近。全希腊的男人都有权和他们的女奴发生关系，但楞诺斯人抛弃了合法的家庭，组建起新的家庭。那些女人出于报复心理，把岛上的男人或是杀死或是流放。"阿耳戈号"来到岛上时，那里的女人已经有很长一段时间没有男人了。她们拒绝让"阿耳戈号"登陆，除非船员们跟她们交好。英雄们在岛上住了一整年，最终赫拉克勒斯把他们从惬意的生活中强行带走，他们又继续航行，而在楞诺斯岛上，则留下了很多他们健壮的儿女。

接下来他们到了库齐库斯半岛，并且帮助国王打败了从地里长出来的巨人，那些巨人四处恐吓本地的杜利奥纳人。在享用过庆祝胜利的盛宴之后，"阿耳戈号"继续出发，但是逆风在当天晚上又把他们吹回到库齐库斯半岛。可是这里的新朋友在黑暗和大雨中把他们认成了敌人，结果双方发生了战斗，伊阿宋杀死了国

楞诺斯岛的女人忽略了对阿佛洛狄忒的崇拜，女神惩罚她们全身发臭，她们的丈夫都宁愿和奴隶们在一起，也不想和她们亲近。

迷恋许拉斯美貌的水泽
仙女们带走了许拉斯，
赫拉克勒斯再也没能寻
到他。

《许拉斯与水泽仙女》，约
翰·威廉姆·沃特豪斯，
1896 年。

王，还有很多杜利奥纳人也死了。次日早晨，国王的女儿在悲痛
中上吊自杀。风暴让大家无法离开，最终是摩普索斯用自己的力
量传达了众神的意志，告诉大家应该向瑞亚献祭。只有这位古老
的女神能够治愈如此惨重的伤痛。

接着他们又失去了赫拉克勒斯，此时他们离目的地还很远。
赫拉克勒斯非常强壮，他轻轻一下就折断了一支船桨，于是众人
只好在喀乌斯登陆寻找替换的木棒。他上岸后砍倒一棵大树准备
削成木棒，但是他心爱的许拉斯却淹死在水中。许拉斯当时进入
森林深处，找到一池平静的湖水。当他跪在水边低头看的时候，
竟然看不到自己的倒影。于是他弯下腰凑得更近一些——这时候，
在深深的水中，他瞥见了最最美丽可爱的少女们。随后许拉斯就

　　　　　希腊神话：众神与英雄的故事

消失了，水泽仙女带走了他。赫拉克勒斯花了很多时间去寻找这位失踪的少年，其他英雄只能撇下他走了，喀乌斯的群山和森林中依然回荡着呼喊许拉斯的声音，仿佛是赫拉克勒斯的喊声还没有消失。

他们在比提尼亚停靠，去请教盲眼的菲纽斯，此人是世界上最著名的预言家。由于他的预言实在太过准确，对神的意志知晓太多，宙斯把他变成了盲人，并派出鸟妖哈耳庇厄去骚扰他。那是一些长着黑色翅膀和老巫婆脸的怪物，可以在狂风中迅速行动。每当他坐在桌边准备用餐时，这些怪物就会冲下来把他的食物抢走，不然就把食物弄得很脏，因此菲纽斯一天比一天虚弱。他要求英雄们帮他驱赶这些可怕的怪物作为预言的回报。"阿耳戈号"的英雄们成功赶走了鸟妖，菲纽斯万分感激地告诉他们应该如何应对未来的险情。最重要的一点是，他告诉众位英雄如何躲避位于黑海入口处的撞岩。那两块岩石漂在海上，时不时会比风还快地合拢，夹碎过往的船只，就连海豚有时候都难逃厄运。菲纽斯让他们先放出一只鸽子从岩石之间飞过，这样他们就能计算出自己需要多长时间驶过撞岩。他们照菲纽斯的建议做了，那只鸟险险通过了，只是被岩石夹掉了尾羽。但是海面波浪在悬崖之间翻涌，阻止了"阿耳戈号"跟进。

现在岩石朝着英雄们逼近了。他们能看到小石块和水沫从危险的巨石表面落下。但是还有赫拉保佑着伊阿宋，她暂时撑住了两块锯齿状的巨岩，"阿耳戈号"顺利通过，当岩石最后合拢时，只是撞坏了船尾而已。

在经历无数冒险之后，"阿耳戈号"到达了目的地科尔喀斯。埃厄忒斯国王假装欢迎他们，但其实他心里已经知道了，伊阿宋就是神谕里说的那个陌生人，那个即将结束他的统治的人。伊阿宋礼貌地请求国王让出金羊毛，并解释了珀利阿斯对他提出的那个要求，但埃厄忒斯认为这是害死伊阿宋的大好时机。他答应伊阿宋可以让出金羊毛，但条件是伊阿宋必须完成两个任务。然而那两个任务却是不可能完成的：即使伊阿宋想办法完成了第一个，第二个任务肯定也会害死他。一旦伊阿宋死了，埃厄忒斯就可以继续除掉"阿耳戈号"上的所有人。

那是个非常周全的计划。但是埃厄忒斯不知道，他的女儿美狄亚深深地爱上了伊阿宋。赫拉和阿佛洛狄忒很狡猾地促成了此事，她们送给伊阿宋一个强大的爱情符咒。伊阿宋偷偷把这个符咒作为送给埃厄忒斯父女的礼物之一交给了美狄亚。这位少女不明白：她从未见过这个年轻人，但是他身上有某种东西……让自己强烈地不想看到他死去。美狄亚是个强大的帮手：她是赫卡忒的女祭司，非常擅长巫术和符咒——那是只有邪恶又智慧的人才能掌握的。

伊阿宋的第一个任务是去播种龙的牙齿。这件事听起来简单——可是那片田野必须用几头喷着火焰的公牛来犁地，那些牛有着令人致命的青铜蹄子，脾气暴躁，难以驯服。但是美狄亚为伊阿宋调制了一种药膏，可以暂时保护他不受火焰和金属的侵害。伊阿宋大胆地脱下衣服，涂上药膏，他的肌肤闪耀着光芒。他走上前，毫发无伤地抓住了公牛。他看着那些牛的眼睛，让它们服从自己的意志。公牛驯服地被套上坚固的轭去犁地，伊阿宋把装在头盔里的龙牙撒进土里。

但是谁也想不到接下来的情况——这是狡猾的埃厄忒斯精心策划的。龙牙刚一种下去，土里就长出了一队全副武装的战士，

在神的精心策划下，美狄亚爱上了伊阿宋，暗地帮助他配置魔药，取得了金羊毛。

《美狄亚与伊阿宋》，约翰·威廉姆·沃特豪斯，1907 年。

而且全都朝伊阿宋扑过来。美狄亚看到这个情景不禁吓坏了：她没料到这种情况，也没有准备什么药膏，无法帮助心爱的人抵挡龙牙兵的长矛。但伊阿宋自有办法。他敏捷地捡起一块大石头（虽然不自知，但这确实是模仿了卡德摩斯 [1]），扔向敌群之中。龙牙兵以为是自己的人遭遇了袭击，于是都自相残杀起来，结果就这样一个也不剩了。

　　伊阿宋完成了第一个考验。接下来就只剩取得羊毛这一个任

---

[1]　相传卡德摩斯面对播种龙牙长出的士兵，遵循神谕往他们中间扔了一块石头，龙牙士兵即开始自相残杀。

务了——但是为了取得金羊毛，他得首先绕过圣林的看守者，接近悬挂着金羊毛的橡树。美狄亚又做了一剂魔药送给伊阿宋。"这药可以让那怪物入睡，"她说，"但是它必须完全吃掉才行。你必须让它吞掉你。"

伊阿宋咬紧牙关按照美狄亚的说法做了。他紧握着药瓶靠近那个怪物——它比一艘战舰还大，毒液从它嘴里滴下来——然后让龙吞掉了自己。魔药很快起效，龙一阵恶心，把伊阿宋从肚子里吐了出来，然后它躺在挂着金羊毛的树下睡着了。伊阿宋冷静下来，擦掉四肢上的毒液，将金羊毛从树上取下来，紧握着美狄亚的手跑向"阿耳戈号"。所有人都在船上等着，因为预言家伊德蒙料到埃厄忒斯的作为，建议他们必须迅速离开。

埃厄忒斯乘上快船去追赶。美狄亚带着自己的弟弟阿斯皮耳图斯上了船，她做了一件十分恐怖的事情来拖住自己的父亲。当他们沿着法席斯河驶向大海离开科尔喀斯时，美狄亚杀死了阿斯皮耳图斯，并把他的尸体切成一块一块的，扔进河里。埃厄忒斯只能不断停下来捡拾儿子的尸块好为他下葬，因为这是作为父亲的义务。就这样，"阿耳戈号"逃走了。

他们准备返回色萨利，要求珀利阿斯归还伊俄尔科斯的王位，但路途却很曲折。风暴和敌对的神祇不断让他们偏离航线，甚至去了大洋河的水域。在克里特岛，他们遇到了塔洛斯，他是克里特岛永不疲倦的卫兵，可以在一天之内绕岛行走三圈，而且他是青铜时代的幸存者，同时也是不可战胜的——不过他的脚踝处有一块普通皮肤，没有被青铜保护。美狄亚使出了全部魔法，施展了咒语，让这个怪物跌倒，然后趁他想捡石头砸向"阿耳戈号"的时候，让一块尖锐的石头刺中了他的脚踝。"走开！走开！"他

在美狄亚的帮助下，伊
阿宋制伏恶龙，取得了
圣林中的金羊毛。

《伊阿宋催眠巨龙》，萨尔
瓦多·罗萨，17世纪。

喊道。然后，就像森林中被砍倒的大树一样，塔洛斯跌倒了。他
低头一看，发现灵液像融化的铅一样从伤口流出，然后他就倒地
而死了。他倒下的时候整座岛屿都摇晃起来，巨浪几乎要吞没
"阿耳戈号"。

"阿耳戈号"驶向目的地，皮立翁山东边的崖壁也越发清晰起来。伊阿宋知道，虽然他取回了金羊毛，但是珀利阿斯也不可能把王位拱手让给他。他的这位叔叔已经杀死了伊阿宋的近亲，"阿耳戈号"上的英雄们也知道这两个人发生争斗只有一个能活下来。伊阿宋只能去求助美狄亚，她想出一个好办法，可以永远除掉珀利阿斯。

　　他们到了伊俄尔科斯附近，把船在隐蔽处停好，美狄亚装扮成阿耳忒弥斯的女祭司上了岸。没过多久，她就成了珀利阿斯女儿们的朋友，并且发现她们最大的愿望就是让年迈的父亲重获青春活力。她们很享受奢华的生活，不愿意这样的日子结束。美狄亚便说，自己知道怎么让人返老还童。

　　她乘着龙拉着的两轮战车，花了九天九夜时间找到了自己需要的草药，然后在月光中用非金属的工具将草药切碎，这样才能保证药效。然后她骗那几个傻女孩说这个办法肯定行，她用一头年老的公羊演示。珀利阿斯的女儿们惊恐地睁大了眼睛看着美狄亚割断公羊的喉咙，放干了血，然后把尸体放进大锅里，锅里还装了用草药特制而成的灵药。她顺时针绕锅走了三次，又逆时针走了三次。片刻后女孩们惊讶地听见锅里传来咩咩的叫声——接着美狄亚居然从锅里拽出来一只小羊羔！

　　女孩们相信了美狄亚的魔法。次日，女孩们说服了珀利阿斯随她们一起来到美狄亚的房间。他们进了屋之后，其中两个女孩立刻抓住父亲的手腕，第三个人割断了他的喉咙。温热的血喷涌而出，珀利阿斯倒在地上，他显然是疑惑多于痛苦。女孩们迫不及待地将他的尸体扔进大锅里。她们顺时针绕着锅走了三次，又逆时针绕着锅走了三次。但是到了夜里，美狄亚倒掉锅里的水，把锅里的灵药换成了没用的汤水。女巫美狄亚本人当然也消失得无影无踪。

国王死后举行了盛大的葬礼竞技会，所有的英雄们都参加了。长跑的冠军是泽忒斯和卡莱斯——他们是北风神的儿子，所以有很大的优势。卡斯托尔在短跑竞赛中获胜，他的兄弟波吕丢刻斯在拳击竞赛中胜出，忒拉蒙在掷铁饼比赛中脱颖而出，墨勒阿革洛斯获得投标枪比赛的冠军，佩琉斯在摔跤比赛中胜过所有对手，连美丽的阿塔兰忒也敌不过他。伊俄拉俄斯在战车竞速中轻易胜出，而弹奏七弦琴的比赛自然是谁也比不过俄耳甫斯。

但是伊阿宋没有参加，因为他当时不在场。不管珀利阿斯是如何邪恶，他毕竟是伊阿宋的叔叔，杀了他就让伊阿宋和美狄亚染上了罪恶。他们必须把伊俄尔科斯的王位交给珀利阿斯的儿子，否则罪行的污秽就会传开，整个城市都会遭受瘟疫和饥荒。他们前往科林斯，在那里平静地住了几年。后来伊阿宋为了提升自己的地位决定抛弃来自异国的妻子，与当地国王克瑞翁的女儿、科林斯的公主格劳刻结婚。美狄亚内心充满愤怒又无比嫉妒，但是她装得很平静。"这是正确的决定，"她说，"为了你和我们的孩子好。"但是这是她咬牙切齿说出来的谎话。她给格劳刻和克瑞翁送去了结婚礼物，给格劳刻的是一件华丽的袍子，给克瑞翁的是一顶王冠。他们高兴地接受了礼物。

但是他们刚一穿戴上礼物，美狄亚染在衣物上的毒药就发作了。格劳刻的袍子着火了，她想脱掉衣服，但是那些东西像第二层皮肤一样紧紧裹着她。她尖叫着朝附近的水源跑去——时至今日那个地方依然叫作格劳刻泉——她跳进水里寻求解脱。然而还是没用。她的肉被烧焦，血被烧干，万分痛苦地死去了。

正在调制魔药的美狄亚

《美狄亚》，弗雷德里克·桑蒂斯，1868 年。

　　紧接着，克瑞翁的王冠像钳子一样紧紧地箍住他的头，而且越收越紧，他头骨被勒碎了，倒地而亡，御座周围的地上满是脑浆。出于对伊阿宋的憎恶，美狄亚割断了亲生孩子的喉咙，然后驾着她的龙车飞到了雅典。在雅典她受到埃勾斯国王的庇护。后来有传闻说她想取继子忒修斯的命，但除此以外，这位声名狼藉的女巫渐渐被人们遗忘了。

至于伊阿宋，有传闻说他因为哀悼自己的孩子而自杀了，也有人说从此以后他的好运就消失了。他曾经将"阿耳戈号"的船尾碎片供奉在赫拉的神庙里，但有一天他走进这座神庙，船尾碎片突然从底座上掉下来砸死了他。被神祇选中完成伟业的人很少寿终正寝。


## 猎杀卡吕冬的野猪

命运总是会关照那些有梦想和不惧流血的人——传说中的英雄们做的梦、流的血并不比我等凡人少。美丽的阿尔泰亚是埃俄罗斯的后代，同时也是俄纽斯的表亲兼妻子，俄纽斯则是埃托利亚地区卡吕冬的王。一天晚上，战神阿瑞斯跑来与阿尔泰亚幽会，一段时间之后，阿尔泰亚生下一个男孩，起名为墨勒阿革洛斯。男孩长到七岁的时候，不可违背的命运女神找上了他，并预言墨勒阿革洛斯会与火炉里一块燃烧的木头共命运。"无论是给你的儿子还是给这段木头，"那三个苍白如鬼魂般的巫婆说，"他们共享我们分配的同一份生命。"阿尔泰亚自然就把那块燃烧着的木头从火里夹出来，等到火熄灭之后，她就把木头藏进一个只有她自己知道的箱子里。那个男孩长成了一个勇武的战士，他强壮又骄傲。

但是命运却没有改变。从俄纽斯惹怒了贞洁的女猎手阿耳忒弥斯开始，一连串的事件就开始了。因为他的愚蠢，在献祭别的

愤怒的阿耳忒弥斯派出野猪在卡吕冬肆虐，众英雄因此集结。狩猎卡吕冬的野猪是希腊神话中一次著名的群雄会聚之事。

《阿塔兰忒与墨勒阿革洛斯·狩猎卡吕冬野猪》，查尔斯·勒·布朗，1823—1836年。

神祇时忘记了献祭阿耳忒弥斯，女神派去一头野猪在俄纽斯的领地上肆虐。那不是普通的野猪，而是一头特别巨大、特别凶暴的野猪，几乎像一艘大船那么大，它在拱地觅食的时候足以把一棵大树连根拔起。墨勒阿革洛斯非常擅长投掷标枪和长矛，他召集了一伙英雄前去帮忙狩猎野猪。他们包括佩琉斯、忒拉蒙、卡斯托尔、波吕丢刻斯、伊阿宋，还有向来密不可分的二人组忒修斯和庇里托俄斯，再加上阿德墨托斯、预言家安菲阿剌俄斯以及其他很多人。狩猎队伍中还有美丽的女猎手阿塔兰忒，有朝一日希波墨涅斯会施展诡计和她结婚，但是现在，墨勒阿革洛斯刚一看

　　　希腊神话：众神与英雄的故事

到她就坠入爱河。

于是他们就出发去狩猎野猪了。到处都有那头野猪的痕迹：倒掉的树、被獠牙撕裂的树干，很多地方都被拱成一片废墟，到处都是被踩烂的庄稼。所有野生动物都吓得到处逃窜。他们追了七天七夜，晚上也很少休息。野外的岩石被当作枕头，树叶被当作睡垫，圆缺的月亮为他们照亮。

最终他们把野猪包围在了灌木丛中，张开牢固的网子防止它逃跑。但是那头野猪非常易怒，一受到威胁就会激烈反击。他们即使作为英雄也有不少伤亡，很多人被野猪的獠牙刺破了腹部或腹股沟，鲜血流了满地，连落叶都被染红了。欧帕勒蒙和佩拉冈受伤了，许琉斯、希帕索斯和恩阿俄西姆斯也受伤了。欧律提翁死于事故，因为佩琉斯在黑暗中匆忙投掷长矛，结果误伤了欧律提翁。野猪极度愤怒，它冲进了开阔地，径直冲向皮洛斯的涅斯托耳。谁都来不及发出警告，他的命运俨然已经注定了，但是他聪明地用自己的长矛来了个撑竿跳，安全地跳到树枝上。

尽管涅斯托耳不断鼓舞同伴，但是野猪依然占着上风，它左冲右突，继续大肆破坏。此时阿塔兰忒拉开了她强大的弓，箭射中了野猪的背并刺进它的颈部。安开俄斯看到鲜血不禁胆大起来。"让我们看看男人能做什么吧，"他喊道，"这里没有女人的事。"野猪朝他冲过来，安开俄斯也掷出长矛，但是没刺中。野猪被激怒后用长牙刺破了他的肚子，他拖着还冒着热气的肠子，倒在鲜血淋漓的地上咽气了。墨勒阿革洛斯上前投出长矛，长矛穿过野猪的嘴巴，它倒在尘土飞扬的地上，很快死去了。野猪的皮和獠牙自然归墨勒阿革洛斯所有，因为他杀死了野猪。但是第一个击中野猪的荣誉，他判给了美丽的阿塔兰忒，因为他非常喜欢她。

但是他的舅舅——阿尔泰亚的兄弟们也参加了狩猎，他们因此嘲笑墨勒阿革洛斯，说这不是男子汉的作为。墨勒阿革洛斯失去了耐心，他父亲那强大又阴鸷的血液在他的身体中沸腾了。旁人还来不及喘口气，他的舅舅们就已经成了狩猎场上的尸体。

阿尔泰亚非常悲痛，她打开了那个多年前藏木头的旧箱子，把那段木头取出来丢进火里，然后请求复仇女神惩处弑亲者。墨勒阿革洛斯立刻感觉到体内有什么东西在燃烧，随着木头燃成灰烬，他也很快死去了。

阿尔泰亚对自己的所作所为感到后悔，她抓破自己的脸颊，然后怀着比海更深的懊悔自缢身亡，她的女儿们被阿耳忒弥斯变成了珍珠鸡，以单调的哭声终日悼念自己的兄弟。不过因为狄俄尼索斯的请求，戈尔革和得伊阿尼拉得以幸免，因为得伊阿尼拉注定要成为赫拉克勒斯的第二任妻子，戈尔革则要通过和她父亲

墨勒阿革洛斯之死

《阿塔兰忒与墨勒阿革洛斯之死》，查尔斯·勒·布朗，1823—1836 年。

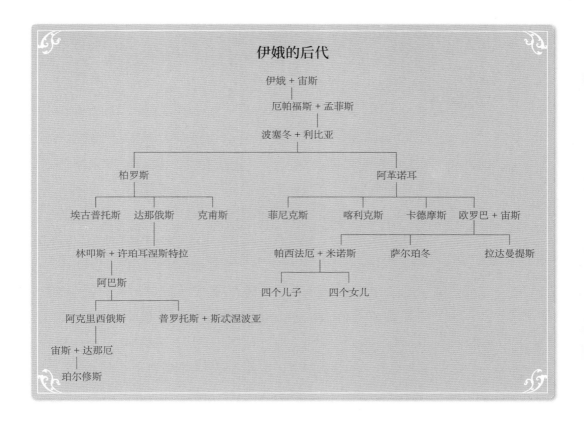

**伊娥的后代**

伊娥 + 宙斯

厄帕福斯 + 孟菲斯

波塞冬 + 利比亚

柏罗斯　　　　　　　　　　　　阿革诺耳

埃古普托斯　达那俄斯　克甫斯　　　菲尼克斯　喀利克斯　卡德摩斯　欧罗巴 + 宙斯

林叩斯 + 许珀耳涅斯特拉　　　　　帕西法厄 + 米诺斯　　萨尔珀冬　　拉达曼提斯

阿巴斯

阿克里西俄斯　普罗托斯 + 斯忒涅波亚　　四个儿子　四个女儿

宙斯 + 达那厄

珀尔修斯

不道德的结合生下堤丢斯。

## 伊娥和达那伊得斯

　　阿尔戈斯是一座大城市，受到赫拉的庇护，城中马匹和牛羊
众多，同时这里也受到灰眼女神雅典娜的庇护。河神伊纳科斯的
女儿伊娥是赫拉在阿尔戈斯的女祭司。夜神的战车张开双翼飞过
天空，明亮的泡沫从他的马匹嘴里滴下来，落在地上就成了朝露，

而伊娥时常被一个梦困扰，她在梦中似乎听到一个声音。"傻女孩，"那个低沉的声音真挚地引诱她，"既然你能成为至高大神宙斯的情人，为何还死守着自己的贞洁呢？"

夜复一夜她都做着这个梦，最终她向那持续不断的吵闹声屈服了。宙斯来访的时候，她不仅张开双臂，还敞开了心胸。但是宙斯的行为让赫拉起了疑心，于是赫拉跑来找他。就在她快要找到这对情人时，宙斯察觉到了，于是把伊娥变成了一头母牛，坚称自己是清白的："这里没人，只有一头母牛。"但是赫拉跟她丈夫一样善于伪装，她要求宙斯把母牛送给她。宙斯没办法，只能给她了。赫拉随后召来阿耳戈斯，那是个从大地里生出来的巨人，长着一百只眼睛，可以看到任何方向，在守卫一方平安、抵御凶暴怪兽方面很出名。赫拉把伊娥拴在自己圣域的一棵橄榄树上，派阿耳戈斯看守伊娥，而且赫拉还赐予——或者该说是诅咒——阿耳戈斯再也无须睡觉，这样他所有的眼睛都不会因为疲倦而闭上了。不过宙斯让赫耳墨斯去解救伊娥，这位狡猾的神祇用自己的笛声让百眼的阿耳戈斯睡着，然后砍掉了巨人的头。后来赫拉取出阿耳戈斯的眼睛，放在了她最喜欢的孔雀的尾巴上。

但是赫拉内心的怒火还没有平息，她派出一只牛虻，伊娥以牛身四处流浪时，那牛虻一直追着叮咬她，害得她无法休息。每次她以为牛虻走了，那虫子就会飞回来狠狠叮她。当她到达埃及之后，宙斯手指一晃，就把她变回了人形。她的儿子在埃及出生，起名为厄帕福斯，这是她在接受宙斯温柔的触摸之后生下的孩子。埃及、腓尼基、阿尔戈斯、忒拜、克里特这些地方王室的祖先都是厄帕福斯。

在埃及，厄帕福斯的曾孙是达那俄斯和埃古普托斯，他们两

人分别是五十个男孩和五十个女孩的父亲。达那俄斯厌恶自己的兄弟，于是带着五十个女儿（达那伊得斯姐妹）出走去了阿尔戈斯生活。而埃古普托斯很自然地希望自己的儿子和表姐妹们结婚，于是跟着他们去了希腊。这个想法很合理，达那俄斯也阻止不了——不过他命令自己的女儿在集体婚礼当晚，洞房之前，杀死她们的丈夫。

这个邪恶计划得以顺利实施，或者说基本上顺利实施了，除了达那伊得斯姐妹中的一个——许珀耳涅斯特拉没有照办。她放过了自己的丈夫林叩斯，他们的后代成了阿尔戈斯的统治者。而她的姐妹们当然不可能永远不结婚。达那俄斯安排她们的追求者进行竞走比赛，第一个越过终点线的人可以首先挑选新娘，第二名就第二个挑选，以此类推，直到第四十九个。达那伊得斯的姐妹也因自己的恶行受到了惩罚：她们在冥府永远不停地用筛子打水来为自己准备新娘沐浴仪式。

## 珀尔修斯和戈尔贡女妖

达那伊得斯姐妹之一的许珀耳涅斯特拉，也就是没有杀自己丈夫的那位新娘，后来生下一个男孩，起名叫阿巴斯。阿巴斯后来有了两个男孩，普罗托斯和阿克里西俄斯。这对兄弟还在娘胎里就斗个不停，后来他们把阿尔戈斯的领土一分为二，阿克里西俄斯当了阿尔戈斯的统治者，普罗托斯是梯林斯的统治者。阿克里西俄斯有一个女儿，名叫达那厄；普罗托斯有好几个女儿，但是她们疯了十年。这是个严重的教训，警示世人不可冒犯众神，因为她们亵渎了赫拉的神庙，于是赫拉惩罚她们穿着肮脏的衣服在山野中流浪，以为自己是牛。有个聪明的巫师名叫墨兰波斯，他治好了普罗托斯的女儿们，于是获得了普罗托斯一半的领土，还娶了其中一位公主，与她生儿育女。

阿克里西俄斯很疼爱女儿达那厄，但是他当然还希望有个男孩来继承阿尔戈斯。他去德尔斐询问阿波罗的神谕，得到的结果很令人痛苦：他不会有儿子，他女儿生下的儿子将杀死他。虽然人们都说爱能战胜一切，但是阿克里西俄斯的恐惧战胜了爱：他把亲爱的女儿囚禁在一间青铜制成的地下室里，只留下一个小出口可以给她送饭、供她呼吸新鲜空气。但是宙斯忽然对达那厄产生了极大的热情，凡人之手做成的牢狱不可能拦得住宙斯。他变成了一阵金雨，从那个入口潜入牢房。就这样，大神和他心爱的

被父亲关在铜屋里的达那厄，宙斯化作一阵黄金雨与她幽会。

《达那厄》，提香·韦切利奥，1553—1554 年。

达那厄结合了。

　　达那厄后来生下一个男孩，取名为珀尔修斯。这孩子跟她母亲一起睡在那个青铜地牢里，但是有一天阿克里西俄斯听见男孩玩耍时候发出敲打金属的声音，达那厄的秘密就这样暴露了。阿克里西俄斯毫不留情地抓住自己的女儿，想知道孩子的父亲是谁。"是宙斯！"她大声说，但是阿克里西俄斯不相信。他把母子二人关在木头箱子里扔进大海，这样他就能宣告二人死亡。但是那个脆弱的箱子竟然被一个名叫狄克堤斯的渔夫打捞起来了，他就把达那厄和珀尔修斯带回家，让他们和他一起住在塞里福斯岛上。随着时间流逝，珀尔修斯长成了一个矫健俊美的青年，众神都很青睐他。

　　诚实的狄克堤斯的兄弟波吕得克忒斯是塞里福斯的国王，他很中意美丽的达那厄。但是为了保护自己的儿子，达那厄对他的求爱总是很冷淡。

于是波吕得克忒斯决定除掉珀尔修斯，他觉得年轻人总是愚蠢又自大，应该很容易对付。波吕得克忒斯邀请珀尔修斯和岛上各位重要人物参加宴会，名义上是为了让大家为珀罗普斯和希波达弥亚的婚礼赠送礼物。每个男子都要拿出一匹马，但是珀尔修斯不富裕，捐不出马。于是这个年轻人紧张得口不择言，许诺说他可以用戈耳贡女妖的头代替马匹送给波吕得克忒斯。波吕得克忒斯抓住这个机会让他信守诺言：一定要把戈耳贡的头带回来。这样珀尔修斯就会离开很长时间——甚至可能永远回不来了——趁这段时间，波吕得克忒斯就可以继续追求达那厄了。

珀尔修斯绝望地去执行这个任务。他了解戈耳贡：戈耳贡共有三个姐妹——斯忒诺、欧律阿勒、美杜莎，她们是福耳库斯和刻托的女儿，是大地和海洋的女儿，原本都非常美丽。斯忒诺和欧律阿勒是真正的神祇，美杜莎是普通凡人，不过更加美丽。但是美杜莎触怒了雅典娜，她说自己美貌胜过雅典娜，而且她还在雅典娜的神殿里和波塞冬交合，女神更生气了。

作为惩罚，戈耳贡三姐妹被变成了长着粗短翅膀的怪物，时刻流着口水，还有巨大的舌头，长着獠牙，皮肤腐坏，头发全都变成了毒蛇。她们完全就是噩梦中的生物，而且美杜莎那双曾经迷人的眼睛，现在能把看到她的人永远变成石头。

珀尔修斯来到岛上荒无人烟的地方思考。海鸥在咸味的海风中盘旋鸣叫。接着两位强大的神祇向他走来——赫耳墨斯和雅典娜让他不必害怕。珀尔修斯问："我能做什么呢？我不可能正面对抗戈耳贡。"两位神祇也表示同意，接着他们提出一条妙计。

"你知道戈耳贡有姐妹吧？"他们说，"要说谁知道姐妹的弱点，那就是她们的其他姐妹了。你去找格赖埃姐妹，让她们告诉你该如何打败戈耳贡。"接着他们给珀尔修斯讲了格赖埃的情况：她们一生下来就是老太婆的模样，一生都以衰老伛偻的样子活着，她们的皮肤灰白冰冷，就像她们出生时大海的泡沫一样。接着他们又解决了珀尔修斯心头的第二大问题：告诉了珀尔修斯去何处找到格赖埃。

珀尔修斯到达格赖埃所在的遥远海岸后，就立刻向她们求助。三姐妹之一的佩佛瑞多问："你是谁啊？"她用没有眼睛的空眼眶盯着珀尔修斯的方向，模样看起来十分诡异。

"是个年轻人，"她的姐妹得诺说，"现在轮到我戴眼睛，我看得见。"

"快给我！"佩佛瑞多急切地说。随着一阵黏糊糊的声响，得诺把那个黏糊糊的眼球从眼眶里抠出来递给自己的姐妹厄倪俄。"把牙齿给我，"她说，"我还想嚼几块生章鱼呢。"

珀尔修斯打量着这三个奇怪的生物，忽然有几分内疚——因为他突然想到一个主意。他注意到格赖埃姐妹之间共用一副牙齿、一只眼睛，而且全靠这两件东西活着。他慢慢地、小心翼翼地靠近三个衰老的女人，趁着她们传递牙齿和眼睛的时候，突然抢过她们的牙齿和眼睛，后退了几步。三个女巫发出刺耳的尖叫声——就好像海鸥的尖叫或者汹涌波浪之间呼啸的风。"把它们还回来！还回来，还回来！"她们喊道。

"不！"珀尔修斯说，"你们不说怎样打败戈耳贡，我就不还。"一开始她们不肯说，因为那毕竟是她们的姐妹。而珀尔修斯虚张声势，假装要拿着牙齿和眼睛走掉，他脚在卵石上踩得吱嘎作响，还没走出去多远，格赖埃就喊他回来，表示愿意帮他。

他把眼睛和牙齿放回得诺手中，这三个衰老的生物发出唱歌一样的声音。

"我们的姐妹住在很远的地方，"她们说道，"在大洋河的西岸，靠近地下世界的入口。如果没有魔法交通工具，就要经过数月甚至数年才能到达那里。小心！她们的感觉很敏锐，你最好是隐去身形。可即使你砍掉了我们的小妹美杜莎的头，你又能拿她的头做什么呢？你不能把它放在外面，不然一切被她眼睛看到的东西都会变成石头——包括你自己——而且无法逆转。"珀尔修斯觉得她们的建议毫无用处。他的任务仿佛变得更加困难了。"所以我必须会飞，"他说，"还要能够隐形，还要能够安全转移戈耳贡危险的脑袋。真不幸，这些我都做不到。"

"不过幸运的是，我们知道如何让你得到这些能力，"格赖埃说，"我们的姐妹被变形之后，波塞冬把几样东西送给了他的女儿，也就是海中仙女。因为他担心戈耳贡会失去理智为害世界，于是他留下了可以杀死她们的工具。"接着格赖埃就告诉珀尔修斯如何找到海中仙女。

他飞速赶去完成自己的任务，海中仙女见他确实是个真正的英雄，便慷慨地借给他一顶黑色的帽子，一双有翼的凉鞋和一个特殊的袋子。赫耳墨斯又给了他一把非常锋利的剑，他拔剑出鞘的时候，冷风会从剑刃上吹过，这把剑甚至不会反射月光。

珀尔修斯穿上那双鞋子从空中飞过，来到世界的边缘——环绕大陆的巨河大洋河的源头，找到了正在睡觉的怪物戈耳贡。他从高空看见她们之后，就戴上自己的隐身帽准备降落。按雅典娜和赫耳墨斯的建议，他用自己的青铜盾牌当作镜子，避免直视美杜莎。在砍头的时候，他尽可能干净利落地一下砍掉。从戈耳贡被砍断的脖子里跳出了她和波塞冬的孩子——有翼天马珀伽索斯，以及这匹马的人类双胞胎兄弟克律萨俄耳，他是革律翁的父亲。

这些响动惊醒了美杜莎的两个姐姐，她们头上的蛇仿佛可以看穿珀尔修斯周身那层隐身的伪装。珀尔修斯赶紧把美杜莎的头塞进袋子里飞走了，与此同时，另外两个戈耳贡徒劳地尖叫咆哮，她们头上的蛇发竖起来嘶嘶作响。当珀尔修斯飞过非洲的时候，血从袋子里滴出来，于是那片大地生出了无数毒蛇。

\*　\*　\*

当珀尔修斯来到巴勒斯坦海岸的时候，忽然看到一个奇怪的景象。一个年轻女子被铁链绑在一块凹凸不平的岩石上，她徒劳地挣扎，她离水面很近，海水和她脸上的泪水混合在一起。这位英雄好奇地降落，摘下隐身帽，去当地打听。原来那个女子名叫安德洛墨达，是国王克甫斯的女儿。她那优柔寡断的父亲下令把她绑起来，给凶残的海怪吃掉，因为他听说只有这样才能阻止海怪对本国毁灭性的攻击。这头海怪是海仙女派来的，因为安德洛墨达的母亲夸口说她女儿比海仙女美得多。有时候，母亲犯的罪过会降临在女儿身上。

珀尔修斯被这位少女深深吸引，他完全同意她母亲的说法。然后珀尔修斯就去找克甫斯谈判：如果能把少女从怪物手中救出来，他想要娶她为妻。谈判被打断了——珀尔修斯毫不犹豫奔向岩石边把安德洛墨达救了出来……再迟便来不及了，因为海怪已经出现在海浪泡沫之间了。它拖着一道长长的浪花冲向他们，仿佛是在一片平整田野上犁出长长的垄沟一样。

珀尔修斯穿着他的有翼凉鞋飞上天，那怪兽咬不到他们，几乎要气疯了。珀尔修斯不时回到地面上，捡起大石头，他用这些石头打晕了怪兽，摆脱了它。珀尔修斯带着安德洛墨达愉快地回到宫殿，虽然他们已经彼此表白，但是当珀尔修斯要求得到奖励时，克甫斯的兄弟菲纽斯却坚决反对，因为他也想娶安德洛墨达为妻。他设计伏击那个年轻人，但是珀尔修斯非常聪明，他找机会闭上眼睛把美杜莎的头从袋子里拿了出来，用它对着攻击者们。随后珀尔修斯抱起安德洛墨达一起飞回了塞里福斯岛。回去之后，他们发现达那厄和狄克堤斯都恐惧地缩在一座祭坛下面，他们在躲避波吕得克忒斯的暴行。这两个人都受到了国王的虐待，见到英雄回来，他们不禁满怀希望地流下泪水。珀尔修斯大步走进波吕得克忒斯的宫殿，他是个不速之客，也是死亡的使者。他看到国王正在宽敞的接待厅里开宴会，周围坐的全是他的支持者。

"你把戈耳贡的头带来了吗？"国王讽刺道。珀尔修斯从袋子里掏出了那个恐怖的东西，自己转开视线。波吕得克忒斯和所有

珀尔修斯将安德洛墨达从恐怖的命运中救了出来，使她不必被海怪吞吃。

《珀尔修斯与安德洛墨达》，查尔斯 - 安托万·科佩尔，1726—1727 年。

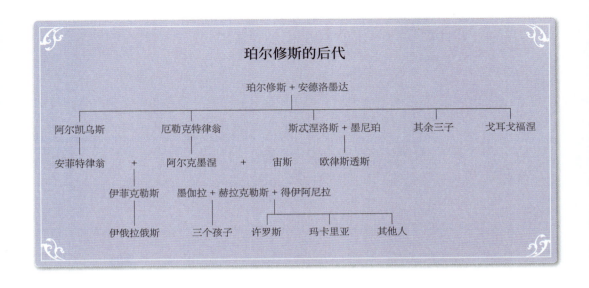

**珀尔修斯的后代**

珀尔修斯 + 安德洛墨达

| 阿尔凯乌斯 | 厄勒克特律翁 | 斯忒涅洛斯 + 墨尼珀 | 其余三子 | 戈耳戈福涅 |

安菲特律翁 + 阿尔克墨涅 + 宙斯　　欧律斯透斯

伊菲克勒斯　墨伽拉 + 赫拉克勒斯 + 得伊阿尼拉

伊俄拉俄斯　三个孩子　许罗斯　玛卡里亚　其他人

的宾客都瞬间变成了石头，那嘲弄的微笑永远凝固在他们讽刺的嘴唇间，珀尔修斯不禁露出一丝微笑。

他把所有魔法道具都还给赫耳墨斯之后，又把戈耳贡的头交给雅典娜，雅典娜把它镶嵌在自己的神盾中央。她是个令人畏惧的女神，任何人见到她都会在敬畏中变成石头。

接着年轻的英雄带着达那厄和安德洛墨达回到了阿尔戈斯。阿克里西俄斯一听说他们回来就逃走了，但珀尔修斯立刻前去追赶。他在色萨利追上了自己的外公，两人和解了，可谁也逃不过命运。珀尔修斯同意参加竞技会，但是他在掷铁饼的时候不小心扔偏铁饼，砸死了阿克里西俄斯。因为犯下了这等无心之过，珀尔修斯自我流放离开了阿尔戈斯，不过在他的叔祖父普罗托斯死后，他就成了梯林斯的统治者。同时也是他创建了金色的迈锡尼，这两个地方坚固的防御城墙都是独眼巨人库克罗普斯为他修建的，那城墙在他死后也屹立不倒。

## 柏勒洛丰

　　珀尔修斯代表了阿尔戈斯，忒修斯代表了雅典，赫拉克勒斯代表了整个伯罗奔尼撒，而代表科林斯的是柏勒洛丰，他是科林斯最伟大的英雄。他的父亲是西绪福斯，母亲是波塞冬的情人，据说柏勒洛丰其实是波塞冬的儿子，但是他不慎杀死了一位兄弟，于是被迫离开故乡，去了普罗托斯统治的梯林斯。

　　这位英俊的年轻人吸引了王后斯忒涅玻亚。她开始对柏勒洛丰暗送秋波，这种行为虽然令人不快，也还是可以容忍的，但是斯忒涅玻亚又要求两人结下私情。柏勒洛丰拒绝了她，就连地狱之火恐怕也不及受到轻视的女人的怒火可怕，斯忒涅玻亚对自己的丈夫说柏勒洛丰企图强奸她。普罗托斯复仇心切，于是派柏勒洛丰去给斯忒涅玻亚的父亲，也就是给吕基亚的国王伊俄巴忒斯送一封信，信中写了斯忒涅玻亚的要求——她要求伊俄巴忒斯一劳永逸地除掉这位年轻的客人。为了确保柏勒洛丰必死，伊俄巴忒斯派他去消灭在吕基亚肆虐的敌人。理论上说，那些敌人中的任何一个都可能杀死他，而伊俄巴忒斯无论如何都没有损失：柏勒洛丰死了当然好，如果他完成了任务，至少吕基亚也不必担心敌人侵扰了。

　　但是众神非常偏爱柏勒洛丰。波塞冬让自己的儿子珀伽索斯去帮他。珀伽索斯是一匹白色的有翼天马，他是从美杜莎被切断的脖子里生出来的。但是珀伽索斯野性难驯，柏勒洛丰无法让这匹骄傲的公马服从自己的命令。眼神敏锐的雅典娜注意到了柏勒洛丰的困境，于是也来帮忙。夜里，她拿着一根魔法的缰绳从奥林匹斯山上下来，有了这根缰绳，柏勒洛丰就能骑上珀伽索斯，

喀迈拉兽——这种怪物由狮子、母羊和蛇组成。杀死喀迈拉是柏勒洛丰的第一个任务。

《阿雷佐的喀迈拉》，伊特鲁里亚青铜器，1553 年发现于托斯卡纳的伊特鲁里亚古城阿雷佐。

好好控制这匹飞马了。练习了一会儿之后，他发现自己在骑马的时候，可以一边用膝盖和大腿用力夹住飞马，一边用弓箭精准射击，他开心地飞上天空，又冲向大地。他从空中加速飞过，黑色的斗篷在身后威风地飘舞，在地里干活的农民都惊讶地看着天空。

他的所有任务都成功了。首先他杀死了喷火兽喀迈拉，那是百首巨怪堤福俄斯的孩子，它在伊俄巴忒斯的土地上肆虐——柏勒洛丰只射出了致命的三箭就获胜了，每支箭都射中了组成喀迈拉兽躯体的一种动物[1]。然后他还驱逐了索律摩伊人，他们是吕基亚的首批居民，这些人被驱赶到山区堡垒中生存至今。最后他还驱逐了亚马逊人，因为那些女战士经常进攻伊俄巴忒斯的土地。

柏勒洛丰轻轻松松完成了伊俄巴忒斯给他的任务，胜利返回国王的宫殿。但是这个狡诈的国王只想着完成普罗托斯的托付，他派出一支强大的部队，那些人都埋伏起来，打算趁着柏勒洛丰不注意把他抓起来。可是这群伏击的人没有一个生还，最终伊俄

---

1　传说喀迈拉的头是狮子，躯干是山羊，上面又长出一个羊头，尾巴是一条蛇。

巴忒斯不得不承认，柏勒洛丰是受到众神偏爱的。后来他发现是自己的女儿撒了谎，于是将半个国家分给柏勒洛丰作为补偿，并把另一个女儿嫁给他。斯忒涅玻亚得知自己无耻的谎言败露，便不愿再屈辱地活着，她自杀了。

但众神的宠爱也难挡自大带来的危害。人往往都是自取灭亡的。柏勒洛丰有一天忽然想骑着珀伽索斯飞到天上，去跟众神抗议一下人间各种不公正的生活。我们这些凡人谁不想这么做呢？但是那匹马谨记父亲的教诲，绝不尝试这样愚蠢的冒险，所以他把骑手甩到了地上。柏勒洛丰摔断了双腿，一辈子只能当个跛脚的残废。也许他最后学聪明了一些，但讲故事的人没提到这一点。

## 卡德摩斯、欧罗巴及忒拜建城

卡德摩斯是腓尼基堤瑞的国王阿革诺耳之子，也是厄帕福斯的孙子。他有个妹妹叫作欧罗巴，欧罗巴长得很美，这份美貌引起了宙斯的注意。

克洛诺斯之子于是变成一头巨大的白色公牛接近她。这头牛巨大强壮又温柔，少女被它吸引了。它呼出番红花味的气息，前腿跪在地上，女孩走上前去，她侧身安全地坐在牛背上。

那头牛立刻朝大海跑去，欧罗巴害怕地抓紧公牛。这头牛冲进海里，奋力朝着克里特岛游去。他们上岸之后，宙斯褪去伪装，和她交合。之后欧罗巴生下宙斯的儿子米诺斯，他是克里特岛贤明的王。他和他的兄弟拉达曼提斯，死后都做了冥府的判官。

宙斯此次诱拐实在迅速又悄无声息，阿革诺耳不知道欧罗巴到哪里去了，于是派儿子们去找她。他派菲尼克斯去北边，从此就建立了腓尼基这个民族。喀利克斯去了东边却什么都没找到，最终他在一个地方定居，那里从此被命名为西里西亚。卡德摩斯

宙斯化身公牛引诱欧罗巴接近自己，随后带着她冲进海里。

《诱拐欧罗巴》，让·弗朗索瓦·德·特鲁瓦，1716年。

去了西边。

　　到了希腊之后，他去德尔斐求问阿波罗的神谕。这位金色的神祇回答说，欧罗巴的命运与他无关，他应该在离开德尔斐之后，跟着他遇到的第一头母牛走，然后，在母牛第一次休息的地方，他就可以建立一座城邦。卡德摩斯出去之后确实遇到了一头母牛，它看到卡德摩斯就慢吞吞地往前走。它朝着东边走，卡德摩斯就跟着，在母牛第一次停下休息的地方，他建立了忒拜城。此次旅程结束，他想对众神表示感谢，于是决定献祭这头母牛，他派手下去找水。但是阿瑞斯的宠物——一头吓人的巨龙守着泉水，卡德摩斯手下不少人都被它可怕的利齿咬死了，不然就是被它的尾巴砸死。卡德摩斯亲自前往，趁那条龙不备用一块巨石砸碎了它的头。那头母牛被献祭给了雅典娜。这位眼神敏锐的女神给了卡德摩斯一些建议作为回报：为了赞美阿瑞斯、纪念这片土地曾经的统治者，卡德摩斯必须把那条龙的牙齿种进地里。但是他刚把那些尖牙种进地里，田垄里就长出了一队全副武装的士兵。

卡德摩斯本能地作出反应，他有力的双臂抱住田地旁边一块巨石，扔向那群士兵。那群士兵不像是人，更像是机械，他们以为是同类中某个人扔了石头，就彼此打斗起来。

龙牙兵自相残杀，最终只剩下五个人，这五个龙牙兵就是忒拜五大贵族家族的祖先。雅典娜和阿瑞斯还拿走了一半的龙牙，给了科尔喀斯之王埃厄忒斯，当受赫拉宠爱的伊阿宋到达科尔喀斯时候，埃厄忒斯就用了这些龙牙去对付他。

宙斯将阿瑞斯和阿佛洛狄忒之女哈耳摩尼亚赏赐给卡德摩斯，但是首先他必须给阿瑞斯当一年仆人，作为杀死了那头巨龙的补偿。所有神祇都来到忒拜城内，包括缪斯、美惠三女神都来了，他们一起来庆祝婚礼。在送给哈耳摩尼亚的新娘礼中，有一串非常美丽的项链，唯有赫菲斯托斯那样的工匠才能做得出来，这是件足以当作传家宝的珍贵礼物。但是它不只是珍贵：这条项链里还包含了家族代代相传的运气，好坏都有。

这对夫妇有了一个儿子波吕多洛斯，还有四个女儿，分别是：塞墨勒，她后来成了狄俄尼索斯的母亲；伊诺，曾经照顾过狄俄尼索斯，也是想要杀害佛里克索斯和赫勒的人；奥托诺厄，她是猎人阿克特翁的母亲，阿克特翁爱上了塞墨勒，塞墨勒却不以为

卡德摩斯本能地作出反应，他有力的双臂抱起田地旁边一块巨石，扔向那群士兵。

然；阿高厄，她和奥托诺厄都被狄俄尼索斯变疯了，她把自己的儿子彭透斯撕咬成了碎片。在生命即将结束时候，卡德摩斯和哈耳摩尼亚变成了大蛇，他们的灵魂在极乐之地幸福地永生。不过继波吕多洛斯之后，继承忒拜王位的人是卡德摩斯那个注定毁灭的孙子彭透斯，我们已经知道了，他因为拒绝侍奉那位诞生了两次的神，自取灭亡了。

## 俄狄浦斯

一场恐怖的瘟疫席卷了忒拜，庄稼全部枯萎了，人也纷纷因疾病和饥饿而死亡。在古希腊，丰年和荒年之间的差别巨大。作为国王，遇到了荒年，俄狄浦斯就要去德尔斐请教神谕。神谕说，忒拜被前任国王拉伊俄斯之死污染了，谋杀拉伊俄斯的凶手还逍遥法外。

俄狄浦斯发下毒誓，说不管犯人是谁，都一定会被抓到并且会被重重地惩罚。他会被逐出家庭，剥夺一切财产，被鞭打，然后被永远流放，一生只能当个无家可归的乞丐；没有人会对他说话，没有人会给他提供栖身之所，也不会让他享受赫斯提亚温暖的炉火，没有人会给他食物；如果他活着，他会终生愧疚，还会被路过的强盗劫掠。然而罪人究竟是谁呢？

在彭透斯死后，忒拜的王位继承陷入混乱。最终是拉布达库斯开启了新的一支王室，但是他也因反对狄俄尼索斯而死，王位传给了他年幼的儿子拉伊俄斯。这位小国王有个摄政者叫作吕科斯，他篡夺了王位。吕科斯有个侄女叫安提俄珀，宙斯喜欢安提俄珀，和她秘密生下一对双胞胎男孩。她知道吕科斯会把他们当作竞争对手杀掉，于是就把婴儿放在城门边。一对没有孩子的牧羊人夫妇看到这两个婴儿笑脸可爱，还有小酒窝，于是就收养了他们。这对夫妇给他们起名为安菲翁和泽托斯。

有一天这两个年轻人一起出门，遇到了一个蓬头垢面的女人。他们起初以为那人是个逃走的奴隶，但是他们上前询问之后，发现对方是安提俄珀。两人不禁开始怀疑自己的出身，因为他们两个看起来都像极了这个奇怪的女人。但就在此时，吕科斯的妻子狄耳刻带着全副武装的侍卫来了，他们抓住安提俄珀回到忒拜，安提俄珀继续过着被狄耳刻折磨羞辱的生活。

安菲翁和泽托斯去问牧羊人和他的妻子，他们含着泪水说出真相。男孩们觉得现在他们有责任把生母从狄耳刻手中救出来。泽托斯打算立刻出发采取果断行动，爱好音乐的安菲翁更温和，需要对他说服一番，他们才成行。最终他们决定把狄耳刻绑在公牛角上拖行致死来为母亲常年受到的苦难报仇，但是在忒拜城中狄耳刻死的地方，石头中冒出了清泉，那眼泉水至今也以她的名字命名。吕科斯除了被流放以外没受到别的惩罚。安菲翁和泽托斯也流放了刚刚成年的拉伊俄斯。他们两人一起统治忒拜，可是两人之间并不友好，他们统治期间充满灾难。泽托斯和埃冬结婚，安菲翁和尼俄柏结婚，但尼俄柏由于太愚蠢，而导致自己所有的孩子被杀，她自己也陷入无尽的哀愁。不过在那之前她的孩子们也身处危险之中，因为她的嫂子对她非常嫉妒。埃冬决意杀掉尼俄柏的一个孩子，但是她在夜里搞错了孩子的床，结果杀死了自己的儿子。当她意识到这个可怕的错误时，便祈祷主动要求离开这个世界。她的祈祷得到了回应，她变成了世间第一只夜莺。

傲慢的尼俄柏，由于出言侮辱勒托女神而遭到她的子女——阿波罗和阿耳忒弥斯的报复，失去了自己的孩子。

《尼俄柏受惩罚》，多比亚斯·维尔哈希特，17世纪。

　　安菲翁和泽托斯是继卡德摩斯之后七门之城忒拜的第二代创建者。他们扩大了城市的范围，建立起防御工事。他们没有像普通国王一样只负责监工，那些巨大的石块随着安菲翁七弦琴的魔力都飞起来，自动排列到位。他们死后，拉伊俄斯回到忒拜继承了王位。在被流放期间，伊利斯的国王珀罗普斯收留了拉伊俄斯。但是在离开的时候，拉伊俄斯滥用了珀罗普斯的友情和善意，他诱拐了国王的儿子克吕西波斯。他是爱着克吕西波斯的，可是克吕西波斯感到羞愧，于是自杀了。珀罗普斯得知爱子死去，便请求众神对拉伊俄斯及其后代降下诅咒。

　　后来拉伊俄斯成了忒拜之王，他去德尔斐求神谕，想知道妻子伊俄卡斯忒能不能生下孩子。神谕告诉他，要是他真的想保护这座城市，就不要留下任何子嗣，神谕还说，如果伊俄卡斯忒生下男孩，那个男孩必定会杀死他。阿波罗还明确表示，这是珀罗普斯的诅咒所致。

可是拉伊俄斯非常愚蠢，他不信神谕，后来伊俄卡斯忒怀孕生下一个男孩。为避免出现不可避免的命运，拉伊俄斯下令把男孩扔到附近的山里，还用一枚铁针刺穿了他的脚踝。不用说，那个诅咒才刚刚开始呢。负责去扔掉男孩的奴隶于心不忍，把孩子交给了善良的牧羊人，而牧羊人又把孩子交给了科林斯的国王波吕玻斯，波吕玻斯把他当作自己的孩子养大。男孩的伤好了，但是从此以后他就被称为俄狄浦斯，意为"畸形的脚"。

数年后，俄狄浦斯渐渐怀疑自己不是波吕玻斯国王和墨洛珀王后的亲生儿子。他去了一趟德尔斐，请神谕指示自己的亲生父母究竟是谁。和平时一样，神谕没有直接回答，而是说，他绝不能回到自己的故乡，否则他就会杀死自己的父亲并和自己的母亲结婚。当然，俄狄浦斯就选择永远不返回科林斯，因为他以为自己就出生在科林斯。他踏上了从德尔斐前往忒拜的路，他走得很轻快，长长的黑发用带子绑起来，眉头紧皱。他面前将有一条艰难的长路。

众所周知，十字路口和路的交会处十分危险且神秘，那是鬼魂聚集之地，是赫卡忒掌管的地方。俄狄浦斯走到一个十字路口，正好一辆两轮马车冲出来，驾车人和乘客都没注意到路上这个年

俄狄浦斯渐渐怀疑自己不是波吕玻斯国王和墨洛珀王后的亲生儿子。他去了一趟德尔斐，请神谕指示自己的亲生父母究竟是谁。神谕说，他绝不能回到自己的故乡，否则他就会杀死自己的父亲并和自己的母亲结婚。

轻的行人。为了避免被撞，俄狄浦斯跳到路边台阶上，但是接着他跟随马车全速奔跑，愤怒地大声叫喊，并且抓住了车夫。车上的乘客是个眼神冷漠的老年人，他看到这种情况就用鞭子狠狠抽俄狄浦斯的头。俄狄浦斯脾气暴躁，他立即抓住那人的后背把他从马车上拽下来，当场就杀死了他。而这个人当然就是他的亲生父亲拉伊俄斯，俄狄浦斯全然不知道自己已然实现了一部分预言。讽刺的是，拉伊俄斯也正在去往德尔斐的路上，他想问一下很久以前被自己抛弃的那个儿子是否还活着。

俄狄浦斯到忒拜之后过了一段时间，发现全城都在为死去的国王哀悼，此外，附近还有斯芬克斯出没——那是一种非常可怕的怪物，长着女人的脸，狮子的身体还有鹰的翅膀。那怪物挡住了城门，想出城入城的人都会被问一个它从缪斯那里听来的谜语。那个谜语是："什么动物早上四条腿，中午两条腿，晚上三条腿？"答不出来的人都会被斯芬克斯吃掉，一时间城里很多智者都遭遇不幸，因为很多人都去尝试却没能找到正确答案。所有人都被吓得不轻。

自拉伊俄斯死后，伊俄卡斯忒王后的哥哥克瑞翁担任摄政者。克瑞翁希望有人能消灭那个害兽，他非常愿意把忒拜的王位和自己的妹妹一并交给驱逐斯芬克斯的人。俄狄浦斯对自己的智慧很有信心，他大胆地在一座悬崖上的山洞口和斯芬克斯对峙。"答案是人，"他回答道，"婴儿时期人只能爬行，成年后可以两条腿行走，到了暮年他就必须拄着拐杖。"斯芬克斯眼见这个死亡游戏戛然而止，不禁暴跳如雷，伴随着一声令人毛骨悚然的尖啸，它跳下悬崖摔死了。俄狄浦斯赢得了王位，娶了伊俄卡斯忒。阿波罗的预言全部实现了。

"什么动物早上四条腿，
中午两条腿，下午三条
腿？"俄狄浦斯回答了
斯芬克斯。

《俄狄浦斯与斯芬克斯》，
古斯塔夫·莫罗，1864 年。

无知是幸福的，在俄狄浦斯的统治下忒拜繁荣了很多年。他和伊俄卡斯忒生下两个男孩，厄忒俄克勒斯和波吕涅刻斯，还有两个女孩，安提戈涅和伊斯墨涅。但是后来瘟疫来袭，俄狄浦斯在无知之中，诅咒了谋杀拉伊俄斯王并给忒拜带来污染的人。

此时波吕玻斯去世，科林斯那边派来一个信使，请俄狄浦斯去接受空缺的王位。但是俄狄浦斯拒绝了：他非常介意那个预言，而且依旧认为波吕玻斯和墨洛珀是自己的亲生父母。他解释了自己拒绝的缘由，信使对他的经历一无所知，于是让他不用担心，因为波吕玻斯和墨洛珀根本没有孩子，俄狄浦斯是收养来的。"我不知道你的亲生父母是谁，"信使说，"你还是婴儿的时候被丢在山里，我就是捡到你的那个牧羊人。"

小雪球沿着山坡滚下，越滚越大，最终形成了雪崩，所有的证据都对上了，真相就在眼前。俄狄浦斯自己就是他的臣民受苦的缘由，他确实杀父娶母，神谕早就预言过了。得知这种乱伦行为之后，伊俄卡斯忒上吊自杀，俄狄浦斯看到她余温尚存的尸体在半空摇晃，便用她衣袍上的胸针刺瞎了自己的眼睛。克瑞翁又成了摄政王，双目失明的俄狄浦斯把自己锁在宫殿最深处。

但是珀罗普斯的诅咒还没有结束。当俄狄浦斯把自己囚禁在牢房里的时候，他那备受折磨的精神变得疯狂，充满恐惧和幻觉。他依然没有原谅自己，但他的两个儿子厄忒俄克勒斯和波吕涅刻斯照顾着他。

一天，在献祭众神之后，他们给父亲送上一顿丰盛大餐，不是平时那种劣等的肉，而是放在银盘子里的一大块肥美的臀肉，那盘子则是自卡德摩斯以来忒拜国王专用的。在疯狂的执着中，俄狄浦斯认为这是一个残忍的暗示，作为被囚禁的国王他拒绝了这顿美食。他请求众神关注，用那盘肥美的肉献祭，请求珀罗普斯的诅咒也降临到自己的儿子头上。他诅咒他们会用剑分裂忒拜，并自相残杀而死。


## 七雄攻忒拜

忒拜的王子，也就是俄狄浦斯的儿子——厄忒俄克勒斯和波吕涅刻斯，渐渐长大了。他们都想当忒拜之王，于是达成了一个注定没有好结果的协议，他们同意轮流统治忒拜，一人统治一年，另一个就休息。厄忒俄克勒斯首先执政，波吕涅刻斯则在阿尔戈斯国王阿德剌斯托斯的宫廷生活一年。

为了保险，他把自己的传家之宝也带去了，也就是赫菲斯托斯为哈耳摩尼亚做的那条项链。到了一年的年末，厄忒俄克勒斯不肯交出王位，权力侵蚀了他的脑子。

在离家的一年时间里，波吕涅刻斯和阿德剌斯托斯的女儿结了婚，这位阿尔戈斯的国王答应帮女婿夺回王位。毕竟，作为女婿的话，国王比无家可归的被流放者好多了。阿德剌斯托斯召集起一支军队，率领军队的是七位勇士：他本人、波吕涅刻斯、堤丢斯、卡帕纽斯、希波墨冬、帕耳忒诺派俄斯，还有预言家安菲阿剌俄斯。

安菲阿剌俄斯一开始是拒绝参加远征的，他知道自己注定不可能活着返回。于是他藏了起来，他不在就会导致整个行动流产。但是他妻子被波吕涅刻斯用哈耳摩尼亚的项链收买了。她把丈夫隐藏的地方说了出去，安菲阿剌俄斯只能勇敢地接受自己的命运。

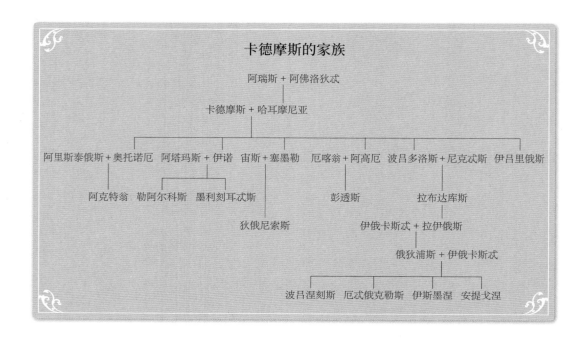

## 卡德摩斯的家族

阿瑞斯 + 阿佛洛狄忒

卡德摩斯 + 哈耳摩尼亚

阿里斯泰俄斯 + 奥托诺厄　　阿塔玛斯 + 伊诺　　宙斯 + 塞墨勒　　厄喀翁 + 阿高厄　　波吕多洛斯 + 尼克忒斯　　伊吕里俄斯

阿克特翁　　勒阿尔科斯　墨利刻耳忒斯　　　　　　　　　　　彭透斯　　　　　拉布达库斯

狄俄尼索斯

伊俄卡斯忒 + 拉伊俄斯

俄狄浦斯 + 伊俄卡斯忒

波吕涅刻斯　厄忒俄克勒斯　伊斯墨涅　安提戈涅

　　这七位勇士冲向忒拜，势头好比冬天的狼群冲向毫无防备的羊羔。虽然他们只有七人，却能以一敌百。

　　他们路过了尼米亚，在那里找到了楞诺斯岛的前王后许普西皮勒。作为战争的受害者，她必须给当地的国王莱克格斯当奴隶，替他照看年幼的儿子和继承人。阿德剌斯托斯的军队缺水，许普西皮勒就带他们去泉水旁。她把孩子睡的摇篮放在地上，可是就在她离开的时候，一条大蛇吞掉了孩子。七位勇士喝足了水之后返回，看到了那血腥的一幕，婴儿的残骸落在地上，那大蛇嘴边还留着些残肢。他们杀死了大蛇，但也来不及了。由于他们想去喝水才导致那孩子死去，于是为了纪念孩子，他们创办了竞技会，就像奥林匹亚的竞技会一样，每四年举行一次。

　　众位英雄发现七座城门的忒拜防御很牢固，七位勇士主动堵住城门。忒拜人也不是手无寸铁的羊羔。忒拜的先知泰瑞西阿斯预言，必须要当初那五个龙牙兵的后裔之一献祭自己，忒拜城才不会陷落。泰瑞西阿斯说，只要献祭，当初卡德摩斯杀死阿瑞斯巨龙的债就还清了，忒拜城就能在攻击中幸存下来。墨诺叩斯主动在龙的巢穴所在地献祭了自己，可是这座城的命运依旧危在旦夕。

七位英雄和七个忒拜勇士分别在七座城门前对峙，他们一战定胜负。忒拜人获得了完全的胜利。而进攻的一方，只有卡帕纽斯爬上了城墙。但他爬上城头之后，高声欢呼说，就连宙斯的火焰也不可能阻止他——然而宙斯确实阻止了他，那位眉毛深黑的大神朝着自大的卡帕纽斯掷出一道闪电。就连深受雅典娜宠爱的堤丢斯也死了。他被墨兰尼波斯重创的时候，女神从奥林匹斯山上飞下来，给这位垂死的战士带来一剂不老不死的灵药，准备稍后带他去光辉的奥林匹斯。但是安菲阿剌俄斯讨厌堤丢斯，他杀了墨兰尼波斯之后，把墨兰尼波斯的脑子给堤丢斯吃。他说："这样你就能得到那个死人的灵魂，就能活下去了。"安菲阿剌俄斯冷酷的目的实现了：当雅典娜看到自己中意的勇士竟然在吃这样恐怖的东西，她不禁恶心地后退了，堤丢斯就这样死了。

在这七个人中，只有阿德剌斯托斯和安菲阿剌俄斯在围攻忒拜之战中活了下来。他们逃离了战场。阿德剌斯托斯平安返回阿尔戈斯，但是当安菲阿剌俄斯驾车离开时，大地在他面前裂开。他对这次注定失败的远征还是很生气，于是握紧缰绳，驾着鬃毛闪亮的骏马奋力一跳，跳进了地底，他就这样迎接了死亡。从此以后安菲阿剌俄斯就被当作有超能力的治疗者，他在梦中拜访男男女女，让他们痊愈。

至于厄忒俄克勒斯和波吕涅刻斯两兄弟，他们在近身激战中

厄忒俄克勒斯和波吕涅刻斯

《厄忒俄克勒斯和波吕涅刻斯的决斗》，乔万尼·西尔瓦尼，1820 年。

互相重伤对方，最后两人都死了。他们的母亲已经不可能见到这样悲惨的场景了，于是他们父亲的诅咒就这样完成了。

　　克瑞翁又一次成了忒拜的摄政，他下令说波吕涅刻斯和所有阿尔戈斯方面的袭击者都不能被荣誉地下葬。但安提戈涅认为她死去的兄弟不该遭受这样的待遇。她的姐妹伊斯墨涅建议她最好小心谨慎，但是安提戈涅把她推到一边，给波吕涅刻斯的尸体象征性地撒了三把灰土。她要践行众神定下的无形的规矩，宁死也不肯执行克瑞翁的命令。克瑞翁命人把她关起来，想把她饿死，但安提戈涅的未婚夫、克瑞翁的儿子海蒙闯进牢房去救她。然而安提戈涅已经用腰带自缢身亡了，她坚决不肯忍受漫长痛苦的死亡。海蒙见状当场就拔剑自杀。克瑞翁的妻子得知儿子的死讯也立刻自杀。克瑞翁因无视众神的意志而付出了代价。

十年后忒拜还是陷落了，十年前的七位勇士的儿子们，由安菲阿剌俄斯之子阿尔克迈翁率领着卷土重来。泰瑞西阿斯预见到忒拜的毁灭是不可避免的，于是要求疏散平民，这样至少能挽救一些生命。但是他的女儿达佛涅被抓住了，并由阿尔克迈翁押送前往德尔斐，她成了那里的第一位女先知——德尔斐的女先知都可以与阿波罗沟通，传达他的话语。

阿尔克迈翁也惩罚了母亲的背叛行为，他割断母亲的喉咙，拿走了哈耳摩尼亚的项链。他犯下弑母之罪，复仇三女神一直追踪着他，不过他在阿卡迪亚找到了临时的庇护，因为他跟阿卡迪亚国王的女儿阿耳西诺厄结婚，并把项链送给了她。可是阿尔克迈翁毕竟是个弑母的罪犯，很快阿卡迪亚就发生了瘟疫。他知道自己是罪魁祸首，便出发去洗清自己的罪恶。

根据神谕所示，他必须找到一个地方——在他杀死自己母亲的时候，那个地方没有被太阳照着。最终他在阿科洛厄斯河口找到了符合描述的地点，泥沙被河水卷携而下形成了新的陆地，他在那个地方娶了河神的女儿，美丽的卡利洛厄。

但是卡利洛厄听说了那条珍贵的项链，于是坚持要求阿尔克迈翁回阿卡狄亚取项链。阿尔克迈翁照办了，他谎称自己必须把项链拿到德尔斐去才能洗清罪孽，但是阿耳西诺厄的兄弟们识破了他的谎言，他们杀了阿尔克迈翁，夺回了那条项链。卡利洛厄便祈祷她的幼子们能立即长大成人去报仇，众神实现了她的愿望。

然而安提戈涅已经用腰带自缢身亡了，她坚决不肯忍受漫长痛苦的死亡。海蒙见状当场就拔剑自杀。克瑞翁的妻子得知儿子的死讯也立刻自杀。克瑞翁因无视众神的意志而付出了代价。

她的儿子们立即长成大人，最终他们将项链送到德尔斐交给阿波罗，项链的诅咒总算终结了。

## 阿特柔斯家族的诅咒

迈锡尼王室的痛苦丝毫不亚于忒拜的拉布达库斯家族，他们都深受恶毒诅咒的影响。迈锡尼王室是从坦塔罗斯开始的，坦塔罗斯是宙斯之子，也是吕底亚的西皮鲁斯山之王。

关于坦塔罗斯最广为人知的一点就是他"永恒的饥渴"：他在冥府受到的惩罚是站在及下巴深的水中，每当他想喝水，水就会退去；他头上有结满美味水果的树，每次他想伸手摘水果，树枝就会升高。他是怎么落得这种下场的呢？

他的问题在于跟众神过于熟悉。他曾和众神一起用餐，给他们提出亲密的建议，日常和他们保持着密切关系。正如我们所知，过于亲密就会产生轻慢，时间久了坦塔罗斯就很了解众神了，他开始质疑他们的能力。据说他偷了奥林匹斯一些专供神祇食用的仙肴神酒分发给凡人。他还让凡人来看天庭的样子，不过凡人都把那情景称为梦境、幻觉。光凭这点他就该被惩罚了，但是他还犯下了更严重、更可恶的罪行。

坦塔罗斯宴请众神，他把自己的儿子珀罗普斯做成主菜，因而遭到了陷入永恒饥渴的惩罚。

《坦塔罗斯的惩罚》，来自《缪斯神庙版画集》，伯纳德·皮卡特，1733 年。

　　他试探众神法力的方法非常极端。他邀请奥林匹斯所有神祇赴宴，给他们上了一道特别的菜。他把自己的亲生儿子珀罗普斯切碎，身体各部分用浓浓的酱汁煮成了肉汤。众神入座后准备品尝菜肴——此时他们全部恐惧地推开了盘子，这说明他们法力十足，认出了人肉。只有得墨忒耳心不在焉，因为此时是她女儿住在地下世界当死者王后的时间，她吃下一小块沾着酱汁的男孩肩膀上的肉，才意识到自己犯了错误。

众神对坦塔罗斯的行为感到惊惧，他们可怜那个被煮了的孩子，于是很罕见地联合起来，合作让珀罗普斯复活了。不过被得墨忒耳吃下的那块肉难以找回，所以珀罗普斯有一块肩膀是象牙做的，这也是世界上第一块义肢，它是由赫耳墨斯设计、赫菲斯托斯制造的。由于制作了如此邪恶的餐食，坦塔罗斯被送进了冥府，他永远不能吃喝任何东西，同时也像西绪福斯、提堤俄斯、伊克西翁一样，永远被当作警示，提醒那些有可能犯罪的人。

珀罗普斯长大后，从亚洲移居到希腊南部，那块地方如今依然以他的名字命名——珀罗普斯之岛，即伯罗奔尼撒。他的姐妹尼俄柏也离开故乡，和忒拜的安菲翁结婚——但是她注定要将悲伤带回吕底亚，注定她要永远流着冰冷的泪水。珀罗普斯很快就赢得了俄诺玛俄斯之女希波达弥亚的青睐，而俄诺玛俄斯则是阿瑞斯的儿子，同时也是奥林匹亚之王。而且俄诺玛俄斯还是个两轮战车竞速高手，想娶他女儿的话，就必须在从奥林匹亚到伯罗奔尼撒的两轮战车竞速比赛中胜过他，那段赛道位于希腊地形最崎岖的地方。十三个勇士前去挑战过，但是所有人都失败了，他们的头被钉在俄诺玛俄斯的宫殿大门上。俄诺玛俄斯爱自己的女儿，不希望别人夺走她。

但珀罗普斯受到波塞冬喜爱，震撼大地之神将一辆魔法两轮马车送给这位年轻的英雄，让他去参赛。但即使如此，珀罗普斯也没把握获胜，因为俄诺玛俄斯的马比北风波瑞阿斯还要快。俄诺玛俄斯的马夫名叫弥耳提洛斯，是赫耳墨斯的儿子，他本该想

战车竞速让珀罗普斯赢
得了他的国家和新娘。

《珀罗普斯与俄诺玛俄斯》，
大理石棺浮雕，公元3世纪。

到，不要相信小偷与诡计之神的儿子才对。

在比赛开始前，珀罗普斯收买了那个马夫，他说如果自己赢
了就把国土分一半给弥耳提洛斯。弥耳提洛斯答应了，于是把俄
诺玛俄斯马车上的金属轮辖换掉了，那是个将轮子和车轴连接起
来针状零件，他把轮辖换成了看起来像金属的蜡制零件。就这样，
到了比赛当天，俄诺玛俄斯按惯例让对手先出发，打算等他追上
去之后就杀了对方。每次的对手都带着希波达弥亚出发，因为俄
诺玛俄斯喜欢假装自己的女儿被抢走了，这样他才有动力去追。
于是珀罗普斯带着希波达弥亚出发，很快俄诺玛俄斯就去追他们，
他坚信很快自己宫殿大门上就会挂起第十四个人头了。

他那些神祇一样的马匹全速奔跑，结果蜡制的轮辖断了。俄
诺玛俄斯伴随着一大堆破木头和金属片跌倒在地，马拖着他在崎
岖不平的路上奔跑，他很快惨死。希波达弥亚虽然为父亲的死感
到悲痛，但她还是接受了规则：她是珀罗普斯的战利品了。

弥耳提洛斯在车祸现场和他们见面，要求得到自己的奖励。
他觉得半个国土中应该包括希波达弥亚，于是开始骚扰她。珀罗

普斯跳到这个骗子马夫身上把他五花大绑起来。弥耳提洛斯答应远离希波达弥亚，让珀罗普斯不要忘了分给他一半的国土，但是珀罗普斯根本不想听。

珀罗普斯知道伯罗奔尼撒东部海岸有一座最高的悬崖，于是找准机会带着弥耳提洛斯来到悬崖上，并且让他明白这是要干什么。弥耳提洛斯十分恐惧，珀罗普斯却微笑着把他推下了悬崖。弥耳提洛斯从几百尺的高度落下摔死了，那片海就以他的名字命名，叫作弥耳陶恩海。但是在掉落过程中，弥耳提洛斯大声诅咒了珀罗普斯及其后代。神祇之子的诅咒是一定会实现的。

## 阿特柔斯和梯厄斯忒斯

珀罗普斯顺利统治奥林匹亚多年，他的家人都坚信弥耳提洛斯的诅咒没有效力了。接着有个神谕说珀罗普斯的一个儿子将成为迈锡尼之王，但是如果他的两个儿子梯厄斯忒斯和阿特柔斯一同进入那金色的城池，宣布继承他们的遗产，那么他们就会谋害彼此。这是赫耳墨斯的安排：他对弥耳提洛斯之死感到愤怒，决定实现那个诅咒。他派了一个牧羊人去迈锡尼，那人的羊群中奇迹般生出一只金色的羊羔。显然这只羊羔是王权的象征，阿特柔斯声称因为牧羊人把羊羔给了他，所以他理应得到迈锡尼的王位，梯厄斯忒斯不得即位。其实那个"牧羊人"是潘神假扮的，他是奉父亲赫耳墨斯的命令行事。

阿特柔斯立刻开始筹备加冕礼，而梯厄斯忒斯也不肯放弃。他引诱了阿特柔斯的妻子埃罗珀，埃罗珀偷偷把金色的羊羔给了他。所有贵族和平民都聚集起来参加这次豪华的仪式——结果是梯厄斯忒斯带着羊羔出现，加冕成了王。

兄弟之间的竞争还没结束。宙斯偏向让阿特柔斯当王，他派赫耳墨斯在阿特柔斯脑海中悄声低语。阿特柔斯听见了，他知道那是神在说话。他对迈锡尼的民众说，他理应坐上王位，很快就会出现一个比金色羊羔更伟大的预兆来证明这一点。宙斯让所有星辰都偏离了自己的位置，梯厄斯忒斯不得不承认阿特柔斯是国王。

就这样，阿特柔斯成了迈锡尼之王，梯厄斯忒斯因犯下罪行而被流放。阿特柔斯做的第一件事情就是溺死了有罪的埃罗珀，可是他心里依然满怀着复仇的怒火。他假装原谅自己的兄弟，请他回迈锡尼参加和解的宴会，但是他杀了梯厄斯忒斯的儿子做成宴会上的主菜。天空立刻黑下来，太阳掩住自己的脸不去看这桩罪恶，而梯厄斯忒斯全然不知情，他开心地吃了。吃完之后，他心满意足地靠在座位上，要求见见自己的儿子。此时阿特柔斯掀开装菜的大盘让他看，盘子里装的就是梯厄斯忒斯之子的头和手脚。梯厄斯忒斯跳起来，呕吐不已，他踢翻了桌子，高声诅咒道："你的房子总有一日会像这桌子一样垮塌！"

梯厄斯忒斯又一次逃离了金色的迈锡尼，他去了西锡安生活，同时也不忘继续想办法向他兄弟复仇。他求问神谕，神谕说他将和自己的女儿佩罗皮亚生下一个孩子，那孩子长大后会成为他复仇的工具。梯厄斯忒斯惊骇万分——他想要复仇，却不愿以这种方式复仇——于是他又返回西锡安，但是在半路上，他去了一处雅典娜的圣域留宿，那里完全是由女性管理的。

雅典娜的女祭司袍子上沾满祭品的血，她离开圣域去附近的

迈锡尼文明是古希腊青铜时代的文明，主要发展于伯罗奔尼撒半岛。

迈锡尼黄金面具（常被称作"阿伽门农的黄金面具"），迈锡尼文明遗址出土，约公元前 1500—公元前 1400 年。

小溪边清洗。她在距离梯厄斯忒斯藏身之处不远的地方脱下衣服。那天夜里没有月亮，只有星光，梯厄斯忒斯隐约看到她年轻饱满的胸和线条优美的腿，不禁满心欲念。于是他跳出来趁着夜色强奸了那个年轻女性。那个女子当然就是他的亲生女儿佩罗皮亚，只不过在那种黑暗又惊惶的时刻，他们都没认出彼此。

孩子出生后，佩罗皮亚不想要他，于是把孩子丢在野外，想让山里的狼和乌鸦吃了它。可是几个善良的牧羊人发现了那个孩子，给他喂山羊奶，并给他起名叫埃癸斯托斯。孩子断奶后，他们就把他带给迈锡尼的阿特柔斯。阿特柔斯对这个孩子视如己出，和所有的凡人一样，他对自己的命运毫不知情。

沉默寡言的阿伽门农、红头发的墨涅拉俄斯都是阿特柔斯的儿子，多年后孩子们都长大了。他们的养兄弟埃癸斯托斯也长大了。但珀罗普斯之子悲剧的争斗还没有停下来。阿特柔斯又一次假装想和梯厄斯忒斯讲和，于是请他来到位于迈锡尼山顶的宫殿。他常年给儿子们讲梯厄斯忒斯有多坏，于是埃癸斯托斯决定杀掉这位"叔父"，也算是报答阿特柔斯的养育之恩。

他们在一个隐蔽的地方见了面，埃癸斯托斯拔剑和自己的生父对峙——那把剑是当初佩罗皮亚抛弃婴儿的时候满怀厌恶地丢在他身边的。但是当他高举这把剑准备大开杀戒的时候，梯厄斯忒斯喊道："这把剑！是我的！我多年前就弄丢了！你从哪里找到的？"

这确实是他在强奸女祭司的那晚弄丢的剑。可怕的真相浮出水面：梯厄斯忒斯和埃癸斯托斯父子相认，并把真相告诉了佩罗皮亚。但是这个消息丝毫没能让她开心，也没能减轻她多年来的悲伤和负罪感，她用那把剑结束了自己的生命。埃癸斯托斯拿回那把剑，剑被他母亲兼姐姐的血染黑了，他把这剑交给阿特柔斯作为杀死梯厄斯忒斯的证据，阿特柔斯便放松了警惕。当国王独自离开，准备去献祭感谢众神的时候，埃癸斯托斯杀死了他，梯厄斯忒斯登上了王位。阿伽门农和墨涅拉俄斯逃走了。

但是即使在这场杀戮之后，诅咒还没有结束。过了一段时间，阿伽门农和墨涅拉俄斯成功将梯厄斯忒斯彻底逐出迈锡尼，此后他在阿佛洛狄忒的圣域塞西拉岛上过完了被流放的余生，大家再也没有听说他的消息了。阿伽门农贤明地统治着迈锡尼，墨涅拉俄斯则当上了斯巴达之王——直至特洛伊之战发生，和平被打破。

## 阿特柔斯家族诅咒的终结

阿特柔斯的两个儿子阿伽门农和墨涅拉俄斯是希腊与特洛伊之战的核心人物。甚至可以说，是墨涅拉俄斯引起了战争——队伍里的官员和士兵当然都有抱怨，阿伽门农则是希腊军队的最高统帅。那场战争打了十年，直到最后战局都很胶着。不过希腊人想尽一切办法获胜了，之后他们返回故乡。在迈锡尼，迎接阿伽门农的是家族的强大诅咒，现在恶毒的诅咒在他这一代实现了。

阿伽门农的妻子是克吕泰涅斯特拉。这本是非常圆满的婚姻——丈夫是迈锡尼之王，妻子则是斯巴达之王廷达瑞俄斯与勒达之女。克吕泰涅斯特拉有个从蛋里孵出来的妹妹，那便是海伦，她曾是墨涅拉俄斯的妻子。她们的兄弟就是卡斯托尔和波吕丢刻斯，他们两人后来成了天上的双子座。

很快我们就能知道克吕泰涅斯特拉想干什么了，她声称是阿伽门农害死了他们的女儿伊菲革尼亚。阿伽门农外出征战那些年，伊菲革尼亚的命运像毒药一样侵蚀着她的心智。她有好几个孩子——俄瑞斯忒斯、厄勒克特拉、克律索忒弥斯——不过直到战争结束他们都还没成年。她将埃癸斯托斯视为情人，此人就是梯厄斯忒斯的儿子，也是杀死她公公阿特柔斯的人。埃癸斯托斯一直都在追求她，但是阿伽门农留下一个值得信任的游吟诗人保护妻子免受伤害。

等时机成熟，克吕泰涅斯特拉准备好背叛自己的丈夫了，她让人绑架了那个诗人，并把他扔到一个荒岛上，让他又热又渴地死去，然后她主动和埃癸斯托斯上了床。埃癸斯托斯换阿伽门农，这个交易其实很不划算，但是克吕泰涅斯特拉的父亲廷达瑞俄斯曾有一次忘了给阿佛洛狄忒献祭，这个心胸狭隘的女神就让他女儿内心充满对埃癸斯托斯的迷恋。等阿伽门农回到金色迈锡尼的时候，克吕泰涅斯特拉和埃癸斯托斯已经下定了决心。这七年来他们都像夫妇一样，以国王王后的身份生活，而且早定下了杀死现任国王的恶毒计划。克吕泰涅斯特拉假意热情，以迎接英雄凯

宙斯迷恋斯巴达王后勒达的美貌，化身天鹅与她欢好，勒达生下两个蛋，诞生了两对双生子——卡斯托尔与波吕丢刻斯、克吕泰涅斯特拉与海伦。

《勒达与天鹅》，列奥纳多·达·芬奇，1506 年。

旋的排场迎接了阿伽门农。与阿伽门农一起回来的卡珊德拉预见到了即将发生的事情，但她说出来又有什么用呢？谁都不会相信她。阿伽门农带回来无数豪华的战利品中最引人注意的就是这位特洛伊公主——现在她成了国王的情妇，她是真正的预言家，可惜无人信她。

克吕泰涅斯特拉领着她丈夫走进宫殿，她就像一个贤惠的妻子一样给他准备好了沐浴的东西，好让他洗去一路的风尘。阿伽门农放下了武器。她借口要浪漫地和丈夫重逢，于是遣散了仆人，她要亲自为归来的国王沐浴。

她犹豫了一下：经过十年的战争，他变得非常强壮，仿佛不可战胜，甚至显得十分高贵。但是克吕泰涅斯特拉横下心，他刚一站起来，身上还滴着热水，克吕泰涅斯特拉就用一条床单把他的四肢都紧紧绑起来，仿佛是用网子抓住一头骄傲的雄鹿。埃癸斯托斯也从暗处走出来，他们两个一起刺死了阿伽门农，鲜血沾湿了他们的衣服，也染红了浴池里的水，但他们欣喜万分。接着他们也杀了卡珊德拉。伊菲革尼亚被献祭之仇得报，迈锡尼宫殿上诅咒的乌云终于消散了。

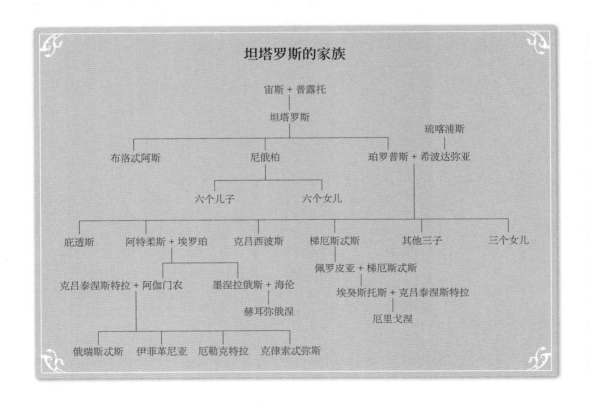

坦塔罗斯的家族

宙斯 + 普露托

坦塔罗斯

琉喀浦斯

布洛忒阿斯　　　　　　尼俄柏　　　　　　珀罗普斯 + 希波达弥亚

六个儿子　　　　　　六个女儿

庇透斯　　阿特柔斯 + 埃罗珀　　克吕西波斯　　梯厄斯忒斯　　其他三子　　三个女儿

佩罗皮亚 + 梯厄斯忒斯

克吕泰涅斯特拉 + 阿伽门农　　墨涅拉俄斯 + 海伦　　埃癸斯托斯 + 克吕泰涅斯特拉

赫耳弥俄涅　　厄里戈涅

俄瑞斯忒斯　　伊菲革尼亚　　厄勒克特拉　　克律索忒弥斯

克吕泰涅斯特拉在浴室
里谋杀了阿伽门农。

《克吕泰涅斯特拉》，约翰·
柯里尔，1882 年。

　　　　希腊神话：众神与英雄的故事

现在俄瑞斯忒斯是家族唯一的男孩了，他立刻离开了迈锡尼。事实上是克吕泰涅斯特拉把他送走的，因为她不知道埃癸斯托斯会不会为了自己的利益杀害阿特柔斯家族最后一个男性后裔。俄瑞斯忒斯听说了埃癸斯托斯和克吕泰涅斯特拉的计谋之后，就一直留在福基斯安全长大成人。他一直都深知，就算要杀死自己的母亲，也必须要替父亲报仇。通过德尔斐的神谕，阿波罗亲自告诉他这么做是对的。

等时机成熟，俄瑞斯忒斯和友人皮拉德斯秘密回到迈锡尼，皮拉德斯是福基斯之王的儿子，他们在厄勒克特拉的鼓励下（同时也在对克律索忒弥斯的恐惧中），杀死了克吕泰涅斯特拉和埃癸斯托斯，并硬起心肠召唤来阿伽门农的鬼魂见证他们恶行中的虔敬之意。就这样，克吕泰涅斯特拉怀着俄瑞斯忒斯时的梦境成了现实：她梦见自己哺育了一条蛇，在哺乳时，血和奶一起流出。

可是弑亲者无一例外会被复仇女神追踪，她们一路追逐俄瑞斯忒斯，最终罪恶感吞噬了他的理智，他疯了。在他偶尔清醒的时候，他请求厄勒克特拉带他去德尔斐。阿波罗向他保证他能痊愈，只要他去雅典城，在雅典娜亲自主持的法庭上接受审判。这位睿智的女神免除了他的罪孽，命令复仇三女神不再纠缠俄瑞斯忒斯。她果然是位伟大的女神，她目光能穿透迷雾，她语言的力量可以结束影响了家族四代的诅咒，也能让人懂得什么是最严重的犯罪。

## 第一任雅典之王

　　雅典的游吟诗人们歌唱最初的那些王，但是谁也无法说出他们所有人的名字，也讲不清他们所有人的故事。关于最早的那批雅典之王，我们只知道其中五人的事迹：刻克洛普斯、厄里克托尼俄斯、潘迪翁、厄瑞克透斯，还有埃勾斯。埃勾斯是忒修斯的父亲。

　　刻克洛普斯被认为是雅典城的创立者。当初波塞冬和雅典娜发生了争执，两位神祇都想成为这位城市的守护者。伟大的波塞冬接受了挑战，用他的三叉戟击碎了卫城山的岩石，清泉从地下涌出，全城都因此受益。而雅典娜让城里长出了第一棵橄榄树，橄榄是雅典城繁荣的基石。于是她成了这座城市的守护者，城市因此得名为雅典，而那位震撼大地之神虽然志在必得，却失败了。

　　厄里克托尼俄斯，和刻克洛普斯以及其他所有雅典的早期统治者一样，都是从大地里生出来的。他的下半身是蛇。赫菲斯托斯因觊觎雅典娜，精液落在地上，于是生出了厄里克托尼俄斯。

雅典娜收留了这个奇怪的婴儿，把他安全地放在一个箱子里，又派了两条蛇去守护他，蛇身缠绕着婴儿的四肢。雅典娜将箱子交给刻克洛普斯那几个露珠般明媚的女儿保管，还警告她们说千万不要打开看。那几个女孩子名字分别叫阿格劳洛斯、赫耳塞和潘德洛索斯。但是好奇心最终还是占了上风，她们只看了一眼，就吓疯了，从卫城上跳下去死了。此后雅典娜就自己养育厄里克托尼俄斯，直到他长大，成为雅典的统治者。

继厄里克托尼俄斯之后的潘迪翁有两个女儿，分别是普洛克涅和菲洛墨拉。普洛克涅和色雷斯之王忒柔斯结婚，她和忒柔斯一起住在色雷斯并和他生下了一个男孩伊堤斯。但是当她亲爱的姐妹菲洛墨拉去拜访她的时候，忒柔斯强奸了菲洛墨拉，为了不让菲洛墨拉告诉任何人，还把她的舌头割掉，关在黑暗森林中一个小屋里。之后他对普洛克涅说菲洛墨拉不知为什么走了。忒柔斯此前因为恐惧杀死了自己的兄弟，而他的命运也是死在近亲手中。菲洛墨拉不肯屈服：她把整个事情的经过都用符号的形式织进了挂毯里，然后吩咐照顾自己的仆人把挂毯交给自己的姐姐。普洛克涅看懂了妹妹织的内容，不过她耐心等待时机成熟。

到了色雷斯女性去野外执行狄俄尼索斯密仪的日子，她们会离开一切人群聚集的地方。普洛克涅抓住这个机会把自己的妹妹从森林里救了出来，带她回到宫殿，让她藏在自己的房间里。两姐妹策划了一场可怕的复仇：她们杀了年幼的伊堤斯，煮熟之后给忒柔斯吃。忒柔斯发现眼前肉不对的时候已经太晚了。他在狂怒之中穿过宫殿追赶她们二人。

但是神介入此事，把她们变成了两只鸟，逃脱了忒柔斯的追杀。普洛克涅变成了夜莺，永远在夜里哀悼自己的儿子；菲洛墨

两姐妹策划了一场可怕的复仇：她们杀了年幼的伊堤斯，煮熟之后给忒柔斯吃。忒柔斯发现眼前肉不对的时候已经太晚了。他在狂怒之中穿过宫殿追赶她们二人。

拉变成了燕子，虽然一直想用没有舌头的嘴讲出自己的悲伤，却只能发出吱吱的声音。忒柔斯戴着羽冠高耸的头盔拿着剑，于是变成了戴胜。

潘迪翁是狄俄尼索斯的信徒，他被喝醉的农夫杀死。潘迪翁的儿子兼继承人厄瑞克透斯的命运也没有好到哪里去。他在位期间，雅典城首次遭遇了惨烈的战争，敌人由波塞冬之子——厄琉息斯之王欧摩尔波斯率领。众神告诉厄瑞克透斯说，如果他不献祭自己的众位女儿，雅典城必将陷落。厄瑞克透斯和妻子被这巨大的责任压垮了，他们得到众神的许可，复仇女神也就没有理由再追踪他们了。在随后发生的战斗中，厄瑞克透斯亲手杀死了欧摩尔波斯，波塞冬用三叉戟将地面砸开一条深谷，把厄瑞克透斯扔了进去，他就这样在痛苦中被波塞冬所杀。这位半蛇半人的国王从大地里出生，最终又回到大地之中。

后来有故事提到厄瑞克透斯的另外三个女儿。俄瑞提亚被北风神波瑞阿斯所爱，但是波瑞阿斯遭到拒绝：厄瑞克透斯不想让雅典城与冰冷的北风结为盟友。然而波瑞阿斯天性暴力，他趁那位美丽的少女在克菲索斯河畔采花的时候把她掠走，另外两位姐妹奋力施救也无济于事，俄瑞提亚被波瑞阿斯带到他位于色雷斯的山中堡垒里。她在那里生下泽忒斯和卡莱斯，他们继承了父母双方的高贵血统：作为"阿耳戈号"上的英雄，他们赶走了鸟妖哈耳庇厄；在珀利阿斯的葬礼竞技会上，他们在长跑中获胜。

俄瑞提亚的姐妹之一是美丽迷人的普罗克里斯，她与刻法罗

北风神波瑞阿斯劫夺俄
瑞提亚。

《波瑞阿斯劫夺俄瑞提亚》,
弗朗西斯科·索利梅纳,
1729 年。

斯结婚,刻法罗斯是赫耳塞和赫耳墨斯的儿子。他们真挚地彼此
相爱,发誓绝不与其他人发生肉体关系。但是身穿橙黄色袍子的
黎明女神厄俄斯也爱着刻法罗斯,她说服刻法罗斯去试探一下自
己的妻子是否忠诚。"我不会让你破坏对妻子的誓言,"她说,"除
非是她先不守誓言。"于是她把刻法罗斯装扮成陌生人,让他带上
很多贵重礼物去勾引自己的妻子。

他送给普罗克里斯的礼物一天比一天多，但普罗克里斯每天都很忠诚，拒绝和他在一起。但是他愚蠢的坚持最终得到了报应，普罗克里斯终于答应了这个"陌生人"。刻法罗斯露出真面目，普罗克里斯羞愧地跑到克里特岛，来到米诺斯王的宫廷。米诺斯也爱上了这个美丽的女子，但是他被自己的妻子帕西法厄诅咒了，每次他燃起欲望的时候总会吐出小毒蛇和小毒蝎。不过普罗克里斯治愈了他，作为回报，他送给她一件来自阿耳忒弥斯的礼物：一支绝不会射偏的标枪，而且在掷出之后还能飞回主人手里，此外还有一条必定能追上猎物的猎犬。

有了猎犬和标枪，普罗克里斯伪装成年轻的猎人回到雅典城。她和丈夫成了朋友，经常一起在山里漫步搜寻猎物。

刻法罗斯自然开始垂涎那条厉害的猎犬和百发百中的标枪。他提出要交换这两样东西，交换的条件一天比一天丰厚，但普罗克里斯每次都拒绝交换。最后她说："那就把你两腿之间的东西给我！"刻法罗斯被朋友的这个要求惊呆了，但是由于他真的很想要猎犬和标枪，所以任何条件他都肯答应。

到了卧室里，一切真相大白，他们夫妇团聚。然而暗地里的不信任还是侵蚀着他们婚姻的根基。刻法罗斯经常带着妻子的猎犬和标枪出去打猎，在奋力追赶猎物之后他会躺下来，请求云层往自己这边飘，好遮挡一下阳光。但有个随从以为他是在呼唤一个名叫涅斐勒的女人——这个名字的意思就是"云"——于是随从将此事秘密告诉了普罗克里斯。刻法罗斯再次出门打猎的时候，她就偷偷跟上，丈夫休息的时候，她就藏在附近的树丛里。但是她踩断树枝的声音让刻法罗斯以为是有野兽来了。于是他想也不想就朝树丛方向掷出标枪，标枪穿透了目标的心脏，带着鲜血回到了刻法罗斯手中。

在误杀自己的妻子之后，刻法罗斯自我放逐离开了雅典城，希望在忒拜居住，洗清自己的罪孽。当他到达忒拜之后，发现当地人正受着一头吃人狐狸的侵扰，那狐狸非常狡猾，行动迅速，任何猎犬都抓不住。刻法罗斯放出了自己的猎犬说："看这个！"然而那头有魔力的狐狸很难抓住。它们一圈又一圈地跑着，猎犬不断靠近，狐狸不停地逃跑……结果和大家预料的一样，宙斯亲自来解决这个问题了，他之所以来解决问题，也是为了让自己的爱子赫拉克勒斯出生。

厄瑞克透斯还有个女儿名叫克瑞乌萨，她被阿波罗强奸之后抛弃，后来生下儿子伊翁。克瑞乌萨不希望父亲知道自己未婚生

刻法罗斯与普罗克里斯

《刻法罗斯与普罗克里斯》，保罗·委罗内塞，1580 年。

子，于是把伊翁丢在一个偏僻的山洞里，但是阿波罗关心着自己的儿子，他让赫耳墨斯把孩子带走，以弃婴的名义带到德尔斐抚养，后来伊翁一直在那片圣域当仆人。多年后，克瑞乌萨和自己的丈夫——赫楞之子苏托斯来到德尔斐，求问他们为什么没有孩子，神谕让苏托斯把离开神庙时遇到的第一个人当作自己的孩子。就这样伊翁回到雅典城，并成了爱奥尼亚人的祖先。

## 忒修斯的试练

接下来雅典城的一位传奇之王是埃勾斯。他和他妻子因为没有子嗣，于是去了阿波罗的圣地德尔斐求问神谕，想知道自己为什么没有孩子，以及该怎么做才好。神谕说得非常模糊难解："在你回到家之前，让酒囊的嘴一直关着。"

在从德尔斐回雅典途中，埃勾斯和特洛伊西纳之王庇透斯在一起待了一段时间。在傍晚时分的宴会上，埃勾斯将那个令人疑惑的神谕讲给友人听。庇透斯想了一会儿，命令仆人给所有人的酒杯满上，尤其是要侍奉好贵客。埃勾斯喝醉了之后，庇透斯就让自己的女儿埃特拉跟他同眠。但是埃特拉在跟埃勾斯同眠的当晚也和波塞冬发生了关系，于是她的儿子将既是波塞冬之子又是雅典城之王。

在离开特洛伊西纳之前，埃勾斯对埃特拉说，要是她生下男孩，就不要告诉他父亲是谁，待他长大能独自搬动某块巨石之后，再让他去雅典。那块巨石底下放着埃勾斯留下的一双凉鞋和一把象牙剑鞘的剑，这是他们父子相认的信物。足月之后，忒修斯出生了，他出生时鸟群都安静下来向他致意。

　　数年后，红发的忒修斯长大了，他熟知各种战斗技巧，也懂得宫廷礼仪。有一天，他在特洛伊西纳附近的山上打猎，觉得似乎有一只野兔跑到一块巨石后面躲了起来。他费了些力气把巨石抬起来——本来他只是想找到那只兔子，结果却意外地发现了一把

忒修斯和埃特拉发现了埃勾斯留下的凉鞋和剑。

《忒修斯找到父亲的剑》，劳伦特·德·拉·海尔，17世纪。

　　　　　希腊神话：众神与英雄的故事

名贵的剑和一双凉鞋。他把石头放回原处，赶快去找来自己的母亲，给她看了那两样东西。埃特拉知道现在该让儿子去雅典找父亲了。于是忒修斯带上剑，穿上那双凉鞋，追随自己的命运去了。

要去往雅典，忒修斯必须穿过萨罗尼克湾的一片危险的海滩。这片蛮荒之地上强盗和杀手横行，他们不讲法律，对陌生人充满敌意。对这个年轻人而言，这是一趟史诗般的旅程，也是他成为英雄、国王之前的测试。首先在埃皮达鲁斯附近，他被一个拿大棒的人袭击，那人名为粗眉强盗珀里斐忒斯。他是赫菲斯托斯之子，身材高大，被他的大棒一击，任何人都会被送进阴影之王哈迪斯的宫殿。但忒修斯避开了对方的袭击，他夺过对手的棍子——发现自己也能一击打碎珀里斐忒斯的头骨。随后他继续上路了。

伊斯特慕斯一带由辛尼斯统治，他是波塞冬的儿子。此人体形巨大而且吓人，任何被他抓住的路人都会惨死。他会将两棵小松树扳弯下来，让树梢无限接近，然后把俘虏的脚绑在一棵树的树梢上，手绑在另一棵树的树梢上，接着让树弹回原状，受害者也就被扯得手脚分裂。忒修斯让这个扳树贼自己也体验了一下这种酷刑。

接着在迈伽拉以西，克罗米翁的地盘，有一头吃人的巨型野猪，据说它是被一个女巫控制着。周围居民都非常害怕，谁都不敢出门种地，也不敢去神庙举行任何仪式，唯恐被那怪兽当成美餐。忒修斯无畏地在山间杀死了野猪——野猪死后，饲养野猪的老巫婆也消失了。

凶残的斯喀戎的领地就在前方，位于迈伽拉和厄琉息斯之间。悬崖高耸在海岸边，道路紧贴着悬崖。斯喀戎习惯把这条狭窄的通路堵起来，强迫过往行人跪下端一盆水来洗他的脚。光是这样的羞辱还不够，路人蹲下的时候，他会一脚踢倒对方，让他们滚下悬崖落入海中，巨大的海龟就把他们吃了。忒修斯看透了斯喀戎的鬼把戏，假装自己上了当，当他弯腰的时候，他抓住斯喀戎的腿，把他掀翻在地，随即推到百尺悬崖下方的海里，饥饿的海龟正在下面等着。

走过厄琉息斯之后，他遇到了赫菲斯托斯的儿子之一，强盗刻耳库翁。刻耳库翁最喜欢的一项消遣就是让过路人跟他摔跤。他假称赢了他的人就能继续上路，但是其实谁都打不过他，他打死了所有的对手。忒修斯是唯一一个胜过他的人。忒修斯把那个大块头的强盗从地上高高举起，举了片刻之后把他重重地摔到怪石嶙峋的地面上。

最终，忒修斯遇到了疯狂的普罗克路斯忒斯，这个名字的意思是"拉伸"。在距雅典城不远处，普罗克路斯忒斯用一张床将大路堵起来，并且让过往行人躺在这张床上。如果他们比床长，他就用斧子把他们砍短；如果他们比床短，他就拿一个独眼巨人在赫菲斯托斯工坊里制作出来的大锤，把那人捶扁些以适应床的尺寸。忒修斯虽然也去床上试了，但是他抓住那个疯子把他按倒在床上。这次轮到杀人者去死了，忒修斯把他一点点砍碎，让他恰好和床一样长。

把海滩沿途的危险都清理掉之后，忒修斯来到了雅典，像埃勾斯所说的那样来到王宫前。但是此时埃勾斯恰好不在，为了应对和克里特的战争，他出门寻找盟友去了，是美狄亚接见了这位年轻的英雄。美狄亚是在毁了伊阿宋的人生、杀他的孩子之后从科林斯逃到雅典来的，现在她和埃勾斯结了婚。这位女巫立即认出了埃勾斯的儿子，也立刻知道了他会威胁到她自己的儿子。

只要忒修斯在，自己的儿子就永远不可能继承雅典的王位。于是她派忒修斯去马拉松的海滩平原执行某项必死无疑的任务。

马拉松位于雅典东北边，境内遍布丘陵和原野，那里深受一头大公牛的困扰。这头牛就是导致克里特岛的米诺斯之子死亡的那头牛……但这个故事我们稍后再说。很多人都死在它粗壮的蹄子和凶残的牛角之下，他们都没能驯服那头野兽。但是忒修斯将公牛摔倒在地，让它走动不得，然后胜利地将它赶回雅典城，并且献祭给了阿波罗。此时埃勾斯也回到了雅典，他举办了盛大宴会庆祝忒修斯抓住公牛。但此时他还没认出自己的儿子，美狄亚建议他赶走这位神秘的陌生人，免得对方篡夺王位。她说："如果你同意，我现在就给你一些狼毒乌头，你放在他酒里就好了。"但是当忒修斯举起杯向主人祝酒的时候，他的披风从肩上滑落，埃勾斯看见了那把象牙剑鞘的剑。他打翻了忒修斯手中那杯毒酒，美狄亚气恼不已，埃勾斯则满含喜悦的泪水认了忒修斯这个儿子，并宣布他是继承人。

## 忒修斯和米诺陶洛斯

忒修斯和埃勾斯最终父子团聚，他们在一起度过了短暂的和平时光，互相增进了解。不久后，克里特岛的米诺斯王进攻雅典，米诺斯是欧罗巴和宙斯生下的孩子之一。在忒修斯来到雅典之前，米诺斯之子安德洛革俄斯就曾到过雅典，他健壮英勇的身姿给每个人都留下深刻印象。但埃勾斯怀疑安德洛革俄斯和自己的兄弟帕拉斯有秘密交易，因为帕拉斯是个野心勃勃的人，希望他自己的儿子登上雅典的王位。于是这位雅典城的统治者让安德洛革俄斯去收服马拉松地区的公牛，好测试一下他的力量，如他所料，公牛顶翻那个年轻人，踩死了他。米诺斯悲痛不已，于是进攻雅典进行报复。

他首先到了迈伽拉，埃勾斯的另一个兄弟尼苏斯是那里的国王。尼苏斯长着一簇色彩明亮的头发，那是有神力的头发，只要那头发在，迈伽拉就安全无虞。但是尼苏斯的女儿斯库拉惹怒了天后赫拉，为了报复，这位有着母牛般眼睛的女神派厄洛斯去让那女孩爱上了仇敌。斯库拉从城墙向外眺望时看到了米诺斯，厄洛斯的箭趁机刺穿她的心。她让一个信得过的仆人给克里特岛之王送去情书，米诺斯给了她一个虚假的定情信物，是一条沉甸甸的黄金项链，由许多条金链组合而成。斯库拉知道自己也要回报情人，于是她趁父亲睡觉时剪下那簇有魔法的头发送给那位虚伪的情人。但米诺斯无情地拒绝了她，并攻陷了迈伽拉，杀了尼苏斯，然后朝雅典航行而去。

不久米诺斯就征服了雅典，为了给亲爱的孩子报仇，他提出了非常苛刻的处罚条件：每年雅典人都要将七对贵族青年男女送到米诺斯位于克诺索斯的宫殿里。到达克诺索斯后，他们就会被送进宫殿下方由代达罗斯设计的迷宫中。迷宫的中心住着恐怖的米诺陶洛斯，任何进入迷宫的人都休想再出来。

\* \* \*

米诺陶洛斯是什么呢？那是个很可怕的杂交生物，有着人类的腿和身体，但肩部以上却长着一颗公牛的头。它是米诺斯家族的旁系成员。为了帮助米诺斯履行每年向波塞冬献祭的义务，海神亲自送给他一头海里来的公牛——它全身雪白，没有一丝杂毛，身体庞大。这是一头极其完美的公牛，米诺斯觉得用来献祭太浪费了，于是他愚蠢地选择了一头不怎么好的祭品送上了震撼大地之神的祭坛。

此举惹怒了波塞冬，他诅咒了米诺斯的妻子、太阳神之女帕西法厄，让她对那头漂亮的公牛产生了不可遏制的欲念。她叫来技艺娴熟的工匠代达罗斯，让他想个办法好让自己和那头牛交合，代达罗斯就做了一头中空的木制母牛。他用牛皮盖住木头架子骗过了那头公牛，帕西法厄钻进木牛的肚子里。很快那头漂亮的公牛过来满足了她扭曲的幻想。结果米诺陶洛斯就出生了。

米诺斯对妻子这种行为以及那个苟合产下的后代既反感又惭愧，他让代达罗斯在宫殿下面修了个很复杂的迷宫，其中有无数迷惑人的岔路和弯路，就连代达罗斯本人都很难找准方向。米诺陶洛斯就被安置在迷宫正中心，它被铁链锁住，整日吃不饱，对自己的处境愤怒不已。

天才的代达罗斯是埃勾斯的表亲，是雅典城贵族家族的一个小旁系，但是他杀了一个侄子之后逃离了雅典，带着自己的儿子伊卡洛斯来到克里特。神赐予他聪明的头脑和灵巧的双手，他无疑是这个时代最了不起的发明家，甚至放在其他任何时代都不逊色。他制作的雕像栩栩如生，你甚至能听见它们呼吸，感觉到它们在移动；他建造了神庙和祭坛，还发明了很多木匠工具和建筑工具，帮助他自己和后人完成工作。由于他帮帕西法厄去做了那样污秽的事情，米诺斯将他和他儿子囚禁了起来。不过监狱的墙是关不住这位大师的。代达罗斯对伊卡洛斯说："也许米诺斯确实控制着陆地，还控制着大海，但是他却控制不了天空。"

伊卡洛斯不听从父亲的叮嘱，飞得太高了，翅膀的蜡熔化导致了他的殒命。但千百年来，伊卡洛斯也成了勇于挑战的代表形象。

《伊卡洛斯和代达罗斯》，弗雷德里克·莱顿，1869 年。

　　在牢房里，代达罗斯给自己和儿子各做了一对有力的翅膀。这翅膀是用老鹰的羽毛覆盖在轻巧的木制框架上做成的，可以绑在胳膊上。羽毛上覆盖着蜡，既可以让羽毛牢牢粘在框架上，又可以让它们具有一定强度、可以承担一个人的重量。准备就绪之后，这一老一少两人就从牢房的窗口飞了出去。

　　代达罗斯的这项新发明非常了不起：人类居然可以飞了！他们拍打着翅膀轻松地朝着西西里飞去，代达罗斯警告伊卡洛斯说，在不高不低的半空中飞行就可以了。"飞行也有风险，孩子，"他

但是在如此惊险的飞行中，只一个错误就足以致命。伊卡洛斯飞得太高了，他准备高高兴兴地来个俯冲。此时蜡熔化了，羽毛落下来，那孩子笔直地落进海里淹死了。

说，"你飞得太低，海浪会涌上来淹没你；你飞得太高，太阳就会融化翅膀上的蜡。别飞得太高了，孩子！"

焦虑的父亲一次又一次警告自己的孩子，起初伊卡洛斯都听他的，但是很快年轻人任性起来，想试试父亲的伟大发明厉害到什么程度。他随心所欲地俯冲飙升，代达罗斯欣慰地看到翅膀很结实，足以经受住这样的压力。但是在如此惊险的飞行中，只一个错误就足以致命。伊卡洛斯飞得太高了，他准备高高兴兴地来个俯冲。此时蜡熔化了，羽毛落下来，那孩子笔直地落进海里淹死了。

代达罗斯最终向米诺斯复仇成功。在这段故事结束后不久，米诺斯去西西里捉拿代达罗斯，想惩罚他。代达罗斯藏了起来，但米诺斯狡猾地拿了一个海螺壳去西西里，他允诺，谁能将一根线穿过这曲折的海螺壳就定能得到重赏。

唯一成功的是阿克拉加斯之王科卡洛斯，他的办法是把线拴在一只蚂蚁身上，蚂蚁就能爬过海螺壳里复杂的通道。但是这里还有个陷阱：米诺斯知道只有代达罗斯能想出用蚂蚁的办法，所以他断定这位逃亡的贵族肯定躲在阿克拉加斯。米诺斯去找科卡洛斯对质，那位国王礼貌地迎接了他，请他沐浴洗去贵体上的风尘，并让自己美丽的女儿去陪伴他。当米诺斯走进浴池时，科卡洛斯就和女儿往他身上倾倒开水，克里特岛之王就这样恐怖地死了。

\* \* \*

在米诺斯打败雅典的时候，他要求雅典人每年送七对青年男女去迷宫里让米诺陶洛斯吃掉。年轻的忒修斯不忍看到刚刚团聚的

航行途中，米诺斯喜欢上了其中一个雅典女子，但忒修斯拦住他，保护了那个可怜的少女。

　　父亲这样受辱，同时也为雅典城的遭遇感到愤怒。全城的人聚集起来，在父母亲人的哭喊声中念出十四个名字。其中十三个青年男女都是抽签选出的，唯有忒修斯是被米诺斯特别指定的，因为他想让埃勾斯也尝尝失去久别重逢的爱子的滋味。但忒修斯很愿意去，因为他决心消灭米诺陶洛斯，让雅典不必再付出任何赔偿。

　　于是这十四个人坐上米诺斯凯旋船队中的一艘黑帆帆船，乘着顺风出发了。航行途中，米诺斯喜欢上了其中一个雅典女子，但忒修斯拦住他，保护了那个可怜的少女。米诺斯怒吼道："你是谁，竟敢阻挠宙斯之子？"忒修斯回答道："我是波塞冬之子。"并要求米诺斯证明自己真的是宙斯之子。米诺斯回答道："就如你所愿。"于是他呼唤宙斯送来雷霆，好证明他是宙斯之子。一阵惊雷滚过，天空都动摇起来。接着米诺斯将一枚戒指扔进深海，说如果忒修斯真是波塞冬之子，就该把戒指捡回来。

　　忒修斯毫不犹豫地跳进波涛汹涌的海里，英雄从不畏惧人类极限。谁都没指望再见到他，但是海豚来了，它们带领忒修斯去往大海深处，他的父亲波塞冬的宫殿，大神宙斯的兄长就坐在宫殿的宝座上，安菲特里忒坐在他的右手边。安菲特里忒将米诺斯的戒指递给自己的继子，还给了他一件漂亮的斗篷和一顶王冠，这些都是当初阿佛洛狄忒送给她的，因此忒修斯也就有了阿佛洛狄忒的光环。波塞冬的助手特里同将他送回米诺斯的船上，特里同身材高大，遍身覆盖的鳞片下有一颗温柔的心。忒修斯回到船上，身上竟然一点也没湿。米诺斯尽管震惊，却丝毫没有表现出来。很快船到达了克诺索斯港，米诺斯那位美丽的女儿阿里阿德涅跑来迎接自己的父亲。而忒修斯此时正骄傲地站在船首，阿里阿德涅见到他就坠入爱河。天黑后她跑出去，隔着关雅典俘虏房牢房的窗户栏杆对忒修斯低声诉说爱意。这位英雄也回应了她，因为她真的非常美丽——而且很有用。

　　尽管忒修斯没有武器，他还是有信心杀掉米诺陶洛斯，毕竟目前为止他还没有遇到过对手，但是他最大的难题在于要如何找到对方。那座迷宫复杂惊人，设计的初衷就是为了扰乱人的心智。人进去之后就会永远迷路，只能徒劳地在里面游荡，内心的恐惧则不断增长，最终一死了之。等到他和其他雅典年轻人进迷宫献祭给米诺陶洛斯的时候，阿里阿德涅偷偷给了他一团闪亮的线，他可以在穿过迷宫时不断放线，返回的时候再把线团裹回去。

　　十四个青年男女走进幽暗的迷宫，忒修斯走在前面，其他人紧跟着他穿过迷宫。当看到同伴充满信心地大步前进时，大家都不再沮丧。他们一次又一次走进死路，于是又收回丝线回到岔路

阿里阿德涅爱上了忒修斯，悄悄将走出迷宫的方法教给了他。

《阿里阿德涅将线团送给忒修斯》，佩拉西奥·普拉吉，19世纪。

口，走另一条路。最终，他们试遍所有的死路，渐渐接近了迷宫中心，他们听见怪物的呼吸声和脚步声，大家循着那声响满怀恐惧地在黑暗中前行。他们走得越近，就越能闻到浓烈的臭味——那都是此前被米诺陶洛斯吃掉的牺牲品腐烂后形成的瘴气。

那头怪兽感觉到他们的气息之后，抬起鼻子，呼出腐臭温热的气息，那气息如同潮湿的云雾一样从它红色的鼻孔边缘冒出来。一条铁链把它拴在岩石上免得它逃往上面的世界，它拉扯着那条铁链。怪兽看到了他们，它捡起洞穴地板上的大石块朝他们砸过去，恐吓那些年轻人。但是忒修斯告诉其他人跟在自己身后，他大胆地走上前单手和那个怪兽战斗，以一人之力对抗米诺陶洛斯。很快米诺陶洛斯呼出最后一口气倒在血泊里，被它自己用来砸忒修斯的石头砸死了。

再从那个黑暗腐臭的迷宫里逃出来就很简单了：他们只需要跟着阿里阿德涅的线回到出口就可以了，她正在出口焦急地等着他们。他们大口呼吸着清新的空气，跑向港口。他们把米诺斯的船都凿沉了，免得他追上来，然后大家跳上来时那艘挂着黑帆的船安全地去往雅典。每个人都有理由感到高兴，阿里阿德涅则盼望着尽快成为忒修斯的新娘。

这群逃跑的人第一天夜里在纳克索斯岛过夜。雅典娜出现在忒修斯梦中，要求他立刻起航，把阿里阿德涅单独留在岛上，因为她注定要获得更高的地位。忒修斯很犹豫，但还是照办了。他最后看了一眼那美丽的少女，然而神的命令终究是不可违抗的。阿里阿德涅早晨醒来时，感到恐惧又迷惑，然而狄俄尼索斯出现在她面前，说她注定要成为自己的妻子，并保证对她忠诚。天父宙斯让她永生，这样她就能永远不老不死，与丈夫共享永恒。凡人与神祇之间的屏障其实极薄，但却又牢不可破，唯有一切神祇与凡人之王，天父宙斯能让这屏障分开片刻。

就这样，那群雅典的年轻人继续乘船回家。在米诺斯把他们带走准备送给米诺陶洛斯那天，忒修斯对自己的父亲说，如果他杀了那怪兽顺利返航，他就在船上挂白帆，因为黑帆是把他带走去完成这可怕任务的恶兆。但是凯旋途中他太开心了，忘了换上白帆。埃勾斯日复一日爬到雅典卫城的最高处眺望，希望看到儿子安全返回的信号。最终他总算看到那艘船出现在地平线——然而在风中飞舞的居然是黑帆，不是白帆。

他儿子死了，他也不愿再活着。埃勾斯便从卫城上跳下自杀了。也有人说他是在苏尼翁岬的悬崖上看到了黑帆，于是跳进了海里，从此以后那片海就以他的名字命名，被称为埃勾斯之海，也就是爱琴海。

## 忒修斯成王

经过这次悲惨的意外事件，忒修斯继承了雅典王位，但继承的过程也不顺利。埃勾斯和自己的兄弟帕拉斯长期交恶，帕拉斯便趁此机会集结起一支大军准备篡夺王位。他的几个儿子担任将军，准备进攻雅典。忒修斯听说了他们的计划，于是组织了一场出其不意的反击，彻底摧毁了他们的企图。就这样，忒修斯用自己的智慧保护了雅典的人民。

忒修斯的挚友是色萨利的拉庇泰人之王庇里托俄斯。庇里托俄斯是伊克西翁的儿子，也是宙斯之子，宙斯曾变成一匹高贵的公马与伊克西翁的妻子交合。当初这个色萨利青年想抢忒修斯的牛，忒修斯追上去抓住了偷牛贼，结果庇里托俄斯非但没有和他敌对，反而态度很友好。从那时候起，他们就成了形影不离的好朋友，一起进行了很多冒险。他们日常都在治理土地，让大地变得适合人类居住，让文明繁荣起来，有时他们也做些别的事情。

他们一起讨伐过亚马逊人，这些人住在遥远的塞西亚，在世界的边缘，他们绑架了亚马逊人的女王安提俄珀，她给忒修斯生下一个儿子希波吕托斯。但是后来忒修斯抛弃了安提俄珀，选择了克里特的米诺斯之女淮德拉作为自己的合法妻子。没有人胆敢这样对待骄傲的亚马逊女王，他必须付出代价！安提俄珀召集起自己的姐妹，她们集结起军队进攻雅典，但是被打败了，安提俄珀也因伤势过重而死。

希波吕托斯在父亲身边长大，变得英俊强壮，深受阿耳忒弥斯喜爱。他最喜欢带着猎犬和别的猎人一起狩猎，赤裸胸膛，汗水洒在山间。他发誓要效仿自己的女神，一生都保持贞洁。但是淮德拉内心却很爱自己的继子，当希波吕托斯拒绝她的时候，她变得极其愤怒。她对忒修斯说希波吕托斯想强奸她。忒修斯就请求自己的父亲波塞冬杀掉希波吕托斯，于是一头公牛从大海的波涛中出现，趁希波吕托斯驾驶两轮战车的时候袭击了他。马匹受惊，将希波吕托斯在地上拖行致死。见到如此残破的尸体，淮德拉也羞愧地自杀了——但希波吕托斯却奇迹般地被阿斯克勒庇俄斯救活了，由于阿斯克勒庇俄斯施行了如此超自然的行为，集云者宙斯劈死了这位神医。

后来庇里托俄斯与希波达弥亚订婚，她是希斯提奥提斯的阿特拉克斯之女。很快到了庆贺婚礼的日子，庇里托俄斯安排了丰

盛的婚宴，邀请的宾客不止拉庇泰的同伴，还有他的远亲——住在色萨利的群山中的马人们。仆人们遵照命令只给那些披头散发的马人喝牛奶，可是拉庇泰人的甜酒散发出的香味吸引了这些半人半马的野马人，他们扔下牛奶，夺过装酒的大肚瓶。

一开始马人们只是很吵闹，接着就不遵守婚宴上的规矩，最后竟然想强奸拉庇泰女人。桌子被掀翻，女人们被抓住头发拖走。她们的尖叫和拉庇泰人惊慌的呼喊跟马人在抓走受害者时粗重的呼吸混合在一起。拉庇泰人把能找到的东西都当作武器——杯子、靠垫、小刀，马人则把树连根拔起当作棍子挥舞，还用有力的双臂扔石头。

此次冲突破坏了婚礼，双方冲出宫殿，最终演变成了一场正式的战争，只能在战场上一决胜负。此时忒修斯来帮忙了。在战斗过程中，很多英雄都牺牲了，包括拉庇泰贵族凯纽斯，也就是

## 亚马逊人

传说中的亚马逊地区代表了古希腊以外的地方。古希腊妇女的生活很受限制。白天她们通常待在家里，这是道德义务，天黑后她们可以出门参加一些宗教仪式，但是必须戴上面纱且要有人陪伴。而亚马逊人却是自由的：女人住在旷野里，只为了生育和取乐才跟男人在一起，她们做着男人的工作，还能打仗。亚马逊人住在极北的塞西亚地区，远在文明世界之外。女战士们之所以被称为亚马逊人，是因为传说她们会为了方便使用武器而切掉右边乳房—"亚马逊"这个词的意思是"没有乳房的"。这些故事让古希腊人惊恐不已。所以在雕塑和其他作品中，他们经常描绘希腊与亚马逊的战争，象征建立秩序消除蛮荒。

希波达弥亚的哥哥。他出生时其实是个女孩，名叫凯妮丝，凯妮丝曾帮助过波塞冬，于是波塞冬可以实现她一个愿望。凯妮丝要求变成男人，并且长生不老。但是虽然他长生不老，但依然被马人用大树打倒在地，并且永远被囚禁在一块巨石中。

即使最高贵的英雄，在厄洛斯的影响下也会表现得像傻瓜。忒修斯和庇里托俄斯做过的最恶劣的行为是两次笨拙的绑架。这两个年轻人决定去抢夺宙斯的女儿。忒修斯打算去绑架宙斯和勒达的女儿海伦，庇里托俄斯的目标更高，他想抢夺哈迪斯的妻子珀耳塞福涅。他们成功地把海伦从斯巴达带走了——当时她还是个小姑娘，被绑架的时候，她正和自己的朋友在欧罗达斯河边光着身子跳舞。不过忒修斯把她留在雅典之后就出发去帮庇里托俄斯抢珀耳塞福涅了。海伦的兄弟，双胞胎卡斯托尔和波吕丢刻斯趁机把她救了回来，他们还趁机绑架了忒修斯的母亲埃特拉去给海伦当女仆。

庇里托俄斯绑架珀耳塞福涅的行动要危险得多，而他还觉得这主意挺好玩，因为他和珀耳塞福涅的父亲都是宙斯，那位集云者对此次冒险肯定会宽容的。他们到了哈迪斯的宫殿，那位阴沉的神祇迎接了他们，但是哈迪斯内心却另有一番想法，因为他知道他们两个想干什么。哈迪斯请他们坐下——庇里托俄斯在那个雕刻得很复杂的凳子上一坐下，石头就变软了，把他陷进去了，接着石头立即变硬，他被彻底困住了。庇里托俄斯拼命挣扎，忒修斯帮忙也没有用。雅典之王不得不把自己的朋友留在冥界的死者之间独自离开，此后他一直为庇里托俄斯悲痛哀悼。

回到雅典之后，他的冒险也结束了。忒修斯成了一个睿智贤明的国王——可是无论如何睿智贤明也无法避免背叛行为。他的表兄弟墨涅斯透斯篡夺了雅典的王位，将忒修斯流放到了斯库罗斯岛上，他在那岛上一直住到生命结束。他的尸体在一座悬崖底部被发现，尸体残破不堪，不知道是他失足落下还是有人推的。

# 赫拉克勒斯

## 赫拉克勒斯出生

迈锡尼之王厄勒克特律翁是珀尔修斯和安德洛墨达之子。他和忒勒波昂斯发生了战争，因为忒勒波昂斯人杀了他的儿子，偷了他的牛。

战争期间他让安菲特律翁管理迈锡尼，为了表达对这位年轻侄子的信任，他还把自己的女儿阿尔克墨涅托付给他。阿尔克墨涅十分美丽，拥有让人平静的力量，人们都认为她简直是阿佛洛狄忒现形了。但是厄勒克特律翁对安菲特律翁说，直到他回来阿尔克墨涅都要一直保持处子之身。阿尔克墨涅同意了：等到她死去的兄弟们大仇得报再圆房。

但是接着发生了一桩可怕的意外。厄勒克特律翁在找忒勒波昂斯报仇之前就找到了丢失的那些牛。于是他叫安菲特律翁来帮忙，两人一起把牛群赶回迈锡尼。在返回过程中，一头牛开始乱跑。安菲特律翁用棍子去打牛的头，结果棍子把牛角打断了，牛角击中了厄勒克特律翁，把他打死了。安菲特律翁回到迈锡尼的时候，祭司们让他赶紧离开，免得这份弑亲之罪污染整座城市，于是他去了忒拜。

安菲特律翁带着妻子一起出发，去忒拜洗清自己的罪孽。但是阿尔克墨涅依然拒绝和安菲特律翁同床，因为她兄弟们的仇还没有报。作为无家可归的被流放者，安菲特律翁自己是完成不了这个任务的，他需要主人，也就是忒拜之王克瑞翁的帮助。但是克瑞翁忙于应付一只危害郊野地区的凶猛狐狸。每个月都有一个年轻人前去追捕那只狐狸，可是所有人都有去无回。更糟糕的是，每个人都觉得那只狐狸是不可能被抓得到的。克瑞翁答应，只要狐狸被抓住了，他就一定帮助安菲特律翁。

就在此时，刻法罗斯到了忒拜。这个雅典青年也需要洗清自己的杀人之罪，因为他用那支百发百中的标枪失手杀死了自己的妻子。那支标枪被杀人行为所污染，刻法罗斯没有带来，而是把它供奉在一座神庙里，不过刻法罗斯还带着他的猎犬。于是他们一起出发去狩猎那只狐狸——用定能捉住目标的猎犬对付定不可能被抓住的狐狸。这就出现了一个无解的僵局：猎犬肯定能抓住狐狸，而狐狸确实不可能被抓住。天父宙斯厌倦了这种无休止的追逐，他把狐狸和猎犬都变成了石头，这两块石头至今还矗立在那里。

克瑞翁现在可以毫无后顾之忧地去帮助安菲特律翁了，他们一起去讨伐忒勒波昂斯。最大的一个问题在于，只要忒勒波昂斯之王普忒瑞劳斯活着，他们就绝不可能获胜。普忒瑞劳斯长着一簇有魔法的金发，只要有这簇头发他就能一直活着。但是宙斯很快解决了这个问题。普忒瑞劳斯的女儿爱上了安菲特律翁，背叛了自己的父亲。她剪下那簇金发，普忒瑞劳斯很快就死了。忒勒

还是婴儿的赫拉克拉斯
轻而易举杀死了赫拉派
来的毒蛇。

《婴儿赫拉克勒斯与毒蛇》，
大理石雕塑，公元1世纪。

波昂斯城陷落，安菲特律翁为阿尔克墨涅的兄弟们报了仇。

安菲特律翁胜利返回忒拜，他终于可以和妻子同床了，但是有一件事他还不知道，宙斯拜访阿尔克墨涅，度过了漫长而满足的一夜。这位大神假扮成安菲特律翁和她同眠，在露出真面目之前还送给她一只金杯作为礼物。他不光和阿尔克墨涅同眠，还命令太阳神赫利俄斯拉住他那些马匹，让早晨的太阳不要升起，结果夜晚变成了平时的三倍那么长。宙斯竭尽全力想要美丽的阿尔克墨涅受孕。

就在宙斯拜访阿尔克墨涅的当晚，安菲特律翁也回来了，安菲特律翁也和自己的妻子同床。怀胎十月之后，阿尔克墨涅生下一对双胞胎：赫拉克勒斯和伊菲克勒斯，这两个孩子的父亲分别是宙斯和安菲特律翁。这次生产十分艰难，庇护分娩的女神赫拉没有显出丝毫慈悲。宙斯知道自己的儿子必然出生，于是宣布这天出生的孩子必定统治身边的一切。赫拉趁此机会问："你能发誓吗？这天出生的人必定统治其周边的一切？”宙斯中了妻子的计，严肃点头表示认同。

赫拉马上离开奥林匹斯去了凡间。她做了两件事。首先她推迟了赫拉克勒斯出生，却让他的表兄弟——梯林斯的欧律斯透斯先出生，就这样欧律斯透斯统治了赫拉克勒斯，赫拉克勒斯却不能成为统治者。事情就这样定了。由于她还为宙斯所做的另一件事感到气愤，所以赫拉克勒斯刚一出生，她就派出两条毒蛇爬进阿尔克墨涅的卧室，用毒牙咬死她丈夫一夜情生出来的私生子。但是那个婴儿非常有力，他两只小手各抓住一条毒蛇，把它们掐死了。

阿尔克墨涅害怕了，她不敢给孩子喂奶，唯恐惹得赫拉震怒，她把孩子送出宫殿，丢在灌木丛林地里，想让他就这样死掉。但是宙斯派赫耳墨斯悄悄把婴儿带去奥林匹斯，让赫拉给他喂了奶，所以赫拉克勒斯虽然是个凡人，却是有神性的。但是这婴儿咬疼了女神的乳头，赫拉把他扔掉了，赫耳墨斯又把这孩子送回阿尔克墨涅的房间，说服她亲自抚养这孩子。他劝说阿尔克墨涅道：“你放心吧，这孩子会成为大英雄的。”

赫拉克勒斯如同果园中的树苗一样苗壮成长。少年时代，他向各位出色的老师学习：阿波罗和普萨玛忒之子利努斯教他音乐，欧律托斯教他弓术，安菲特律翁教他驾驶马车，安提克勒亚之父奥托吕科斯教他摔跤。但是赫拉克勒斯在愤怒之下杀死了利努斯。因为老师在学生犯错的时候体罚学生，结果赫拉克勒斯抓起自己坐的凳子回敬了利努斯。这位年轻的英雄就此被赶出忒拜，去了附近怪石嶙峋的山上。忒斯庇伊之王忒斯庇乌斯的牛群经常受一头狮子危害，赫拉克勒斯杀死了那头狮子。忒斯庇乌斯为了表示感谢，让自己所有的女儿都去陪伴这个年轻人，他共有五十个女儿，个个都美貌惊人。忒斯庇乌斯很会看人，他知道赫拉克勒斯是个大英雄，希望自己的孙辈能继承到一些英雄的精神。

为了回到忒拜，赫拉克勒斯必须帮助克瑞翁做一桩大事。那时候忒拜是奥科美那斯的附属国，每年都要付给奥科美那斯一百头牛作为岁贡，这是很沉重的负担。但是赫拉克勒斯带领忒拜的军队冲进战场，击败了奥科美那斯的军队，只可惜安菲特律翁死在这场战斗中。克瑞翁让自己的女儿墨伽拉嫁给赫拉克勒斯，她成了一个贤妻良母。

几年平静的时光过去了，赫拉克勒斯变得越发强壮，墨伽拉也生下了健壮的孩子，孩子们让夫妇二人十分开心。但是英雄注定过不了平静的人生，赫拉还在继续迫害这个宙斯之子——赫拉克勒斯不死，她就不会罢休——她在高高的奥林匹斯送去了疯狂之意到赫拉克勒斯和墨伽拉家里。突然间，那个家在赫拉克勒斯看来变得非常奇怪，仿佛成了敌人的房子，里面充满了敌人。他在各个房间里追赶敌人，杀死了很多人。

雅典娜见此情景，赶紧从奥林匹斯山上跑下来朝赫拉克勒斯头上扔了一块石头。他立刻倒在地上昏迷不醒，血凝结在他茂密弯曲的头发和胡须上。他醒来之后，才发现家里横七竖八的尸体并不是陌生的敌人——墨伽拉和他的孩子们躺在地上，他们被方才那令人震惊的暴行夺去了生命。

赫拉克勒斯惊恐万状，他哭着去德尔斐向阿波罗寻求建议。阿波罗让他去给他的表兄弟、梯林斯之王欧律斯透斯干十二年活，并且完成欧律斯透斯指派给他的一切任务。众神让欧律斯透斯给他安排各种困难得不可能完成的任务，因为赫拉克勒斯拥有强大的力量，理应接受艰难的试练。但是阿波罗还说，在十二年之后，赫拉克勒斯应该成为神祇，虽然这不是他试练的目的，但他因此消灭了世界上很多邪恶之物，而且更重要的是他帮助众神战胜了巨人。

## 赫拉克勒斯的十二试练

赫拉克勒斯的第一项试练发生在伯罗奔尼撒。当时伯罗奔尼撒是个蛮荒之地，当然其他地方也很蛮荒，欧律斯透斯想趁机借着赫拉克勒斯英雄的力量治理一下那边。在尼米亚一带有一头狮子到处吃人，欧律斯透斯想要那头狮子的皮。那头狮子是喀迈拉兽的后代，由赫拉亲自饲养，专门用来对付赫拉克勒斯的。普通刀剑砍不伤它的毛皮，棍子（如赫拉克勒斯携带的那种）打下去就立刻弹开。他靠近狮子的巢穴时，那野兽就从阴暗的树丛中跳起来扑向他。它的尖牙利爪撕裂了赫拉克勒斯的肌肉，赫拉克勒斯知道武器是没用的，他果断扔掉武器，赤手空拳和那头狮子搏斗起来。这场战斗异常激烈，但也很短暂，赫拉克勒斯用双臂锁住狮子的脖子把它勒死了。

处理了自己的伤口之后，赫拉克勒斯用狮子那剃刀般锋利的爪子割开它坚硬的毛皮。从此以后赫拉克勒斯就用那头狮子的皮作为盔甲，让它张着嘴，用它的头作为头盔，狮鬃披散在他脖子上，剩下的皮毛就披在他强壮的肩膀上。他披着这身狮皮、带着弓和大棒——仿佛一个强盗的打扮，变得非常出名，因为赫拉克勒斯驯服了这个世界，却没有驯服他自己。

第二项试练是要杀死九头蛇许德拉。那是一只蛇形水怪，栖息在阿尔戈斯附近的勒拿沼泽里。这水怪是百首巨怪堤福俄斯的后代，也是赫拉养大的怪物，她希望这怪物能杀死宙斯最喜欢的私生子。水怪从浑浊的水中游过，前去迎战赫拉克勒斯，它的九个头发出嘶嘶的叫声，到处撕咬并喷出致命的毒液。它的八个头都是凡间生物，但有一个头是不老不死的。赫拉克勒斯满怀信心地用大棒敲碎了许德拉的一个头，黏液、碎骨肉和血四处飞溅——可是从被打碎的头的伤口处又长出来两个同样危险恐怖的头。另外又有一只巨大的螃蟹从沼泽里爬出来帮助许德拉，这螃蟹也是赫拉的宠物，它很大，挥舞着大钳子想要威胁这位英雄。

许德拉的头嘶嘶叫着，扭动身子扑向赫拉克勒斯。他一俯身，

战斗至最后，赫拉克勒斯徒手杀死了尼米亚猛狮。

《赫拉克勒斯与尼米亚猛狮》，"赫拉克勒斯的试练"系列作品，安东尼奥·坦佩斯塔，1608 年。

每次赫拉克勒斯打烂许德拉的一个头，它就会再长出两个新的头。

《赫拉克勒斯与勒拿的许德拉》，古斯塔夫·莫罗，1875—1876 年。

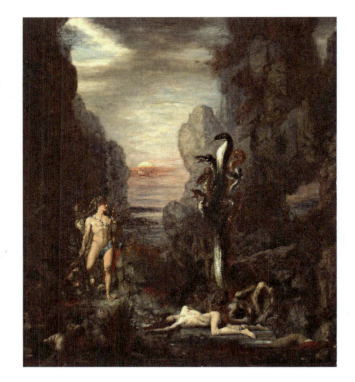

首先用大棒砸碎了螃蟹的壳——除了他，再也没有谁能砸碎那样坚固异常的蟹壳。他只砸了一下，那怪物就只能在浅水中挣扎了，它临死都不忘向空中挥舞着钳子。赫拉太喜欢这只螃蟹了，于是把它升上天空变成了巨蟹座。

与此同时，赫拉克勒斯还在和许德拉打斗。这水怪的身体根本不会受伤，它的头受到攻击的话就会不断增多。显然他一个人是打不赢这水怪的，于是他从营地里叫来自己忠实的同伴伊俄拉俄斯，伊俄拉俄斯是他的双胞胎兄弟伊菲克勒斯的儿子。既然赫拉作弊，一次派来两只怪物，他当然也能找帮手。赫拉非常希望看到他失败：要是他没能完成欧律斯透斯指派的任务，即使是宙斯也不可能让他变成神祇。

赫拉克勒斯和伊俄拉俄斯绕着许德拉伺机进攻，他们敏捷地躲开水怪喷出的毒液。每次赫拉克勒斯打掉许德拉的一个头，伊俄拉俄斯就马上用火把去烧它的伤口，这样就不会长出新的头了。

最终，许德拉只剩下那个不死的头了。赫拉克勒斯用棍子把那个头打下来，永远地埋在一块巨石之下。水怪的尸体在浑浊的水中不断抽搐，被烧焦的脖子里喷出致命的毒液，它死的时候仿佛有一片蛇形雾气从尸体上冒出来。赫拉克勒斯似乎是预见了未来——也许是一只无形的眼睛吧——他把自己的箭浸泡在许德拉的毒液里。

第三个试练，欧律斯透斯要求赫拉克勒斯给他捉一只生活在阿卡迪亚的刻律涅阿山上的雌鹿。那是一种非常神奇的生物，虽然是雌鹿，却长着金色的鹿角。雌鹿本身是无害的，可是这个任务却很困难，因为这种温和的动物受到阿耳忒弥斯的庇护，伤害它的人都会惹女神愤怒，阿克特翁等人已经证明过女神的愤怒有多恐怖了。一连好几个月，赫拉克勒斯都在山间追逐这只雌鹿，希望找机会抓住它。

有好多次，他都可以从远处一箭射死雌鹿，可是每次他偷偷靠近的时候，这种警觉的动物就迅速跑开了。最终他放弃了赤手空拳捕捉雌鹿的计划——那是不可能的，其难度不亚于用沙子搓出一根绳子。他非常小心地射了一箭，刚好稍微射伤了那头雌鹿——只是让它行动减慢的程度——然后他抓住它，扛在肩上准备搬回梯林斯。阿耳忒弥斯拦住他，问他要拿月神的雌鹿做什么，赫拉克勒斯反应也很快，他解释说，他是在完成欧律斯透斯派给自己的任务，而欧律斯透斯是应阿耳忒弥斯的兄弟阿波罗的要求做事。

第四项试练，赫拉克勒斯必须去抓一头大野猪，那头野猪在阿卡迪亚西北部的厄律曼托斯山四处为害。它所到之处寸草不生，连草根都被啃完了。这野猪大如公牛，但是赫拉克勒斯必须把它活着抓回来。他追踪这头吓人的动物到了它的巢穴，把它引诱出来。一连好多天，他们都躲过了彼此的攻击，野猪太强壮，行动也太迅速了，赫拉克勒斯不可能用网子抓住它。最后他终于在阿卡迪亚的山里找到了解决办法。他把这野兽赶进一个雪堆里，雪把它困住了，赫拉克勒斯就用棍子把它打晕了。然后他用网子把野猪裹起来，扛在肩上回到了梯林斯。就算是被赫拉克勒斯裹在网子里，那野猪也实在太丑陋、太吓人了，当他走近欧律斯透斯的宫殿时，那位国王竟然吓得躲进了一个六罐子里！赫拉克勒斯嘲笑他太胆小，还把野猪的鼻子凑在罐子口上，胆小的国王不得不把吓人的野猪脸看得清清楚楚。"但你终究是我的主人。"赫拉克勒斯轻蔑地说。

　　在去往厄律曼托斯山途中，赫拉克勒斯顺便进行了一趟冒险——这也说明他确实是被命运选中之人。他在马人福洛斯的山洞里住了一晚，事实上这次借宿是命中注定的，也是一次命运的拜访。几十年前，狄俄尼索斯给了福洛斯一大瓶酒，特别说明必须等到赫拉克勒斯到访才能打开。福洛斯把这瓶酒埋进地里保存，后来就忘了这件事，现在客人来了，作为一个好客的主人，他就打开了那瓶酒。但是酒的香味吸引了部落里的其他马人，他们冲进福洛斯的洞穴，争抢那甜美的葡萄酒。赫拉克勒斯成功守住洞口，用火把和弓箭驱散了大部分马人，然后出去追赶剩下的。

　　有些马人被他一路追赶到了色萨利，跑到他们睿智的表亲喀戎的山洞里避难。赫拉克勒斯在喀戎的山洞里袭击了他们，在此次攻防战中，喀戎自己也被赫拉克勒斯的毒箭射伤。赫拉克勒斯十分懊悔。更糟糕的是，喀戎其实是一位神祇，他是菲吕拉的儿子，而菲吕拉是俄刻阿诺斯的女儿之一，她与变成马的克洛诺斯生下了喀戎，于是喀戎有着马的外形。神祇不会死，因此喀戎得一直忍受着毒药侵蚀全身的痛苦。痛苦之余，他去找宙斯寻求解脱。但宙斯也不可能直接取消喀戎的神祇身份，于是他将此事留给赫拉克勒斯去解决。将来喀戎终会有一死，也就从痛苦中解脱了。

在悔恨地参加了马人的葬礼之后，赫拉克勒斯回到伯罗奔尼撒福洛斯的山洞，那里还有更可怕的事情在等着他。他离开的时候，福洛斯忙着安葬被赫拉克勒斯杀死的族人，把他们托付给虫子和神祇。然后他收拾了山洞，把赫拉克勒斯用过的箭也都收起来。他用拇指和食指拿起一根箭杆，翻来覆去地看，惊叹这么又轻又细的东西居然能杀死强壮的马人。但是就在他惊叹的时候，却不小心将箭掉了下去，箭头朝下恰好落在他蹄子上皮肉的部分。很快许德拉的毒液就发挥了作用。马人中最友善、最高贵的两位就这样死了，他们都是马人种族贪杯嗜酒这个毛病的牺牲品。

第五个试练，赫拉克勒斯去了位于伯罗奔尼撒西北部的伊利斯，奥革阿斯是那里的国王。他拥有数量众多的牛，可是牛棚却从未清理过，里面堆满了牛粪。赫拉克勒斯的工作就是在一天之内清理奥革阿斯的牛棚。这是一项不可能完成的任务，欧律斯透斯非常希望赫拉克勒斯失败。但是赫拉克勒斯很聪明，他想到一个好办法：他让两条河改道冲进牛棚，太阳还没落山，水流就把牛棚冲洗得干干净净。

奥革阿斯必须兑现诺言，把自己名下十分之一的牛送给赫拉克勒斯，可是他却不肯守约，甚至还把自己的儿子费琉斯和赫拉克勒斯一起赶了出去。费琉斯为自己父亲的行为感到羞愧，于是站在赫拉克勒斯这边。他们被奥林匹亚的得克萨默诺斯收留了，为了表示感谢，赫拉克勒斯帮他完成了一件事。得克萨默诺斯美丽的女儿被马人欧律提翁骚扰，赫拉克勒斯只用了一支箭就解决了此事。他还在奥林匹亚发明了竞技项目，通过测量体育场的长度，他发明了竞走——他深吸一口气，然后往前疾走，等到不得不换气的时候才停下来，这就是体育场的周长。

第六个试练，欧律斯透斯派赫拉克勒斯去了斯廷法罗斯，那是阿卡迪亚东北部的一个镇子。那里有一座美丽的湖，四周群山环绕，绿树成荫，可是那翠绿的森林却被一群可怕的鸟占领了，它们可以把羽毛像箭一样射出来。赫拉克勒斯不可能随随便便走近阴暗的森林把它们从栖息的树上射下来，因为植被实在太茂盛，那些鸟可以彻底隐藏起来。不过雅典娜给了他一只青铜做的拨浪鼓，赫拉克勒斯在山里反复摇这只拨浪鼓，吵闹的声音把鸟惊得从树上飞起来嘎嘎大叫。它们在空中盘旋，吓得都不敢发射羽毛了，赫拉克勒斯就用自己称手的弓箭把它们射下来了。

还剩下六项试练，赫拉克勒斯在全世界各地奔走——甚至还去了冥界。在第七个试练的时候，他被要求去克里特岛，把波塞冬送给米诺斯而被拒绝献祭的那个礼物，也就是那头健壮完美的白色公牛，与帕西法厄交合的那头，带回梯林斯。赫拉克勒斯套住公牛，和它一起游泳回到了伯罗奔尼撒，并用自己的棍子把它赶回了梯林斯。欧律斯透斯见到那头公牛后确认第七项试练完成了，然后那头神圣的动物就被放了，它想去哪里就去哪里。公牛来到雅典附近马拉松的平原上，它在那里造成了很大的损失，最终是忒修斯把它抓住并且驯服，献祭给了阿波罗。

第八项试练，赫拉克勒斯去了色雷斯，他去见了盛产良马之国的国王狄俄墨得斯，此人是阿瑞斯的儿子，十分好战。在去色雷斯的途中，他被弗里之王阿德墨托斯奉为上宾，这里他又完成了一项著名的事迹——他与死神摔跤，取回了王后阿尔刻提斯的生命。然后他又继续上路前往色雷斯。

尽管外表吓人，其实狄俄墨得斯那些牡马都是普通的马，只不过它们喜欢的食物是人肉。总共有四匹吃人的马，赫拉克勒斯与对它们对峙毫无胜算，可是他的侄子伊俄拉俄斯或者其他任何人都被禁止前去帮忙，他只能自己想办法。好在他有充足的时间去想，而这个办法其实也很简单。他到达马场之后，就把狄俄墨得斯抓起来丢进马群里。趁着那些畜生吞吃昔日的主人的时候，赫拉克勒斯骑上马背。由于是狄俄墨得斯训练这些马吃人的，他死后这些马也就从恶习中解脱了。这些马可以被绑上马具，但它们一点都不驯服，总是朝着错误的方向跑，本该去南，它们却跑向北方。在塞西亚的时候，他们遇到了坏天气。赫拉克勒斯裹着狮皮休息，他睡觉的时候，那些马想在雪中找些吃的，于是悄悄地走开了，只留下曾经拴着它们的车架。

次日早晨，赫拉克勒斯去找丢失的马，结果发现了一个山洞，洞里住着一个很奇怪的生物。它上半身形似一个美丽的女人，下半身却长着蛇尾。这生物名为厄喀德那。她承认是自己把赫拉克勒斯的马藏起来了，还说若赫拉克勒斯不和她同眠，就不把马还给他。后来她怀了孕，生了三个男孩。赫拉克勒斯在离开之前送给她一把很好的弓，三个儿子长大后，谁能拉开这张弓就能成为这片土地的统治者——结果是最小的儿子斯库忒斯拉开了弓，于是他成了塞西亚的第一个王。

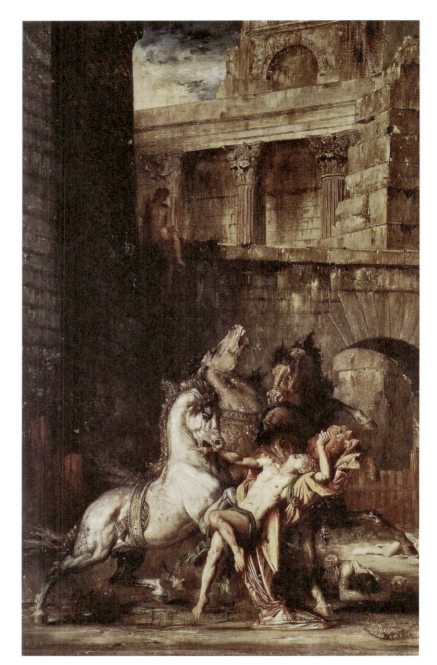

狄俄墨得斯训练他的
牡马吃人，赫拉克勒斯
把它们的主人喂给它们
吃，从而治好了它们的
毛病。

《狄俄尼索斯被他的马吞食》，
古斯塔夫·莫罗，1865 年。

　　　　　希腊神话：众神与英雄的故事

## 古希腊戏剧

古希腊的戏剧家都从神话传说中借鉴情节来丰富自己的剧情。那些戏剧写成之后一般只演一次，主要是在狄俄尼索斯的庆典上表演，和别的剧本一较高下。剧场通常可容纳数千观众，所以舞台上的演员在观众看来显得很小。我们如今认为的一些与演出有关的事在当时都不重要。演员们会戴面具演出，而且会接受运动员一般的训练，他们在舞台上剧烈运动，做出容易辨认的大幅度动作，并且要在台词中加上"舞台的指示"。在舞台上，每次说话的角色不超过三个。当演员们在舞台上的时候，会有多达二十四人的合唱队排成一个大圈站在舞台前面的"演奏区"，这些人唱歌跳舞以补充说明剧情。舞台布景十分有限。现存的剧本显示，在这样的框架之下，悲剧剧本主要是表现永恒的深奥和喜悦，而阿里斯托芬这样的喜剧诗人主要靠闹剧和讽刺时局的剧情取悦观众。

最终，赫拉克勒斯驾着那几匹马胜利回到梯林斯，欧律斯透斯把马献给天后赫拉之后，就把它们放了。

第九项试练，欧律斯透斯命令赫拉克勒斯把亚马逊女王希波吕忒的金色战斗腰带拿来给他，这样才能证明他消灭了那些寻衅滋事的野蛮人。而且那条腰带是战神阿瑞斯亲自送给希波吕忒的，佩戴它的人是不可战胜的。亚马逊人都是女战士，她们独自生活，只在寻开心或者想生孩子的时候才和男人在一起，她们住在世界最北边的塞西亚，以军事实力强大而著称。

赫拉克勒斯让自己的伙伴（包括佩琉斯、忒拉蒙以及忠诚的伊俄拉俄斯）伏击女王的姐妹墨拉尼珀，并俘虏了她，然后他们给希波吕忒送了一封信，要求她用腰带来交换俘虏。希波吕忒就派信使带着腰带来了，可是她既不想放弃腰带也不想牺牲自己的姐妹。希腊的英雄们拿到了腰带，准备启程返回希腊，这时候亚马逊人突然发动袭击。这场战斗十分激烈，但是女战士们大败。忒拉蒙杀死了墨拉尼珀，赫拉克勒斯杀死了希波吕忒。他将那条魔法腰带带回了梯林斯，直到现在它还被供奉在阿尔戈斯的赫拉神庙里。

在拿着腰带从塞西亚返回的途中，赫拉克勒斯在特洛伊停留了一下——他又进行了另一项冒险。因为他偶然发现特洛伊国王拉俄墨冬之女赫西俄涅被无助地绑在一块巨石上，不情愿地成了海怪的牺牲品。由于波塞冬为拉俄墨冬修建特洛伊的城墙，拉俄墨冬没有支付相应的报酬，波塞冬就命令大海掀起洪水淹没农田，一直淹到城墙的位置，而且他还派出长满利齿的恐怖怪兽在残存的陆地上四处为害，让国王都跪下求饶了。拉俄墨冬求问神谕，神谕说他必须牺牲赫西俄涅。他就宣布，谁能救他的女儿并驱逐这片土地上的怪物，就能得到他的天马作为奖赏。拉俄墨冬的祖父特洛斯有一批十分高贵的马，这是宙斯给他的补偿，因为他的儿子伽倪墨得斯被宙斯带去了奥林匹斯。

智慧的雅典娜和特洛伊人为赫拉克勒斯在海岸线上建造了牢固的屏障。赫拉克勒斯躲在屏障后面等待怪物从海中出现。它出现的时候，就张开满是利齿的大嘴想要吞掉赫西俄涅，美丽的少女被它的臭气熏晕了。赫拉克勒斯从藏身之处跳出来，跳进怪物张开的大嘴里——最可行的办法就是从内部杀死它，只是它嘴里的情景实在很恶心。他刺死怪兽之后，便立刻从那堆恶心的肉和内脏里爬出来，洪水从特洛伊的平原上退去了。赫拉克勒斯放了赫西俄涅，送她回到父母身边，接着他带着天马返程了。但是拉俄墨冬很不诚实，他给赫拉克勒斯的不是天马，而是一些普通的马。他会为此付出代价。

第十项试练，赫拉克勒斯必须将革律翁的红色牛群赶到梯林斯。这项任务有很多阻碍。首先，革律翁住在厄律忒亚岛，那个地方位于世界的最西边，是太阳西沉之处，也是冥府的入口，那个岛远在大洋河的彼岸，任何人都不敢渡过那条河。其次，革律翁是克律萨俄耳和大洋神俄刻阿诺斯之女卡利洛厄的后代，他是个非常可怕的生物：三个人的上半身共同长在一个腰上，然后下面又长了三双腿，而他的三个头也特别丑陋，看上去像极了他的祖母美杜莎，而且加倍丑陋。最后，他的牛由一个巨人放牧，牧羊犬长着两个脑袋，名叫奥特休斯，这条双头犬也是堤福俄斯的怪物孩子之一。

赫拉克勒斯必须要借助别人的帮助才能到达厄律忒亚岛。那座岛屿实在太神秘了，很多人都说它不存在，或者认为那是存在于神秘领域的岛。能看到一切事物的太阳神赫利俄斯知道它在哪里，于是赫拉克勒斯首先到了极东之地，在太阳升起的时候拦住了太阳神。赫拉克勒斯问起厄律忒亚岛的事情，赫利俄斯拒绝帮忙——直到赫拉克勒斯准备拉弓射箭他才说。随后这位光辉的神祇给了赫拉克勒斯一个闪耀的金杯，这杯子能带他去世界的最西边。

赫拉克勒斯刚登上杯子准备渡过大洋河，这条河就掀起波涛打算吞没这位英雄。这次轮到大洋河感受赫拉克勒斯的震怒、体会怹威胁的力量了。大洋河马上平息下来，带着赫拉克勒斯和那只金杯从世界的东边到达了世界的最西边。这趟旅程花了好几个月时间，又好像只是转眼间就到了，赫拉克勒斯到厄律忒亚岛，发现自己置身于熟悉的情形里：不过是对付三个怪物而已。

他很快就杀了三个怪物。他从远处用自己的箭射死了那个牧羊的巨人；当双头犬奥特休斯张开两张大嘴扑过来准备吃他的时候，他又用箭射死了那条狗；然后他举剑冲向全副武装的革律翁。第一步是最困难的：杀死一个躯体同时抵御另外两个躯体的进攻，不过一旦其中一个躯体像破玩偶一样无力地死去，赫拉克勒斯很快就把剩下两个也消灭了。

然后他再次乘上赫利俄斯的杯子，带着那群落日一样红的牛回去了。他在西班牙登陆，然后赶着牛走陆路回希腊。但是为了纪念这次伟大的航行，他在地中海和外海之间的海峡两边竖起了两根柱子。外面的事物就在遥远的外面，在那里，视野所及之处，连星星都没有。

回希腊的路很漫长，赫拉克勒斯路上又经历了几次冒险。在凯尔特地区，他被当地部落的人袭击，对方实在人数众多，他很快就没了武器。于是绝望之余他向自己的父亲宙斯祈祷，宙斯降下一片弹丸大小的石头，赫拉克勒斯用这些石头击退了对手。如今在马西利亚附近的平原上依然能看到这些石头。再往前走一点，就是伊阿勒比翁和德尔库姆斯的地盘，他们是波塞冬的儿子，行事无法无天，他们想偷走赫拉克勒斯的红色牛群，但结果只是断送了自己的性命。他们出名的唯一原因就是被伟大的赫拉克勒斯打败。

赫拉克勒斯继续南下，带着牛群进入了意大利。在罗马南端，有个会喷火的强盗名叫卡库斯，他是赫菲斯托斯的儿子。此人趁着赫拉克勒斯睡觉的时候偷走了其中一部分牛，倒退着牵回了自己的洞里，这样牛的蹄子印看起来就是朝反方向而去的。赫拉克勒斯被迷惑了，他犹豫着要不要只带剩下的牛回去，由于牛的数量不全，这个试练可能不算完成了。就在他准备出发的时候，其中一头被偷走的小牛在山洞深处哞哞叫起来，剩下的牛就发出回应的声音。赫拉克勒斯冲进偷牛贼的老巢勒死了他，然后把所有的牛都赶回去了。

赫拉克勒斯穿过意大利到达西西里岛，西西里岛西边的国王厄律克斯要求和他进行摔跤比赛，赢了的人可以得到那些红色的牛。愚蠢的厄律克斯听信了赫拉的低语，竟然以为自己能获胜！赫拉克勒斯一连三次把他摔在地上赢得了比赛，厄律克斯也就此死掉了。最终赫拉克勒斯返回了希腊。到达梯林斯之后，此次伟大的旅程就结束了，欧律斯透斯非常满意，把那些牛献祭给了赫拉。

第十一次试练非常具有挑战性。在遥远的西边住着三个守护金苹果园的仙女——赫斯珀里得斯姐妹，她们是夜的女儿，生来的工作就是做园艺，她们过得很愉快，每天唱歌跳舞照顾花园。有一棵树格外受到她们的照顾。那棵树是宙斯与赫拉结婚时，大地赠予他们的礼物，树上能结出金苹果，只要吃了那甜美的果肉就能永远保持青春。但是那棵树由一头叫拉冬的巨龙守护着，它环绕着那棵苹果树的根部，永远不睡觉，拉冬是可怕的戈耳贡姐妹的亲戚。

赫拉克勒斯的首要问题是找到厄律忒亚岛，因为金苹果园的位置任何人都不知道。他首先去问了极北方的厄里达诺斯河的水仙女，这条河的水会流入大洋河。但水仙女也不知道金苹果园的

赫斯珀里得斯三姐妹与
她们的花园

《赫斯珀里得斯姊妹的果
园》，弗雷德里克·莱顿，
1892 年。

位置，她们让他去找老海神涅柔斯。涅柔斯就如所有的水神一样，
非常聪明而且善于变化形态，只要赫拉克勒斯一直抓住他，不管
他变成什么形态都不放手，涅柔斯就会说出有用的信息。

　　赫拉克勒斯在一片荒芜的海滩上找到了涅柔斯。由于他原本
不可能被认出来，所以这个年长的神反而因为太特殊，很容易就
被认出来了。当赫拉克勒斯看着他的时候，他依然在闪着光不断
变化，他永远没有一个固定的形态，总在变化成别的东西。赫拉
克勒斯知道自己该干什么，他抓住了涅柔斯。涅柔斯毫不犹豫地
变成一头狮子——但是赫拉克勒斯依然紧紧地抓着他不放手。眨
眼之间，狮子变成了蜿蜒爬行的大蛇，随后蛇变成火，火变成
水——赫拉克勒斯依然紧紧抓住他，最终涅柔斯认输，他把金苹
果园的位置告诉了赫拉克勒斯。

　　涅柔斯说得十分明确，但是这个任务却是赫拉克勒斯力所不

196　　　　　　　希腊神话：众神与英雄的故事

及的。不只是因为那棵果树被拉冬守护着，还因为花园本身也是人类不能到达的，它藏在帷幕之后，并不属于这个世界。于是赫拉克勒斯沮丧地四处走动，他漫无目的地走到了埃及、利比亚一带。在这两个地方他平息了不少动乱。埃及国王布西里斯有个恶习，他会杀掉一切从宙斯庇护之地而来的客人。赫拉克勒斯任由他们绑住自己，带到祭坛上——接着他突然采取行动，挣脱束缚，杀了布西里斯和他的随从，把这片土地从暴君手中解放出来。

利比亚国王安泰俄斯是个巨人，他是大地女神和波塞冬的儿子，任何来到他土地上的客人都要和他摔跤，并被他杀死。他只要稍微一接触大地母亲，就绝不会失败。要是对手试图把他扔出去，他落在地上之后力量就会变得更强。无数人被他打败，他用对手的骷髅建造了一座祭祀波塞冬的神庙。赫拉克勒斯也像平常一样和安泰俄斯摔跤，想把他扔在地上，但是他很快就明白是怎么回事。他想起自己曾经做的一个梦，他梦见自己和得到神祇支持的巨人摔跤……于是他把安泰俄斯举起来，离开了地面，这个巨人就变弱了，赫拉克勒斯就这样用双手把他慢慢捏死了。

但这些事情只是小插曲。赫拉克勒斯继续四处游荡，寻找去金苹果园的方法，最终他到了高加索山。普罗米修斯被绑在山崖的巨石上，每天白天都有一只鹰来啄食他的肝脏。赫拉克勒斯用自己的弓箭杀死了鹰，为了表示感谢，普罗米修斯让他去找自己的兄弟阿特拉斯。宙斯惩罚阿特拉斯永远扛着天空，好让天地分开。阿特拉斯知道金苹果园在哪里，对他这样的提坦神而言，去摘个金苹果是很容易的。

于是赫拉克勒斯再次往西走，找到了一动不动站在天地之间的阿特拉斯，天空被他扛在肩上，云层笼罩着他的肩膀。赫拉克

勒斯说明了情况，希望这位提坦神帮自己取得金苹果。阿特拉斯
回答说："我当然可以帮你，但是你如何回报我？"赫拉克勒斯提
出很多回报，阿特拉斯都拒绝了。他有他自己的意见，他说："你
帮我扛着天空，我去给你取来苹果。"赫拉克勒斯同意了，他大喝
一声将天空扛在自己肩上，阿特拉斯则消失在地平线处。

　　赫拉克勒斯尽心竭力地完成自己的任务，甚至没察觉到时间
流逝。后来阿特拉斯终于回来了，他的确带来了金苹果。但是这
位提坦神重获自由后不愿再次背上那份沉重的负担。"我亲自把苹
果去送给厄律斯透斯。"他装作热心地说。

　　"好啊，"赫拉克勒斯回答，"你确实比我聪明，现在轮到我永
远扛着天空了。但是首先，我得在肩膀这里垫些东西。你稍微再
扛一会儿天空，我马上就接手。"阿特拉斯刚一把天空扛在肩上，

赫拉克勒斯哄骗阿特拉
斯，又将替阿特拉斯肩
负的天空还给了他。

《赫拉克勒斯替阿特拉斯
肩负天空》，科内利斯·科
特，16 世纪。

赫拉克勒斯就马上捡起苹果走了。阿特拉斯无助又愤怒，但是很快赫拉克勒斯就听不见他的抱怨了。就这样，厄律斯透斯得到了著名的金苹果——但是这些却不是他的。雅典娜宣布这些苹果十分神圣，不能停留在浑浊的世俗中，于是她又把苹果送回了美丽的金苹果园。

第十二项试练是最后一项，也是最困难的一项，他必须从冥府把堤福俄斯的后代——长着三个头和蛇尾巴的刻耳柏洛斯抓来。刻耳柏洛斯是冥府入口的看门犬：他对待新来的死者就像普通狗一样殷勤，又是奉承又是摇尾巴，但是有哪个死者想要离开，地狱犬就会变得十分凶猛，会把那个倒霉的死者吞掉。但是赫拉克勒斯给地狱犬下了毒，用三条绳子把它拖了出来，不过刻耳柏洛斯在路上不停地挣扎咆哮。地下世界的君主和他的王后珀耳塞福涅不想失去看门狗，但是赫耳墨斯说明了情况，并且保证刻耳柏洛斯很快就会回去。在梯林斯的宫殿里，厄律斯透斯又跳进大罐子里藏起来，只敢偷偷往外看一眼，确定赫拉克勒斯成功完成了最后一件任务。然后那位恪守诺言的英雄就返回冥府去了。

赫拉克勒斯作为一个活人去了冥府又返回人间，这违反了一切规则。只有俄耳甫斯和忒修斯做过类似的事情。在进入冥府之前，赫拉克勒斯从哈迪斯的牧群里带走了一头牛，并把它作为祭品安抚地下世界的神祇。哈迪斯的牧牛人墨诺厄忒斯想阻止赫拉克勒斯偷牛，赫拉克勒斯本来可以杀了他，但是珀耳塞福涅命令他二人分开。在献祭那头牛的时候，它血的蒸汽招来了鬼魂，它们给赫拉克勒斯带来一些消息，他还遇到了阿瑞斯和阿尔泰亚之子墨勒阿革洛斯的鬼魂。虽然活人跟死者定下约定很罕见，但是墨勒阿革洛斯却要求赫拉克勒斯给他的姐姐得伊阿尼拉带个信，得伊阿尼拉是狄俄尼索斯的女儿，也是墨伽拉死后赫拉克勒斯又娶的妻子。如今赫拉克勒斯终于洗清了杀害墨伽拉的罪孽。

## 拥立国王的赫拉克勒斯

结束了十二项试练，和命中注定的妻子得伊阿尼拉订婚，并不意味着他的考验结束了。没有哪个英雄像赫拉克勒斯一样饱受苦难——没有哪个人的伤疤有他那么多，也没有哪个人内心像他一样痛苦。他的德行超过所有人，所以他的人生也比其他所有人都艰难。

他和奥革阿斯之间有一点事情没完成。在第五次试练的时候，他帮伊利斯之王奥革阿斯清洗了牛圈，国王答应他事成之后给他十分之一的牛作为奖赏——他没料到赫拉克勒斯能成功，结果事成之后他拒绝支付奖赏。于是当赫拉克勒斯所有的任务完成，在阿尔戈斯定居之后，他回到伊利斯要求拿回奖励，同时把奥革阿斯的儿子，诚实的费琉斯送回去继承王位。

赫拉克勒斯带着一支庞大的军队到了伊利斯。战争很短但是非常激烈。赫拉克勒斯的兄弟伊菲克勒斯在战争中丧命，被摩利俄涅斯所杀。摩利俄涅斯是一对连体双胞胎，他们全副武装，不过赫拉克勒斯就在近旁，所以他们活得并不比伊菲克勒斯更长。最终这项任务完成了，奥革阿斯死了，费琉斯当了国王。伊菲克勒斯的葬礼庄严盛大。

除此之外，赫拉克勒斯在伯罗奔尼撒还组织过数次军事行动。由于族人被杀，他进攻过斯巴达。赫拉克勒斯的一个侄子俄俄诺斯在经过斯巴达王西波库昂的宫殿时，国王的一头獒犬冲向他，他自然要捡起一块石头去打狗。但是西波库昂的儿子抓住此事不放。结果争吵变成了打架，大家都拔出剑来。没打多久俄俄诺斯就倒在地上死了，四周群山冷漠地看着这一切。

于是赫拉克勒斯召集起朋友和军队，一开始泰耶阿的克甫斯不愿让自己的城邦无人守护，但赫拉克勒斯需要他和他的二十个儿子帮忙。于是克甫斯向雅典娜求助，雅典娜给了他一束美杜莎的头发，只要克甫斯的女儿之一站在城墙上举起这束蛇发三次，就能保护城市抵御一切侵害。

克甫斯于是同意加入赫拉克勒斯的远征，他的儿子作战十分勇敢，但是几乎所有人都牺牲了，最后老父亲也战死了。就连赫拉克勒斯的手也受伤了，这是他失去自信的一个征兆。但是斯巴达人还是战败了。赫拉克勒斯杀死了国王和他的十二个儿子，并让廷达瑞俄斯（提坦神阿特拉斯的后代）取代西波库昂成为国王。


## 赫拉克勒斯成神

墨勒阿革洛斯的鬼魂保证赫拉克勒斯肯定能和他姐姐得伊阿尼拉结婚，但是赫拉克勒斯必须想办法赢得她。她还有一位追求者，河神阿科洛厄斯，他非常喜欢那个女孩：他去见她的时候，有时候变成一头公牛，有时候变成一条蛇，有时候又是一种组合而成的生物，半是公牛半是人。在赫拉克勒斯到达的时候，腰身纤细的得伊阿尼拉已经快要接受他的追求了。

她宣布通过摔跤比赛来确定谁是她未来的丈夫。阿科洛厄斯变成了公牛，它大步冲向赫拉克勒斯，但是这位强壮的英雄站得稳稳的，接住了公牛的进攻。他抓住公牛的角，尽全力让它跪下来。赫拉克勒斯非常强壮，但是阿科洛厄斯的抵抗也非常激烈，随着一声巨响，公牛的角被赫拉克勒斯掰断了。最终局势偏向了赫拉克勒斯这边，公牛的力量减弱了，接下来只是时间问题了。

阿科洛厄斯认输，他和赫拉克勒斯交换了角。阿科洛厄斯想拿回自己折断的牛角，并把阿玛尔忒亚之角给了赫拉克勒斯——宙斯婴儿时在克里特岛的山洞里就是用这个羊角进食的。这支有魔法的角里装满水和食物，永远不会耗尽，每一次它空了，就会又一次装满世间的各种好东西。赫拉克勒斯的家庭会繁荣起来。

赫拉克勒斯得到了奖励，也赢得了妻子，他回到了阿尔戈斯。在返回的路上，他遇到了马人内萨斯，他是世界上最后一个马人——而且他有着马人的那些不良秉性。他们三个必须渡过一条湍急的河，内萨斯请得伊阿尼拉骑在自己背上，赫拉克勒斯接受了这个善意之举。但是内萨斯和得伊阿尼拉到了河对岸之后，赫拉克勒斯还在另一边，此时那个马人居然想强奸得伊阿尼拉。

她惊呼起来，赫拉克勒斯看向对面，河流虽然宽，但是他是个神箭手，毒箭射中了目标。内萨斯的血流出来，和他企图强奸得伊阿尼拉时洒在地上的精液混合在一起。赫拉克勒斯还在渡河的时候，马人建议得伊阿尼拉收集一些那种混合物。"这是爱情魔药，"他奄奄一息地说，"我们马人都知道这些事情。这样赫拉克勒斯就不会爱上别的女人了。"此事看起来确实很神奇，于是她收集了一小瓶这种致命的毒药，却没有告诉赫拉克勒斯。赫拉克勒斯和得伊阿尼拉在阿尔戈斯愉快地生活了很久，得伊阿尼拉生了两个孩子，许罗斯和玛卡里亚。但是后来赫拉克勒斯风流的本性

内萨斯企图强奸得伊阿尼拉，但是赫拉克勒斯箭无虚发，射死了这个马人。

《内萨斯的抢劫》，居勒-埃里·德洛内，1870 年。

占了上风，他喜欢上了俄卡利亚的公主伊娥勒，也就是欧律托斯王的女儿。她注定要成为赫拉克勒斯死去并成神的工具。

　　美丽的伊娥勒有很多追求者，欧律托斯安排了一场射箭比赛，获胜的人可以娶他的女儿。最后一轮比赛在赫拉克勒斯和他昔日的老师之间展开——在他年轻的时候，欧律托斯曾教他射箭。伊娥勒亲自把靶子拿到两位选手面前，师生二人拉开强弓，射出利箭。赫拉克勒斯以一根头发丝的差距获胜。但是欧律托斯却表现得毫无竞技精神，他拒绝把奖励交给赫拉克勒斯，身披狮皮的英雄满怀阴暗的复仇情绪，两手空空地回到梯林斯。但其实命中注定要取俄卡利亚之王性命的人却不是赫拉克勒斯。欧律托斯跑去找阿波罗挑战弓术，结果他不仅输了比赛，还丢了性命。

　　过了一段时间，伊娥勒的兄弟伊菲托斯来到梯林斯寻找一些马匹，他以为是赫拉克勒斯偷走了那些马（其实确实是他偷的）。他在整个伯罗奔尼撒找了很久。在麦西尼亚的时候，他遇到了奥德修斯，并把欧律托斯那把很有名的弓作为礼物送给他，他知道奥德修斯配得上父亲的弓。伊菲托斯到了阿尔戈斯，赫拉克勒斯假装什么都不知道。他热情招待了伊菲托斯，但是在喝酒吃饭中，伊菲托斯说就是他偷了马，赫拉克勒斯把他拎起来从城市最高处扔下去摔死了。伊菲托斯临死前的尖叫声让赫拉克勒斯忽然醒悟，他意识到自己干了蠢事——他杀了一个客人，而那位客人没做错任何事情，只是说了实话——所有做客的人都受宙斯的庇护。这一阵突如其来的疯狂在此彻底改变了赫拉克勒斯的人生和他的家庭。

谋杀有可能会污染城市，谁知道神祇会送来什么样的瘟疫或者害虫作为报复呢？于是赫拉克勒斯又被流放了。这一次他带着自己全家去了特剌喀斯，这个镇子位于希腊中心，德尔斐以北。在路上，这群逃亡者被库克诺斯袭击了，他是阿瑞斯之子，他住在阿波罗的圣域德尔斐附近的山洞里，靠偷求神谕的信徒带来的祭品为生。

赫拉克勒斯和伊俄拉俄斯与库克诺斯战斗，但是阿瑞斯亲自从奥林匹斯下来帮助自己的儿子，两位英雄被赶走了。不过很快雅典娜就来鼓励他们，他们联手再次返回战场。库克诺斯很快倒地而死，赫拉克勒斯和阿瑞斯就在他的尸体旁继续打斗，周围一片寂静，只有他们的喘息声。他们势均力敌，如果不是宙斯丢下闪电打断了这场格斗，他们肯定会一直打下去。阿瑞斯一瘸一拐地回到奥林匹斯，在此之前，还从来没有哪个凡人能跟神祇格斗。然而此时赫拉克勒斯已经快要成为神了。

离开了他位于特剌喀斯的家之后，赫拉克勒斯去了皮洛斯。他决心要在涅琉斯王那里净化自己的罪过，在那里停留规定的时间，以彻底清除杀死伊菲托斯所带来的污染风险。可是涅琉斯拒绝让他在这里净化罪过，赫拉克勒斯被愤怒吞噬，发誓一定要复仇。这一点阻碍不会削弱战士的精神，赫拉克勒斯召集起一支军队再次杀回来。

　　涅琉斯和克洛里斯有十二个孩子，克洛里斯是尼俄柏唯一存活下来的孩子，而她的十二个孩子之一就是会变形的佩里克吕墨诺斯。有预言说过，只要佩里克吕墨诺斯活着，皮洛斯就永远不会陷落。涅琉斯的儿子们在战斗中一个接一个地死去，但是佩里克吕墨诺斯不断地变形所以仍然安然无恙，他在赫拉克勒斯的盟友中大开杀戒。最终，他变成了一只蜜蜂停在赫拉克勒斯战车的车辀上，但是即使在很远的地方，赫拉克勒斯也认出来那只蜜蜂是佩里克吕墨诺斯，并且射死了他——赫拉克勒斯是个弓术超群的超人。

　　战争全面升级，就连神也卷进来了：雅典娜和宙斯站在赫拉克勒斯那边，赫拉、哈迪斯、波塞冬支持另一方。赫拉克勒斯的功绩飞快地变得越来越伟大，他越来越接近神祇，甚至能在战斗中伤害赫拉的右胸和哈迪斯的肩膀。他箭上的毒药让他们无比痛苦，而这些神祇都是不死的。他们回到奥林匹斯，阿波罗为他们疗伤。

　　最终涅琉斯战败而死，他唯一一个活下来的儿子是涅斯托耳，涅斯托耳继承了皮洛斯的王位，也继承了他父亲对赫拉克勒斯的憎恨。据说涅斯托耳非常长寿，因为阿波罗把他战死的众兄弟的寿命都给了他。

## 洗清罪孽

古希腊人认为罪孽是一种瘴气，类似某种有毒的蒸气，可以从罪人身上蔓延到别的地方，甚至可以污染全社会，带来瘟疫或饥荒。谋杀是最常见的污染，性也是（在某些情况下），人出生、死亡、亵渎神祇都可能是污染。在希腊神话中，谋杀带来的污染是最常见的。在古希腊的宗教行为中，实行一切日常行为后，人们都需要净化（最简单的是清洗、洒水、烟熏消毒），但是由于谋杀的污染过于严重，犯罪的人必须离开自己生活的地方，去别处待一段时间，直到别人允许他回来才可以回来。在这种情况下，时间本身就是清洗罪孽的工具。同时罪人也必须求得宙斯的原谅，宙斯接受适当的祭品，然后净化罪责。

但是赫拉克勒斯依然没有为杀死伊菲托斯找到适当的净化方式，现在他全身长满了可怕的肿块和脓包。他去德尔斐求问解决之道，那里的女先知被他的惨状吓了一跳，他全身上下都带着杀人犯和强盗的标记，于是她们拒绝回答他。赫拉克勒斯愤怒又惊惧地跑开，他疯了一样想要抢走这片圣域里的财物，包括女先知传达晦涩的预言时坐的那张神圣三角桌。要是她不肯为他预言未来，他就要抢走那个三角桌去别处寻求神谕。但是阿波罗不允许他这样做，于是亲自从奥林匹斯山上下来，和赫拉克勒斯摔跤争夺那个三角桌。于是赫拉克勒斯又一次和伟大的神祇打起来，宙斯又一次打断了他们的比赛。

根据宙斯的命令，赫拉克勒斯被卖给吕底亚的女王翁法勒，给她当三年奴隶可以净化他的罪行。商业之神赫耳墨斯亲自主持了这次交易。在这三年期间，翁法勒持有赫拉克勒斯的狮皮和武器，而赫拉克勒斯则要穿着女人的衣服，在宫殿里做织布之类女人做的工作。但是她还是和赫拉克勒斯生下一个儿子，名叫拉姆斯。

　　就像伊俄巴忒斯和柏勒洛丰一样，翁法勒也派他去清理遍布灾祸的地方。首先他驱逐了吕底亚最早的住民伊托尼人，这些人不

赫拉克勒斯为翁法勒服役。

《赫拉克勒斯与翁法勒》，彼得·保罗·鲁本斯，17世纪。

接受翁法勒的统治。然后他又消灭了绪琉斯，此人是个满嘴脏话的大地主，他强迫路人在自己的葡萄园里工作。赫拉克勒斯假装也被他抓了，但是却没有去收获成熟的葡萄，而是迅速喝光了所有库存的葡萄酒，然后用鹤嘴锄捣毁了葡萄园。当绪琉斯和他的女儿跑来阻止的时候，赫拉克勒斯就把他们杀了，并烧了葡萄园。

最后他还除掉了刻尔科珀斯兄弟，那是两个刻薄的矮人，经常用一些恶毒的方法对付别人。赫拉克勒斯到了刻尔科珀斯兄弟老巢所在地以弗所，到处寻找他们。虽然他好几次都靠近了他们，可是每次他们都逃走了，赫拉克勒斯只听见他们讨厌的笑声消失在远处。不过恶意和智慧不会共存在同一个头脑中。最后，赫拉克勒斯累得躺下休息——坏心眼的刻尔科珀斯兄弟爬到他躺的那棵树附近，想偷他的武器。赫拉克勒斯这样的人即使睡觉也是睁着眼睛的，他一把抓住了他们，没让他们逃跑。

赫拉克勒斯找到一根结实的棍子，把两个矮人各绑在一头，就这样把他们永远绑了起来。在很早以前刻尔科珀斯兄弟的母亲就经常跟他们说，要提防一个黑色屁股的人，他们一直都记得这事。赫拉克勒斯把他们扛走的时候，他们立刻明白了这个古怪的预言。由于他们头朝下被绑在棍子上，所以能清楚地看到赫拉克勒斯的屁股——确实是黑色的——长满了黑色的硬毛！刻尔科珀斯兄弟乐不可支，他们开始拿赫拉克勒斯黑色的屁股开各种玩笑。"哪座山林被一条你不想走进去的峡谷分成两半？""什么东西又黑又长毛，还会喷臭气？""我用我的眼睛看到一个'黑'字开头的东西。"就是诸如此类的笑话。但是大人有大量，赫拉克勒斯听过这些笑话之后觉得很好笑，就把他们放了。刻尔科珀斯兄弟就此消失了，据说他们想跟宙斯开玩笑，结果被变成了猴子。

结束了在吕底亚三年的赎罪之后，赫拉克勒斯从小亚细亚西海岸返回希腊。他跟特洛伊之王拉俄墨冬有争执。他曾经从海怪口中救了拉俄墨冬的女儿赫西俄涅，拉俄墨冬却骗了他。他没有按照承诺给把天马作为奖赏送给赫拉克勒斯，却只是拿出了普通的马。

　　这种骗术维持不了多久，马匹陆续死去，赫拉克勒斯知道自己被骗了。于是他带着十八艘船回到特洛伊，要用武力拿回自己应得的奖励。就在赫拉克勒斯带人靠近特洛伊的时候，拉俄墨冬发起突袭，攻击了他的船只，当时赫拉克勒斯的船都在靠岸停泊，很容易受到攻击。拉俄墨冬返回特洛伊，结果在路上中了赫拉克勒斯的埋伏，拉俄墨冬被杀，接着众位英雄冲进特洛伊。忒拉蒙第一个冲进城里，于是获得赫西俄涅作为他勇敢过人的奖励。拉俄墨冬所有的儿子都被杀了，只有普里阿摩斯活了下来，登上了特洛伊的王位，这是赫拉克勒斯最后一次扶持某人当王。

　　就这样，赫拉克勒斯大获全胜，带着不死的天马驾船离开特洛伊。但是现在赫拉最厉害的阴谋登场了——她还要最后一次尝试杀死宙斯挚爱的私生子。于是她叫来睡神，睡神对宙斯施展魔法，这位众神与一切凡人的天父就沉睡过去。他睡觉的时候，赫拉召唤来一阵剧烈的风暴，风暴将赫拉克勒斯和他的同伴分开，他被吹到了南边的科斯岛。

　　一开始欧律皮洛斯王欢迎他的到来，欧律皮洛斯把自己的女儿卡尔喀俄珀嫁给他。和之前那些人一样，欧律皮洛斯也希望自己的孙子流淌着英雄的血。赫拉克勒斯也的确和卡尔喀俄珀生下了一个健康的男孩——忒萨鲁斯，也就是未来科斯岛之王，但是没多久，他和欧律皮洛斯产生了不和。国王要把赫拉克勒斯赶出宫殿，他们两个大打出手，宙斯不得不去帮自己的儿子，免得他早逝。他把赫拉克勒斯送到一个农妇的小屋里，英雄就躲在那里，穿着农妇的衣服，以如此丢脸的样子躲过了追捕。后来他又带着军队返回科斯岛，欧律皮洛斯的家族死的死、逃的逃，赫拉克勒斯建立起自己的王朝。

由于赫拉克勒斯离开特剌喀斯已经很久了，众神允许他回去。宙斯惩罚了赫拉的傲慢之举，在她脚上绑上铁砧，用金链子绑着从天庭扔了出去。他必须要让她知道，长期对赫拉克勒斯抱有敌意是没用的，因为他注定要成为神。

过了这么久，赫拉克勒斯对伊娥勒的热情还没有消退，他回到希腊后依然决心要赢得她，于是他又去俄卡利亚完成那未完成的比赛。欧律托斯已经死了，不过他的儿子会为父亲的背叛行为付出代价。赫拉克勒斯带着军队去往俄卡利亚，攻陷了那座城市——彻底摧毁了它，直至今天也没有人知道它究竟在哪里。欧律托斯的儿子们被尽数屠杀，不过赫拉克勒斯却把伊娥勒带回自己家，作为自己备受宠爱的姜室。

赫拉克勒斯进行了一场隆重的献祭，感谢众神保佑他征服俄卡利亚。为了表示家族同心，得伊阿尼拉为他做了一件华丽的袍子，让他在仪式上穿。为了确保消除丈夫对伊娥勒愚蠢的迷恋，同时也为了让他永远爱自己，得伊阿尼拉把为萨斯的"爱情魔药"倒在那件袍子上，袍子的每一条纤维都浸透了毒药。

赫拉克勒斯穿上那件华丽的新袍子，十分骄傲地靠近献祭的火堆。但是没等他开始神圣的仪式，袍子就很不自然地紧贴着他的身体，并且随着火堆的温度变热起来。接着其中的酸液开始腐蚀他的身体。他越想脱掉这件衣服，它就越是紧紧地粘在他的四

08　赫拉克勒斯　　　　　　　211

肢上，仿佛第二层致人死命的皮肤。

　　死亡接近了，赫拉克勒斯十分绝望，在痛苦中，他让人把他抬到欧伊塔山。他的手下急忙搭建起一个巨大的火葬堆。得伊阿尼拉伤心欲绝，她拿起一个侍从的剑自刎了。在痛苦和悲伤之余，赫拉克勒斯仍笑着做了个鬼脸，告诉自己和得伊阿尼拉的儿子许拉斯，让他代替自己与伊娥勒结婚。

　　这位伟大的英雄躺在自己的火葬堆上，头枕着自己的棍子，命令手下点火。可是谁都不肯动手——谁也不敢承担杀死宙斯之子的责任——只有忠实的牧羊人波厄阿斯照办了。作为奖励，赫拉克勒斯将自己的强弓送给他，这样他的弓和箭就能再次回到特洛伊，因为赫拉克勒斯的弓和箭注定要为特洛伊陷落做出巨大贡献。

　　太阳升起时，赫拉克勒斯凡人的部分被烧毁沉入了冥府，他的灵魂由雅典娜带到奥林匹斯，宙斯高兴地接受他成为众神的一员，并且赐予他永恒的生命和青春。宙斯命令赫拉放下不满，赫拉克勒斯和赫拉的女儿——脚踝纤细的青春女神赫柏结婚了，他们作为神祇在天庭过着永远幸福的生活。

# 特洛伊战争

The Trojan
War

*09*

## 佩琉斯和忒提斯结婚

佩琉斯的人生和所有的英雄一样充满麻烦和磨难。也许众位神祇对他有所不满，或者是想要测试他。他出生在埃癸娜，出生过程很顺利。他父亲是宙斯之子埃阿科斯，也是埃癸娜之王。埃阿科斯富有洞察力，能提出睿智的建议，所以后来他成了冥府的判官。这个家族似乎在各方面都受到了保佑。

后来埃阿科斯和恩得伊斯结婚，恩得伊斯是睿智的马人喀戎的女儿，后来她成了佩琉斯的母亲。但是埃阿科斯觊觎涅柔斯的女儿普萨马忒，她为了拒绝埃阿科斯，首先变成了一只海豹，但是他坚持纠缠，普萨马忒最终还是当了他的姜室。她生下一个健康的男孩，起名为福库斯，福库斯和佩琉斯一起长大，但是后来家族被分裂了。因为恩得伊斯憎恨丈夫的私生子，于是不断地策划阴谋陷害他。

时间长了，恩得伊斯的想法影响了她儿子的想法，在他脑子里扎了根。为了自己的母亲，佩琉斯想到了办法对付自己同父异母的兄弟。佩琉斯最好的朋友是忒拉蒙，忒拉蒙是邻国萨拉米斯岛的王子，这两个人拟定了一个计划并且亲手实施。福库斯是个非常出色的运动员，他一直在练习，随时准备和别人比赛。于是佩琉斯和忒拉蒙趁福库斯在平原上练习的时候拦住他，忒拉蒙朝福库斯头上扔了个铁饼，佩琉斯用双头斧子砍中了他的脊背。

这桩罪行结束后，佩琉斯又恢复了神志，他清醒过来，悔恨之情如同暴风雨一样吞没了他，噬咬着他的理智。他离开自己的故乡，经历漫长的旅行，跨越广阔的土地，寻找愿意收留他、让他净化罪行的人。他一直走到弗提亚，那里的国王欧律提翁总算愿意接受他。净化罪孽的时期结束之后，欧律提翁让佩琉斯和他女儿安提戈涅结婚，分享他的国家。

可是佩琉斯注定过不了平静的生活。他和欧律提翁以及别的英雄一起去狩猎卡吕冬的野猪，他失手杀死了自己的新朋友。野猪逃进一片黑暗的树丛里，谁都不知道它藏在哪里了。佩琉斯听见树丛里传来一些声响，由于野猪实在又大又凶猛，稍有迟疑就会死在它的獠牙之下——已经有好几个人因此丧命，被顶穿了腹股沟或者肚破肠流，只能等着死神仁慈地阖上他们的眼睛。佩琉斯没有丝毫犹豫，稳稳地朝着那片灌木丛掷出标枪，然而却是欧律提翁的血染红了大地。

佩琉斯又一次离开自己居住的地方，踏上征程去洗清谋杀之罪，寻求慰藉。这次他到了伊俄尔科斯，这里的国王是珀利阿斯之子阿卡斯托斯，他收留了佩琉斯，为他提供住处，让他净化罪行。佩琉斯在伊俄尔科斯期间参加了珀利阿斯的葬礼竞技会，在摔跤比赛中他唯一势均力敌的对手就是阿塔兰忒，对他来说这是一大耻辱。

但是阿卡斯托斯的妻子阿斯梯达弥亚喜欢上了这位英俊的访

客，想要勾引他。佩琉斯拒绝了她，阿斯梯达弥亚异常愤怒。她对安提戈涅说，佩琉斯想抛弃她，去和阿卡斯托斯的女儿缔结良缘。安提戈涅自杀了，阿斯梯达弥亚的邪恶愿望还是没有满足。她又派了一头狼去危害佩琉斯的牧群。后来她还对自己的丈夫说佩琉斯想强奸她，阿卡斯托斯相信了。

　　阿卡斯托斯不能随便杀了净化罪行的人，于是他把昔日的朋友带到皮立翁山的荒野里。他们一整天都在打猎，等他们躺在树荫下休息的时候，阿卡斯托斯把佩琉斯的剑藏进了灌木丛里——那是一把非常特殊的剑，是由赫菲斯托斯亲自铸造的——这样佩琉斯就无法抵御任何野兽的袭击了。当一群野蛮的马人跑过的时候，他只能爬到树上躲避。但是睿智的马人喀戎同情他，于是把剑还给了他，让他能对付那些不文明的家伙。

　　这个时候，宙斯正好打算着和涅柔斯的女儿——美丽的海仙

佩琉斯与忒提斯盛况空前的婚礼，也为日后的特洛伊战争埋下了祸根。

《佩琉斯与忒提斯》，科内利斯·凡·哈勒姆，1593年。

女忒提斯共度良宵。但是忒提斯注定会生下一个超越自己父亲的儿子——不管那个父亲有多伟大。我们已经知道，普罗米修斯就是用这个消息和宙斯交易，让宙斯把他从永恒的折磨中解放出来的。因此宙斯和众神都迫不及待地想看着忒提斯和凡人结婚，谁都不愿冒自己被超越的风险！正好佩琉斯能派上用场，众神觉得接下来发生的事情肯定很有趣——忒提斯跟这个麻烦的凡人会生出什么样的儿子呢？

忒提斯是个女神，她不想跟凡人结婚，但是宙斯下达了命令，她别无选择，因为谁也无法违背宙斯的意志——即使违背也持续不了太久。然而她也没有轻易答应佩琉斯：他必须和她摔跤、抓住她。忒提斯和她父亲一样也会变形。转念之间她就变成了一只鸟，接着是一条蛇，一头狮子、一只花豹，还有其他各种无名的怪物。在她变形过程中，佩琉斯一直紧紧抓着她，最终忒提斯屈服了。佩琉斯证明了自己是个合格的追求者。

婚礼在皮立翁山举行，宾客名单无比夸张——所有的神祇都从奥林匹斯山上下来参加他们的婚礼。众神多少都有些庆幸忒提斯没有和某个神结婚，每个人都对这桩婚事表示满意。众位缪斯也来了，命运三女神和美惠三女神也来了。涅柔斯作为新娘的父亲也来了，喀戎作为佩琉斯的救命恩人也来了，他的礼物是一根坚固的梣木棍子，很适合作为长矛的柄。雅典娜亲自把木头削得十分光滑，赫菲斯托斯制作了铁矛尖，其他神祇也制作了与之相称的坚固盔甲。狄俄尼索斯的礼物则是一个永远不会空的酒罐。

在婚礼进行期间，一个不速之客一瘸一拐地走了进来，这位客人显然心情极差。那是纷争女神。她满脸怒容，由于一直在忙碌，她显得很疲惫，她在婚礼上只停留了几分钟，却种下了害死无数人的祸根。众神都在欢庆宴饮，她站在大厅中间，丢下一个从金苹果园里摘来的金苹果。

那个苹果上写着"给最美的"。正如纷争女神所料，赫拉、雅典娜、阿佛洛狄忒立刻就吵了起来，她们都坚称自己才是最美的，理应得到这个美丽的小奖品。她们吵得太厉害了，宙斯不得不出面阻止她们。他答应想办法公正地解决此事，同时命令她们不准在婚礼上闹事。但是婚礼上已经闹开了——厄运开始了。

作为暴风雨前的短暂平静，这对新婚夫妇住在伊俄尔科斯。阿卡斯托斯死后，佩琉斯继承了他的王位，他贤明地统治这个国家。伊俄尔科斯很繁荣，风调雨顺，狼都不会来打搅他们的牧群。每个人都与人为善，因为在佩琉斯的引导下，整个国家都充满和平与秩序。忒提斯不久就和丈夫生下一个男孩，他们给他起名为阿喀琉斯。

银足的忒提斯依然很不满意被困在凡人的世界，她渴望和自己的同伴在一起，在水下王国嬉戏，或者在高高的奥林匹斯之上享用神祇的食物。如果她必须有个凡人丈夫，她至少也要用自己的力量让儿子不受任何伤害。于是每天晚上，她都将婴儿放在一个魔法大锅里，煮沸其中的汤，把孩子身上所有凡人的部分都消除掉。

一连六个晚上她都把孩子这样放在锅里，只需七天这项工作就完成了。但是佩琉斯去偷看忒提斯在干什么，他凡人的眼睛只能看到忒提斯把婴儿放在一锅开水里煮。他惊慌地叫起来，忒提斯罢手了，她把孩子丢在地上不管了。在佩琉斯厌恶的眼神中，她跑出房间，永远离开了自己的丈夫，回到了位于大海里的故乡。阿喀琉斯因此并非完全刀枪不入：忒提斯曾握着他的脚踝，脚上

忒提斯每晚都将儿子浸在一个魔法大锅中，里面是冥河——斯堤克斯河的河水，以此来使得阿喀琉斯褪去身上凡人的成分。

《忒提斯将阿喀琉斯浸入斯堤克斯河水》，安东尼奥·巴莱斯特拉，约1700年。

的跟腱被她的手指遮住了，他身上这一小块地方没能在第七天被泡在大锅里。

## 帕里斯的裁定

　　生产的阵痛开始了，宫缩还要等很久。还要过好几个小时孩子才会诞生，于是特洛伊的王后赫卡柏在阵痛的间隙里小睡了一阵。

　　她忽然在夜色中惊醒。她的侍女之一正把面巾上的水拧干，好给气喘吁吁的女主人敷在额头上降降温，侍女焦急地问道："怎么了？"赫卡柏回答："没事。只是做了个梦。"但是那个梦困扰着她。她看到自己生下的孩子并不是人类，而是一个燃烧的火炬，火炬的火焰四处蔓延，最终吞没了特洛伊。她听见尖叫哭喊和悲叹，还看到自己的丈夫普里阿摩斯王从城墙上摔了下去。

婴儿在黎明时分出生。出生的过程很顺利，新生的男孩看起来很健康，但是赫卡柏却无法平静。那个梦的印象太深刻了，而且鉴于她地位高贵，所以理所当然地要询问预言家，搞清楚这个梦是什么意思，其实那个梦的含义已经昭然若揭。预言家确定这个男孩长大后会毁灭特洛伊。他们没有建议赫卡柏该怎么做，她自己心里很明白。

在和丈夫商量之后，她给这孩子暂时起名为亚历山大，然后交给亲信，亲信把这个哭哭啼啼的孩子送出城，丢在伊达山的荒野里，想让他被野兽吃掉。但是首先被孩子哭声吸引的动物是一头母熊，这头熊刚刚生下小熊。她用爪子把这个皮肤光滑的小婴儿抓起来，想咬他一口——但让她惊讶的是，这个婴儿闻到了她身上新鲜奶水的气味，立刻咬住乳头开始吮吸。母熊变得不那么凶暴了，她明白了，于是就让这个人类婴儿吃饱，不再哭泣。

这个男孩活了下来。他没有饿死，在荒野的第一天晚上，母熊守着他，保护他不着凉、不被别的动物伤害。到了早晨，她必须回自己的巢穴了，婴孩还在熟睡。此时牧羊人赶着羊群到山上来了，羊在树林灌木之中穿行。其中一只羊把那个婴儿送到了牧羊人的妻子手中，他们便给孩子起名为帕里斯，并把他养大。

帕里斯一直以牧童身份长大，他喜欢和父亲的羊群一起在峡谷中玩耍。除了这田园牧歌的生活以外，他不知道世界上还有其他任何事情，和别的牧羊人一样，附近特洛伊城里的人很鄙视他们。伊达山的牧羊人只知道，那群城里人除了买他们的羊毛和奶酪以外，根本不干别的好事。

但是有一天，他的生活被永远地改变了。一天早晨，他正在放羊，原本眼前只有岩石、草丛和野花，但赫耳墨斯忽然出现了。在赫耳墨斯身后，鲜花盛开的草地上又出现了三位女神。帕里斯所见的这幅情景实在惊人，比一切梦境都要离奇，但他毫无疑问是醒着的，而那三位女神的美貌……帕里斯所知的一切凡人女子都无法和她们相比，甚至他想象中的美女都不及她们万分之一。他立刻知道，是神祇现形了。

其实这是宙斯想出来的办法，这样才能解决佩琉斯和忒提斯婚礼上那个金苹果的归属问题。他选择帕里斯来决断，因为帕里斯出身高贵却又对自己一无所知，何况他还长得很好看，所以就由他来决定谁是"最美的"女神。一切神祇与凡人之父命令赫耳墨斯带着三位女神去伊达山。

帕里斯吓得脸色煞白地跳起来。"不必害怕！"赫耳墨斯的声音如同山间的溪流一样清澈，帕里斯曾在那样清凉的流水中沐浴四肢，"我们不会伤害你，只会给你带来无上的荣誉，因为我们共同的父亲宙斯选择你来完成一个任务。你看到这个苹果了吗？上面写着'给最美的'。这三位女神都认为自己是最美的，所以由你决定她们谁有资格得到苹果。"

帕里斯冷静下来，同意接受这个任务，因为他也别无选择。他坐在岩石上，赫耳墨斯在旁边站着等待。首先上前的是赫拉，在这个乡下男孩看来，她是个气质华贵的女子，同时也充满女性的光辉。她体态端庄，穿着一袭紫色镶边的袍子，如乌木般闪亮的头发梳成优雅的发髻。她的眼睛又大又黑，但是在看向两位对手时，那眼中流露出嫉妒嫌恶的神情。她看着年轻的帕里斯说：

帕里斯的裁判

《帕里斯的裁判》，弗朗索瓦-泽维尔·法布尔，1808年。

"如果你把苹果给我，"她的声音仿佛铃声一样在山谷中回荡，"我将赐予你大得无法想象的权力。你将安全无虞地统治辽阔的疆域，任何敌人都无法威胁你的王位。"

帕里斯觉得这个提议很有吸引力。他只是个牧羊人，却可以得到王位。但是出于公平起见，他还得听听另外两位女神的发言。雅典娜轻快地走上前。她看起来是一位眼神锐利的战士，全身充满力量，随时都整装待发。但她也有着光滑的皮肤，以及处女特有的那种男孩般的瘦削。"如果你把苹果给我，"宙斯最喜爱的女儿用她铁灰色的眼睛看着帕里斯说，"我就会让你成为战无不胜的人，不光是在近身搏斗时取胜，而是能在一切战斗中取胜。你会成为最伟大的将领。成千上万的战士会聚集在你的麾下，任何人都不是你的对手。"

这个提议也充满吸引力。但是现在还不能立刻决定，这个比赛似乎已经和美貌无关了，完全变成了一场贿赂。帕里斯紧张地看了赫耳墨斯一眼，意思是"我也无法判断"。但是赫耳墨斯歪了歪脑袋，安慰般地朝他笑了笑。

最终阿佛洛狄忒来到帕里斯面前，她看起来就像性感的化身。每走一步，她腰带上的小铃铛就叮当作响，她金色的凉鞋发出的声响仿佛日落时分潮水冲刷着沙滩。她透过丝线般的睫毛看着这位英俊的牧羊人，仿佛知道了所有的秘密一样笑了笑。她站姿极其优雅，手脚纤细，皮肤白得好像第一片落下的雪，眼睛和头发却黑得如同渡鸦，阳光在她的长发间流淌。她薄薄的衣物包裹着丰满的胸和浑圆的臀，暗示着更多的快乐。女神俯身在他耳边说："如果你选了我，世界上最美丽、最令人向往的女子就会爱上你。"

她的香味飘进帕里斯鼻子里，忽然间他明白了这就是他的幸福所在，没有战争的威胁，没有统治的烦恼。他，一介牧羊人，和战争、统治有什么关系呢？还是阿佛洛狄忒的建议更合他的胃口。他问："这个女人是谁？她长得什么样子？"

"她是斯巴达的海伦，"女神回答，"她看起来就是我这个样子。我变成了她的模样让你看见。"

帕里斯忘了自己的爱人俄诺涅，因为他坚信阿佛洛狄忒的诺言会实现。他满心只想着一件事：除了阿佛洛狄忒的礼物外，他再不想要其他任何东西，殊不知这正是阿佛洛狄忒设下的陷阱。他示意赫耳墨斯自己想好了，三位女神站成一排等他判断。赫耳墨斯庄严地把金苹果递给帕里斯，帕里斯毫不犹豫地把苹果给了阿佛洛狄忒。她带着胜利的微笑优雅地接过来。随后四位神祇都消失了，帕里斯也离开了，他确信将会发生一些激动人心的事情，只不过不知道究竟是什么事。

## 埃斯库罗斯

与欧里庇得斯和索福克勒斯同时代，埃斯库罗斯是公元前5世纪又一位伟大的雅典悲剧作家。他生于公元前525年，他的戏剧是现存最早的古希腊戏剧。他参加了公元前480年希腊抵御波斯的战争，曾在马拉松、萨拉米斯战斗过。他创作过七十多部戏剧，现存只有七部。其中有一部是基于历史事件创作，而非基于神话创作的，即《波斯人》。这部戏剧描写了波斯宫廷对于他们在萨拉米斯战败一事的反应。他最著名的作品是《俄瑞斯忒斯》三部曲——《阿伽门农》《奠酒人》和《复仇女神》，但只有《复仇女神》是唯一一存世的一部。《阿伽门农》描写了阿伽门农从特洛伊回乡后被自己的妻子克吕泰涅斯特拉谋杀，随后克吕泰涅斯特拉又被自己的儿子俄瑞斯忒斯所杀，酿成了弑母之罪。

就在第二天，阿佛洛狄忒的诺言就开始成为现实。特洛伊之王普里阿摩斯派人到乡下，搜寻最漂亮的公牛作为城里盛大节日最高潮的祭品。那些人选了帕里斯饲养的公牛，他一时好奇，就跟那些人回了特洛伊。城里的情景让他很惊讶。他听说过这座伟大城市的传闻，据说这里商业繁盛，城墙坚固，建筑雄伟，但现实远胜于想象。他刚进入城市不久，他妹妹卡珊德拉就认出了他，于是喊道："他在这里！城市的祸害就在这里！我们要被烧死了！"她说的虽然属实，但是由于受到阿波罗的诅咒，所以谁都不相信他。他们以为她只是在胡说八道，她的声音很快被节庆的喧嚣淹没了。

　　按照古希腊的风俗，节日庆典中必定包括了竞技比赛，帕里斯最近恰好自信满满，决定去参加几个项目。他表现得非常好，打败了本地最受欢迎的选手赫克托耳和得伊福玻斯，得伊福玻斯其实就是他的兄弟，只是他自己不知道而已。得伊福玻斯被这个傲慢的乡下人打败，感觉特别不高兴，他拔出剑，帕里斯就跑到祭坛处去躲避。但是在扭打过程中，得伊福玻斯把帕里斯脖子上一直戴着的一个护身符扯掉了，赫卡柏和普里阿摩斯认出了这个护身符，这是多年前他们想扔掉这孩子的时候，作为信物放在他身上的。年轻的牧羊人帕里斯万分惊讶，他居然作为王子被原本的家庭接纳了。他知道是阿佛洛狄忒的祝福渐渐实现了。在这快乐的时刻，赫卡柏的梦被遗忘了。


## 劫持海伦

　　但是阿佛洛狄忒答应送给帕里斯的礼物——海伦，究竟是何方神圣，这个将被谩骂千年的女人究竟是谁呢？她确实是世界上最美丽、最令人向往的女子，可是阿佛洛狄忒还有个秘密的动机：海伦的父亲廷达瑞俄斯忘了向她献祭，她便诅咒了他，说他的女儿海伦和克吕泰涅斯特拉将"分别结婚两次和三次，但最终还是会守寡"。

　　廷达瑞俄斯曾在赫拉克勒斯的帮助下成为斯巴达之王，他娶了埃托利亚王之女勒达为妻，勒达的姐妹之一是阿尔泰亚，也就是墨勒阿革洛斯的母亲、同时也是谋杀他的凶手。宙斯喜欢勒达，于是变成一只天鹅去亲近她。后来勒达生下两对双胞胎，分别是从两个蛋里孵出来的。其中一个蛋里孵出来的是狄俄斯库里兄弟，即卡斯托尔和波吕丢刻斯，另一个蛋里孵出来的是海伦和克吕泰涅斯特拉。

卡斯托尔和波吕丢刻斯是不可分离的双胞胎，但他们之间有一个巨大的不同。波吕丢刻斯继承了父亲的神性，卡斯托尔只是个凡人。在英雄时代，他们都是了不起的大英雄。他们一起登上了"阿耳戈号"，参加了狩猎卡吕冬野猪，打败了珀利阿斯葬礼竞技会上的所有对手，奔赴雅典拯救被忒修斯绑架的姐妹海伦。

他们最大的、也是最后一次冒险，始于他们参加表亲的婚礼。他们的表亲伊达斯和林叩斯分别要迎娶琉喀浦斯的两个女儿福柏和希拉娥伊拉。这对半神血统的双子来到仪式上，他们只露了个面就足以让那两个女孩改变主意了。她们离开目瞪口呆的新郎，让这两个英俊的陌生人把自己带走了。光是这样还没完，卡斯托尔和波吕丢刻斯不但抢走了表亲的新娘，还偷走了他们的牛，拿去给琉喀浦斯当作新娘礼。

伊达斯和他的兄弟当然想要报仇。林叩斯怀疑有诈，就跑到泰格图斯山的最高峰上，他可以在山顶上俯瞰整个伯罗奔尼撒。通过非比常人的视觉，他看到卡斯托尔和波吕丢刻斯藏在一棵空心的橡树里，等着伏击两位表兄弟。林叩斯跑下山和伊达斯会合，他们一起悄悄靠近狄俄斯库里兄弟藏身的地方。伊达斯力气大得堪比赫拉克勒斯，他掷出长矛，矛正好穿过那棵大树的树皮，重伤了卡斯托尔。

波吕丢刻斯跳出来追赶伊达斯和林叩斯，一直追到伊达斯兄弟父亲的坟墓，他们在那里大打出手。波吕丢刻斯出手毫不迟疑，他掷出长矛穿透了林叩斯的胸膛。伊达斯将父亲的墓碑从地上拔起来朝波吕丢刻斯扔过去，想把他压在墓碑下面（这是对付不老不死者唯一的办法）——他本来是有可能成功的，但宙斯出来保护了自己的儿子，向伊达斯扔下了闪电。于是伊达斯和林叩斯就和他们的父亲一起长眠了。

波吕丢刻斯回到奄奄一息的哥哥身边。他哭泣不已，向宙斯祈祷，希望和心爱的双胞胎兄弟一起死去。宙斯倾听了儿子的祈祷，可是有些事情就算宙斯也做不到，他不能取消波吕丢刻斯的神性。但他最终还是找到了解决的办法，他让波吕丢刻斯给他的哥哥分享一半生命，从此他们两人就一天住在昏暗的冥府，一天住在明亮的奥林匹斯和众神为伴。作为神祇，他们愿意保护在远海遇到危险的水手，有时候他们会变成蓝白色的火焰[1]出现在船的桅杆和索具上。

与此同时，在廷达瑞俄斯的宫廷里，大家对未来一无所知，都还很高兴，因为他们正在为海伦挑选一位高贵的丈夫。海伦的姐姐克吕泰涅斯特拉已经和迈锡尼之王阿伽门农结婚了。可以想象，作为世界上最美丽的女人，海伦一定有很多追求者：有伊萨卡的奥德修斯、雅典的墨涅斯透斯、克里特岛的灰胡子伊多墨纽斯、萨拉米斯的大埃阿斯等等。廷达瑞俄斯让他们所有人都说说，自己为了美丽的海伦能拿出什么样的新娘礼。

目前为止，廷达瑞俄斯收到的最贵重的新娘礼，是阿伽门农高贵的兄弟墨涅拉俄斯提出的。但是廷达瑞俄斯还是有些忧虑，

---

1　此处指圣艾尔摩之火，海上一种罕见的自然现象，多出现在雷雨时，桅杆上会出现火焰般的蓝白色闪光。古希腊海员认为此即双子兄弟显灵护佑。

女画家伊芙琳·德·摩根以优美细腻的笔触再现了古希腊神话中世上最美的女子的风采。

《特洛伊的海伦》，伊芙琳·德·摩根，1898 年。

不管他选谁迎娶自己的女儿，别的追求者毕竟也是高贵的英雄，他们肯定会寻衅生事。因此他让所有人发誓尊重他的决定，谁都不能嫉妒迎娶海伦的人，而且也决不能拿起武器反对这场婚姻。毕竟海伦在孩提时代就被绑架过一次，又过了这么多年，她无疑变得更美了。

所有追求者都发了誓，共同保卫这场婚姻——这个誓言将引发特洛伊战争。廷达瑞俄斯宣布墨涅拉俄斯胜出。他是个幸运的人，可以和世界上最令人向往的女人结婚了。不仅如此，廷达瑞俄斯还宣布，在他死后，墨涅拉俄斯可以继承斯巴达的王位。他知道自己的儿子卡斯托尔和波吕丢刻斯会获得更高的地位。于是事情就这样定了，不久廷达瑞俄斯死了，墨涅拉俄斯成了斯巴达之王。

\* \* \*

没过几个星期，帕里斯就从亚细亚出发去领他的奖品了。他没有计划，只想着去了斯巴达再说。反正是女神许诺将海伦给他的。这事肯定能行。

如大家所知，贵族之间会觉得彼此亲近，哪怕是从其他城邦或更远处来的贵族，也比跟自己领地上的农民更亲近。他们彼此结成有保障的友谊——这种关系网在必要的时候就用得上。但即使没有那样的保障，人们也知道，不可赶走来访的陌生客人，因为做客的人都是受到宙斯庇护的。如果陌生人和主人处于同样的社会阶层，他更会受到款待，甚至可以在主人家中发号施令。基于同样的原因，客人也必须对主人表现出最大限度的尊重和礼貌。

所以当帕里斯来到斯巴达墨涅拉俄斯的宫殿时，他受到隆重欢迎，双方交换了礼物。帕里斯还给海伦带了礼物，但并不是礼物打动了海伦。阿佛洛狄忒让她深深被帕里斯吸引。他那种东方的风度，奇怪的口音，华丽的衣着还有奢侈的作派——他的一切行为都让海伦着迷。至于帕里斯这边，他发现阿佛洛狄忒向他所展示出来的样子确实就是这位斯巴达美人的模样。他们交换着炽热的眼神，叹息之声让胸口起伏不已，手指接触也依依不舍。这对有情人知道他们注定属于彼此，但是却没有进一步行动，因为怕惹怒墨涅拉俄斯。不久墨涅拉俄斯去了遥远的克里特岛……

帕里斯和海伦没有浪费时间。确定墨涅拉俄斯已经驶离斯巴达的海港古提乌姆之后，他们立刻把宫殿洗劫一空，逃走了。帕里斯偷走了墨涅拉俄斯最珍贵的宝物——他的妻子，还偷走了他的金餐具，他紫色的衣袍。在众神看来，帕里斯严重违背了婚姻和宾客的神圣条款。他和他的家族必定会付出代价——必须实现

海伦对帕里斯这位来自小亚细亚的异国王子一见钟情。

《海伦被带到帕里斯面前》，本杰明·韦斯特，1776 年。

公正，赔偿损失。

这对情人也是从古提乌姆港离开的，帕里斯起锚向东航行。为了迷惑追兵，他们在塞浦路斯和腓尼基人的海滨停留了一阵，他们沉浸在东方的奢华生活中，彼此越发相爱。但是当海伦进入特洛伊的时候，死亡就随着嫁妆一起来到她新的夫家。普里阿摩斯和赫卡柏要大难临头了。


## 希腊人准备出征

正当这对情人在腓尼基度蜜月的时候，希腊人则忙个不停。向特洛伊动武的理由就是海伦的众多追求者曾经立下的誓言：他们必须帮助墨涅拉俄斯追回他的新娘，他们都是希腊贵族中最高贵的一批人。

希腊的众位领袖被召集起来，在指定的日子带着他们的军队来到奥利斯，他们从奥利斯港口出发，穿过爱琴海去往亚细亚。这是一次规模很大的远征：超过一千艘船停泊在岸边，船员和战斗人员都在陆地上休息。特洛伊是当时世界上规模最大的城市，他们要把一支庞大的军队送去特洛伊，沿路由小亚细亚以及更东方的各城邦提供给养。墨涅拉俄斯的兄弟、迈锡尼之王阿伽门农被选为此次远征的首领，他的幕僚都是老练的谋士和战士。

但是希腊有两位伟大的战士不肯参加远征。伊萨卡的奥德修斯假装疯癫，因为他通过神谕得知，如果他参加此次远征，就会离家很多很多年。他一听到阿伽门农的信使来到伊萨卡岛上召唤他去奥利斯，就开始装疯，用一头牛和一头驴驾起犁耙。这件事本身就很疯，因为牛和驴不可能犁出笔直的田垄。但是这样还不够，他还把盐播种在地里——盐会让地荒芜。但是阿伽门农派来的信使是帕拉墨得斯，他是希腊仅次于奥德修斯的第二号聪明人。他从奥德修斯的妻子怀里把他们新生的儿子忒勒马科斯抱出来，放在奥德修斯犁地的必经之路上。奥德修斯小心翼翼地避开自己的儿子免得伤到他，他毕竟不是真疯。这样一来，装疯一事就暴露了，于是他只得召集起手下的人加入联军。但是为了维护自尊，他发誓要向帕拉墨得斯报复。

另一个不愿出征的人更加重要。年轻的阿喀琉斯很有潜力，他会成为希腊最了不起的战士。他的母亲忒提斯把他交给睿智的马人喀戎教养，但是后来她得知自己的儿子是攻陷特洛伊的关键，这样一来阿喀琉斯就面临着一个可怕的选择：他可以继续过平凡但漫长的人生，也可以奔赴特洛伊，英年早逝但英名远扬。

忒提斯当然不希望自己的儿子早早死去。她把阿喀琉斯从喀戎处带走，把他打扮成女孩放在斯库罗斯岛上，让岛上的国王吕科墨得斯庇护他。阿喀琉斯渴望得到荣誉，但还是同意了母亲的计划，他花时间想了想：他真的想去参加必死无疑的战斗吗？宫里的女人之中藏着一个年轻的王子，这件事不是什么秘密，吕科墨得斯的女儿之一——可爱的得伊达墨亚，暗恋着阿喀琉斯。不过只要有客人来，大家就都说他是吕科墨得斯的女儿之一，名叫皮拉，因为他的金发很美。

但是阿伽门农派去斯库罗斯岛上的使者中包括了全希腊最聪明的几个将领：涅斯托耳、奥德修斯、菲尼克斯，还有狄俄墨得斯——他是攻打忒拜的七勇士之一堤丢斯的儿子。为了不失礼，他们给吕科墨得斯的女儿们带了礼物，包括衣物、香水、珠宝、

听到战斗的号角，扮成女孩的阿喀琉斯本能地抓起了武器，从而暴露了身份。

《奥德修斯在吕科墨得斯的宫殿里认出了阿喀琉斯》，路易·高菲尔，18世纪。

还有精心打造的武器和盔甲。女孩们围着礼物欢笑不已，一会儿试试珠宝，一会儿试试新衣服——但其中有一个女孩却对武器特别感兴趣。奥德修斯悄悄拿起一支号角，吹出表示危险的信号。女孩们听到号角声都吓坏了——但是阿喀琉斯却穿上盔甲抓起武器，准备去保卫城市。

这下他的身份就暴露了，他抛弃了自己的伪装，满怀期待地跟着奥德修斯等人去了奥利斯。他接受了自己的命运，去过完短暂光荣的一生。得伊达墨亚哭泣不已，因为她怀孕了，她觉得自己再也见不到孩子的父亲了。不久她生下一个男孩，起名为涅俄普托勒摩斯。

就这样，所有英雄和他们的军队、船只都在奥利斯集合了——但是远征的军队还是无法出发，因为风向一直不对，舰队被困在背风处。希腊军队中最睿智的预言家卡尔卡斯对阿伽门农说，阿伽门农必须把自己的女儿伊菲革尼亚献祭给狩猎女神阿耳忒弥斯，否则风是不会停的。因为阿伽门农曾在阿耳忒弥斯的圣林中捕猎了一头美丽的雄鹿，还夸口说自己是和女神一样厉害的猎手。

于是众人的首领阿伽门农把伊菲革尼亚从迈锡尼富丽的宫殿中接出来，按照奥德修斯的计策，他们对伊菲革尼亚说，这是为了让她和身手矫健的阿喀琉斯结婚，对方可是希腊军队中的明星。她穿着华丽的新娘服饰，带着期待的微笑出发了，她母亲克吕泰涅斯特拉一路催促她。但是这女孩一到奥利斯，就被绑在祭坛上杀死了。血流满地，预示着将来会血流成河，死亡引领着船只向特洛伊进发。

他们还得到了一个预兆。很多将领聚集在一起都看到了，一条血红的蛇从祭坛下面爬出来，附近一棵树上有九只麻雀，一大八小。蛇吞了那些鸟，从小的开始，很快就吃完了，接着蛇就变成了石头。这无疑是个很明显的预兆，但希腊的将领们都不知道如何解释。又是卡尔卡斯正确地解读了这个预兆。他说，这预示着战争要持续九年，第十年他们才能回到特洛伊。预言实现了。


## 希腊人登陆


希腊人还算顺利地到达了特洛伊。中途唯一耽搁的地方是提洛岛，阿尼乌斯的三个女儿从提洛岛上了船。狄俄尼索斯将一份大礼送给这三个女人：奥俄诺的葡萄可以酿造出无穷无尽的葡萄酒，斯佩尔默的小麦和大麦永不歉收，厄莱斯的橄榄茂盛常绿，果实永远饱含油脂。阿尼乌斯让女儿们随希腊人一起去特洛伊，负责战争期间的食物供给。

希腊舰队很快就到了特洛伊海岸，他们发现对方早有准备：特洛伊的军队正在等着他们，想阻止他们登陆。阿伽门农命令希腊人正面迎战，强行登陆。船首碾轧着海岸的卵石，在那一瞬间，虽然酝酿着毁灭，却突然寂静无声。因为有个预言说：第一个踏上特洛伊土地的人会死。但是色萨利人的首领普罗忒西拉俄斯从尖嘴船上跳下来上了岸。

普罗忒西拉俄斯在希腊的妻子拉俄达弥亚听说丈夫的死讯之后，请求众神让自己和丈夫再共度一段时间，因为他们才结婚一天就分别了。她的请求被实现了。赫耳墨斯把普罗忒西拉俄斯的灵魂从冥府送回地面，于是这对有情人又在一起共度了几个小时。丈夫再次离开，再也不会回来了，拉俄达弥亚给他做了一个木头雕像，整天都和雕像在一起，晚上也和雕像一起睡觉。她父亲命令她不要再这样做，并且把雕像扔进火里烧了，拉俄达弥亚也跳进火里追随自己的丈夫去了。

普罗忒西拉俄斯是被赫克托耳杀掉的，赫克托耳是普里阿摩斯的儿子，也是特洛伊最伟大的战士。普罗忒西拉俄斯的死为希腊人大规模进攻特洛伊铺平了道路。他们发出骇人的喊声，纷纷从船上跳下来，战争开始了。

第一个死去的特洛伊战士是全身雪白的库克诺斯，他是波塞冬的儿子。库克诺斯绝不会被铜铁所伤，于是阿喀琉斯放下武器，用自己头盔上的带子将他勒死了，他死后变成天鹅飞走了。

希腊军队势不可当，他们冲破特洛伊人的阵型，把他们赶回到城墙之内。希腊人赢了第一仗，建立起自己的滩头阵地。他们在特洛伊的海滩上安营扎寨，营地和城市之间隔着一片大约两里宽的田野。他们将船停在营地附近安全的地方，并用栅栏把船和营地全部围起来保证安全。他们认真工作，但是谁都不觉得战争会持续很久。

他们安顿下来之后，派出使者去特洛伊城里谈判，要求对方归还海伦，要是不同意这些要求，他们就继续攻打特洛伊。阿伽门农的幕僚奥德修斯、墨涅拉俄斯以及传令官塔耳堤比乌斯去城里执行这个任务。特洛伊的大臣们见了他们，希腊的使臣说出了自己的要求，特别警告特洛伊人不要因傲慢招致危险，还问他们是不是真的愿意为了海伦去死。

特洛伊人听完几乎都沉默了，但是帕里斯收买了安提马科斯，让他催促特洛伊人聚集起来，趁着希腊的使者在城里毫无防备的时候把他们杀了。安提马科斯的提议受到了特洛伊众位大臣的赞成，但是最受国王信赖的谋士、高贵的安忒诺耳却反对，他对如此懦弱、如此大不敬的建议表示反感（因为传令官是受众神庇护的）。安忒诺耳极力反对，并主张海伦应该返回希腊——因为她不值得别人为她去死。可是他却没能说服众人，但至少希腊的使者都可以平安离开。他们的要求没得到满足，不过还好没有性命之忧。

后来九年过去了。双方都有数十位英雄死去，普通士兵更是死伤无数。特洛伊之王普里阿摩斯有数个妻子、五十个儿子、五十个女儿，他有很多儿子在战争中死去了，他因此悲伤不已。这也是众神的神秘之处：普里阿摩斯死去的儿子之一是特洛伊罗斯，曾有预言说特洛伊罗斯如果能活到二十岁，特洛伊就不会陷落。但行动敏捷的阿喀琉斯趁这孩子在城外练习骑马的时候伏击了他。是阿瑞斯让这个希腊人情绪高涨。阿喀琉斯把特洛伊罗斯从马上拽下来，抓住他的头，割开了他的喉咙。

希腊人这边最大的损失就是帕拉墨得斯死了，他是被奥德修斯设计害死的。奥德修斯这是为了给自己在伊萨卡岛被揭穿装疯而报仇。奥德修斯熟知一切战场上的计谋，他伪造了一封普里阿摩斯写给帕拉墨得斯的信，信中说，如果帕拉墨得斯能背叛希腊人，就能得到大量黄金，随后他又埋了很多金子在帕拉墨得斯的营地里。信和金子被发现后，帕拉墨得斯就被定了叛国罪，由奥德修斯和狄俄墨得斯执行死刑。但是帕拉墨得斯的父亲瑙普利俄斯最终也复仇成功：他骗奥德修斯的母亲安提克勒亚说他儿子已经在特洛伊战死，安提克勒亚悲痛地自杀了。

## 荷马史诗中的战争

荷马时代的社会结构可大体分为地主和农奴两个阶层，那个时代的战争有两层重要含义。首先富人都是首领、将领或官员，他们负责带领自己领地里的农民去作战，这些农民都是他的人。其次，只有富人才能负担得起盔甲、武器的费用。他们通常都装备着很豪华的武器，因为外表也是建立威望的重要元素。所以希腊和特洛伊的将领会面对面战斗，鼓吹自己血统高贵，他们佩戴高高的羽冠，盾牌擦得光亮闪耀，他们彼此嘲讽，决斗，直到战死。他们的手下则尽一切努力用木棍、石头殴打对手，辱骂敌人，偶尔他们也会使用武器，主要是弓箭。但战争的决定性因素都是两个贵族之间进行的英雄决斗。

战争双方的很多将领都不幸殒命。阿喀琉斯充分发挥自己的潜力，赢得了众人极大的尊敬，有一次他甚至单手就平息了一场暴动。希腊人获得了一些胜利，但是始终没能攻破特洛伊城，特洛伊人的防御十分坚实，尽管海路被切断，他们依然可以从陆路获得补给。希腊人没法彻底包围城市，于是不得不在平原上进行无穷无尽的小规模冲突。他们被这消耗战拖住了，不过在第九年年底，战局有了突破，战争形势和开始时有了些不同。

## 阿喀琉斯离开战场

战争期间有很多俘虏，他们大都成了新主人的奴隶或者妾室，也有些交得起赎金，可以将自己赎回。美丽的克律塞伊斯也是俘虏之一，她是在特洛伊的盟友城镇里被抓的，她父亲是阿波罗的祭司克律塞斯。军队首领阿伽门农将她据为己有，让她为自己暖床织布。克律塞斯设法在休战期来到希腊人的营地，给阿伽门农提供了丰厚的赎金，要求换回自己的女儿，因为女儿就是他的一切。但是阿伽门农态度恶劣地拒绝了，全然不听手下的意见。

克律塞斯失望地离开，他悲痛不已地向阿波罗祈祷，希望他惩罚希腊人的傲慢无礼。根据战争中的规定，若赎金丰厚，战胜的一方就应该接受，而克律塞斯为换回女儿提供的赎金甚至超过了丰厚的标准。阿波罗听到了祭司的请求，于是向希腊人的营地降下灾祸。首先他们的狗和骡子都病死了，接着瘟疫横扫希腊军队。每天都有几十人死去，情况变得十分危急：希腊人似乎要就此放弃前九年的一切努力，两手空空地返航了。

愤怒的阿喀琉斯想要拔
剑砍斫阿伽门农，雅典
娜及时出现制止了他。

《阿伽门农与阿喀琉斯的争
吵》，乔瓦尼·巴蒂斯塔·高
利（巴西西奥），17世纪。

　　人们三五成群地凑在一起，抱怨说他们除了等着生病惨死以
外什么办法都没有——人们本来只是小声说着失败的想法，如今
都能大声说出来了。受到赫拉庇护的阿喀琉斯召集起众位将领开
会，在说明如今情况紧急之后，密耳弥多涅斯人的头领[1]高声质
疑，为什么掌管着疾病和瘟疫的阿波罗会对他们感到愤怒。

　　预言家卡尔卡斯说明了情况。除非阿伽门农不要任何赎金把
克律塞伊斯还给她父亲，否则瘟疫不会停止，此外他们还要为阿

1　此处指阿喀琉斯。他的祖父埃阿科斯是宙斯与埃癸娜结合而生，赫拉因嫉妒而在其出
生的埃癸娜岛上降下瘟疫杀死了所有居民，埃阿科斯恳请宙斯将此地的蚂蚁变成了人，成
为新的国民，被称作密耳弥多涅斯人（蚂蚁人）。阿喀琉斯率领的军队即由密耳弥多涅斯
人组成，以骁勇善战闻名。

　　　　　希腊神话：众神与英雄的故事

波罗准备一份高级的祭品。阿伽门农怒骂了卡尔卡斯一顿，但是作为希腊军队的首领，他也没有别的办法：军队的利益高于他个人的欲望。他同意归还克律塞伊斯——但必须得到补偿。要是既没得到女孩又没拿到赎金，他会很没面子。他说："我什么都得不到，对所有希腊人来说这都是不可想象的。"阿喀琉斯尖锐地指出，战利品都已经分完了，再也没有可以拿给阿伽门农的东西了。"我是军队首领，"阿伽门农吼道，"我想要什么就拿什么，就算是你的也不例外！希腊任何人都比不上我，我就要随心所欲！"于是他觉得自己在希腊的地位就好比宙斯在众神之中的地位。

争吵越来越厉害，最终阿伽门农宣布，为了补偿归还克律塞伊斯一事，他要把阿喀琉斯最喜欢的一个女奴——被俘虏来的布里塞伊斯带走。阿喀琉斯非常生气，想拔剑杀了阿伽门农，但是雅典娜出现在他面前阻止了他。

于是阿喀琉斯狠狠地咒骂阿伽门农，并当着所有希腊人的面宣布，如果阿伽门农带走布里塞伊斯，他和他手下那些英勇的密耳弥多涅斯人就不再参战。他深知自己是此次远征胜利的关键，不仅他杀死的敌人比任何人都多，而且大家都敬重他。别人不知道他基本上是刀枪不入的，所以都十分佩服他的勇气。阿伽门农是在驱赶自己最重要的盟友。

皮洛斯的涅斯托耳是希腊军队中最年长也最睿智的谋士，他想平息此次争端。"特洛伊人看到你们现在的样子肯定很开心，"他说，"阿伽门农，不要抢走阿喀琉斯的女孩；阿喀琉斯，你也不

"我是军队首领，"阿伽门农吼道，"我想要什么就拿什么，就算是你的也不例外！希腊任何人都比不上我，我就要随心所欲！"

要这样辱骂首领。你们要彼此尊敬。"涅斯托耳说的都是理智的好话，但是那两个人都太生气了，根本听不进去。大家乱哄哄地散去，身手矫健的阿喀琉斯和他的手下回到自己的营帐，看接下来会发生什么事情。帕特洛克罗斯是阿喀琉斯同帐的伙伴，也是他最亲密的朋友，他知道自己的朋友言出必行。阿喀琉斯宁可无聊地待着，也肯定不会向阿伽门农让步。

阿伽门农把克律塞伊斯还了回去，又按照卡尔卡斯所言向阿波罗献上安抚的祭品。接着他就派人去阿喀琉斯那里抓布里塞伊斯。那位密耳弥多涅斯人礼貌地接待了使者，因为他不必为难他们。但是他再次声明，自己不会再参战了。不管前盟友处境多么悲惨，他也绝不会拿起武器和他们一同作战了。

## 阿伽门农的梦

阿喀琉斯很悲伤，而且自尊受挫，他呼唤她的母亲忒提斯，忒提斯从深海里出来坐在他身边。她深受众神之父宙斯的青睐，阿喀琉斯请求母亲说服宙斯站到特洛伊人那边，至少暂时让战争的天平向特洛伊倾斜。这样希腊人就知道他们非常需要阿喀琉斯了。

忒提斯认出了预示儿子短暂生命结束的预兆，但是她还是按他的要求做了。宙斯虽然知道这样会让赫拉生气，但是也同意了。赫拉是一直支持希腊人的，因为帕里斯没有给她金苹果，而且后来他拿走阿佛洛狄忒奖品的行为严重破坏了婚姻的神圣结合——婚姻正是赫拉掌管的范围。宙斯让自己的妻子平静下来，然后开始思考。他要如何让特洛伊人占据上风呢？众神总能轻易戏弄我们人类，此时宙斯的思路变得很狡诈。他让阿伽门农做了个梦——一个含义十分清楚的梦，由于梦境太真实，所以相当可信，但是梦里所说的全是谎言。阿伽门农梦见涅斯托耳对他说，众神联手反对特洛伊，如果阿伽门农把手下的人召集起来大举进攻，就能攻陷那座城市。

到了早晨，阿伽门农召集幕僚开会，阿喀琉斯当然没有参加。阿伽门农把这个梦讲给众人听，他们也都相信了。但阿伽门农却担心部队士气低迷：那场瘟疫让大家信心骤减，阿喀琉斯离开更让大家心情低落。要不是他们都还忠诚，攻陷特洛伊恐怕就不会像梦里暗示的那么可信了。

这份担心就是宙斯搞的了，他夺走了阿伽门农的理智，降低了他的判断能力。阿伽门农再次开口的时候，他发现自己说的是，他要试探一下手下的军队，要跟他们说，攻陷特洛伊是不可能的，他们应该立刻返航——这些内容跟梦里的预示完全相反。

于是他的幕僚将希腊士兵召集起来。他们从各自的帐篷出来，像蜜蜂一样黑压压地聚在一起，发出嗡嗡嗡的声音。阿伽门农手握赫菲斯托斯打造的权杖站在他们面前，那根权杖是他从父亲阿特柔斯处继承的，阿特柔斯则是从珀罗普斯处继承的。他按照计划，说他们有可能失败，讲得很绝望。他说，如果只是他们对抗特洛伊人，他们人数上占据优势，但是问题在于特洛伊人有很多盟友。希腊人是无法战胜他们的，他们只能拆掉营寨马上返回故乡。

在打仗多年后，返回故乡这个念头当然立刻得到了热切的响应。愉快的呼喊声混合在潮湿的空气中，人群都乱了队形。大家跑回自己的帐篷，收拾起东西和战利品，准备装船离开。在奥林

忒提斯跪在宙斯面前，请求他惩罚侮辱了阿喀琉斯的希腊人。

《朱庇特与忒提斯》，让－奥古斯特－多米尼克·安格尔，1811 年。

匹斯山上，赫拉看到海滩上乱成一片，不禁惊呆了。她最爱的凡人们竟然想丢下一切离开。于是她派雅典娜去特洛伊看看能做点什么。这两位女神目前是联手的，她们当初被特洛伊的帕里斯拒绝了，心里都愤恨得不得了。

雅典娜发现奥德修斯心神不宁。懦弱地撤退不是他的作风。在他脑海中，他听见那位眼神热忱的女神对他说，不要如此绝望，去人群中阻止他们乘船离开。奥德修斯没有耽搁，因为这正是他想做的。他在营地各处走动，每遇到一位管事的，就鼓励他要想到自己的荣誉，还说，阿伽门农让大家撤退其实只是在试探人心，这件事只有将领们知道。每次他遇到普通士兵，他就用棍子抽打对方后背和肩膀，让他回集合地点去。

于是大家重新集合，但是现在他们很疑惑，也很不满。其中一个人，名叫忒耳西忒斯，此人经常惹是生非，名声不佳，他起来帮大家说话了。"你说得轻松，阿伽门农，"他喊道，"你从战争中获得了那么多好处。"然后他又转身对众人说："我认为我们应该把他留在这里，让他享受金子和美女，我们回家。他什么都没给我们，只是不断歧视我们，我们看看这场战争没了我们会变成什么样！"

这番煽动性的话对众人来说很中听，但奥德修斯反应也很快。他冲向忒耳西忒斯，用棍子打他，对他拳脚相加，让他说不出话来。众人都是很善变的，刚才他们还赞同他说的话，现在又觉得他活该挨打。奥德修斯控制了局面，雅典娜站在他身边指导他的思想。他安抚众人，说他理解大家多年来受苦了，但是他又提醒大家不要忘了当初那个蛇吞麻雀的预言，预言说他们能获胜，只是要等到第十年才行。现在正是战争的第十年。涅斯托耳的意见一向很受重视，他也支持奥德修斯，阿伽门农也恢复了理智，命令所有人先吃饭，然后准备发起进攻。任何人想临阵脱逃就是死罪。

众人的士气也恢复了，大家高呼口号赞同首领的意见，然后井然有序地解散了。阿伽门农召集起官员参加战前的献祭仪式，他们选了一头很肥的牛作为祭品。他祈祷能顺利取胜，亲手毁灭特洛伊，全然不知接下来的几个月会发生多少杀戮和伤心事。

他冲向忒耳西忒斯，用棍子打他，对他拳脚相加，让他说不出话来。众人都是很善变的，刚才他们还赞同他说的话，现在又觉得他活该挨打。

## 墨涅拉俄斯和帕里斯

希腊军队集结起来准备战斗，特洛伊人到城外的平原上迎战。特洛伊人之前听见希腊人营地里发生了骚乱，他们决定利用这一点。这是战争中他们首次尽全力突击，他们没有再躲在波塞冬亲手建造的坚固城墙后面。每个人都知道这是一场决定性的战役，战争口号掩饰了极度的紧张。

两支军队进入对方射程之内，帕里斯全副武装，戴着锃光瓦亮的头盔，上面还装饰着豹子皮。他被激动情绪感染了，高声挑衅道："哪个希腊人觉得自己最强，让他来跟我一对一决斗！"墨涅拉俄斯依然牢记着帕里斯当年的所作所为，于是果断站出来来到两军阵前。

现实和想象大相径庭，帕里斯吓得立刻混在强大的特洛伊士兵之中逃回去了。他的兄弟赫克托耳也是擅长驯马之人，他骂帕里斯是个懦夫，还尖锐地提醒他说，整个战争都是因他的过错而起。"你说得轻松，"帕里斯说，"你天生就是个战士，而我的才能都来自阿佛洛狄忒。但是你说得对，如果双方军队都同意的话，我愿意和墨涅拉俄斯一对一决斗。事实上，不如就这样结束整个战争吧。如果我赢了，我就和海伦在一起，希腊人离开；如果我输了，墨涅拉俄斯就拿回自己的财富和妻子——但是她并不喜欢他，她有我了。"

赫克托耳开心地同意了：战争今天就结束！再也没有流血牺牲！他来到空地上，对希腊人大声说出了帕里斯的提议。墨涅拉俄斯毫不犹豫地接受了。双方一同献祭，表示这项决议成立，普里阿摩斯亲自见证，并祝福了此次决斗。

海伦听说了这个协议后，跑到战场上看决斗。两位大英雄为了她决斗！多么激动人心！普里阿摩斯和安忒诺耳也来到阵前观战。普里阿摩斯摆出父亲的姿态把海伦叫到自己身边，和蔼地跟她说话，说这些不幸不是她造成的，而是众神造成的。

当他们朝平原那边眺望的时候，海伦认出了希腊英雄中的那位老人：阿伽门农，那位骄傲的领袖，他站在自己的两轮战车上，阳光照得他的盔甲闪闪发光；谋略大师奥德修斯头盔上没有装饰羽毛却装饰着野猪牙；大埃阿斯特别高，全副武装的时候看起来格外吓人，就像阿瑞斯本尊；阿尔戈斯的狄俄墨得斯在战场上格外勇猛，如同大自然的力量；克里特岛的伊多墨纽斯两鬓斑白，仍然像特技表演者一样肌肉发达；还有她的前夫墨涅拉俄斯，他头盔上的马毛装饰在风中摇晃。海伦在人群中没看到自己的兄弟卡斯托尔和波吕丢刻斯，不禁感到很疑惑，因为自从被拐走了之后，她一直不知道他们已经死了。

所有希腊人和特洛伊人的领袖都聚集在两军阵前，献上祭品、立下誓言，普里阿摩斯和安忒诺耳乘坐马车从特洛伊城内来到阵前。他们杀死祭品，给神祇献上美酒，阿伽门农虔诚地向众神祈祷，请他们见证自己的誓言：墨涅拉俄斯和帕里斯要决斗至一方死亡为止，胜利的一方得到一切。他们将献祭的酒洒在地上，所有人都祈祷破坏誓言的人会像这酒一样，脑浆洒满地。

普里阿摩斯回到城内，因为他受不了悬而不决的状况。奥德修斯和赫克托耳画出决斗场地，然后抓阄决定墨涅拉俄斯和帕里斯谁先进攻。命运选择了帕里斯。

墨涅拉俄斯抓住这个机会举剑跳起来。他想要猛地一击杀死对手。

两位战士穿上盔甲拿起武器。他们各自就位之后，帕里斯掷出长矛。他瞄得很准，但是墨涅拉俄斯用盾牌轻易挡开了这一击。现在轮到墨涅拉俄斯进攻了，他向宙斯祈祷，希望复仇成功，同时掷出自己的长矛。长矛带着呼啸声飞来击中了帕里斯的盾牌。墨涅拉俄斯的力量太大，刺穿了盾牌上坚韧的皮革，随后刺破了帕里斯的胸甲，停留片刻才被他甩掉。

墨涅拉俄斯抓住这个机会举剑跳起来。他想要猛地一击杀死对手——但是剑砍在帕里斯的盾牌上碎了！墨涅拉俄斯有些失望，却并不慌乱，他咆哮一声赤手空拳扑向帕里斯。他紧紧抓住帕里斯的头盔，想把他拖回希腊人的阵营里，顺便用头盔下巴上的带子勒死他。他本来是很可能成功的，但是阿佛洛狄忒眼见自己青睐的凡人有难，就让帕里斯下巴上那条带子断了。

帕里斯挣扎着勉强站起来，此时墨涅拉俄斯抓起一支标枪朝他扔过去。这致命的标枪从半空中飞来直奔帕里斯的胸膛，这位年轻的王子眼看就难逃一死了——但阿佛洛狄忒把他掠走了，带他来到战场之外，并且把惊诧不已的帕里斯安全送回特洛伊城内他自己的房间里。然后她化装成一个侍女到战场上找到海伦，她说："夫人，请跟我来，你的丈夫在房间里等你。"

海伦认出了女神，却不肯听她的话。"你还想继续羞辱我吗？"她喊道，"墨涅拉俄斯已经打败了帕里斯，我现在又是他的人了。现在我还上帕里斯的床，别人会怎么说我？"阿佛洛狄忒虽然只是司掌感官愉悦之神，但毕竟是神，她不容别人反对她。"你可要小心，海伦，"她警告道，"否则我会让希腊人和特洛伊人都讨厌你，你在这场战争中就性命难保了。"

于是阿佛洛狄忒将海伦从城墙上掠走，送回帕里斯房中。他

赫克托耳指责帕里斯，
并要求他像个男人一样
出去战斗。

《赫克托耳劝告帕里斯》，
约翰·海因里希·威廉·
蒂施拜因，18世纪。

们两人甜甜蜜蜜躺在一起的时候，墨涅拉俄斯正在徒劳地呼喊，四处寻找不见踪影的敌人。不管怎么说，肯定是他赢了这场决斗，所以海伦和所有被劫掠的财宝都必须归还给他。同时根据他们的誓言，战争也应该就此结束，双方的人都期待着和平降临，大家重回平静的生活。

但是众神有自己的打算。赫拉对特洛伊人的敌意一点都没有减少，当众神在宙斯宫殿中宽敞的大厅里开会的时候，她坚持说不管凡人立下了什么誓言，战争都必须继续打。宙斯觉得无所谓，于是也同意让战争继续打下去，赫拉满意了之后，他就要亲自看到一座城邦毁灭，赫拉不能阻挡他。众神就是这样玩弄凡人的生命的。

宙斯派雅典娜去战场上执行赫拉的计划，确保特洛伊人主动撕毁停战协议。于是她像流星一样降落到平原上，双方的人都怀疑如此醒目的现象是某种预兆。雅典娜变化成安忒诺耳的儿子去找潘达洛斯，她知道潘达洛斯肯定会听她的。"你会赢得所有特洛伊人的赞誉，"她这样煽动道，"如果你阻拦了墨涅拉俄斯的行动，你就是伟大的弓箭手！向弓箭之神阿波罗祈祷吧，进攻！"

潘达洛斯毫不迟疑，让手下人用盾牌掩护自己，他拉开自己那把生铁包头的强弓，然后搭上自己最强的箭，越过前方的盾牌仔细瞄准。他向阿波罗祈祷着射出了这一箭，这致命的信使带着死亡的讯息从空中飞过。他瞄得很准，雅典娜的工作完成了。这一箭足以撕毁停战协议，但她不需要墨涅拉俄斯死亡，于是让箭矢偏斜了，箭只是射穿了这位斯巴达国王的胸甲，他没受重伤。血顺着他的大腿流下来，这只是给他身上新增一个伤疤而已。阿伽门农找来医神阿斯克勒庇俄斯之子玛卡翁照顾自己的兄弟。这位技艺精湛的医生把带着倒刺的箭取了出来，又清理了伤口，又涂上睿智的马人喀戎给医神准备的药膏。


## 狄俄墨得斯的光荣之日

停战协议破裂，双方再次穿上盔甲严阵以待。阿伽门农视察军队，让他们要有信心，因为宙斯不会让违背誓言的人赢得战争。他说了一番恰当的演讲鼓励高级将领，还斥责他们到目前为止都没在战场上表现出应有的水平。于是双方越过平原再次作战。阴骘的阿瑞斯煽动特洛伊军队，雅典娜则鼓舞着希腊人。他们的神祇帮手"恐惧"和"憎恨"让每个人非常暴躁。

双方盾牌撞击，长矛刺中敌人或是被坚实的盾牌挡住，人纷纷死在战场上，血流满地。战士们高声呼喊，其中还夹杂着痛苦的呻吟和尖叫。涅斯托耳之子安提罗科斯杀死了特洛伊的厄刻珀罗斯，他用长矛刺穿对手的头盔，捣碎了他的头骨。厄勒斐诺耳想把厄刻珀罗斯的尸体带走，找个安全的地方把他那身昂贵的盔甲剥下来，但是他这么做就把自己的侧面暴露了出来，阿革诺耳迅速用长矛刺穿了这个希腊人的腹部。

杀戮不断持续，但是战局逐渐向着赫拉期待的方向倾斜，希腊人占了上风。特洛伊人的防线松动了，希腊人发出胜利的呼喊。阿波罗鼓动特洛伊人："希腊人又不是铁石做的身体！砍他们，他们会流血！看，他们最伟大的战士阿喀琉斯不在！"于是战争的天平再次倾斜，杀戮继续进行。雅典娜找到阿瑞斯，建议他们两位离开战场，让希腊人和特洛伊人自己去打。

现在轮到狄俄墨得斯大显身手了，他是当年战死在忒拜的英雄堤丢斯之子。他冲进人群中英勇作战，斐格奥斯和伊达欧斯兄弟两人乘战车前来迎战。斐格奥斯掷出长矛，但是从狄俄墨得斯左肩飞过。狄俄墨得斯的反击却很有效，伊达欧斯从战车上摔下来死了。斐格奥斯勒住马的缰绳，下马来和敌人打斗，要不是赫菲斯托斯把他隐藏在黑暗中，他也必死无疑。还好他们的父亲是赫菲斯托斯的祭司，这个跛脚的神祇不希望两个男孩都战死。

狄俄墨得斯势不可当。他就像狮子扑向毫无防备的羊群，像春季融雪的洪水横扫一切。就算潘达洛斯一箭射中他的肩膀，狄俄墨得斯也只是请朋友把箭拔出来就继续战斗。"雅典娜女神，"他高声祈祷，"请听听我的声音！让我杀死用弓箭射伤我的人，无论他是谁，弓箭是懦夫的武器，因为弓箭手总是远离战斗。"雅典

## 武器和盔甲

"首先，阿伽门农在腿上涂满上好的油脂，再给脚踝绑上银色的带子。然后他穿上刻尼拉斯作为宾客之礼送给他的紧身铠甲。这件铠甲有十条釉质的绑带，二十个锡质钉，脖子处装饰着珐琅制的蛇，左右各三条。他将剑背在肩上，剑柄装饰着黄金，肩带鎏金，剑鞘装饰着银色的带子。他华美的盾牌共有十个青铜环，二十个白色的锡质钉装饰在边缘。在盾牌正中间是黑色珐琅的中心圆，上面装饰着恐怖的戈耳贡的头，两侧分别是恐怖神和恐慌神。银色的盾牌带子上缠绕着两条深蓝色的蛇，每一条蛇的脖子上都长着三个头。他还戴上了一顶头盔，头盔上装饰着四簇雪白的马鬃，两边各有两簇。他手握两杆青铜尖的长矛。"

（荷马，《伊利亚特》11.15 - 46，有省略）

娜听见了他的祈祷，让他再次充满力量。他就像从未受过伤一样，让土地浸透特洛伊人鲜血的想法也更加强烈了。雅典娜警告他，不要和出现在战场上的神祇对战，但阿佛洛狄忒除外。

一个又一个人倒在长矛和利剑之下，狄俄墨得斯在特洛伊阵前冲杀。埃涅阿斯是安喀塞斯和阿佛洛狄忒之子，他眼见这场屠杀之下特洛伊人节节败退，于是找到潘达洛斯说："我们必须阻止那个人！跟我来！"他们一起跳上埃涅阿斯的战车，埃涅阿斯驾车，潘达洛斯挥舞长矛。"那一箭射偏了，"他对自己说，"但是我的长矛不会偏。堤丢斯之子再也不可能侥幸逃脱。"那是非常可怕的情景——两个勇猛的战士冲向狄俄墨得斯。狄俄墨得斯的朋友让他当心，但他坚决不肯撤退。他已经收缴了一架战车作为战利品，如今正想再收下第二辆，埃涅阿斯的马品种特别高贵，正合他意。双方到了射程之内，潘达洛斯立刻掷出长矛。青铜长矛势不可当地穿透了狄俄墨得斯的盾牌，潘达洛斯发出野蛮的欢呼。但是狄俄墨得斯丝毫没有受伤，接着他也掷出长矛，矛在空中划出一道弧线，正中潘达洛斯面门，穿透了鼻子，击碎了牙齿，彻底撕裂了舌头，最终从弓箭手的下巴下面穿出来。

埃涅阿斯从战车上跳下来跨立在尸体旁，阻止那些想抢夺友人贵重盔甲的敌人。但是狄俄墨得斯捡起一块巨石，那巨石如今就算两人合抱也举不起来，他把石头砸向埃涅阿斯。石头砸碎了他的髋骨，埃涅阿斯倒地不省人事。

这本该是他的末路了，然而阿佛洛狄忒来了，她双臂护住儿子的头，轻轻把他抬离开战场。但此时狄俄墨得斯势不可当。他看到阿佛洛狄忒想把埃涅阿斯带走，立即追了上去。女神眼看就要离开了，狄俄墨得斯从战车上高高跳起，刺伤了她的前臂，弄坏了美惠三女神为她准备的精美衣袍。阿佛洛狄忒尖叫一声扔下自己的儿子——还好阿波罗接住了他。

阿佛洛狄忒逃离战场，耳边还回荡着狄俄墨得斯的嘲讽："女神，你来战场上干什么？快逃吧！"她看到阿瑞斯正在旁边休息，观看这场流血战斗，再也没有比凡人自相残杀更令他愉快的事，越是暴力野蛮就越精彩。事实上她的伤不严重，但是温和的女神却受不了，灵液从伤口里流出，她请求自己的情人把战车借来一用，这样她就能回奥林匹斯了。她再也不要战斗了！至于复仇，她会利用自己熟悉的武器：她已经计划着让狄俄墨得斯的妻子爱上别的男人了。

但狄俄墨得斯却毫不动摇。他一心只想杀掉埃涅阿斯，并剥下他的盔甲作为战利品。他三次试图杀死埃涅阿斯，三次都被阿波罗拦下了。狄俄墨得斯正要发起第四次攻击，那位金色的神祇朝他喊道："愚蠢！你竟敢挑战神祇吗？放弃吧，凡人和我们神祇之间隔着不可逾越的鸿沟！"狄俄墨得斯被神祇的愤怒吓退了，阿波罗把埃涅阿斯安全带回特洛伊，让勒托和阿耳忒弥斯两位神祇看护着他。但是阿波罗还造出了一个埃涅阿斯的假人，让希腊人和特洛伊人在这个昏迷不醒的假人身边激烈战斗。

阿波罗依然很生气，他找到阿瑞斯要他再次加入战斗。阿瑞斯装成吕基亚的王子——脚程敏捷的阿卡玛斯，他找到特洛伊的贵族们，鼓励他们不要丢下埃涅阿斯。阿卡玛斯的朋友、宙斯之子、柏勒洛丰的孙子——吕基亚的萨耳珀冬，对赫克托耳怒吼道："你想让希腊人把我们都赶回城门里吗？你们特洛伊人没有全力以赴，你让我们这些盟友去战斗，你们就在旁边无所事事。快来！"接着战局又变得对特洛伊有利了，阿瑞斯在他们中间行动，激励他们去追求更伟大的战功。赫拉鞭子一挥，奥林匹斯的大门打开，两位女神光辉灿烂地骑马奔赴特洛伊的战场。她们是带着宙斯的祝福去的，因为阿瑞斯对鲜血的喜好让宙斯厌恶。

赫拉召集起希腊人，雅典娜则单独去找了正在休息的狄俄墨得斯。"你太丢人了！"她喊道，"你不是你父亲那样的勇士！"狄俄墨得斯回答："女神，我只是遵守了你的命令。你告诉我不要和任何神祇对抗，除了阿佛洛狄忒——现在是阿瑞斯在帮特洛伊人打仗。"

"现在你没有这个忌讳了，"雅典娜说，"去吧！去找到阿瑞斯

和他一决高下！"然后她亲自为狄俄墨得斯驾车，带他奔赴战场。但是她戴着哈迪斯的隐形头盔，这样阿瑞斯就只看到狄俄墨得斯来了。

　　战神掷出长矛，他永远不会射偏——除非是有别的神祇阻挠。雅典娜让这可怕的一击偏离了方向，它不痛不痒地从战车侧边弹开了。现在轮到狄俄墨得斯，他朝着战神的腹部掷出长矛，雅典娜为这一击补足了后劲，随后他把长矛拔出来，上面沾满灵液。

　　阿瑞斯发出痛苦的吼叫，随后就飞回天庭了。他的尖叫声让战争双方都感到惊恐，因为还从未有人听到过那样的叫喊。他痛苦地朝宙斯抱怨雅典娜冒失无礼，但宙斯只是气愤地让他退下，去找阿斯克勒庇俄斯治疗。雅典娜和赫拉从战场上回来时，宙斯迎接了她们两人，因为她们迫使阿瑞斯退出了战斗。现在是凡人之间的战争了，特洛伊人对希腊人，没有神祇参与其中。多亏了

赫克托耳和安德洛玛刻与他们的儿子短暂相聚又告别。战争又继续进行下去了。

《赫克托耳向安德洛玛刻告别》，查尔斯－安托万·科佩尔，1711 年。

英勇的狄俄墨得斯和其他英雄，特洛伊人逐渐撤退了。特洛伊的预言家赫勒诺斯占卜了一番。埃涅阿斯此时已经完全恢复了，赫勒诺斯让他召集众人在城墙边集结，然后又提高了声音喊道："你，赫克托耳，去城里找你的母亲赫卡柏，让她召集特洛伊所有的女性。让她们给雅典娜敬献一件华美的长袍，求她不要让狄俄墨得斯进城，并承诺将来献祭十二头毛色纯粹的母牛。那个人简直就和阿喀琉斯一样厉害了。"

埃涅阿斯和赫克托耳都按照天才预言家赫勒诺斯说的去做了，因为当赫勒诺斯还是个婴儿的时候，蛇舔过他的耳朵。他知道天上地下水中一切生物的语言，和人相比，动物带来的预言消息更加可靠。在城墙之内，赫克托耳迅速了完成了自己的任务。但是在返回战场之前，他和自己的妻子安德洛玛刻一起待了一会儿。安德洛玛刻和他们的儿子阿斯提阿那克斯正在城垛上，十分恐惧地看着双方激战，战斗越来越逼近特洛伊的城墙和大门。当她看到赫克托耳的时候，立刻高兴地跑过去，保姆抱着孩子跟在她身后，那个男孩是赫克托耳的生命之光，也是特洛伊未来的希望。

安德洛玛刻头靠在赫克托耳胸口请求他千万要小心。"你太勇敢了，对自己反而不好，"她说，"想想我吧！这个世界上我就只有你了。想想你的儿子吧！你战斗那么英勇，希腊人都想让你死。要是你去世了，被你丢下的这个悲伤的家庭该怎么办呢？未来就只剩下痛苦了。"

"不要让我离开战场，"赫克托耳悲伤地回答，"我做不到，我不知道还有其他什么事情可做。我遵循了父亲一贯的做法。我生死都是由荣誉和耻辱决定的。特洛伊会陷落——我明白——那就只剩下捍卫荣誉了。我会死，但是最糟糕的是你会过上痛苦的奴

"你太勇敢了，对自己反而不好，"她说，"想想我吧！这个世界上我就只有你了。想想你的儿子吧！你战斗那么英勇，希腊人都想让你死。"

隶生活。"

赫克托耳伸手想去抱阿斯提阿那克斯，但是孩子却哭着抓住保姆不肯松手。他被父亲的头盔上面闪亮的青铜和摇晃的马鬃羽冠吓住了。赫克托耳和安德洛玛刻都笑起来，忘了这悲伤的一刻。赫克托耳摘下头盔，将孩子高高举起，男孩高兴得又笑又叫。赫克托耳亲了他，安德洛玛刻流着泪露出微笑。

战斗持续到夜晚，双方战士不得不休息，整个夜里宙斯的雷电响彻天空。到第二天早晨，双方停战，好埋葬死者。希腊人抓住这个机会挖了一条壕沟，用土石筑起防御工事，替换了此前的木栅栏，以便更好地保护己方的营地和船，特洛伊人则全都躲在城内。希腊人的壕沟很宽，驾着战车也跳不过去，而且沟里还插满了削尖的木桩，他们的防御工事不光有塔楼，还有造得很好的大门。特洛伊人派来信使要求延长停战时间，希腊人愤怒地拒绝了。帕里斯虽然不肯归还海伦，但是却愿意归还从墨涅拉俄斯宫殿里偷来的财产，而且连利息一起还。狄俄墨得斯是这样说的："胜利已经在我们手中了！我们不需要敌人的任何建议！"

## 赫克托耳的胜利

黎明时分，双方干活的人都来到平原上把死者的尸体抬回去准备葬礼。如果死者是贵族，就仔细洗干净穿好裹尸布，放在床

狄俄墨得斯与涅斯托
耳。一道闪电击在了狄
俄墨得斯脚下。

《狄俄墨得斯与涅斯托耳》，
路易·莫里茨，1810 年。

上。停留一段合适的时间之后，尸体由朋友和遗属陪伴被搬运到
举行葬礼的地方，女人们在哭丧仪式上哭号不已。然后尸体被满
怀敬意地放在地上，确保死者安然渡过冥河进入冥界。

　　与此同时，在云雾环绕的奥林匹斯，宙斯召集众神开会。他
斥责了众神，用他自己的权威要求他们按他的意志行事，否则就
要永远把他们囚禁在塔耳塔洛斯。他怒吼道，无论男神还是女神，
都不允许离开奥林匹斯，不准去帮特洛伊人或者希腊人——不能
帮他们打仗，不能提供任何建议。他会亲自参加这场老鼠的战争。

在举行了众多葬礼之后的第二天，凡人与众神之父宙斯备好自己的战车，架起一队天马，降临到伊达山顶上，从那里他可以俯瞰特洛伊城和希腊人的营地，确保自己的意志得到了执行。整个早晨的战况都非常胶着——对战死的那些人而言结局倒是定了。中午时分，宙斯拿起金色的天平，小心地在两边的盘子里放上特洛伊人的厄运和希腊人的厄运。希腊人的厄运更重。

宙斯在伊达山顶上放出雷电，扔到希腊人的部队里。任何人都抵挡不住这样的突袭：伊多墨纽斯、阿伽门农、大埃阿斯、奥德修斯——大家都纷纷后退。只有涅斯托耳还坚守在战场上，因为他的一匹马被帕里斯的火箭所伤。现在赫克托耳冲向他，要不是狄俄墨得斯冲上前把这位老将带到自己的战车上，涅斯托耳就必死无疑了。他们一起迎战赫克托耳，狄俄墨得斯的长矛刺中了赫克托耳车夫的胸口。赫克托耳很可能就是下一个殒命的人，但宙斯掷出火热的雷电，形成一团火球落在狄俄墨得斯战车前方的地面上。

眼见宙斯亲自阻拦希腊人，涅斯托耳赶紧让狄俄墨得斯返回。这位来自阿尔戈斯的英雄不情愿：现在逃走显得很懦弱。但是他听从了睿智同伴的建议，他们掉转车子与大部队一起安全返回营地，赫克托耳的嘲笑声在他们耳边不断回响。狄俄墨得斯三次都想回去继续和特洛伊人作战，但是每次宙斯都以雷电警告他。

赫克托耳非常勇猛。他高声鼓舞自己的手下，喊出马的名字催促队伍前进。他觉得自己充满力量，足以一次冲锋就跨越希腊人的新战壕，攻下新堡垒。他闻到胜利的气息，胜利已经唾手可

**赫克托耳非常勇猛。他高声鼓舞自己的手下，喊出马的名字催促队伍前进。**

得了。他几乎已经尝到在烧毁希腊人的战船时空气中弥漫的烟雾味。他像阿瑞斯一样勇猛，敌人看见他就觉得可怕又致命。

希腊人中最出色的弓箭手透克罗斯一次又一次地想把赫克托耳从战车上射下来，却没能成功。这个特洛伊的英雄仿佛受到了神祇保护。希腊人蜂拥跑向壕沟，结果目标太集中，造成死伤无数。他们节节败退，险些没能进入新修建的堡垒之内。

夜幕降临，战斗也结束了，宙斯回到奥林匹斯。赫拉质问他为何不准别的神祇参与，宙斯坚定地回答："若无阿喀琉斯参战，赫克托耳就无人能敌。阿喀琉斯只会在保护挚友帕特洛克罗斯的尸体时参战。所以这就是我的意志。"众神瑟缩了。他们明白了宙斯的计划：如忒提斯要求的那样，给予阿喀琉斯无上的荣誉，并惩罚特洛伊人犯下的罪过。


## 使者和间谍


希腊人的营地里充满恐怖情绪。特洛伊人首次在离他们不远的平原上安营扎寨，每个人都觉得明天会战败而死。他们竖起尖木桩整夜值守。希腊人的军官正召开着气氛压抑的会议，打了败仗的阿伽门农就像换了一个人，他同意收起自己的骄傲去跟阿喀琉斯讲和。"我就照你们说的办，"他说，"我派信使带上丰厚的礼物去找阿喀琉斯，给他三角桌、金子、女人、马、鼎。我还会把争执的起因布里塞伊斯也还给他。她和离开阿喀琉斯时没有丝毫差别，我没有跟她上床。如果他肯帮我们打下特洛伊，他可以优先选择一切战利品和掠夺物，把他的船全部装满。然后，等我们

特洛伊人首次在离他们不远的平原上安营扎寨，每个人都觉得明天会战败而死。

回家之后，他可以娶我的一个女儿为妻，我会让他成为我国内的大贵族，还会给他豪华的住宅和肥沃的土地。"

　　大家都觉得这样丰厚的条件不错，于是信使就把这个提议详细告知阿喀琉斯。使团领头的是阿喀琉斯的朋友——长者菲尼克斯、奥德修斯和大埃阿斯——他们向海滩走去，找到了那位在帐篷里弹琴的密耳弥多涅斯人的首领，他的朋友帕特洛克罗斯在一旁陪伴他。

　　阿喀琉斯热情迎接他们，端上酒和肉招待他们，接着他们就谈起了正事。奥德修斯解释了当前的情况：阿喀琉斯若不参战，他们就必败无疑。阿伽门农为之前的鲁莽行为感到懊悔，他不光会把布里塞伊斯完好无损地送回来，还会给他无比的财富和荣誉。"现在不是生气的时候，"他总结道，"让宽容之心平息你的怒火。哪怕你恨阿伽门农，也至少想想我们其他人。"

　　但是阿喀琉斯不为所动，奥德修斯的话语没有打动他。菲尼克斯又接着劝了他一番，然后大埃阿斯接着劝他，可是阿喀琉斯的回答没有任何变化：他不原谅阿伽门农。除非是赫克托耳突袭密耳弥多涅斯人的营地，直接威胁他本人和他手下的安全，他才会战斗。否则他明天就让手下启程返航。使者们责怪他如此冷酷无情，竟然眼睁睁看着希腊人送死，但是阿喀琉斯十分自傲，完全不为所动。

　　奥德修斯和大埃阿斯气愤地离开了，菲尼克斯留下来。他曾是阿喀琉斯童年时代的导师，他觉得自己就算明天随他一起启程返航，抛下所有希腊人，也有责任留在阿喀琉斯身边。使者们回去向阿伽门农报告，参加战争会议的人都很震惊，狄俄墨得斯则专注于当下。他们非常需要敌军的情报，狄俄墨得斯和奥德修斯自愿溜进敌营探查消息。他们在黎明前出发，借着城墙和树木的掩护穿过平原。

但是特洛伊人也打算刺探情报，赫克托耳重金悬赏，多隆渴望那份丰厚的回报，于是主动前往。当狄俄墨得斯和奥德修斯穿过两军之间无人的平原时，他们听见多隆来了，于是赶紧趴在地上。他们让多隆走了一小段，这样他逃回特洛伊营地的路就被切断了，他们追上他，胆小的多隆轻易把一切都说了出来。他吓得两腿发抖，把希腊人想知道的一切都招了。他们拿到自己想知道的消息后，就不顾多隆求饶割断了他的喉咙，然后把他身上昂贵的盔甲剥下来，挂在树上，等回来的时候再取。叛徒就是这种下场。

多隆把特洛伊阵营里的一切情况都详细说了，尤其重要的是最近新增了色雷斯人的队伍在稍远处驻扎的消息。有预言说，如果色雷斯人之王——骑白马的瑞索斯，在特洛伊吃喝的话，这座城市就永远不会陷落。奥德修斯和狄俄墨得斯知道得正是时候。他们趁色雷斯人睡觉的时候悄悄进入他们的营地，趁他们在地上呼呼大睡时杀死了很多人，包括瑞索斯，并且偷走了他的马。狄俄墨得斯还想抢点东西——瑞索斯有一辆豪华战车，装饰着金银——但是雅典娜低声警告他。接着有喊声传来：有人发现了方才的尸体。于是他们跑回希腊人的营地，只在取多隆那副沾血的盔甲时停留了一小会儿。他们没收获多少东西——但是却给希腊人带来了信心，这比一百匹马还要宝贵。

## 袭击船只

黎明时分，宙斯派纷争女神去希腊人的营地里。这位可怕的女神站在希腊人的营地中间，发出吓人的哭号，让所有希腊人行动起来。双方再次向平原推进，把鹰从它们可怖的大餐中惊飞。纷争女神满意地看着，等着新一天的杀戮开始，宙斯则在奥林匹斯山上冷漠地观望，因为对众神而言，与凡人的交道不过是活动筋骨。一代人死了还有下一代人成长起来，神祇对待每个人都如同玩物，就像没心没肺的男孩打苍蝇一样。

战斗非常激烈，中午时分，特洛伊人的战线动摇了。阿伽门农勇猛地冲上前，大开杀戒。现在，安提马科斯为他当年不虔诚的行为付出了代价——就是他提议杀死战争开始前希腊派来送最后通牒的使者。安提马科斯的两个儿子驾着战车遇到了阿伽门农，他们虽然求饶，阿伽门农却毫不怜悯，当场就杀了他们。他就像蔓延的山林野火一样，摧毁了沿路的一切。阿伽门农就这样消灭了眼前的一切对手，率领手下将特洛伊人赶到城墙边。

现在胡须漆黑的宙斯从奥林匹斯上下来，到达视野开阔的伊达山山顶，他的信使彩虹女神伊里斯跟在他身边。"给赫克托耳送去一个信息，"他下令道，"只要阿伽门农不受伤，希腊人就占据上风，但是一旦他受伤撤退，我就可以让赫克托耳充满力量，他可以大杀希腊人直至日落，把他们赶回船上。"

美丽的伊里斯传达了宙斯的消息，普里阿摩斯之子得到这个消息后深受鼓舞。他召集自己的部队，再次鼓舞他们，让他们在战场上冲杀，但是阿伽门农依然势不可当。他杀死了安忒诺耳的两个儿子，使得他们的母亲在屋里悲泣。但是这两个年轻人中，

阿喀琉斯为帕特洛克罗斯疗伤。帕特洛克罗斯是阿耳戈英雄墨诺提俄斯之子，与阿喀琉斯从少年时代起就是彼此相亲相爱的伙伴。

《阿喀琉斯为帕特洛克罗斯疗伤》，红绘陶器，署名为陶工索西亚斯，公元前5世纪。

有一人在临死时砍伤了阿伽门农的前臂。希腊人的首领还想继续战斗，但最终不得不离开战场去治疗。他高声鼓励希腊人，随后撤退了。

赫克托耳的机会来了。他激励自己的人勇敢战斗，命令他们从城门里冲出来，他自己就像海上猛烈的风暴一样扑向敌人。他边挥剑边舞动长矛，十个希腊勇士就倒下了。希腊人后退了，他们节节败退。虽然保持着良好的阵型，但是很快他们发现自己很难撤退到堡垒处返回营地。狄俄墨得斯和奥德修斯也受伤了，不得不撤退。就连强壮的大埃阿斯也在慢慢地败退，整个战场皆是如此。

现在阿喀琉斯正从远处观战，他站在停靠岸边的船尾处，看到涅斯托耳驾驶战车带着一个伤员从战场上回来。他很苦恼，因为那个伤员看起来仿佛是他的朋友，阿斯克勒庇俄斯的儿子玛卡翁，他就派自己同帐的伙伴帕特洛克罗斯去一探究竟。墨诺提俄斯这位年轻的儿子去了涅斯托耳的帐篷，年迈的皮洛斯之王迎接了他，但帕特洛克罗斯说他只是来看玛卡翁受伤的情况。等他发现伤者不是玛卡翁的时候，就准备离开了。这种冷漠的态度让涅斯托耳对阿喀琉斯十分气恼，因为现在希腊人非常需要他。

"阿喀琉斯的父亲佩琉斯派他来是让他做出高尚的行为，"他说，"不是让他躲在帐篷里生闷气。如果他真的不肯战斗，你去借一下他的盔甲，这样就可以率领勇敢的密耳弥多涅斯人上战场了。敌军肯定以为你是阿喀琉斯，他们就会士气低落，否则这场战争恐怕会输。"

涅斯托耳不自觉地成了宙斯意志的代行者。不过帕特洛克罗斯很喜欢这个主意。他很同情希腊人处于劣势，他知道目前状况很严峻。他打算回到密耳弥多涅斯人的营地问阿喀琉斯是否同意。可是在半路上，他遇到了自己的朋友欧律皮洛斯，欧律皮洛斯被帕里斯的一支带倒刺的箭重伤，于是帕特洛克罗斯停下来照顾他。

与此同时，特洛伊人被希腊人的壕沟阻挡，决定抛弃战车，徒步前进。他们分为五组，每组都由一位大英雄率领：赫克托耳率领第一组，后面是帕里斯、赫勒诺斯和埃涅阿斯，联盟的部队由吕基亚的萨耳珀冬率领。每支队伍都朝着一座希腊人的堡垒前进，他们认为这几座堡垒可能比较容易攻陷——只有一扇大门，

但是就在他们拆毁堡垒的同时，希腊人迅速用牛皮沙袋填补了空隙，同时还从堡垒顶部投下暴雪冰雹一般的石头。

石头堆得也不是非常稳定。宙斯在伊达山顶上回应了特洛伊人的祈祷，他派出一阵沙尘吹进了希腊人的眼睛里。

特洛伊人士气大增，继续推进，他们双手扒开松动的石头和原木，拆毁堡垒。但是就在他们拆毁堡垒的同时，希腊人迅速用牛皮沙袋填补了空隙，同时还从堡垒顶部投下暴雪冰雹一般的石头。

现在特洛伊人已经破坏了大半堡垒，他们准备开始爬上去。大埃阿斯和他同父异母的兄弟透克尔冲向壕沟，大埃阿斯朝着萨耳珀冬投出长矛。要不是宙斯保护着自己的儿子，萨耳珀冬就会迎来死亡了。他被击中了，但没有受伤，在城墙边壕沟的战争虽然激烈，但进行得很慢。

在另一处战场，赫克托耳举起一块巨石，那巨石如今两人都抬不起来，他把这石头朝着大门扔过去。门闩被砸断，门板也分崩离析。赫克托耳从缺口处跳过去，他手下跟着他一起冲上去，此时希腊人纷纷逃散。他似乎就要实现此前烧毁希腊船只的目标了。

宙斯在伊达山顶看到了赫克托耳的胜利，他断定今日就是特洛伊人胜利了，于是又继续观察战场。他确信不会有其他人来干预自己的行动，因为他已经禁止他们这样做了。但是他的兄长波塞冬没有参加在奥林匹斯的会议，而且很同情希腊人，由于拉俄墨冬待他很是轻慢，所以他喜爱希腊人。他出现在先知卡尔卡斯面前，并召集起疲惫厌战的部队。他们排成整齐的方队，用盾牌组成坚固的防御。赫克托耳像风暴肆虐的河流上的巨石一样冲向他们的阵地，但是就算是他也被那无数的长矛和利剑挡住了。

## 欺骗宙斯

在后方，涅斯托耳去见了阿伽门农、奥德修斯和狄俄墨得斯，他们处理完伤口刚从船上下来。阿伽门农第三次提议撤退，因为他们无法违背宙斯的意志，但是奥德修斯告诉他，不能轻易说这种话，作为指挥官说这种话很不合适。于是这四位英雄在狄俄墨得斯的带领下不顾伤痛再次冲上前线，他们给士兵们带来新的勇气。

但是此时不是人力所能决定的，永远都不是。宙斯和波塞冬各支持一方，这下双方势均力敌了。现在赫拉决定了要违背丈夫的意志，帮助希腊人。她的计划详细又可靠。她去自己的房间，在自己身上涂上一种罕见又让人难以抗拒的香膏，然后穿上最诱人的袍子。不过她还要再加些保险。于是她把阿佛洛狄忒叫来，因为她们两个现在是敌对状态，于是赫拉骗她说："我要去人间，调和我的养父母俄刻阿诺斯和忒梯斯之间由来已久的争执。我想让他们同床共枕，所以需要用点手段。"

阿佛洛狄忒上当了，于是把自己那条欲望腰带解下来。无论什么人，只要系上那条腰带都会变得魅力无穷，足以让一切凡人和神祇失去理智。"拿去吧，"她说，"俄刻阿诺斯会心甘情愿跟忒梯斯好的。"

赫拉天真地笑着，拿走了这件礼物。她把腰带藏在胸前，然后从奥林匹斯飞下来，来到楞诺斯岛，死神的兄弟睡神就住在那个岛上。她拿出自己的儿子赫菲斯托斯制作的黄金宝座当作报酬送给睡神，她说自己要和宙斯亲热，要求睡神必须在事后让宙斯睡着。

睡神很害怕，他哀叹道："不，别找我！你曾经找我让他睡

## 索福克勒斯

索福克勒斯是和埃斯库罗斯、欧里庇得斯并列的三大雅典悲剧作家，他生活在公元前 5 世纪左右。从公元前 497 年至公元前 405 年去世，他都住在雅典。他创作了大约 120 部作品，现存只剩七部。最著名的是《俄狄浦斯王》，讲的是俄狄浦斯无意间发现了自己的身世，也知道了自己犯下的罪过。作为一个非常著名的剧作家，索福克勒斯是雅典社会中备受尊重的一员，担任了数个重要的管理职位。他才智出众，一生都很受人尊敬，有一位名叫伊昂的希俄斯岛作者出版过一本《索福克勒斯谈话集》

着，你趁机掀起风暴让赫拉克勒斯分心，宙斯后来勃然大怒，太可怕了。我之所以还能活着，多亏了我的兄弟夜神把我藏起来，直到宙斯愤怒平息才出来。"

"这次和上次不同，"赫拉说，"宙斯不像关心赫拉克勒斯那样关心特洛伊人。"但睡神还在犹豫，于是赫拉又增加了筹码："如果你照我说的办了，我就让一位美惠女神和你同眠。"

"那就以冥河发誓吧，"睡神说，"只有以冥河发誓的誓言才能约束众神。我想要帕西忒亚！"

赫拉庄严发誓，于是他们一起出发去伊达山。到了山上，睡神躲在一棵松树上，免得被那位雷霆之神、众神与凡人之父看见。赫拉靠近宙斯，那条魔法腰带在她腰部以下晃动，宙斯立刻满怀欲念。他从没像现在想要赫拉一样想要哪个女人。

赫拉靠近宙斯，那条魔法腰带在她腰部以下晃动，宙斯立刻满怀欲念。

"什么？现在，在这里，在野外山上？"赫拉又担心又嘲笑地说，但是她杏仁般的眼睛在闪耀着光芒，"要是有人看到怎么办？"

"别担心，"她丈夫急急忙忙地说，"我用金色的云把我们笼罩起来，就连赫利俄斯都不能穿透。"

"穿透，"赫拉低声说，"真是个好词……"于是他们躺在一起，下方的草地变得茂盛翠绿，鲜花盛开。他们完事之后，宙斯满足地躺着，抱着自己的妻子睡着了。

睡神不敢有丝毫怠慢，立刻跑到战场上告诉波塞冬，海岸已经安全了，宙斯睡着了，他可以控制战场了。撼动大地之神在希腊的军队中行动，鼓舞他们的士气，让他们忘记阿喀琉斯，还说只要他们团结一致，赫克托耳定然不是对手。他化装成希腊官员，告诉大家，最好的办法就是保护船只，并向前推进战线。

他们就这样战斗。大埃阿斯又成了关键的突破。赫克托耳朝他扔出长矛，但是偏离了目标，大埃阿斯捡起一块石头，那石头是用来将船只固定在岸上的巨石，他用这石头击中了赫克托耳的胸膛。赫克托耳晕倒在地，鲜血从他嘴里涌出。他本该就在这里当场死去，但埃涅阿斯和萨耳珀冬把他从战场上拖了下去，他们也不知道他是否还活着。

战斗还在继续，但是赫克托耳退场，特洛伊人也少了气势，就像猫从屋里跑了似的。他们还在继续战斗，但是大家私下都寻找逃跑的路线以防万一。渐渐地，局势被扭转过来了，他们一点点后退，发现自己已经远离了希腊人的战壕。

这时候宙斯醒了。他跳起来俯瞰战场，看到特洛伊人在后退，赫克托耳昏迷不醒地躺在地上，其他人在他周围混战。他立刻明白发生了什么。"卑鄙淫妇！"他对赫拉吼道，"你这个狡诈的母狗！你忘了我当初是怎么惩罚你的？这一次我要好好教训你，让你永远不忘！"

宙斯非常愤怒。赫拉反对说又不是她让波塞冬加入战斗的，但是她这么说也不能让宙斯平息怒火，波塞冬在得知特洛伊必将毁灭后也心软了。与此同时，宙斯派阿波罗去照顾赫克托耳，这位医疗之神转眼就将这位特洛伊的英雄治好了。赫克托耳奇迹般地回归战场，士兵们热烈欢迎他，希腊人都惊慌失措，因为他们知道，肯定是有神祇相助他才能这样迅速恢复。确实是阿波罗在为赫克托耳带路，他拿着宙斯的盾，隐去身形，这样任何人都不能阻止他。那面盾上反射出雷电，无论看起来还是听起来都非常可怕。

于是战事又一次变得对特洛伊人有利了，希腊人敌不过宙斯的盾，慌忙向船边后退。希腊人退过了战壕之后，阿波罗在战壕两边踢了几下，形成一条通道，可以让特洛伊人通过，他们就像不可阻挡的潮水一样冲上去。到达堡垒的时候，阿波罗把墙轻松地推倒，仿佛小孩推倒沙子城堡一样轻松。现在希腊人无路可退了。他们身后就是自己的船。现在驱动他们酸痛肢体的动力不是勇气而是绝望。战士们纷纷倒地，有些已经死去，有些奄奄一息，随着时间流逝，那个不可避免的结局逐渐逼近。

赫克托耳像往常一样冲在前线——因为这是宙斯赐予他的荣誉——他来到希腊人的船边，单手抓住船尾打退了附近的敌人。他下令放火，但是大埃阿斯就在附近，他击退了一切带着火把的人。可是大埃阿斯最终还是被击退了，接着十几个人冲上来把火

"卑鄙淫妇！"他对赫拉吼道，"你这个狡诈的母狗！你忘了我当初是怎么惩罚你的？这一次我要好好教训你，让你永远不忘！"

把扔到船上，火焰瞬间蹿上来，笼罩了船尾。那正是帕特洛克罗斯所在的船，这也是命运的安排。

## 帕特洛克罗斯之死

这就是战争的转折点，宙斯就在等待这一刻。他允许赫克托耳在战场上大显身手烧毁船只，然后战局就会变得对特洛伊人不利。战斗的嘈杂声越来越近，惊动了帕特洛克罗斯。他正在处理欧律皮洛斯的伤口，听见声响之后他立刻离开伤员去看自己同帐的那位朋友现在是否改变了主意。现在战败的结局近在眼前，他决定去执行涅斯托耳的计划。

"你真是铁石心肠，阿喀琉斯，"他说，"恐怕佩琉斯不是你父亲，忒提斯也不是你母亲吧。铅灰的大海和陡峭的悬崖才是你的双亲。但是至少让我穿起你的盔甲拿起你的武器，带领你手下的密耳弥多涅斯人去鼓舞希腊人的士气，特洛伊人以为你回来了，就会有所动摇的。"

健足的阿喀琉斯回答："战斗确实越来越近了，但是我发誓，他们不打到我帐门口我就不会拿起武器。但是我也不可能一直生气。你可以穿我的盔甲拿我的武器，也可以带上我的人——总之请你尽力，我会祈祷。但是你不要打到特洛伊的城墙边，因为那份荣誉只属于我一个人。把特洛伊人从我们的船边打退吧——这

奥托墨冬准备战车和马匹。阿喀琉斯的马匹克桑托斯和巴利奥斯都是西风神的后代。

《奥托墨冬与阿喀琉斯的战马》，亨利·勒尼奥，1868年。

样就可以了。然后安全回到我身边。"

于是阿喀琉斯命令密耳弥多涅斯人披挂起来准备上战场，帕特洛克罗斯则穿上友人的盔甲，那身盔甲是众神送给佩琉斯的结婚礼物：有着青铜的护胫套和白银的束带，胸甲上装饰着星辰，头盔上有吓人的羽冠，盾牌更是完美无缺。他将那把白银剑鞘的青铜剑绑在自己肩头，又拿上两把长矛，那是他自己的长矛。阿喀琉斯的矛除了他自己以外谁都无法使用，因为那支长矛是喀戎和众神送给佩琉斯的礼物。

阿喀琉斯的驾车人是伟大的奥托墨冬，他备好了战车和马匹，准备亲自为帕特洛克罗斯驾车，这样至少在一段时间以内，大家都会认为真的是阿喀琉斯来了。阿喀琉斯一边向宙斯祈祷帕特洛克罗斯战斗胜利安全返回，一边送他们出去了。

帕特洛克罗斯出现在战场上立刻吓住了特洛伊人，他麾下的密耳弥多涅斯人休息多日，个个精神十足。希腊人以为是阿喀琉斯来了，他们就像经历了风暴又见晴空一样，周围的阳光仿佛明亮了，空气仿佛也变得清新了。特洛伊人从战船边后退了一些，但只是为了组织起下一次进攻。帕特洛克罗斯带领希腊人发出骇人的吼声，然后冲向特洛伊人的阵地大开杀戒。希腊人的将领身先士卒，特洛伊人的防线开始崩溃。

赫克托耳眼见胜利无望，便下令后退，驾驶战车往城里跑去。但是想要撤退的话，那条战壕是个阻碍，很快那里头就堆满了废弃的战车，马不停地嘶鸣着想要从车架上挣脱，踩烂了车轮和士兵。喧闹的声音变得十分惨烈。现在人人都只顾自己，步兵惊慌逃窜，生怕从背后被刺，也怕被战车撞倒，他们绝望地寻找藏身之处，推搡自己的朋友，不时被尸体绊倒。对希腊追兵来说他们是软弱的牺牲品，战斗变成单方面的杀戮。

只有一个人胆敢站出来对抗帕特洛克罗斯，那就是吕基亚贵族萨耳珀冬。他们两个从战车上跳下来准备对决。宙斯在奥林匹斯山上看着两位英雄不禁悲叹起来，因为他爱自己的儿子萨耳珀冬胜过一切凡人，而萨耳珀冬就要死了。他试图用自己的神力把他送到战场之外，但是这样就会开一个恶劣的先例：所有的神都会想在危机中救下自己偏爱的凡人。大地会接受众神之父的热泪

只有一个人胆敢站出来对抗帕特洛克罗斯，那就是吕基亚贵族萨耳珀冬。他们两个从战车上跳下来准备对决。

和凡人的鲜血。

萨耳珀冬首先掷出长矛，但是没有击中目标，长矛从帕特洛克罗斯左肩飞了过去。帕特洛克罗斯抓住了这个机会：他的长矛刺入萨耳珀冬侧腹，正中肋骨下方，萨耳珀冬翻滚着倒在特洛伊的平原上。帕特洛克罗斯宣告胜利一般将长矛刺入他的身体，他吐出最后一口气，那长矛尖上还带着他的内脏。密耳弥多涅斯人把盔甲从死者身上剥下来当作战利品拿回营地。宙斯命令阿波罗收好萨耳珀冬的尸体，在河里洗干净，并涂抹神酒。睡神和死神这对双胞胎把他带回吕基亚，他的家人可以给他安排一个光荣的葬礼。

夜幕降临，但战斗还在继续，在昏暗的光芒中双方依然激战。特洛伊人的援军到来，但是帕特洛克罗斯势头正盛，他冲向敌军。他击倒了很多英雄，特洛伊人的阵线不断后退。帕特洛克罗斯被胜利冲昏了头脑，他追赶特洛伊人来到城边。他忘了出发前阿喀琉斯的警告，忘了要把进攻特洛伊城的荣誉留给阿喀琉斯。对战斗的渴望吞没了他，何况追击那些逃窜的特洛伊人、把他们击倒在车前也太容易了，要是他们敢转身抵抗，就可以正面打败他们。他就像扩散的野火，吞噬了眼前的一切。当他来到特洛伊城的斯开亚门前，他三次奋力冲向城门，但是阿波罗阻止了他，说道："回来，帕特洛克罗斯！特洛伊不会在你手中陷落，甚至不会在阿喀琉斯手中陷落！"

这时候赫克托耳冲了上来，他看出了对手是帕特洛克罗斯，要是他能击败阿喀琉斯这位密友，就能获得巨大的荣誉。但是在那场战斗中并无光荣可言。阿波罗听从宙斯之命，躲在一团迷雾中用力戳了帕特洛克罗斯的后背。阿喀琉斯的头盔此前从未沾过一点点尘土，现在却滚落在地，帕特洛克罗斯的长矛在他手中断裂了，盾牌也从手臂上滑落，因为束带断了，而且胸甲也离奇地自动脱落了。欧福耳玻斯用自己的长矛从背后刺中了帕特洛克罗斯。他受了重伤，想要回到己方阵营中寻求庇护，但是赫克托耳冲上前给了他致命一击，也定下了自己的末日。

## 阿喀琉斯重回战场

阿喀琉斯哭泣不已。他低下头往自己头上撒尘土，躺在地上，哭着撕扯自己的头发。他透过事物表面看到了人生的渺小和悲惨。他所有的女眷，包括那些战利品，都加入悲叹的队伍中，开始哭丧仪式。他的悲伤不断扩散，最后在深海中和海仙女一起嬉戏的忒提斯也听见了他的哭泣。她立即知道了那哭声的含义：阿喀琉

帕特洛克罗斯的死令阿喀琉斯悲痛欲绝。他决心重返战场，为好友复仇。

《阿喀琉斯哀悼帕特洛克罗斯》，加文·汉弥尔顿，约1760—1763 年。

斯的末日将近，他再也回不到家里。她像所有的母亲一样，赶紧来到他身边，尽力安慰他。

阿喀琉斯对忒提斯倾诉自己的悲伤："我最亲密的朋友死了，佩琉斯与你结婚时众神送的盔甲也被拿走了，我知道我留在人间的时日不多了。我必须舍弃自己的生命，必须去给自己的朋友报仇，取赫克托耳的性命。"

"你说得对，"他母亲流着泪说，"预言早就说过了，赫克托耳死后，你的死期也就不远了。"

"即使赫拉克勒斯也会死，"阿喀琉斯说，"如果我死后也像他一样能获得光荣，那就够了。我很后悔自己和阿伽门农赌气，不然的话帕特洛克罗斯也许不会死。但是过去的已经过去了，现在我看到未来所剩无多，与其虚度不如壮烈燃烧。"

"不要太着急了，儿子，"忒提斯回答，"明早我给你找一套新的盔甲，由赫菲斯托斯亲自打造的。"

夜幕降临到平原上，疲倦的战士们也暂时离开战场。在希腊人的营地，大家都哀悼帕特洛克罗斯之死。阿喀琉斯发誓不夺回盔甲、不拿下赫克托耳的首级就绝不埋葬友人。他许下一个可怕的诺言：要在帕特洛克罗斯的火葬堆旁割断十二个特洛伊少年的喉咙。于是他们洗净帕特洛克罗斯的尸体，将他放在床上，盖上白色的亚麻布。整个夜晚，阿喀琉斯都不眠不休地守着尸体，所有希腊人都没有睡觉，因为他们知道，明早，最伟大的英雄就会加入战斗了。

在奥林匹斯山上，赫菲斯托斯和他的助手彻夜工作，努力完成忒提斯给儿子定制的全套盔甲。黎明时分，这套豪华盔甲锻造完成了。闪耀的胸甲、多层锡制的胫甲、大小合适的头盔、头上

## 英雄的守则

希腊神话传说中的英雄有种非常务实的人生观。如荷马所说，他们的目标是"努力成为最优秀的"。就是说不光要在战场上战胜对手，还要在会议上提出良好建议，在各个需要努力的领域都出类拔萃。另一方面这种追求优秀的冲动造成了人们普遍强调愧疚感。更重要的是，荷马时代的英雄害怕自己在同辈中失去威信，希望自己受人尊敬，所以其他人的意见尤为重要——包括女人、小孩、下层阶级。一个出身高贵的人外表上也必须显得高贵不凡，古希腊人认为品格会显示在面孔和身体上，所以贵族男性和少年都希望自己外表英俊。这是一个需要条件自我实现的项目，因为只有贵族、拥有大量土地的人才有条件享用美食、锻炼身体，其实其他人的生活都非常艰苦。

的羽冠看起来非常惊人，但是最了不起的还是那面盾牌。它由五层金属打造：外面两层是青铜，内里两层是锡，中间一层是黄金。

在盾牌表面有描绘整个宇宙的图案：大地、水流、天空以及所有天体。两座城市被那位工匠之神以丰富的细节翔实刻画出来。其中一座城市十分平静，大家在庆祝节日，准备晚餐日常工作；另一座城市被敌军围困，到处都有埋伏和阴谋，有希望也有绝望，仿佛随时会在观众眼前陷落。乡村生活也没有被遗忘，城外有农田和劳动的人，有牛和畜群，果园和葡萄园。年轻男女在跳舞，周围有众人围观。大洋河环绕着这一切。

忒提斯请工匠之神赫菲斯托斯连夜为儿子打造了盔甲。

《忒提斯从赫菲斯托斯手中接过阿喀琉斯的铠甲》，安东尼·凡·戴克，1630—1632年。

次日一早，阿喀琉斯无比亢奋地收到了这份礼物。现在他准备好迎战赫克托耳了。他召集起希腊军队，和阿伽门农正式和解。阿喀琉斯道歉，说自己不该为了一个俘虏女孩生气，阿伽门农也为自己的傲慢之举表示歉意。

大家准备早餐，好让自己整天都有力气，阿伽门农将礼物从自己的帐篷里拿出来交给阿喀琉斯，那是他之前就承诺过的礼物：三角桌、金子、女人（包括布里塞伊斯）、马、大鼎。希腊人又向众神献祭，让神祇见证此次和解。

阿喀琉斯无心用餐，无视了大家劝他吃饭的话语。但是宙斯怜悯他，派雅典娜给他送去仙馔蜜酒，这样他就不会饿晕在战场上了。阿喀琉斯正在愤怒绝望之际，他穿上新盔甲，从武器架上拿起长矛，奥托墨冬驾起天马的车驾，准备再次驱车出发。

阿喀琉斯坐在车上，招呼战马的名字。那两匹马是西风神的后代，西风神是个速度飞快的神，也是一个掠夺者。阿喀琉斯喊道："克桑托斯，还有你巴利奥斯！听好！今天我把自己托付给你们。不管我是死是活，都要把我带回希腊人的阵营。"

克桑托斯答道："是的，我们今日会救你，阿喀琉斯，但是你的死期将近。那是你的命运，人不能逃脱命运设定好的末日。"

"不必预言我的死期，亲爱的克桑托斯，"阿喀琉斯回答，"我已经知道自己会死在这里，在这远离故土之地。但是不要在意！今天我会让特洛伊人尝尝痛苦的滋味！"

## 赫克托耳之死

次日早晨，希腊人和特洛伊人再次在平原上开战了——起初一切都和之前一样，但是这一次，无人能敌的阿喀琉斯就在阵前，这是最大的不同，他渴望一战，这对双方士气影响极大。与此同时在奥林匹斯，集云者宙斯召集众神，包括波塞冬和一切河神、水仙女。他担心在阿喀琉斯的带领下，希腊人说不定能在既定时间之前攻陷特洛伊，为了确保事件平衡，他允许众神再次去往凡间，支持他们喜欢的人，而他自己就在奥林匹斯观战。

由于众神干预，平原上的战斗陷入僵局。但是渐渐地，阿喀琉斯占了上风。波塞冬阻止了他杀死埃涅阿斯，阿波罗又把赫克托耳从他眼前藏起来，但是在那天结束时，希腊人已经把特洛伊人从平原上驱赶回去，一直打到了城墙边。众神回到奥林匹斯，只有阿波罗留下，他绕着特洛伊盘旋。他看见普里阿摩斯王给看门人安排了一个很复杂的任务：他们要开着门，好让特洛伊军队撤退时容易回城，但不能让任何希腊人进城，尤其要拦住阿喀琉斯。

守门的队伍执行了这个命令，但要不是有安忒诺耳之子阿革诺耳鼓起勇气反抗，阿喀琉斯可能已经冲进城了。阿革诺耳虽然知道自己敌不过那位希腊英雄，还是和他对战，拖延了他追击特洛伊人的速度，让己方的人有机会撤退到安全的地方。阿喀琉斯已经拉弓瞄准那位特洛伊的年轻人，但阿波罗将阿革诺耳藏在雾里带出了战场，回到城里的安全处。然后他自己变成阿革诺耳，在距离城市较远的地方继续拖延阿喀琉斯，其他人就奔向其他城门。特洛伊的陷落又推迟了一天。

所有特洛伊人都安全回城了吗？没有。赫克托耳还在外面，虽然他的双亲普里阿摩斯和赫卡柏请求他顾念他们，到城内躲避，保住自己的性命——想到这点他觉得十分惭愧。现在阿喀琉斯已经摆脱了阿波罗的纠缠，他知道自己在和神祇对战，他不再追赶阿革诺耳，而是再次奔向城门。普里阿摩斯看到阿喀琉斯来了，赶紧再次要求儿子回来，赫卡柏流下苦涩的泪水，她请求儿子不要让自己忍受巨大的痛苦。但战争是残酷的。赫克托耳不为所动，他内心逃跑的想法完全被胜利的景象所取代了。

阿喀琉斯毫不留情地逼近，那把长矛扛在他肩上，他的盔甲仿佛在闪光。最终赫克托耳受不了了。他逃走了。阿喀琉斯追了上去，他是出了名的飞毛腿。他们绕着特洛伊城转了三圈，一个逃一个追，最终阿喀琉斯追了上去，仿佛猎犬终于追上了逃窜的猎物一样。毫无疑问他是能追上赫克托耳的，阿波罗为赫克托耳的双臂注入了力量。普里阿摩斯和赫卡柏在特洛伊的城头惊恐地看着这一切，徒劳地祈祷儿子能生还。

在云雾缭绕的奥林匹斯，宙斯召集众神商议，是否应该让阿喀琉斯击败高贵的赫克托耳。雅典娜责斥自己的父亲道："你怎么能让凡人逃脱自己必死的命运呢？他是个凡人，无论如何他都会很快死去，只不过恰好是在今日而已。"

阿喀琉斯和赫克托耳绕着特洛伊的城墙跑了第四圈，宙斯高举起自己的金色天平。他在天平的一个盘子里放上赫克托耳之死，另一个盘子里放上阿喀琉斯之死。赫克托耳的那边更重，阿波罗立即不再帮助这位特洛伊的王子了。与此同时，雅典娜出现在阿喀琉斯面前，让他休息一下喘口气，等她亲自去说服赫克托耳停下来大战一场。

说完，她就以赫克托耳亲爱的兄弟得伊福玻斯的形象出现在赫克托耳面前。她说他们可以并肩战斗，赫克托耳就信了，他们两个人足以应付阿喀琉斯，灭了他的威风，两头笨拙的狮子合作也能捕到健壮的羚羊。

于是赫克托耳站在原地等着阿喀琉斯过来。这次他没有像往常一样嘲笑对手，因为他们都知道对方英勇善战——赫克托耳保证如果自己获胜，绝不会冒犯阿喀琉斯的尸体。但阿喀琉斯回答："狼会和羊羔谈条件吗？我不会和你达成任何协议。动手吧！"

说完他就掷出长矛，长矛投下细长的阴影，赫克托耳一俯身，矛从他肩头飞了过去插进土地里。现在轮到赫克托耳了。他喊道："你舞枪比说话差远了！"可是他的矛被阿喀琉斯那面结实的盾牌挡住了，没有造成任何伤害。他让得伊福玻斯再递一支长矛过来，

赫克托耳倒在地上，口吐鲜血，阿喀琉斯站在他旁边，以胜利者的姿态说道："你杀了帕特洛克罗斯，还以为自己不用付出任何代价吗？你这头猪！"

赫克托耳被冷酷地杀死了。阿喀琉斯用战车拖着他的尸体奔驰泄愤。

《阿喀琉斯的凯旋》，科孚岛阿喀琉斯宫壁画，弗朗茨·冯·马奇，19世纪。

但是没人回应，因为附近一个人也没有。他明白自己被神祇骗了，知道自己末日将近。

赫克托耳勇敢地拔出剑在空中挥舞着冲向阿喀琉斯。阿喀琉斯采取防守姿势，他站在盾牌后面，再次将长矛举过肩头，因为雅典娜已经悄悄将矛捡起来还给他了。赫克托耳的盔甲是从帕特洛克罗斯身上夺下来的，盔甲几乎覆盖全身，但脖子是露出来的。这位特洛伊人走上前，此时阿喀琉斯准准地掷出长矛——长矛在赫克托耳脖子上留下深深的伤口，但还不足以让他当场毙命。赫克托耳倒在地上，口吐鲜血，阿喀琉斯站在他旁边，以胜利者的姿态说道："你杀了帕特洛克罗斯，还以为自己不用付出任何代价吗？你这头猪！狗和鹰会来吃你的尸体，全希腊的人都会赞颂帕特洛克罗斯。"

就这样，赫克托耳被他冷酷地杀死了。但在阿喀琉斯心中，有某种东西破碎了。他对自己说："完成了。现在我该等待自己的死期了。"

他叫上手下的希腊人返回营地，只留下一支小队守在平原上防止特洛伊人偷袭。他把赫克托耳的盔甲剥下来，刺穿死者的脚踵，用粗绳子穿过去，然后把尸体绑在自己的战车上。他就这样回到希腊人的营地，特意穿过遍布乱石的平原来侮辱对手的尸体，无视众神与凡人的法律，把尸体的每根骨头都撞碎了。

普里阿摩斯和赫卡柏从城头上看着这一切，眼见儿子死去，他们受不了那巨大的悲痛双双晕倒在地。此时安德洛玛刻还什么都不知道。

她正在和丈夫共同生活的房间里准备沐浴的东西，好让他从战场上回来之后就能放松享受。当她听见赫卡柏的恸哭时，立刻惊恐地跑出去看发生了什么。

她出去的时候，恰好看到阿喀琉斯拖着赫克托耳的尸体跑向希腊人的船。那情景让她当场晕倒在地，然而父母和女眷的哭声又把她唤醒。她为自己的哭泣，也为没了父亲的儿子哭泣。现在他们两个都没有任何希望了。他们的人生随着赫克托耳一起逝去了。

## 两个葬礼

夜幕降临，复仇已经完成，阿喀琉斯就一头沉浸进悲痛之中。当天夜里，帕特洛克罗斯出现在他面前，请求早日举行葬礼，这样他才能渡过冥河进入哈迪斯的国度。在这个梦中，阿喀琉斯伸手去拉自己的朋友，但是只握住了薄雾和空气。次日，希腊人似

阿喀琉斯为帕特洛克罗斯举行葬礼。

《阿喀琉斯在帕特洛克罗斯脚下展示赫克托耳的尸体》，让-约瑟夫·泰拉松，1769年。

乎忘了战争，专注地为敬爱的将领准备葬礼。

　　战士们收集柴火堆在海滩上。阿喀琉斯的女眷收拾好帕特洛克罗斯的尸体，阿喀琉斯亲自为他穿好衣服放在火葬堆上。他割下自己的头发，让帕特洛克罗斯的双手握住那金色的发丝。人们献祭了羊，并在尸体上涂满油脂，另外还杀了四匹马、两只机敏的猎犬，也一起放在火葬堆上。阿喀琉斯前一天俘虏了十二个特洛伊青年，这些人也被割断了喉咙。接着阿喀琉斯把火把扔在火葬堆上，熊熊烈火吞没了一切。他发誓赫克托耳的尸体必定会成为狗和乌鸦的食物，绝不会得到安葬。

　　次日，希腊人用酒浇灭了燃烧的炭火，大家把帕特洛克罗斯的骨头从灰里拣出来，封在骨灰罐里。阿喀琉斯庄严地将骨灰罐放进地里，周围摆放着挚友生前的心爱之物，还有他往生之旅所必需的东西。接着所有希腊人在帕特洛克罗斯的遗骨之上筑起一个巨大的土堆，并以他的名义举办了竞技会，这是当时的传统。

然而竞技会并没有平息阿喀琉斯的怒火，他依然对杀死帕特洛克罗斯之人怀恨在心。他内心充满苦涩的悲痛。于是他再次驾起战车在灰暗的晨曦中拖着赫克托耳的尸体环绕新筑起的坟墓奔跑，希望这样能平息激愤的心情。不过阿波罗每一天都会将赫克托耳的尸体修复一新。

众神从奥林匹斯上厌恶地看着这与神圣风俗格格不入的犯罪行为。一时间赫拉的盟友和反对者僵持不下，宙斯如往常一样投了决定性的一票，他还下达了一个命令：阿喀琉斯应当把赫克托耳的尸体还给普里阿摩斯。他叫来忒提斯，让她去劝说自己的儿子，否则众神都会愤怒。随后他还派伊里斯去找普里阿摩斯，让他去赎回爱子的尸体。

忒提斯找到自己的儿子，发现他依然因挚友之死而悲痛不已，并且因不眠不休的野蛮行为变得筋疲力尽。但是他愿意服从宙斯的命令：他愿意让普里阿摩斯赎回赫克托耳的尸体。他原本觉得归还尸体是对帕特洛克罗斯的不敬，但现在还是收起了这个想法。伊里斯也去找到普里阿摩斯，让他带着贵重礼物作为赎金，只带一个车夫驾车，秘密去往阿喀琉斯的营帐。她还对普里阿摩斯说不要怕有危险，因为宙斯会派寻路者赫耳墨斯引领他。她发现国王深陷悲痛，把灰土撒在自己头上身上，宫中的女眷也都在深深地哀悼。

普里阿摩斯决定去见阿喀琉斯，赫卡柏以为自己的丈夫疯了，

她发现国王深陷悲痛，把灰土撒在自己头上身上，宫中的女眷也都在深深地哀悼。

但她还是信任宙斯。普里阿摩斯往马车上装了诸多华丽布匹，十锭黄金，三角桌，大鼎，还有一只色雷斯出产的豪华金杯。当他们穿过斯卡曼德河来到堡垒前，赫耳墨斯假扮成阿喀琉斯帐中一个密耳弥多涅斯年轻人在此和他们会合。他让哨兵全部睡着，带领这位老人安然穿过希腊人的警戒线。

普里阿摩斯走完这段提心吊胆的路程，进入阿喀琉斯的帐篷。佩琉斯之子友好地接待了他，老人跪在地上泪流满面地请求英雄怜悯他如此年迈，准许他把儿子的尸体带回特洛伊。阿喀琉斯轻轻扶起老人，让他坐下，但普里阿摩斯说，只要赫克托耳的尸体还继续受着折磨，得不到安葬，他就永远无法安宁。

阿喀琉斯听出来普里阿摩斯是在说他行为不当，内心很不高兴，但他还是接受了赎金，那些贵重物品都从车上搬下来放在他的营地里。他让女眷清洗赫克托耳的尸体，给它涂上油，裹上精致的亚麻布。他建议普里阿摩斯在营地留宿，等到天亮再穿过平原返回特洛伊。自赫克托耳死后，普里阿摩斯首次安睡了几个小时，阿喀琉斯向他保证说，赫克托耳葬礼仪式期间他们会停战，不会发起攻击。

午夜时分，阿喀琉斯睡觉的时候，赫耳墨斯再次出现在普里阿摩斯面前，催促他赶紧起身离开，要是让阿伽门农或者其他哪个希腊将领看到特洛伊之王在他们营地里，他肯定会被当场抓住。普里阿摩斯悄悄准备好，赫耳墨斯再次带领他穿过斯卡曼德河，过河之后赫耳墨斯就直接返回奥林匹斯了。普里阿摩斯低着头遮住脸，沿着熟悉的小路返回。

看到赫克托耳的尸体在晨曦中慢慢进入城里，所有人都哀悼起来。女人们撕扯自己的头发，用指甲抓脸，一想到未来没了希

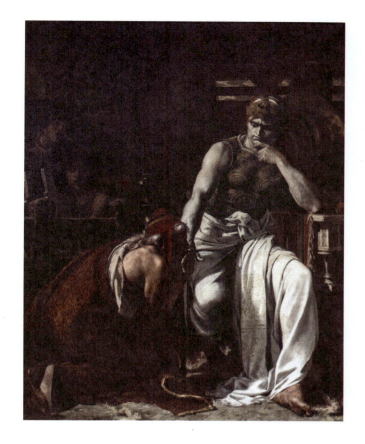

在赫尔墨斯的帮助下，老国王普里阿摩斯趁夜来到希腊人的营地，请求阿喀琉斯归还爱子的尸体。

《普里阿摩斯恳求阿喀琉斯归还赫克托耳的尸体》，泰奥巴德·夏特朗，1876年。

望，她们就越发悲痛地哭起来。安德洛玛刻异常悲痛，年幼的阿斯提阿那克斯被此时的气氛感染，看到母亲哭泣他也恸哭不已。

阿喀琉斯信守诺言宣布休战，特洛伊的居民用了九天时间堆起火葬堆。第十天，他们将赫克托耳抬到城门外放在火葬堆上，以无比光荣的仪式火葬了他。所有人脸上都挂着泪水，他们收集齐他的骨头，装进金罐子里，然后把罐子埋进深深的坟墓里，在上面堆上石头，封好封土。他们就这样埋葬了驯服烈马的勇士赫克托耳。

## 阿喀琉斯之死

停战结束后，双方立即重新整理盔甲，再次打磨武器。特洛伊的援军也从远处赶来了。北部援军是亚马逊人，野蛮的女战士，南部的援军是埃塞俄比亚的门农大军。战争还没有结束。

亚马逊人由阿瑞斯之女彭忒西勒亚率领，她急于战胜男人取得战功。她和她的部队在战场上表现得非常英勇，杀死了很多希腊人，但后来彭忒西勒亚遇上了阿喀琉斯。那场对决十分简短：阿喀琉斯的长矛很快就刺穿了她的胸膛。但是当这位希腊英雄剥下她的盔甲时，他居然爱上了她。他拒绝让她下葬，而是把尸体搬进自己的帐篷里。希腊人中最会惹麻烦的忒耳西忒斯传出很下流的谣言，说阿喀琉斯和尸体交媾，结果他为这种侮辱的言论付出了生命的代价。但狄俄墨得斯是忒耳西忒斯的亲族，他和阿喀琉斯因杀死忒耳西忒斯一事当场决裂，别的贵族将领不得不赶紧拦住他们二人。大家都不希望再让阿喀琉斯生气。不管怎么说他还是要离开一阵子，洗清罪孽。

埃塞俄比亚的门农是个非常高大的人，他是厄俄斯和提托诺斯的儿子，身上穿的是赫菲斯托斯的工坊特意为他打造的盔甲。他和他的军队在希腊人的阵地里杀出一条血路，又一次把他们赶回到大本营。在追赶希腊人途中，帕里斯弄伤了涅斯托耳拉战车的一匹马，这位老将没能返回希腊人的阵营。他的驾车人死了，他在孤立无援的情况下被围了，此时门农也出现了，看起来希腊人似乎要永远失去这位备受尊重的老将了——但是涅斯托耳的儿子安提罗科斯上前替父亲挡下了门农的一击，安提罗科斯的头滚落在尘土中。

安提罗科斯之死为阿喀琉斯争取到了时间，他把涅斯托耳从门农手中救了出来。两位英雄彼此相对，战斗的怒火扭曲了他们的脸。他们举起各自的长矛，在奥林匹斯山上，两位母亲都在请求宙斯救自己的儿子一命。宙斯再次举起命运的金色天平。天平上，门农之死的一边更重，阿喀琉斯杀死了他。厄俄斯没能挽救自己的儿子，但是她请求宙斯赐予一个特别的恩典。一切凡人与众神之父把门农火葬堆上升起的烟雾变成了鸟，那些鸟在空中打斗，最后全都死去掉进火葬堆里，成了英雄的祭品。

但杀死门农成了阿喀琉斯的最后一件壮举。他的死亡早就已经被预告过了。他很清楚，并在此基础上作出了选择，是英雄的选择。在门农死后，特洛伊人就再也没有别的战士可以与剩下的希腊英雄相匹敌了，他们发现自己完全被压制。阿喀琉斯带领军队率先冲进城市，特洛伊似乎必定要陷落了——但还不是这一天，因为此日是阿喀琉斯的末日。弓箭手阿波罗变化成帕里斯的模样——事实上就算没有神祇帮助，帕里斯也是个出色的弓箭手。帕里斯瞄准了阿喀琉斯的身体，但是阿波罗更了解对手，他瞄准了阿喀琉斯的脚踝，那是阿喀琉斯身上唯一一个会受伤的地方。那里不仅是会受伤，还是阿喀琉斯的致命弱点所在，阿喀琉斯的生命就在特洛伊的城门口一点点消逝了。

双方因争夺这位英雄的尸体而激战，每个特洛伊人都想夺取阿喀琉斯那身华丽的盔甲。自萨耳珀冬死后，格劳克斯成了吕基亚人的首领，他打退了众希腊人，混乱中还打伤了狄俄墨得斯。接着他用绳子绑住阿喀琉斯的腿，想把他拖进特洛伊城里，就在此时大埃阿斯稳稳地掷出长矛刺死了他。战斗持续下去，最终到了晚上，宙斯放出雷雨风暴才让战斗停下来。最终强壮的大埃阿

## 体育竞技

好胜心切的古希腊人举行运动会根本不需要理由。名人死后尤其需要举行纪念仪式——主要是大贵族和国王死了的时候，或者是某人因众神而死的时候。在某些时候，纪念性的葬礼竞技会会保留下来，几十年、几百年间不断举办，最终变成国际性事件，每次竞技会都必须停战。国际性的竞技会在奥林匹亚（现代奥林匹克运动会在 1896 年复兴）、尼米亚和德尔斐都有举行（在德尔斐举行的叫"皮提亚竞技会"），还有在科林斯举行的"伊斯米安竞技会"。这些竞技会都定期举行（比如奥林匹亚的竞技会每四年举行一次），都是为了纪念各地方的守护神。竞技会包括很多不同的项目，还分为不同的组别。竞技会起源都是贵族竞赛，只有男性参加，奖品不贵重，但是非常光荣：奥林匹亚的奖励是橄榄枝，在德尔斐的奖励是月桂枝，在尼米亚的奖励是芹菜，科林斯的奖励则是松树枝。

斯夺回了阿喀琉斯的尸体，保住了盔甲，把他带回了营地。

安提罗科斯被隆重安葬，阿喀琉斯的尸体被庄重地停放起来。所有希腊人都来表示敬意，忒提斯和缪斯围着完美的尸体恸哭不已——他身上没有任何可见的伤口。在他的尸体火化之后，骨头被收集起来，和帕特洛克罗斯的骨灰放在同一个骨灰罐里，然后堆上巨大的封土堆。在葬礼竞技会上，忒提斯拿来了众神提供的奖品。从那之后，阿喀琉斯在他墓地的所在地都被当作英雄来崇拜。

但是在阿喀琉斯死后希腊人中爆发了更严重的冲突。奥德修斯和大埃阿斯都在争夺他的盔甲，他们争夺的理由也完全一样：两人都认为自己才是希腊军队中最了不起的战士。为了平息此次争吵，军队召开一次会议，听取奥德修斯和大埃阿斯双方的发言。特洛伊的俘虏可以证明，和大埃阿斯相比，奥德修斯给他们造成的损失更大，然而希腊人的投票却是平局。在作战英勇方面他们两人不相上下。但是主持会议的是雅典娜，她决定盔甲归她喜爱的奥德修斯。

这次落败大埃阿斯不能接受，他竟然疯了。他像个醉汉一样跌跌撞撞地离开会议，大家吓得不轻，都离他远远的。他们眼看着大埃阿斯扑向一群羊，残杀羊圈中温驯无害的牲畜，因为他把羊当作敌人了，以为他们要抢他的战利品，所以他要报仇。等他恢复神志看到自己的所作所为时，那种失态行为成了压倒他的最后一根稻草。他找到一片僻静的海滩，把剑柄朝下埋在土里，自己扑倒在剑刃上自杀了。

## 木马

现在特洛伊的末日近在眼前，希腊军队完全控制了平原。特洛伊人被困在城内，怕得不敢露脸，过不了几天他们不是会死就是成为奴隶。奥德修斯抓住了赫勒诺斯，迫使这个预言家说出让特洛伊陷落的最后条件：首先要去斯库罗斯岛找到涅俄普托勒摩斯，从楞诺斯岛上找到菲罗克忒忒斯；其次要偷走城里那个神奇的护符。

当阿喀琉斯藏起来拒绝出战时，得伊达墨亚为他所生的儿子涅俄普托勒摩斯，现在能够代替父亲出战了，因为他虽然年轻，却深得众神青睐。他才刚刚成年，但已经长得身强体壮。菲罗克忒忒斯之所以必须上战场是因为他有赫拉克勒斯的弓，那把弓是他父亲波厄阿斯留下的，早有预言说过，若无赫拉克勒斯的弓，特洛伊就不会陷落。找到这两个人都还好办，赫勒诺斯说的另一个条件更加苛刻：若特洛伊的守护神像还安然挂在墙上，这座城就不会陷落。这个神像是很久以前从天而降的雅典娜雕像，是特洛伊城中最神圣的物品，被保存在城市中心，四周被围了起来。

　　奥德修斯从斯库罗斯岛上找到了涅俄普托勒摩斯。到达之后，这位年轻的英雄花了几个小时在坟墓旁悼念自己素未谋面的父亲，并且发誓要报仇。在战场上，他表现得非常英勇，让希腊军队信心大增，因为他俨然就是父亲那光辉闪耀的模样。奥德修斯把阿喀琉斯的盔甲交给他，这位年轻人在战场上就像一颗光彩夺目的新星。有了涅俄普托勒摩斯作战，阿伽门农就可以放心让奥德修斯和狄俄墨得斯去找菲罗克忒忒斯了。菲罗克忒忒斯是个了不起的战士，像所有的希腊人一样，当初他也乘船迫不及待地去往特洛伊。但是在半路上，船队在楞诺斯岛停留，菲罗克忒忒斯被一条蛇咬了脚，伤口化脓溃烂变得很臭，众人不得不把他留在岛上。

　　十年后，狄俄墨得斯和奥德修斯又返回楞诺斯岛，要把他带去特洛伊。他们发现菲罗克忒忒斯依然很痛苦，他的脚还在流出难闻的脓液。而且被独自丢在岛上那么久，他也很不高兴，他在岛上苦等了十年，对阿伽门农和其他希腊人都已经心生怨恨。于是狄俄墨得斯躲起来，奥德修斯则在雅典娜的帮助下扮作陌生人接近菲罗克忒忒斯。他赢得了菲罗克忒忒斯的信任，看准机会偷

奥德修斯和狄俄墨得斯主动请缨进城去偷神像。他们的伪装十分完美，两人都装扮成衣衫褴褛的乞丐，奥德修斯甚至把自己身上打得青一块紫一块。

走了那把弓交给狄俄墨得斯。菲罗克忒忒斯发现自己被骗不禁勃然大怒，但是奥德修斯露出本来面目，对他说，要是他也同去特洛伊，不但能赢得巨大的荣誉，还能治愈脚伤。

于是事情就办成了。菲罗克忒忒斯受到希腊众人的欢迎，玛卡翁很快治好了他的伤，他立刻就行动自如了。在接下来的攻城战中，菲罗克忒忒斯和帕里斯两位伟大的弓箭手互相射击。密集的箭矢在空中飞过。但是菲罗克忒忒斯手中那把赫拉克勒斯的弓是无敌的，帕里斯倒下了，尸体上插满了箭。即使是在特洛伊，大家悲伤之余也暗暗庆幸这场战争的罪魁祸首终于死了。各种意义上来说，帕里斯一死，特洛伊这边也无心战斗了。赫拉克勒斯的弓确实让战争更快地接近了尾声。

特洛伊现在被围攻，陷落已经是不可避免的了。但是首先希腊人必须夺走那个神像。奥德修斯和狄俄墨得斯主动请缨进城去偷神像。他们的伪装十分完美，两人都装扮成衣衫褴褛的乞丐，奥德修斯甚至把自己身上打得青一块紫一块。他们夜里来到城外，狄俄墨得斯望风，奥德修斯从排水沟爬到挂神像的墙边。

但是海伦由于担心未来，总是睡不着，这天夜里她也跑到街上来了。她恰好遇到了奥德修斯，而且识破了对方的伪装。考虑到很快她就会被希腊人抓住，海伦想出一个办法主动向希腊人示好，她带领奥德修斯去了保管神像的地方。自始至终，海伦都是毁灭特洛伊的原因。奥德修斯带着神像出城和狄俄墨得斯会合，两人扛着战利品回到希腊人的营地。得知神像被偷，特洛伊人的

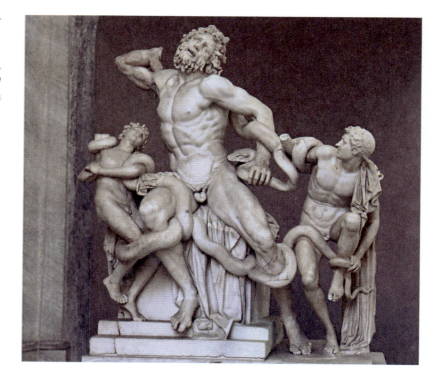

拉奥孔和他的儿子由于质疑木马计划而死。

《拉奥孔》，大理石群雕，阿格桑德罗斯、波利多罗及雅典诺多罗斯，公元前1世纪。

士气越发低落，但是为了平息众人的恐惧，普里阿摩斯宣布说，被偷走的不是真正的神像，而是个赝品。

希腊人现在准备好进行最终决战了。宙斯也满意了。雅典娜出了个主意，她在奥德修斯脑海中低语，让希腊人用木头建造一匹巨大的木马，马要足够大，足以装下希腊战士中的精英。这其中包括奥德修斯、狄俄墨得斯、涅俄普托勒摩斯、墨涅拉俄斯以及其他很多渴望参加战斗的英雄。其他希腊士兵烧了自己的营地，驾船离开——但他们仅仅是行驶到特洛伊人的视线之外而已，就藏在近旁的忒涅多斯岛等待信号。

在等待了几个小时之后，特洛伊人小心翼翼地从城里出来看究竟发生了什么。他们惊讶地发现希腊人彻底抛弃了自己的营地，只剩下一个带轮子的巨型木马立在空地上。这是什么呢？该拿它怎么办呢？此时计谋的下一部分登场了。希腊人留下一个名叫西农的人，按照计划，他当然被特洛伊人俘虏了。

西农假装很害怕，说希腊的贵族很讨厌他，所以在撤退的时候就把他丢下了。特洛伊人问木马是怎么回事，他回答说那是献给雅典娜的祭品，希腊人故意把木马造得那么大，免得被特洛伊人拖进城里。他还撒谎说，有个神谕说过，如果木马被搬进特洛伊城，这个城就会永远安全无虞了。

特洛伊人讨论该怎么办。大部分人都想把这个木马搬进城，好让城邦安全，但是也有反对的声音。卡珊德拉深知这是什么东西，想警告众人，但是和平时一样，她说的真话都被当作是疯女

希腊人建造了巨大的木马，足以让最英勇的众位希腊英雄藏在里面。

《木马进入特洛伊城》，乔凡尼·多美尼科·提耶波洛，约 1760 年。

人的胡言乱语。此外阿波罗的祭司，安忒诺耳之子拉奥孔也非常怀疑，于是用一支长矛捅了木马。长矛卡在木板上，木马发出空洞的声响，但是谁都没去细想。

接着两条巨蛇从海里游出来，它们强壮的身躯缠住拉奥孔和他的两个儿子，把他们活活勒死了。这情景太有说服力了。大家觉得拉奥孔之死一定是因为他违背了神祇的意志。于是谁也不提放火烧了木马这话，也不再提把木马推下悬崖的建议。大家一致同意把木马带进城。他们推倒了一部分城墙，好让这个庞然大物能够进城——他们就是如此坚信战争已经结束。但事实上，早有预言说过，特洛伊不会毁灭，除非是因为某种自杀行为。因此是特洛伊人自己导致了城邦的毁灭。


## 特洛伊陷落

夜里那匹木马就被放在城里的中心广场上。在好奇围观的人群中有海伦和得伊福玻斯。他们绕着这个奇怪的东西走了三圈，海伦装作众位将领妻子的声音叫了每一个希腊将领的名字。但是在奥德修斯的带领下，所有人都不允许发出任何声音。他们甚至没穿金属盔甲。特洛伊人丝毫没有怀疑，他们喝酒庆祝，然后都睡着了。但是海伦知道次日早晨会发生什么，于是她整夜都和侍女在一起准备离开。

在寂静的深夜里，希腊士兵悄悄打开木马上的暗门，放下绳子溜到特洛伊的街上。刺客们悄无声息地各自行动。与此同时，西农在阿喀琉斯的坟墓旁点起灯火，希腊人的船队悄悄从忒涅多斯岛回来了。在群星的星光之下，希腊军队通过特洛伊人自己打破的城墙缺口进了城。

涅俄普托勒摩斯偷偷进入皇宫，发现上至国王下至仆人都在睡觉，于是他把所有人当场杀死。普里阿摩斯听见声响醒了过来，他拼命想跑到宙斯的祭坛处寻求庇护，可是涅俄普托勒摩斯把他拖了出来。他强迫这个老人跪下，揪住他斑白的头发，用锋利的刀刃割断了他的喉咙。

与此同时，奥德修斯和墨涅拉俄斯去了得伊福玻斯的房间。他们在那里找到了海伦，按照特洛伊的风俗，在帕里斯死后，她被当作奖赏送给帕里斯的兄弟。奥德修斯引开得伊福玻斯，墨涅拉俄斯举着剑想杀死自己的前妻——但是海伦在惊恐之中让衣袍从雪白的肩膀上滑落，欲望让他停了手。他把海伦拖回船上——回海滩的路上，这种情况一直反复出现，有人想捡起石头伤害她，但一看到她是如此美丽，大家都不忍下手了。经过一番苦战之后，得伊福玻斯受了重伤，倒在房间地上流血而死，此前他和世界上最美的女人短暂地在这里共处一室。

希腊人大开杀戒。十年战争带来的愤怒和恐惧给他们带来巨大的力量。但这也是公平的：特洛伊人必须付出代价。只有极少数人在这场杀戮中幸存。安忒诺耳是幸存者之一，阿伽门农在他的门上画了个记号确保他安全，因为在十年前他保护了阿伽门农的使臣，而且他也是出了名地反对帕里斯。另一个幸存者是埃涅阿斯，他背着自己跛脚的父亲逃走了。他觉得拉奥孔的怀疑很有道理，于是早早地逃到了伊达山的山洞里，他可以从那个山洞看到下方的城邦在燃烧，还能隐约听见垂死之人的尖叫。

涅俄普托勒摩斯不顾安德洛玛刻的尖叫，将赫克托耳之子阿斯提阿那克斯从他母亲怀里抢走，从高塔上扔下去摔死了，安德洛玛刻是他的战利品，他不想要赫克托耳的后裔。女人可以活命，但不是因为仁慈，而是因为女人可以当战俘、奴隶或者不受宠的妾室。卡珊德拉在雅典娜的祭坛处寻求庇护，但还是在神殿里被罗克里的小埃阿斯强奸了，之后小埃阿斯将为这项罪孽付出代价。随后卡珊德拉就成了阿伽门农的战利品。

波吕克塞娜的命运最为悲惨，她是赫卡柏和普里阿摩斯膝下最美的一个女儿。在特洛伊陷落后，她并没有被当作战利品交给希腊将领，因为阿喀琉斯的鬼魂出现在希腊高级将领们的梦中，要求他们把波吕克塞娜献祭给他，这是他们离开的代价，就好像十年前伊菲革尼亚之死是他们出发时的代价一样。粗鲁的涅俄普托勒摩斯在他父亲的坟墓前杀死了那个无辜少女。

忒修斯的母亲埃特拉被迫成了海伦的侍女，多年后才回到自己家中。

赫卡柏成了奥德修斯的仆役，不过在希腊人回乡的第一站色雷斯停靠时，她和一些女人就逃走了。她把自己最小的儿子波吕多洛斯送到色雷斯国王波吕墨斯托耳处躲避战争，这样即使特洛伊惨败，普里阿摩斯的血脉也不至于灭绝。但是在听说特洛伊城陷落后，波吕墨斯托耳竟杀了那个年轻人，现在赫卡柏只在沙滩上找到了他被水冲刷过的尸体。赫卡柏深知色雷斯王贪婪，但是却装作一无所知的样子，她就设了个陷阱，谎称特洛伊还有秘藏的黄金，唆使波吕墨斯托耳和他的孩子自寻死路去了。

赫卡柏和她的朋友当着波吕墨斯托耳的面杀了他所有的孩子，然后用胸针刺瞎了波吕墨斯托耳的眼睛。

　　后来赫卡柏和她的朋友当着波吕墨斯托耳的面杀了他所有的
孩子，然后用胸针刺瞎了波吕墨斯托耳的眼睛。她因此变成了一
条狗——但是特洛伊的前王后认为这样比当奴隶好，就这样，她
免于遭受奥德修斯回乡之旅的苦难。

# 奥德修斯的归途

Odysseus'
Return

**10**

PART TEN

## 伊萨卡岛上的麻烦

缪斯，从某个地方开始讲述吧，讲讲伊萨卡之王，聪明的奥德修斯。他是特洛伊战争中最足智多谋的战士。是他在十年的战争之后想出了木马计攻破了特洛伊的城门。

他回乡的旅程也很惊心动魄，随时都和死亡做伴。若无灰眼女神雅典娜相助，奥德修斯恐怕早就喂鱼了。

在奥林匹斯的某次神祇聚会上，雅典娜向宙斯提出要关照拉厄耳忒斯之子。她辩称：奥德修斯已经离家二十年，应该可以回到妻子珀涅罗珀身边了。此次会议波塞冬缺席，他对奥德修斯心怀憎恶，众神开会决定同意雅典娜的请求。行动敏捷的赫耳墨斯立刻出发去了俄古癸亚岛，那岛上住着阿特拉斯的女儿，金发女神卡吕普索。赫耳墨斯代表集云者宙斯要求她立刻释放在岛上被困了七年的奥德修斯。因为害怕一切凡人与众神之父的神威，海中仙女卡吕普索犹豫着同意了。她抱怨道："你们这些奥林匹斯的神，你们就是受不了别的神祇有个凡间的情人。"

海仙女卡吕普索为奥德
修斯准备的盛宴。海
仙女卡吕普索认为她
给了奥德修斯所需的一
切，然而他还是渴望
回家。

《奥德修斯客居在海仙女卡
吕普索的岛上》，亨德里
克·凡·巴伦，1616 年。

　　奥德修斯正闷闷不乐地坐在海滩上，望着大海不停地祈祷能
早日回乡，泪水从他脸上流下来。他的妻子珀涅罗珀确实不能和
卡吕普索相比——一个是凡人女子，一个是拥有永恒青春美貌的
海仙女——但是他的爱和责任催促他必须回到珀涅罗珀身边。卡
吕普索来到他身边，坐在沙滩上，她长长的金发披在肩上。她温
柔地对奥德修斯说，不必忧虑，因为她终究会帮他离开这个岛的。
"来吧，"她说，"造个木筏，我给你准备足够的补给。"

　　起初奥德修斯怀疑这又是一个诡计，但是卡吕普索再三让他
放心。他造的筏子很不结实，但是他相信靠自己的航海技术和众
神的庇护，他终究能回到遥远的伊萨卡。在经过最后一夜与神祇
的激情之后，他出发了。开始的十四天，大海十分平静，他信心
大增。接着，前去埃塞俄比亚接受崇拜的波塞冬注意到了这位孤
独的航海者。地震之神看到自己讨厌的凡人居然信心十足地在自
己的海洋王国航行，不禁十分厌烦。他发出低沉的呼喊，用三叉

　　　　　希腊神话：众神与英雄的故事

戟搅动了奥德修斯周围的海域，让他在海浪中来回颠簸，最后几乎要打破他的木筏。

但是由卡德摩斯的女儿伊诺化身的海中仙女琉科忒亚见奥德修斯有难，就来帮助他，她出现在那艘在风暴中颠簸的木筏上，让奥德修斯脱下衣服弃船跳进海里。这位雪白的女神说，现在还是游向斯刻里亚岛比较好，那里居住着擅长航海的淮阿喀亚人。她借给奥德修斯一条魔法围巾，据说可以保护他不至于受伤而死。奥德修斯竭力攀在损毁的木筏上，但最终还是把围巾系在腰上，跳进汹涌的海水中，他相信琉科忒亚说的话。波塞冬见状大笑，他坚信自己肯定是最后一次看见这个可恶的凡人了。

整整两天两夜，奥德修斯都扒着木筏上的木头在海中漂流，最终他来到一块安全干燥的河口冲积平原上。他筋疲力尽，赤身裸体，根本不知道自己在哪里，他在海岸附近找到一片树丛，用树叶把自己裹起来保暖。随后他就沉沉地睡着了。

与此同时，在伊萨卡，奥德修斯家的宅邸里酝酿着一场灾祸。有一群贵族在他的宫殿中住了很久，他们觉得自己理应享用奥德修斯领地里的一切。他们宰掉一群群的牲畜，喝掉一桶桶的酒，一切东西都由那位缺席的国王支出，他们坚信奥德修斯已经死了。这群年轻人的目标就是娶奥德修斯的王后珀涅罗珀为妻。为了稳住这些求婚者，珀涅罗珀找了很多借口，想诓骗那群人，推迟最终作出决定的日子。

整整三年时间她都在重复一个简单的计策。她说必须把丈夫

他筋疲力尽，赤身裸体，根本不知道自己在哪里，他在海岸附近找到一片树丛，用树叶把自己裹起来保暖。

为了拒绝求婚者，珀涅罗珀借口要做好给自己公公的寿衣后再结婚。她白天织布，晚上拆掉，如此坚持了三年。

《珀涅罗珀与求婚者》，约翰·威廉·沃特豪斯，1912 年。

离家时开始织的一匹布织完，这匹布是要给她公公拉厄耳忒斯做一套华丽的寿衣用的，这样他在去世的时候，旁人就不会说他的家人没给他举办光荣的葬礼了。她和她的侍女每天都坐在织布机旁织那匹华美的布，每天晚上，她们就在卧室里借着火光把白天织的布拆掉。但是一个不忠的侍女把这个秘密告诉了众位求婚者，于是珀涅罗珀不得不再次作出选择。

奥德修斯高贵的儿子忒勒马科斯目睹了这一切。当他父亲出发攻打特洛伊的时候，忒勒马科斯才刚出生，现在差不多过了二十年，忒勒马科斯长大成人了，足以反抗这些损害他继承权的人了，只是他智慧和力量都不足以对抗那一群人。但是雅典娜，宙斯这位手持盾牌的女儿在照看着奥德修斯的儿子，就像她照看着奥德修斯一样。

雅典娜假扮成家族的一个外国商人朋友出现在忒勒马科斯面

前，建议这位年轻的王子召集伊萨卡岛上所有男子开会，让他们支持他将那些求婚者驱逐出去。雅典娜还说，他应该去一趟伯罗奔尼撒，寻找皮洛斯那位睿智的涅斯托耳，以及斯巴达的墨涅拉俄斯。奥德修斯失踪已久，他们或许知道一些最新的消息。

忒勒马科斯同意了，他召集岛上所有人讨论父亲宅邸中的骚乱事件。这是他有生以来第一次拿起发言人手杖主持伊萨卡岛的会议。他说自己对那些求婚者十分不满，但是珀涅罗珀追求者的头领安提诺乌斯对他恶语相向。他让忒勒马科斯把狡诈的母亲从奥德修斯的房子里赶出去，送回娘家，这样她才能接受他们的追求，准备好嫁妆。"现在她必须作出选择了，"安提诺乌斯坚持道，"不要再使什么阴谋诡计：她让我们白等了三年，假装自己很快就能织完那匹布。现在她必须承认奥德修斯死了，她没有丈夫了，她必须从我们中选一个人！"

忒勒马科斯愤怒地回答，他绝对不会把母亲从这里赶出去，那样他会受到诅咒，会被众神厌恶。他还说，要是追求者还坚持己见的话，他就消灭他们所有人，一切凡人与众神之父宙斯可以见证他的誓言。他说完这番话，宙斯就派了两只鹰从高山上飞下来。它们在集会上空盘旋，互相争斗，用剃刀般锋利的爪子互相抓挠，随后它们就朝东方飞去了。

会议上年长的成员看懂了这个预兆：奥德修斯很快就会回来，在他的领地里饱食终日并追求他妻子的那些人都会被消灭。安提诺乌斯和别的追求者却对此嗤之以鼻。

雅典娜维持着自己的伪装陪忒勒马科斯走到港口。她鼓励这个年轻人，催促他赶紧行动，这样船员就能马上起航，不会惊动任何人。忒勒马科斯没有告知他忍受痛苦的母亲，就这样出发了，他想知道失踪已久的父亲究竟遭遇了怎样的命运。灰眼女神陪伴着自己青睐的凡人之子，保护他一路平安。

## 忒勒马科斯的旅行

忒勒马科斯第一站到了皮洛斯，此地由涅斯托耳统治，特洛伊战争结束后，他就顺利地安全回家了。这位睿智的老国王虽然年事已高，在漫长的人生中失去了很多东西，但他自有一番豪华气派。他身材高大，有着长长的白发和丝绸般的胡子，他的黑眼睛闪耀着智慧的光芒。他迎接了忒勒马科斯，两人一起进入宫殿，忒勒马科斯全神贯注听老人讲他是如何从特洛伊回来的。

"我不清楚奥德修斯的旅行，在特洛伊战争结束后，我们都立刻离开了。我们航行了很多天，到了阿哥斯的土地，狄俄墨得斯从那里驾船直接回家了。但是我听说他后面还遭遇了好些悲惨的事情。阿佛洛狄忒使得他妻子不忠，因为当初他在特洛伊刺伤了阿佛洛狄忒。于是他离开阿尔戈斯，去了远离故土的地方，他帮助某位国王打败了敌人，得到的回报却只有背叛和死亡。据说他的手下为他哀悼，结果引起了众神的关注，他们被变成苍鹭永远守在他的坟墓旁。

"我继续向皮洛斯航行，最后安然返回，此次返回对我来说甜

"我们失去了萨拉米斯的埃阿斯，他是仅次于阿喀琉斯的最勇敢的希腊战士，但是却因为羞愧自裁了，再也不能回家了。帕特洛克罗斯在率领密耳弥多涅斯人守卫希腊人的船队时，被赫克托耳杀死在特洛伊的城墙下。"

蜜又忧伤。我亲爱的儿子，勇敢的安提罗科斯，在特洛伊陷落前牺牲了，很多其他人也一样。我们失去了萨拉米斯的埃阿斯，他是仅次于阿喀琉斯的最勇敢的希腊战士，但是却因为羞愧自裁了，再也不能回家了。帕特洛克罗斯在率领密耳弥多涅斯人守卫希腊人的船队时，被赫克托耳杀死在特洛伊的城墙下。阿喀琉斯的生命线也被切断了，他深知自己命该如此。很多希腊将领在长年战争中死去，但是他们的名声永存，因为人们在宫殿大厅里歌唱他们的事迹，人类只能以这种方式实现永生。"

讲完自己的故事之后，涅斯托耳给了忒勒马科斯一辆很好的马车和马匹，这样他就能快速到达斯巴达，墨涅拉俄斯就在那里，海伦也在他身边。涅斯托耳还派自己的儿子佩西斯特拉托斯陪忒勒马科斯同去，两个年轻人就这样迎着朝阳出发了。

他们两个一刻也没有耽搁，就连遍布峡谷的泰格图斯山也没能拖慢他们的脚步，两天后他们就到了位于欧罗达斯河谷的斯巴达。红发的斯巴达王墨涅拉俄斯的宫殿里一片狂欢景象，因为他们正在办婚礼。墨涅拉俄斯和白臂海伦的女儿，可爱的赫耳弥俄涅要准备启程前往遥远的弗提亚了。她要嫁给阿喀琉斯那个堪比神祇的儿子，也就是密耳弥多涅斯人之王涅俄普托勒摩斯。同时墨涅拉俄斯一个庶出的儿子，英勇的米格潘忒斯也要结婚了，因此宫殿里充满愉快的音乐和欢呼声。

两位高贵的旅客受到欢迎。佩西斯特拉托斯把忒勒马科斯介绍给墨涅拉俄斯，这位斯巴达王见到他心情大好，因为他从忒勒马科斯脸上见到了奥德修斯年轻时的模样。海伦也从楼上的房间下来加入他们的宴会，她的美貌让在场的所有人都一时恍惚。这天晚上，两位年轻的客人问起希腊战士在特洛伊的遭遇，他们尤其想知道足智多谋的奥德修斯怎么样了，主宾谈话直到天明，东方的天空出现了淡淡的玫瑰色。海伦早就在葡萄酒里加了药，可以让他们暂时忘记一切忧虑和悲伤。

白天，他们休息一段时间后，忒勒马科斯又和墨涅拉俄斯在大厅见面，他详细说了自己家中的种种困境，然后又问关于父亲的最新消息。墨涅拉俄斯将自己回乡的经历告诉了他，又说："我的兄弟阿伽门农和我在特洛伊的沙滩上就分别了。我起航前往富饶的腓尼基海岸，在那些商贸之王的奢华宫殿里度过了很长时间。海伦和我，我们停留了七年，最终我还是觉得更想看到故乡的高山和平原。

"大风推动我们的船只穿过海洋，之后我们到了遥远的埃及。但是当我们想要离开埃及的时候，众神却不让我们顺利返航。因为我一开始没有尊重他们，所以他们生气了，这也是应该的。惹怒众神不会给凡人带来任何好处，只能迎来悲惨的结局。就拿罗克里的埃阿斯来说吧，他是个勇敢的战士，但我听说他在波涛汹涌的海上迎来了命运终结。由于他在雅典娜的神殿里对命运多舛的卡珊德拉实施了暴行，所以雅典娜惩罚了他。宙斯把自己的雷电借给她，让她投向埃阿斯的船，她没有失手。埃阿斯从船上掉了下去，但是他抓住了岩石，并嘲笑众神：'你们杀不死我！'波塞冬不怕雅典娜生气，确实有意放过他。但听到这样狂妄的发言，他也生气了。于是他用三叉戟一顿，岩石碎了，勇敢的俄琉斯之子就这样被卷入深海，海水灌满他的肺部。只有傻瓜才去嘲笑众神。

"但我没有在埃及停留太久，多亏有海中老人普罗透斯和他聪明的女儿埃多泰娅帮忙。在法罗斯岛他们两位告诉我，我此前究

"大风推动我们的船只穿过海洋，之后我们到了遥远的埃及。但是当我们想要离开埃及的时候，众神却不让我们顺利返航。"

竟犯了什么错，在回乡之前究竟应该做什么。于是我们准备了丰富的祭品献给众神，祈祷他们一路庇护，随后海伦和我就带着从外国土地上取得的巨大财富顺利返回了。最终我们愉快地回到故乡，和我那高贵的兄弟，骄傲的阿伽门农不同，他回去之后就只有阴谋和必死的命运在等着他。"

　　"现在我就回答你的问题，"斯巴达王说，"普罗透斯给我说了一些有关你父亲的事情，奥德修斯吃了很多苦。他说他看见奥德修斯被困在俄古癸亚的海滩上，那是卡吕普索的岛。她把他囚禁在那里，为了自己开心而把他当作奴隶。他没有船也没有船员，无法起航回家。"

墨涅拉俄斯把忒勒马科斯介绍给海伦，海伦猜到他是奥德修斯的儿子。

《忒勒马科斯在斯巴达》，安吉莉卡·考夫曼，约1773年。

这个消息让忒勒马科斯既难过又高兴。他父亲很可能还活着，但是不知道何时才能回家，甚至不知道还能不能回家。所以只能靠忒勒马科斯自己来收拾家里的烂摊子。他拒绝了墨涅拉俄斯的挽留。他不能耽搁，因为在他的家里，在炉火旁，那群狂妄自大的求婚者还在挥霍浪费。墨涅拉俄斯为奥德修斯感到骄傲，因为他的儿子是如此出色。他祈祷奥德修斯能早日回家。

海伦也来了，并送给忒勒马科斯贵重礼物，足以提升他的名望、宣扬他的家世。闪亮的车和马匹都准备好了，两位王子登上马车。他们一挥鞭子，疾驰返回多沙地的皮洛斯。忒勒马科斯对此地的主人说他会立刻乘船返回伊萨卡。于是他们真诚地告别，领航员设定航线返航。

## 奥德修斯在斯刻里亚岛

奥德修斯在斯刻里亚岛河口的树下睡觉的时候，他神圣的同伴雅典娜去了阿尔喀诺俄斯的宫殿，此人是善于航海的淮阿喀亚人的贤王。她化身为一个少年伙伴出现在公主瑙西卡面前，瑙西卡聪慧又美丽，岛上每个贵族青年都梦想着娶她为妻。雅典娜让她脑海中产生了和侍女们一起去河边洗衣服的念头，于是她请父亲准备了车和骡子，年轻女士们准备好之后就出发前往洗衣的池塘了。

奥德修斯被泼水的声音和愉快的笑声惊醒了，那声音来自河流上游，离他藏身的树丛不远。他起身往前爬，让树木遮挡着自己，他看到了河岸边的女孩们。侍女和她们美丽的主人瑙西卡已

她让侍女们把奥德修斯带到河中沐浴，然后把他擦干再涂上橄榄油。

经洗完了衣服，正把衣物和细亚麻布铺在河岸温暖的石头上晾干。有些人在河中沐浴，其他人在和那位眼睛明亮的公主玩球，还有些人铺开野餐布，摆上美味佳肴，又在美酒中加上清水。

奥德修斯又渴又饿，从树丛里爬出来，他没有穿衣服，就跪在公主脚下恳求。瑙西卡一点也不慌，她大方地答应帮助奥德修斯，但是她的侍女都被这位赤身裸体的不速之客吓坏了。她让侍女们把奥德修斯带到河中沐浴，然后把他擦干再涂上橄榄油，接着她从刚洗干净的衣物中挑了一条柔软的袍子和一件斗篷。奥德修斯穿好之后，雅典娜让他看起来比以往更加高大英俊，姑娘们都很惊讶。

瑙西卡意识到自己救了个大人物。于是谦逊的公主让这位落难的贵族跟在她回城的车子后面。她提醒说，为了显得稳重，到城门的时候他必须和自己一行人分开，独自进入城门，去打听她父亲阿尔喀诺俄斯的宫殿在哪里。

雅典娜将奥德修斯裹在一团雾中，他很快找到了去宫殿的路。进入宫殿后，他快步来到阿尔喀诺俄斯忠实的妻子，王后阿瑞忒的御座前。雾气散去，他跪下扶着王后的膝头恳请她帮助。见到陌生人突然出现在宫殿里，王后非常惊讶。她打量着这个人，发现他穿的衣服是她亲手制作的，于是猜到是瑙西卡帮助了他。她朝坐在身旁的丈夫笑了笑，然后亲切诚挚地欢迎了奥德修斯。

奥德修斯没有透露自己的名字，他思维敏捷，谎称自己遇到船难被卡吕普索搭救，结果过了七年才被她放出来。他描述了自己是如何乘坐木筏离开那座小岛，结果又搁浅在斯刻里亚岛的沙

奥德修斯从树丛里爬出来，他没有穿衣服，就跪在公主脚下恳求。

《奥德修斯与瑙西卡》，约阿希姆·冯·桑德拉特，1688年。

滩上，随后被瑙西卡发现。他表示自己非常希望立即返回故乡，再次坐在自家的火炉旁，和忠诚的妻子相伴。阿尔喀诺俄斯和阿瑞忒被这番真诚的话语打动了，毫不犹豫地答应帮助他。他们很守礼仪，没有追问他的姓名，因为他显然是个有地位的人，值得信任，应该好好款待。

次日阿尔喀诺俄斯召集大臣们开会。他要求准备一艘快船，备足人手和装备，送这位饱受折磨的客人回乡。大家一致同意，马上准备船只。一切都准备好了，好心的国王召集船员，再叫上国内贵族一起聚集在宫中，准备好祭品献给众神——想平安穿过汹涌危险的大海，每个人都必须这样做。执行完仪式，并向宙斯和众神祈祷之后，宴会也准备好了，诗人得摩多科斯也被召进宫，歌唱古代英雄们的事迹。

得摩多科斯唱完一曲之后，国王让众人竞技，在尊贵的客人面前展示自己的力量和技艺。奥德修斯也受到邀请，但是他推说旅途疲惫，礼貌地拒绝了。年轻的贵族欧律阿罗斯却故意挑衅他，轻率地激怒了这位英雄。欧律阿罗斯讽刺地说："是啊，我看你绝不是个贵族，不配加入我们的竞技。你看起来就像个海员，只想着冒险赚钱。"

奥德修斯能言善辩，三言两语就把对手说得哑口无言，说完后他拿起最大的一个铁饼，远远地扔了出去。它在空中嗖的一声飞出去，远远超过其他选手铁饼的落地点。雅典娜化身为裁判，记下铁饼落地的地方，宣布奥德修斯获胜。

竞技结束后，阿尔喀诺俄斯下令在船上装满各种配得上尊贵客人身份的礼物，然后又在宫殿大厅里召开庆典，体面地向船员和乘客道别。欧律阿罗斯将一把青铜剑送到奥德修斯面前表示歉意，奥德修斯得体地接受了。前来赴宴的客人们心情大好，大家齐坐在精致的食物旁。诗人再次被召进宫展示自己的技艺，唯有受缪斯青睐的诗人才有这份殊荣。

天才的得摩多科斯讲的故事是希腊人攻入特洛伊城青铜大门的最后一战。那计策是睿智的奥德修斯亲自想出来的。众位希腊英雄躲在中空的巨大木马中，准备好发动奇袭。诗人的歌声勾起那位陌生人的回忆，他不禁热泪盈眶，阿尔喀诺俄斯示意众人安静。他轻声问客人究竟是什么身份，父母是谁，故乡在哪里。奥德修斯说出了自己所经历的苦难。

"十天之后，我和众位船员来到一片陌生的土地，那里住着'食莲族'。他们吃的魔法果实可以让人忘记一切，只想不停地吃更多莲果。"

## 独眼巨人波吕斐摩斯

"我是奥德修斯，拉厄耳忒斯之子，凡人的首领。我的故乡是大海环绕的伊萨卡，但我已经很多年没有见到过故乡了。我也不知道自己的妻儿遭遇了怎样的命运，当我犹豫不决地离家前往特洛伊时，我儿子才出生不久。即使美丽狡猾的金发卡吕普索和女巫喀耳刻也不能让我忘了故乡和家中的火炉，那才是一切善良的人都向往的地方，由于众神的意志，他们被迫与所爱之人分离。

"我带领十二艘船离开特洛伊的海岸时，一心只想着回家。为了顺便挣得一些利益，我们首先朝色雷斯的科涅斯人领地驶去，我们在那里夺取了很多牛羊，还俘虏了好些女人来暖床。在那里，一个阿波罗的祭司马龙为了表达善意送给我一些极好的酒，这批佳酿日后能帮上大忙。但是有些人忙着吃喝不肯离开，很快对方援军从山上冲下来反击我们。我们还没来得及登船就有几十个人倒下了，我们失去了大部分战利品。我们继续上路的时候无疑士气低落，大家都在悼念同伴。

"由于舵手技术出色，天气也好，我们离家渐渐近了，但是在马勒阿斯海岬，北风刮起来了，我们被吹得远远偏离了航线，来到开阔海面。十天之后，我和众位船员来到一片陌生的土地，那里住着'食莲族'。他们吃的魔法果实可以让人忘记一切，只想不停地吃更多莲果。我们的登陆小队只吃了一口这种水果就险些向魔鬼屈服。我们费尽全力才把他们拖回船上，还得阻止他们跳船游回海岸。

"接下来我们到了独眼巨人的领地，他们是些野蛮的巨人，只长着一只眼睛，他们蔑视众神。他们每个人都自有一套行事法则，只凭自己的意志行事。我们将船停在离岸较远的小岛上，那里物产丰富，草场上到处都是绵羊和山羊。我们再次乐观起来，于是背上武器出发去狩猎。很快一大群山羊出现在我们面前，我们打了几十只。乐观估计，我们应该很快就能再次起航，我没有仔细调查，让好奇心占了上风。

"晚上吃完美食，又好好睡了一觉，东方刚出现第一缕曙光我们就醒了。谁也不知道我们会遭遇什么，我对手下的人说，我带上小船和一队人去大陆上看看有没有居民。我们就朝着大陆驶去，在一个很大的山洞旁发现了众多绵羊和山羊。在山洞外，我们看到某个巨大的影子。但我还是没有怀疑——我想知道是什么人住在这里。我叫上十二个人，又用羊皮口袋装了一大袋马龙给我们的好酒，然后我亲自去看了。

"我们来到洞口的时候，那里一个人也没有。我们周围是羊圈，里头关着年轻的绵羊，全都按照年龄分组关好，等着母羊从牧场回来。很快母羊回来了，它们奶子里装满了奶水，来回摇晃。接着羊的主人也出现了，他用羊能听懂的语言吹口哨弹舌头，接着我们就看到了独眼巨人那可怕的身影，一只巨大的眼睛占据了他鼻子上面的空间。羊群进入山洞之后，他推来一块巨石堵住了山洞入口。我们被困住了！然后他不等小羊吃饱就依次给旁边的

"我们周围是羊圈，里头关着年轻的绵羊，全都按照年龄分组关好，等着母羊从牧场回来。很快母羊回来了，它们奶子里装满了奶水，来回摇晃。"

母羊挤奶。

"他看到我们也在洞里，立刻发出很不愉快的吼叫声。我手下的人都慌了，我走上前直接和那个独眼巨人对峙。我说我们遭遇了船难好不容易幸存下来，看在一切落难者的守护神宙斯的分上，希望他能怜悯我们。他回答说他才不管人类的待客之道，神亲自来说也不管用。接着他抓起我的两个手下把他们吃了，还用新鲜羊奶润了润嗓子。我们见到这恐怖情景都吓得缩成一团，听见自己同伴被他嚼着，那声音也很恶心。如果我们不赶紧逃跑，那谁都别想回船上了。

"黎明时分，独眼巨人把洞口的大石头推开。他又抓了两个人当早餐，吃完这顿骇人的饭之后他又喝了些奶，然后他就干活去了。他把羊从圈里放出来赶到洞外，但是他在离开之前又用石头堵住了洞口。我们这一整天都被困在洞里。

"独眼巨人离开的时候，我们想找些东西防御。羊圈里有一根很长的木棍，跟树干一样粗。我们截下一段，把它削尖，放在火里烧热，在燃烧的炭火上不断旋转，让它变硬。很快武器就做好了，我选出一组人，他们必须举起那个尖木桩，把它刺进独眼巨人额头上那只眼睛里。不过我们还得想办法通过山洞入口才行。

"到了傍晚，太阳西沉了，独眼巨人回来了。他推开石头，把羊赶回山洞，给羊挤奶，让它们给羊羔喂奶，他干的事情和头一天一样。接着他又抓了两个人吃完一顿恐怖的晚餐。他正要喝羊奶，我赶紧拿着一大瓶酒来到他面前。我在他碗里倒满那闪亮的酒水，他一口就喝了。接着又把碗伸出来要酒，还问我的名字。我回答：'我叫无人。'然后又给他的碗里倒满酒。他再次喝完，又要更多，他就这样坐在火边一碗又一碗地喝着，最后醉倒了。

"我们齐心协力，将准备好的烧热的木桩高举起来。然后就像站在城门前面用破城槌攻城，准备攻破青铜大门一样往前冲去。木桩尖端扎进巨人紧闭的眼皮之中，深深没入眼眶里，当它穿透皮肤时，发出炙烤脂肪的嗞嗞声，就像用炭火烤着一只肥猪一样。那怪物极度痛苦地尖叫起来，他叫得太大声，住在远处的邻居们都跑过来问他怎么了。他们喊道：'你怎么了？'波吕斐摩斯高喊着'无人'攻击了他，于是别的独眼巨人也就丢下他不管了。

"但我们还是不知道能不能逃走，虽然被刺瞎的眼睛非常灼痛，但巨人还是坐在山洞口，打算在我们想要逃走的时候抓住我们。但是我想好了一个能救下所有人的计划。我命令所有人从羊圈里各选几头羊，每个人将三头羊绑在一起，绳子就藏在羊毛之中，人就抓住中间那头羊的腹部茂密的羊毛，两侧的两头羊就正好能挡住他，免得被独眼巨人抓住。我自己则抓住一头大公羊的肚子。计划成功了！独眼巨人忍着疼痛，检查每一头离开山洞的羊，同时不断地威胁咒骂，仿佛我们还在山洞里一样。

"一旦我们全部离开山洞，我就把大家从羊身上解下来，我们赶着羊群回到船上。我们回到小岛上，跟那边的同伴们会合，我朝着那个独眼巨人大声叫喊，故意让他生气。他朝我们扔来巨大的岩石，险些砸中船舷，巨石掀起的巨浪几乎把我们冲回到岸边。但是桨手们拼命划船，很快就逃了出去。我们快速离开的时候，我报上了我的真名，波吕斐摩斯在我们身后咆哮，说他父亲波塞冬的怒火会降临在我们身上。波塞冬听见了他儿子的诅咒，从那

"人就抓住中间那头羊的腹部茂密的羊毛，两侧的两头羊就正好能挡住他，免得被独眼巨人抓住。我自己则抓住一头大公羊的肚子。"

奥德修斯趁离开时挑衅受伤的独眼巨人，巨人威胁着众位船员。

《奥德修斯与波吕斐摩斯》，阿诺德·勃克林，1896年。

时起他就不断地折磨我。

"我们和别的同伴再次会合。大家一起平分了那些羊，又将最大的一头公羊用于献祭，就是那头羊把我从波吕斐摩斯洞中安全带出来。我们感谢天父宙斯庇佑大家的性命，并请求所有神祇保佑我们安全穿过危险的大海。我们在岸边离船不远的地方准备了丰盛的美食，然后享用了肥美的肉和好酒，最后大家都累了，就躺下睡觉。到黎明玫瑰色的手指温柔地点亮东方时，我们再次起航，希望旅途顺利。"

### 埃俄罗斯，拉斯忒吕戈涅斯人和喀耳刻

"逃离波吕斐摩斯的洞穴之后我们非常高兴，大家不停地讲

故事大吃大喝。然后我们来到了埃俄罗斯统治的浮岛上。埃俄罗斯是风神，他的六个儿子和他的六个女儿结婚，在浮岛埃俄利亚上举行着宴会和庆典，夜以继日永无休止。我们在这个地方奢侈地度过了一个月。离开的时候埃俄罗斯慷慨地赠送给我一只皮囊，里面装着暴风的力量，这样航行途中就只有微风推动我们。大家精神十足，希望一切顺利，就这样，温柔的西风在船尾吹拂，我们起航了。

"但是我手下的人在货物中翻找，想知道我从埃俄罗斯那里得到了什么贵重礼物没告诉他们。这些蠢货发现了那个大皮囊。他们打开了绑着皮囊的银色束带，把困在里面的所有狂风都放了出来。风暴又把我们吹回到出发的地方。我们发现自己又回到了埃俄利亚岛的海滩上，但这一次我们没有得到热情接待。埃俄罗斯痛斥我们，拒绝再帮助这群辜负神祇好意的凡人。于是我们再次出发，这次大家心情沉重。

"整整一周，我们都在陌生的海面上平安地航行，最终来到拉斯忒吕戈涅斯人的土地上，海岸线形成安全的天然港口能为船只提供庇护。船队里别的船只直接开进港口，但是我把自己的船停在港口外，然后派三个人前去打探一下究竟是什么人住在这里。

"很快我们就发现这地方一点也不好客。我的人遇到了拉斯忒吕戈涅斯人的头领，这个山民抓了一个我的手下准备当晚餐吃，他的意图真是太明显了。拉斯忒吕戈涅斯人是一些高大邪恶的食人族。剩下两个人惊恐万状地离开那个地方逃回到船上。但是别的船只被困在港口里，拉斯忒吕戈涅斯人用巨石砸向他们，那些人丢巨石就像小孩在湖面上用小石子打水花一样轻松。我的船员立刻拼了命地划桨想离开这个地方。但是只有我们的船逃脱了，

"在靠近房子的地方一个陌生人拦住我。那一定是神祇，可能是赫耳墨斯，他给我提了很好的建议。他对我说，要警惕喀耳刻端出来招待客人的食物。"

其他船只上的人都没能生还。我们哀悼遇难的同胞，继续前行，生怕还有别的什么灾难袭来。

"后来我们到了埃埃亚岛，喀耳刻的岛。靠岸之后，我们吃东西休息，然后我选出最得力的手下去调查这片区域。其他人都跟我在一起，我们守好船只，准备一有危险就走。我们没等太久，调查小队的头领欧律洛科斯就慌慌张张地从树丛里跑出来冲向沙滩。

"他吓得脸色苍白全身发抖，但还是回答了我们急于知道的问题。调查小队在林间空地里找到了一座房子。奇怪的是，附近的野生动物都很温顺，狮子老虎都在附近走动。它们摇着尾巴，像狗一样亲近人类，仿佛在迎接出门已久的主人。他们听见房子里传来甜美的歌声。他们去敲门，一个美丽的女子出来了。那就是喀耳刻，赫利俄斯之女，科尔喀斯的统治者埃厄忒斯的姐妹。女巫欢迎了这几位不速之客，还款待了他们。只有欧律洛科斯拒绝了她友好的邀请，没有进屋。但是进了屋的人全都没出来。

"一听说又有新的危险，我抓起自己的剑冲向欧律洛科斯描述的那块林中空地。在靠近房子的地方一个陌生人拦住我。那一定是神祇，可能是赫耳墨斯，他给我提了很好的建议。他对我说，要警惕喀耳刻端出来招待客人的食物。那里头加了毒药，可以把人变成动物。他给我了一根白花黑根的草，这是解药，可以破解女巫的毒药。接着聪明的赫耳墨斯（应该就是他）又教我该如何让那女巫解除施加给我手下的魔咒。我牢记他的建议，穿过树林去了喀耳刻的房子。我在那里见到的景象简直令人绝望。

"我的同伴都聚在一起。他们所有人都被变成了猪，被关在猪圈里。他们在地上拱来拱去，或者在泥巴里打滚，发出哼哼和尖叫。但是很显然他们都还保持着人的智慧，因为一见到我，他们都发出很大的噪音想让我走开，也有些是想让我放了他们。我很愤怒地走上前，要求见房子的主人。

　　"光芒四射的喀耳刻出来迎接我。她让我坐下，给了我一只金杯子。那里头自然装了她的魔药，不过我已经吃了解毒剂，所以就平静地笑着喝了。她惊讶地发现我丝毫不受影响。按照赫耳墨斯的建议，我拔出剑，做出要杀她的样子，她困惑又恐惧地退缩了。仿佛谦卑又顺从的样子，她请我上她的床——这又是一个陷阱，她会用性欲的魔法束缚凡人，但是赫耳墨斯告诉过我该怎么办。我要求她发誓不再使用任何阴谋诡计，然后愉快地接受了她的邀请，因为只有等她满足了之后才会放了我的手下。

　　"我们享受了愉快的欢爱，她解除了我手下的魔法，他们都恢复了人形。很快船上的人也得到了新消息，来和我们会合。我们以客人身份在喀耳刻的岛上住了一年。我和那个美丽的女巫过得很快乐，但是她的魔咒未能让我忘记亲爱的妻子珀涅罗珀，我一直都渴望和她团聚。

　　"我手下的人也开始思乡，我请求喀耳刻帮助我们。那位女巫说，她知道未来还有什么艰难险阻在等着我们。我和我的人要去一趟冥府，那个阴暗的国度里住着过去无数死者的幽灵。到了冥府之后我得去问讯拜的先知泰瑞西阿斯，在冥府之中，唯有他还

"我和她躺在柔软的床上，美丽的女巫教给我召唤死者的方法，这样泰瑞西阿斯就会应召唤而来，把我想知道的一切都告诉我。"

喀耳刻是太阳神与大洋女神珀耳塞伊斯的女儿，科尔喀斯国王埃厄忒斯的妹妹，也就是美狄亚的姑姑。她住在神秘的埃埃亚岛上，也是希腊神话中著名的女巫。

《喀耳刻向奥德修斯敬酒》，约翰·威廉姆·沃特豪斯，1891 年。

希腊神话：众神与英雄的故事

保持着生前的智慧。我和她躺在柔软的床上，美丽的女巫教给我召唤死者的方法，这样泰瑞西阿斯就会应召唤而来，把我想知道的一切都告诉我。

"当头发闪亮的黎明女神出现在东方时，我叫上手下的人在喀耳刻屋子的大厅里集合，宣布我们要离开了。大家欢笑吵闹地打理行装，收拾工具，准备返回我们停在海岸边的船上。我手下有一个人头天晚上喝了好几瓶酒，结果在喀耳刻的房顶上睡着了，早晨被下面的声响吵醒。这位倒霉的埃尔皮诺尔迷迷糊糊的，脚下一空，从房顶上掉下来摔断了脖子。我手下的人和我自己对此毫不知情，于是就丢下他出发了。他的尸体躺在那里，无人哀悼也无人埋葬，他的灵魂只能徘徊在冥府边缘。"


## 冥府

"作为临别的礼物，喀耳刻唤来了一阵顺风，我们顺利穿过泡沫翻滚的漩涡。我召集所有人来到甲板上宣布此行的目的地。他们都表示难以置信而且害怕，都希望马上直接回家。我们真的要朝着世界尽头，死者的国度而去吗？总之我们依然沿着我设置好的航线前行，最终来到了环绕世界的大洋河的西岸。船员和牲畜都下了船，我选了一头公羊和一头黑色的母羊备用，这是喀耳刻送给我们的，也是召唤死者仪式上必须用到的东西。

"我们到了女巫描述的那个地方之后，我跪下来，用剑挖了个浅坑，在里面倒上蜂蜜酒、奶、葡萄酒和水，然后撒上白色的大麦，祈祷并念出咒文。然后我割开祭品的脖子，血流进坑里，沉入干渴的土地之中。转眼间我们周围就挤满了死者的灵魂，血让它们激动起来，个个都想分一点。我挥舞着剑把它们赶走，与此同时我手下的人急忙准备好母羊和公羊献祭，这两个是要放在火中烧给可怕的哈迪斯和可敬的珀耳塞福涅的，他们两位是地下世界里令人生畏的统治者。

"第一个来找我们的死者是倒霉的埃尔皮诺尔，就是前几日从喀耳刻房顶上摔下来的那位船员。我看到他感到很惊讶，他跟我说了此前发生的事情，我答应他一定返回喀耳刻的岛去给他举行葬礼。

### 献祭

献祭的本质是互惠：你送给神祇一些特别的东西，他们高兴了就会回应你的祈祷。在某些特殊的时候，国家会献上数量庞大的祭品：有可能会献祭上百头公牛。在日常生活中，普通人的献祭可能就是往家中的火炉里撒一把谷物，祈祷一下明日顺利。你可以想象小型的献祭仪式就是家人朋友聚集在简单的祭坛旁，奴隶抬一头小猪上来当祭品。主人洒水净化参与献祭的众人，大家都严肃沉默地站着。然后还要洒水净化祭品，接下来就用一把小刀割开祭品的喉咙，女眷要象征性地尖叫一下。血被接在一个碗里，作为祭品的一部分献给神。大家要祈祷，死掉的牲畜就被抬下去煮了——一部分给神，剩下的全归人类。在古希腊人的餐桌上，肉食是很贵重的，通常只有在献祭之后才能吃到。

"随后忒拜的先知泰瑞西阿斯来了。他认出了我，然后他喝了一口血，给我讲了返航路上还有什么危险。波塞冬会一直尾随我，因为他儿子独眼巨人波吕斐摩斯的眼睛瞎了，他要复仇。他偷偷警告我要管好自己的手下，尤其是到了特里那喀亚岛的时候，那里的牛是无所不知的太阳神放牧在草场上的。

"但这还不是最严重的，先知又告诉我，在经历了多年痛苦和思乡终于回到家之后，迎接我的将是一场大麻烦。我家里被一群傲慢的年轻贵族占据了，他们急于霸占我的财产，夺走我的王后。他预言说我最终能够解决所有问题，除掉那群求婚者，但是他还说，到那时候我的流浪还未结束。

"泰瑞西阿斯说，为了最终平息波塞冬的怒火，我必须带上一支船桨远行，到一个无人知道大海的地方。那个地方人们会把船桨当作簸扬铲子，我必须在那里为撼动大地之神造一座神殿。到那时，我才能安全回家。他给我说了一个好消息，我将十分长寿，最终在自家的火炉边，在所爱的人陪伴中离世。然后他穿过大群郁郁不乐的鬼魂离开了。

"我看到了亲爱的母亲安提克勒亚的鬼魂，她跟我简单地谈了几句。我不知道她已经死了。我虽然拼尽全力想再次抓住她的手臂，但是除了虚幻的空气以外我什么都没抓到，她的鬼魂也混入鬼魂之中走了。另外很多了不起的男女的鬼魂也出现了，我让他们喝了血，他们纷纷和我说话。

"其中之一就是阿特柔斯之子阿伽门农，他第一个上前来。他跟我讲了他回家后的悲惨遭遇，他妻子克吕泰涅斯特拉和情人埃癸斯托斯在浴室里谋杀了他，那时候他的黑船上的桨都还没干呢。他告诉我，他们还杀了他的战利品，命运悲惨的卡珊德拉，他手

"我虽然拼尽全力想再次抓住她的手臂，但是除了虚幻的空气以外我什么都没抓到，她的鬼魂也混入鬼魂之中走了。"

下的忠臣也都被杀了。这位伟大国王的鬼魂看着我的眼睛警告我说，回家的时候一定要秘密地登陆，还要好好伪装，摸清对方真面目之后再表明自己的身份。我牢记他的忠告。我们之间隔着一个溢满黑血的浅坑，但我们还是站在一起回忆那些逝去的战友，他们很多人的灵魂都来到我面前，急于喝一口血，和活人说说话。

"其中有萨拉米斯的埃阿斯，为了阿喀琉斯的盔甲的事情他依然在生我的气，不肯和我说话。安提罗科斯和帕特洛克罗斯两位希腊英雄也来了，接着阿喀琉斯也出来了，他喝了一口血，认出

奥德修斯召唤泰瑞西阿斯的鬼魂，泰瑞西阿斯喝下奥德修斯献给亡灵的血。

《奥德修斯听取泰瑞西阿斯的建议》，尼古拉·阿比嘉，18世纪。

了我，他想知道我现在又想干什么，竟然活着跑到冥界来了。这可是最了不起的英雄壮举啊。'不是这个意思，'我回答，'再也没有比你更了不起的英雄了。你在活着的时候被视为希腊最伟大的英雄，现在你在死者中也是最厉害的。'

"但是阿喀琉斯悲伤地回答他更愿意在人间当一个普通农夫，整日劳作也好过在浑浑噩噩的死者之中当王。然后我跟他说了他儿子涅俄普托勒摩斯的近况。为了让这个悲伤的幽灵振奋起来，我对阿喀琉斯描述了涅俄普托勒摩斯在特洛伊的英雄表现。在战争末期，他掠夺了大量战利品，装满了船只，然后就从风暴肆虐的特洛伊海滩上起航了。首先他到了色萨利海滩，到达之后，他听了忒提斯的劝告，把船只全部烧掉，随后从陆路回家。我还告诉阿喀琉斯，据我所知，他现在统治着勇敢的密耳弥多涅斯人的故乡弗提亚。阿喀琉斯的鬼魂谢过我，然后骄傲地大步走掉了，他脚步都轻快了不少。

"我还看到了其他很多名人和普通人的鬼魂。其中有提堤俄斯，他因为垂涎勒托而付出了沉重的代价。他庞大的身躯被绑在地上，双手摊开，他肚皮暴露在外，每天都有秃鹫来啄食他的肝脏。我还看见了坦塔罗斯，他被永不平息的饥渴感折磨着，却永远够不着食物和饮品。科林斯那位狡猾的西绪福斯也在，他依然在完成那件永远无法完成的任务，这是他冒犯永生的众神获得的惩罚。只有傻瓜才会轻视天庭的众神。

"我还遇到了贤王米诺斯，他和他的兄弟拉达曼提斯一起维持着冥界的公正，因为他们是首先在畏惧神祇的凡人中推行法律的人。我最后一个看到的是经历过漫长考验的赫拉克勒斯的鬼魂，他的肉体已经在特剌喀斯的火葬堆上被烧掉了。他作为神祇的那一部分现在正住在奥林匹斯，并迎娶了赫拉的女儿赫柏。他认出了我，为了安慰置身死者中紧张不安的我，他怜悯似的朝我摇了摇他毛发蓬乱的脑袋。他想起了自己还活着的时候在冥府的遭遇，当时欧律斯透斯要求他来冥府驯服刻耳柏洛斯。

"我再等一会儿也许能遇到更多古代英雄，但是突然间一群鬼魂涌上来，他们都想尝尝那新鲜的血，他们分散了我的注意力，而且我也觉得害怕起来。我转身迅速回到船上，跟熟悉的活人同伴会合了。"


## 海上的危险

伟大的阿尔喀诺俄斯和他高贵的王后被奥德修斯的故事深深吸引，悬挂壁毯的大厅里前来赴宴的众宾客也听得十分陶醉。这位疲惫的流浪者表示自己很累了，想放下思虑回船上睡觉，随后直接出发，但是大家都请求他去船上休息之后，再来喝酒继续讲故事。与此同时，阿尔喀诺俄斯下令给经历了长途旅行的奥德修斯更多礼物，斯刻里亚岛的贵族派出脚夫去港口在奥德修斯的黑船边待命，同时他们自己也送出更多礼物。在吃了一些点心后，这位郁郁不乐的英雄继续讲自己的故事：

"我们迅速起航，必须赶紧离开这个可怕的地方，顺风推着我们很快回到了我们来的地方。我们很快回到了喀耳刻的岛，我们

"她警告我说，我们的航线会经过塞壬的领域，那些是很可怕的生物，她们一半是鸟一半是女人，她们美妙的歌声会引诱人类走向死亡。"

在沙滩上停泊，然后下船去找到了失踪的同伴埃尔皮诺尔。我们好好安葬了他，并给他堆了一个坟墓，用他的船桨当作墓碑立在那里。喀耳刻和我们一起吃了饭，并一起吊唁。

"那位女巫和我的位置离其他人较远，她给我提了不少建议。她警告我说，我们的航线会经过塞壬的领域，那些是很可怕的生物，她们一半是鸟一半是女人，她们美妙的歌声会引诱人类走向死亡。喀耳刻对我说，等我们靠近之后，我必须把蜂蜡在手中捏软，按照她的说法，我得把手下人的耳朵都堵起来，这样他们才能继续划船，不会听见塞壬那充满诱惑的歌声。如果我真的一时糊涂，想要听听塞壬的歌声的话，最好是让手下的人把我绑在船的桅杆上。不管我如何要求松绑，那些人都不能听我的——因为

奥德修斯被绑在船的桅杆上，经受住了塞壬歌声的诱惑。

《尤利西斯与塞壬》，约翰·威廉姆·沃特豪斯，1891年。

他们耳朵被塞住了，是听不见的。我牢记美丽的喀耳刻说的话，仔细听她说的一切。

"我们经过了塞壬的海域之后，必须勇敢地通过卡律布迪斯和斯库拉两种恐怖怪物居住的海峡。喀耳刻警告我说，我们不可能平安无事经过海峡。如果我们真的通过了那个地方，前方还有一个挑战。在卡律布迪斯和斯库拉居住的海峡之外，特里那喀亚岛正等着牺牲品。这个充满魔法的岛屿是无所不知的赫利俄斯牧牛的牧场，那些牛由他的女儿们掌管。女巫对我说，最好是直接从这个岛旁边驶过。因为只要那些肥美的牛有一点点损伤，太阳神就会降罪于我的船和船员。

"次日早晨，我和同伴们再次起航。我该说什么才能让大家鼓起勇气面对即将到来的危险呢？我需要他们配合才能安全通过塞壬的海域，所以我对他们说了这个怪物，但是关于海峡的事情却没说，免得他们惊慌。估计我们差不多靠近了塞壬居住的恐怖岛屿之后，我就让所有船员都在耳朵里塞上蜡，这样在那致命的歌声响起的时候，他们就能继续划船，而且也不会听到我的请求了。我又让那些人把我牢牢地绑在船的桅杆上。

"海岸线刚一出现，我就隐约听见了远处传来的歌声。那些怪物呼唤我的名字，让我停下来听她们唱那些活人和死人的传奇。她们的声音……很难描述。我满心满脑子只想着去见见那些嗓音甜美的歌手。她们仿佛能带给我无尽的幸福。我中了魔法，拼命挣扎，我要求船员给我松绑，他们听不见，我就通过表情向他们

"卡律布迪斯会吞下大量海水，形成巨大的漩涡，漩涡深得可以见到海底。然后它用很大的力量将方才吞下的海水吐出来，此前吞下的一切都会伴着巨大的气流被喷得远远的。"

海上女妖斯库拉，相传她上半身是美丽女子，下半身则是有六个头的妖兽。她的对面就是卡律布迪斯大漩涡怪，过往的海员往往不是被斯库拉吃掉，就是被大漩涡怪吞噬。

《尤利西斯与斯库拉》，木版画，来自《希腊神话》1880年版。

示意。但是他们听了我之前的命令，果断把我绑得更紧了。我们经过了那个岛之后，我立即打起精神准备迎接近在眼前的下一个挑战。

"我们眼前的水域波涛汹涌，当波浪撞上海峡两边的悬崖时，发出咆哮一样恐怖的回音。海峡一边，卡律布迪斯会吞下大量海水，形成巨大的漩涡，漩涡深得可以见到海底。然后它用很大的力量将方才吞下的海水吐出来，此前吞下的一切都会伴着巨大的气流被喷得远远的。大家吓得不敢向前，但是我命令他们拿起桨，奋力划水，这样才可能安全通过。眼见卡律布迪斯这边走不通，我们就靠着海峡另一边前进，我小心警惕着斯库拉，她叫起来像小狗，其实却是有六个头的怪兽。她从巢穴中飞快地冲出来，出其不意地袭击了我们。六条蛇一样的脖子在船只上方扭动，眨眼间她就吞吃了六个人。那悲惨的尖叫声我到死也不会忘记。"

## 太阳神的牛群

"我们竭尽全力划桨，想要远离那些怪物，最后总算通过了海峡，由于失去了好些同伴，大家心情都很沉重。很快我们就到了赫利俄斯的女儿们放牧牛群的那个岛屿。虽然我也想休息一下恢复精神，但还是催促大家继续划船，找别的地方休息。最终我把喀耳刻和泰瑞西阿斯的忠告告诉了大家，要是胆敢弄伤赫利俄斯的牛，就会招致灾难。但是有个直言不讳的伙伴说服了我，他坚持要在岛上休息，因为大家都很累了。我要求大家一定要避开那神圣的牛群。于是我们将船停在岸边，用船上的补给品做饭。

"但神偏偏要考验人类。此时吹起了逆风，我们被困在岛上数个星期。补给用完了。大家只好去打猎钓鱼，但是心情又跌落谷底。我去了一个神圣的林间空地，献上祭品向众神祈祷，希望能有个好天气。大概是某个神祇让我睡着了吧，总之我什么都没听见——我手下的人闹哄哄地杀了一头牛。随后我闻到烤肉的香气醒来，不禁心里一沉。我赶紧跑到岸边大声呼喊要他们停止这种愚蠢行为，可是牛已经被杀死了。

"我们惊恐地看见，被剥下的牛皮和死去的牛尸体在营地里爬行，架在炭火上烤着的肉开始痛苦地呻吟。这情景让我们疯狂想要离开这座岛，可是此后的好多天我们都依然被狂风困在岛上，我的同伴们依然吃着那禁忌的牛肉。我十分沮丧地离开营地，心知他们必死无疑了。最终宙斯转变了风向，我命令大家上船。离开时，乌云依然萦绕在我们的船上，也压在我的心头。

"不久，一阵惊人的狂风以极大的力量从西边吹来。片刻后，桅杆和船板就像火绒一样裂开了，随后船的横梁断了，恰好把舵

"宙斯丢下闪电，击中了船体中部，船壳碎了。汹涌的大海把水手和他们垂死的尖叫全部吞没。只有我一个人抱着龙骨和桅杆活下来。"

手当场砸死。宙斯丢下闪电，击中了船体中部，船壳碎了。汹涌的大海把水手和他们垂死的尖叫全部吞没。只有我一个人抱着龙骨和桅杆活下来。

"我漂了一整夜，又漂回到斯库拉和卡律布迪斯两大怪兽盘踞的海峡。我必须掐准时间才能通过。漩涡吞没了我的临时木筏，我趴在悬崖边上，只有一棵无花果树恰好横在水面上能让我攀住。过了不知道多久，怪物把桅杆和龙骨吐了出来。我跳进旋转的水流中，再次紧紧抓住临时的筏子，尽可能低下头，漂过斯库拉的巢穴。我在险恶的海面上无依无靠地漂了九天，最终来到了俄古癸亚岛，那是女神卡吕普索居住的岛。我的不幸遭遇就此暂停。剩下的你们都知道了。"

## 奥德修斯回到伊萨卡

宾客们各自散去睡觉了，次日，阿尔喀诺俄斯王愉快地陪着客人去了港口，他亲自监工把奥德修斯的礼物都搬上船。那位旅人非常热切地感谢了主人，并希望所有这些慷慨善良的人受到保佑。太阳西沉时，他们驾着两轮战车离开了。

淮阿喀亚人的船在闪亮的星空下行驶，奥德修斯躺在甲板上陷入深深的睡眠，那是充满魔法的睡眠。天还黑着的时候，他们就到了伊萨卡，在一个遥远的港湾停下船。船员们迅速又安静地

波塞冬用他有力的手拍向船只，船瞬间变成了石头。那艘船至今还在那里，提醒世人忤逆众神的下场，神祇是很容易生气的。

把那位疲劳的战士从船上搬下来，放在沙滩上一个神圣的山洞附近。然后他们又把从斯刻里亚岛贵族处收到的所有的礼物都搬下来放在他附近。奥德修斯依然深深地睡着。

与此同时，波塞冬也得知奥德修斯安全返乡了。震撼大地之神得知是淮阿喀亚人帮他回乡，不禁很生气。他向宙斯抱怨，还威胁说要在他们的岛周围升起一串无法逾越的山脉。然而集云者阻拦了生气的兄长，让他仅仅是惩罚一下送奥德修斯回乡的船只就够了，不要再造成更严重的事态了。船驶回淮阿喀亚的海岸，本地人看到船只回来都很高兴。但是就在此时，波塞冬用他有力的手拍向船只，船瞬间变成了石头。那艘船至今还在那里，提醒世人忤逆众神的下场，神祇是很容易生气的。

奥德修斯还在睡觉，丝毫不知道自己已经到了伊萨卡。雅典娜用迷雾将自己最中意的凡人笼罩起来。最后醒来之后，他四下看了看，没看到任何能让他想起故乡的东西。这位离家很久的国王惊慌地叫起来，接着他查看了一下自己的财宝，突然怀疑淮阿喀亚人戏弄了他，把他丢在荒芜的海滩上，还把财宝都带走了。他吃了这么多苦，这点小事已经吓不倒他了。

他站在那里低声自言自语，周围全是金杯子，青铜三脚大鼎等东西。灰眼女神雅典娜假扮成一个年轻的牧羊人，告诉他这是哪里。英勇的奥德修斯得知自己终于回乡了，不禁万分高兴，不过他还是很小心，没有把自己的身份透露给牧羊人。他说自己是个克里特岛的贵族，因为杀了伊多墨纽斯的儿子而被流放。雅典娜听了他编的假话，她偏爱这个凡人，对于他的积习也很容忍。她碰了一下奥德修斯的脸，此时她的伪装消失了，奥德修斯眼前出现了她神圣的美貌。

她安慰了饱经痛苦的奥德修斯，告诉他真的到家了，智慧女神已经帮他准备好应对接下来的考验了。她警告奥德修斯说危险就藏在他的宫殿里，建议他首先去见见自己的猪倌欧迈俄斯，此人依然忠诚，他可以藏在猪群里，等到想好了复仇计划再行动。他们一起将淮阿喀亚人的礼物搬进神圣的山洞里。女神把奥德修斯装扮成一个衰老的乞丐，穿上脏兮兮的破衣服。

雅典娜把他送到城外的农庄，随后她迅速去半路拦住忒勒马科斯，忒勒马科斯此时正在从皮洛斯回家的路上，已经快到家了。雅典娜警告他说，有一群心怀不轨的求婚者正准备在港口伏击他，

雅典娜现身，指引刚刚回到家乡的奥德修斯。

《雅典娜在伊萨卡岛指引奥德修斯》，朱塞佩·博塔尼，18 世纪。

于是忒勒马科斯就要求在别的地方下船，他说自己想要视察一下领地，步行回家。他下船后，船才回到伊萨卡的主要港口。他独自一人朝着猪倌欧迈俄斯的小屋走去。

## 猪倌小屋

旅途劳顿的奥德修斯去了农庄，他的老仆接待了他，给了他吃的。吃完简单的一餐之后，欧迈俄斯对陌生人讲了自己当初是如何来到伊萨卡这个贵族家庭当仆人的。他家里原本也是贵族，来自遥远的叙利亚。当欧迈俄斯还是个小孩的时候，一个心怀不轨的仆人把他卖到一艘海盗船上。船上的人又把他卖给了拉厄耳忒斯，拉厄耳忒斯慈爱地把他养大，对他几乎如家人一样。他教他养猪，还给了他一块地。

欧迈俄斯想起往事微笑起来，但是接下来他面色阴沉了。他现在的主人，了不起的奥德修斯去了狂风肆虐的特洛伊作战，如今已经离家二十年了，依然没有回来。现在他家面临不幸！那群放肆的求婚者每天都挥霍宴饮，专挑最好的东西享用。"我甚至不敢进城去看现在究竟是什么状况了，"他说，"看到我的主人的财富被那群坏蛋糟蹋，我真的受不了。"

奥德修斯仍旧是乞丐的装扮，他编了一套身世告诉欧迈俄斯。他依然说自己是克里特岛的贵族，不过这次他谎称自己是侍奉伊

当欧迈俄斯还是个小孩的时候，一个心怀不轨的仆人把他卖到一个海盗船上。船上的人又把他卖给了拉厄耳忒斯，拉厄耳忒斯慈爱地把他养大，对他几乎如家人一样。

"他们一旦耗尽了我父亲的财产就会来对付我了。我肯定活不久。"

多墨纽斯的人，应希腊人征召一起去特洛伊作战。在海上漂泊数年之后，他的船在忒斯普罗提亚沉没了。他本人被当地国王的儿子救下来，并且热情招待了他。在忒斯普罗提亚国王的宫殿里，他听说了奥德修斯的遭遇。那位伊萨卡的国王去了多多那城的圣林领悟宙斯的意志，很快奥德修斯就能顺利回到自己的故乡了。

那位乞丐又继续说，他受了很多苦，他上了忒斯普罗提亚人的船，船员抢劫了他，把他卖到奴隶市场去了。后来船到了伊萨卡的时候，他逃出来了，现在他才能在欧迈俄斯这位慷慨的主人面前讲自己的故事。

好心的猪倌认真听着这位乞丐讲故事，讲到奥德修斯即将回乡时，他不禁摇头：要是他每次听到类似传闻就收一捧谷子的话，现在他早就是富翁了。他起身准备了简单的食物，晚上两人吃饱喝足之后就在小屋里睡着了。

次日一早，奥德修斯仍旧保持着那身乞丐打扮，他听见狗朝着某人吠叫，尾巴刷刷地扫着地面，随后它们认出了主人，都呜呜叫起来。接着，忒勒马科斯那张英俊的脸出现在门口。忠诚的猪倌欢呼起来，丢下手边的事情拥抱了这位年轻人表示欢迎，他满眼泪水，把忒勒马科斯迎进小棚屋里。

他们吃饱喝足之后，年轻的王子问欧迈俄斯这个陌生人是谁。好心的猪倌把这位老乞丐昨天晚上说的事情转述了一遍。奥德修斯在外面听见了他们的对话，抓住机会让事情朝自己预计的方向发展。他回到屋里，声称自己很愤怒，还说必须彻底根除那群求婚者和他们的丑陋行为。

"你说得对，陌生人，"忒勒马科斯说，"但是我能做什么呢？我孤身一人，没有帮手，对方人数众多。他们一旦耗尽了我父亲的财产就会来对付我了。我肯定活不久。"他转身让欧迈俄斯去城里通知珀涅罗珀他回来了，好让她安心，此外不要告诉其他人。猪倌点头，迅速执行任务去了。

智慧的雅典娜出现在猪倌小屋的门口，朝着奥德修斯挑起眉毛，他跟着女神到了外面。她说现在时机成熟了，他可以向自己的儿子说明身份。她说完之后，奥德修斯的乞丐装扮就神奇地消失了，变成了豪华的服饰，这位国王站在她面前，比往日更加庄严。奥德修斯回到猪倌小屋，站在自己的儿子面前。忒勒马科斯惊讶地叫起来，因为他没看到女神对乞丐施展魔法。他虔诚地遮住眼睛，觉得自己是看到了神祇。不过奥德修斯温柔的话语抚平了爱子的恐惧。他说："不必害怕，我不是神。其实，我是你的父亲。"

一开始，忒勒马科斯不肯相信，认为是众神在戏弄他，但是奥德修斯解释说，刚刚是雅典娜帮他乔装打扮了。父子二人深情拥抱，喜悦又痛苦的泪水落在彼此肩头。

随后他们终于又能开口了，话题转向复仇。奥德修斯让忒勒马科斯发誓保密，他们一起制订了计划，要出其不意地消灭那群作乱的人。忒勒马科斯必须让这个"衣衫褴褛的乞丐"到宫殿大厅角落里待着，这也符合待客之道。然后就好像希腊人从木马中跳出来袭击毫无防备的特洛伊人一样，拉厄耳忒斯之子就会去击败那群求婚者。

与此同时，那群求婚者听到了消息，说暗杀忒勒马科斯的行动失败了，那位年轻人逃脱了。他们不禁大怒，又凑在一起策划新的诡计。不过有人听到了他们的计划，这个消息传到了宫殿里的女眷们耳中，与此同时忠实的欧迈俄斯来到宫殿中通报忒勒马科斯到了。

王后珀涅罗珀决定采取行动。她叫来女仆，两人一起来到大厅里，求婚者们正在大厅里无所事事。珀涅罗珀言辞激烈地责斥他们，尤其针对他们的头领，说他们密谋杀害她儿子。他们则说她的指责毫无根据，还说凡人的计划无论好坏，神祇自有斟酌。

他们说得很对，只是自己还不知道。愤怒的王后满心厌恶地回到自己的房间，她在屋里默默流泪。

## 居伯塞卢的圣箱

旅行作家鲍桑尼亚在公元前 2 世纪左右于奥林匹亚的赫拉神庙见到了一样宝物，是一个很大的雪松木箱子，箱子上装饰着希腊神话和传说中的场景。这个"居伯塞卢的圣箱"本身就是一个传奇。公元前 7 世纪左右，居伯塞卢还是个孩子的时候为了躲过杀手曾被藏在这个箱子里，他后来成了科林斯的暴君。这个雕刻精美的箱子上装饰着黄金和象牙，雕刻内容是脍炙人口的希腊神话传说，比如七雄攻忒拜，伊阿宋和阿耳戈英雄，也有一些不那么有名的内容，比如珀利阿斯的葬礼竞技会，珀罗普斯掳走希波达弥亚等。这箱子要是保存至今的话可不得了！我们不知道这箱子是被偷了还是被毁了，也不知道它是何时消失的。不过鲍桑尼亚的记录让现代学者能够识别出其他物品上含义不明的绘画，比如说古希腊花瓶上的绘画。

太阳西沉的时候欧迈俄斯回到猪倌小屋。奥德修斯再次扮成乞丐的模样，所以猪倌依然不知道他是谁。他们三个人吃完饭躺下睡觉。天亮的时候忒勒马科斯王子醒来，准备回到宫殿。他让欧迈俄斯稍晚一点护送陌生人进城，这样他可以在自己觉得合适的地方乞讨。


## 宫中的变数

王子回到宫殿后得到家人的真诚欢迎。他亲爱的妈妈飞奔而来，脸上挂满喜悦的泪水。她轻轻责怪他瞒着自己出门，不过更多是为他回来感到高兴。她命人拿来美酒佳肴。忒勒马科斯拿来一把华丽的椅子在珀涅罗珀身边坐下，她问了很多关于旅行途中的事情。

当天上午晚些时候，猪倌欧迈俄斯和奥德修斯出发进城。国王依然穿着他那身乞丐的打扮，忠实的仆人借给他一根手杖让他拿在手里，不过猪倌依然不知道他的真实身份。他们到了城外的公共喷泉处，在那里遇到了奥德修斯的另一个牧人墨兰提俄斯，他正赶着一群肥壮的牲畜去宫殿，这是给那群求婚者当午餐的。他咒骂猪倌和乞丐，甚至还踢了乞丐的后背。骄傲的奥德修斯十分隐忍，不过他记下了仆人的不忠行为。

主仆二人继续往城里走。他们路过城门口旁的粪堆时，奥德修斯听见呜咽的声音。一条老猎犬趴在污物之中，身上停满了苍蝇。老猎犬听到他们的声音忽然抬起头，奥德修斯认出那是自己的爱犬阿耳戈斯，在二十年前它是一条极其出色的狗。辨别出了

奥德修斯认出那是自己的爱犬阿耳戈斯，在二十年前它是一条极其出色的狗。辨别出了主人的身型和气味，勇敢的阿耳戈斯挣扎着从粪堆里站起来。但是它太虚弱了，马上又跌倒，随后就咽气了。

主人的身型和气味，勇敢的阿耳戈斯挣扎着从粪堆里站起来。但是它太虚弱了，马上又跌倒，随后就咽气了。忠实的猎犬深深感动了奥德修斯，他把此事连同墨兰提俄斯的不忠一起记在心里，同时也记下敌人的傲慢行为。

　　宫殿里正在准备宴会。空气中充满烤肉的香味。七弦琴在调音时发出砰砰的声响。欧迈俄斯完成任务，就到宫殿门口去找忒勒马科斯了。与此同时，扮成乞丐的国王坐在自己的宫殿门口，有人给了他一点肉和一块面包。随后他进入大厅里，围着长条桌向每一个求婚者乞讨，要求每个人都施舍给他一些。

　　不忠实的墨兰提俄斯坐在众多求婚者中间，继续说着大不敬的话。大厅里的气氛变得很紧张。那群求婚者的头领安提诺乌斯甚至扔了一个脚凳去砸那位乞丐，凳子打中了他的肩膀。奥德修斯很耐心，他什么都没做，依然谦卑地坐在门口。他知道对手的命运已经注定了，他只需要慢慢执行即可。

　　宴会快结束的时候，诗人拿起七弦琴，宾客们开始喝酒跳舞。另一个乞丐也来到宫殿门口。此人是卑鄙的阿尔纳乌斯。他专靠乞讨为生，不肯让任何疲倦的旅行者占据他在宫殿门口的位置。他向门口乔装打扮的奥德修斯搭话。奥德修斯长期积累的怒气需要发泄，阿尔纳乌斯此时出现完全是他运气太差。

　　两个乞丐打了起来，像摔跤选手一样互相绕圈。众位求婚者看着两个流浪汉打架都很开心。他们说在这场闹剧中获胜的人可

珀涅罗珀与乔装改扮的
奥德修斯会面。

《奥德修斯归来》，平图里基
奥，1509 年。

以得到奖赏。胆怯的阿尔纳乌斯想逃跑，不过那些求婚者又把他
推回到打斗场地里。这个傻瓜很快就露了底。奥德修斯狠狠地一
拳打在他耳朵上，打得他四脚朝天。在奥德修斯的宫殿里，还是
有正义的。

打架的消息传遍整个宫殿，最终传到善良的王后耳中。珀涅
罗珀把欧迈俄斯叫到自己房间，问他关于新乞丐的事情。她要求
傍晚后见见那位乞丐，双方平静地谈谈。随后珀涅罗珀去了大厅
里，灰眼女神雅典娜让她显得越发美貌惊人。她带着侍女来到大
厅。王后用一条面纱遮住脸走进房间，但她的美貌就像日出一样
让人难以忽视。

首先她轻声责斥爱子忒勒马科斯在宫殿里竟然做出那种粗俗

举动。不过求婚者的头领欧律马库斯和安提诺乌斯很无礼地对王后说话，轻浮地说她美貌。她庄重地回答，自己的美貌在多年前就已经随着深爱的丈夫而去了。她又接着说，现在等待的时间结束了，每个想要娶她的人都不得再浪费奥德修斯的财产，每个人都必须拿出和身份相应的聘礼。求婚者立即派随从去取自己最拿得出手的东西，但是他们说得很清楚，在珀涅罗珀作出选择之前，他们还会在宫里肆意吃喝。珀涅罗珀气愤地回到自己的房间。

## 珀涅罗珀与乞丐相见

白天要结束了，宫里点起了炉火。奥德修斯还在大厅里，忍受着那些无礼的求婚者对他的辱骂。即使是在自己宫殿里烤火，他也怒火中烧。最终，他们取乐够了，丢下他纷纷去睡了。

忒勒马科斯终于可以和父亲独处了，他们再次核对了一下复仇计划。奥德修斯让儿子将所有的武器和盔甲收集起来，不要让那些求婚者拿到。然后他依然保持着乞丐模样去见王后，也就是他心爱的珀涅罗珀。

饱受痛苦的王后在侍女的陪伴下来到宫殿大厅，她身边放了一把椅子让乞丐坐。他们一直谈到深夜。珀涅罗珀一直请他说明自己的身份，虽然奥德修斯很不愿再对妻子撒谎，却只能再说一

饱受痛苦的王后在侍女的陪伴下来到宫殿大厅，她身边放了一把椅子让乞丐坐。他们一直谈到深夜。珀涅罗珀一直请他说明自己的身份，虽然奥德修斯很不愿再对妻子撒谎，却只能再说一次谎话。

次谎话。他说自己是克里特岛贵族之子，伊多墨纽斯出发前往特洛伊的时候，他留在后方代理政务，后来遇到了奥德修斯，奥德修斯和他的船队还有手下的人被狂风吹离了航线来到了克里特岛。他说奥德修斯在岛上休息多日之后才继续启程前往特洛伊。孤独的珀涅罗珀真诚地对这位举止高尚的陌生乞丐敞开心扉。她悲痛地请求他描述一下多年前奥德修斯漂泊到克里特岛的海岸时，穿的是什么衣服。奥德修斯怀着骄傲的心情将自己的形象描述得十分光辉，珀涅罗珀的记忆立刻鲜活起来。他说奥德修斯披着一袭华丽的紫色披风，用黄金的别针固定在肩上，珀涅罗珀不禁抽了口气，她想起多年前奥德修斯离开时，正是自己亲手把这些东西装进行李中的。

这位陌生人对哭泣的王后预言道：她足智多谋的丈夫此时此刻正在赶回家的途中，他还带回了大量财宝。陌生人说得十分真诚，珀涅罗珀不禁含泪笑起来，祈祷他说的话全都能实现。然后她叫来欧律克勒亚为这位谦卑的客人洗脚，因为他不肯让年轻侍女接近自己，也不肯让她们为自己铺床。

年迈的保姆欧律克勒亚跪在乞丐脚边，用铜盆里的热水为他洗脚。陌生人实在太像她失踪已久的主人，她觉得十分惊讶，接着她看到在他左边膝盖上有一条伤疤，那是多年前奥德修斯年轻时在帕纳塞斯山上狩猎野猪时留下的疤。她抬头看着这个老乞丐，痛苦又愉快的心情溢满她的心头，也流露在她脸上。"你……你就是奥德修斯！"她低声说道，老人眼中满含泪水慈爱地看着他。

这位陌生人对哭泣的王后预言道：她足智多谋的丈夫此时此刻正在赶回家的途中，他还带回了大量财宝。

珀涅罗珀王后用面纱遮住美丽的脸庞和众人对峙。他们说肯定能拿出合乎身份的聘礼。

但是奥德修斯示意她不要出声，看自己的信号行事，欧律克勒亚同意保守秘密。

　　雅典娜让珀涅罗珀分心，没有听见那番对话，片刻后王后又回去看那位谦卑的客人。她梦见一只鹰消灭了一群嘎嘎叫的鹅，她觉得客人和这个梦有关。奥德修斯为她解释了这个梦。他说，很显然这是众神在说，奥德修斯必定会回家，会消灭所有跑来求婚的人。

　　她再次祈祷这位乞丐说的话能够成为现实。但是到了早晨，珀涅罗珀对他说，自己必须召集所有求婚者进行一项考验，这项考验包括多种技能，是奥德修斯亲自发明的。十二把斧子的头直线排列在桌上，弓箭手必须射出一支箭穿过十二把斧子的头——也就是箭必须穿透斧子头上安装手柄的那个洞——获胜的人就能和她结婚。此前，只有奥德修斯一人在宴会表演时成功做到过。而且那些人必须用奥德修斯的弓，他当初离开伊萨卡的时候没有带那把弓。

　　明亮的晨曦照在她金色的宝座上，头脑敏锐的奥德修斯开始为这决定命运的一天做准备。这一天是献给神射手阿波罗的节日，整个宫殿都忙碌不停。仆人们忙着擦桌子擦地板，磨麦子准备做面包。牧人赶着牲畜来到宫里——欧迈俄斯选了一些猪，墨兰提俄斯选了上好的山羊，管理牛群的菲洛提俄斯选出了最好的牛。这位好心人注意到了门口那个衣衫褴褛的乞丐。他走过去伸手表示欢迎，全然不顾墨兰提俄斯朝这个方向吐口水。聪明的奥德修斯立刻记下牧牛人能成为他的帮手。

高贵的忒勒马科斯向阿波罗进行了献祭之后从集会上回来。所有求婚者都提前回来了，他们跟那些虔诚的人不一样，不想等仪式进行完。他们飞快回到奥德修斯的宫殿，继续纵情享乐。当王子刚刚跨进宫门，一只牛蹄子就从他身边飞过，是那群卑鄙的求婚者之一扔的。牛蹄子砸在墙上，距离乞丐很近，他偏了偏脑袋才躲过这一下。父子二人交换了一个眼神，意思是那群求婚者必死无疑了。

## 复仇

目光炯炯的女神雅典娜让聪明的珀涅罗珀充满勇气，她当即叫来侍女。她们一起来到储藏室，那里锁着她丈夫最珍贵的武器。她从盒子里拿出奥德修斯最好的弓，又拿出一袋锋利的箭。侍女们拿起青铜斧头，跟着女主人穿过阴暗的走廊来到光线充足的大厅。

珀涅罗珀王后用面纱遮住美丽的脸庞和众人对峙。他们说肯定能拿出合乎身份的聘礼。求婚者对她说，他们带来了聘礼，还粗鲁无理地提醒她，今天必须从众人中选出一个丈夫。珀涅罗珀则问他们敢不敢模仿伟大的奥德修斯举办的宴会——拉动他的弓，射箭穿透十二把大斧头上的圆环。获胜者就可以娶她为妻。

看到国王那把华丽的弓和闪亮的斧头，牧人欧迈俄斯和菲洛提俄斯都为失踪已久的主人难过起来。但是忒勒马科斯示意求婚者上前，他自己首先尝试拉弓。他试了三次都失败了。最后一次弓差一点就被拉开了，但是站在门口处的奥德修斯看着儿子的眼睛示意他住手。王子夸张地叹了口气，放弃了尝试放下弓。求婚者一个一个轮流拉弓，但是每个人都失败了，每个人都被其他人嘲笑一番。欧迈俄斯和菲洛提俄斯见这群行为不端的人用自己国王当初最喜欢的弓，觉得十分厌恶，两人一起离开了大厅。奥德修斯非常聪明，他立即跟着他们两个出去并说明了自己的身份，两位牧人都十分惊喜。他们也和欧律克勒亚一样，靠他膝盖上的伤疤认出了他。奥德修斯迅速给他们说了自己的复仇计划。

最终弓被送到了欧律马库斯手中，他是求婚者的头领之一。他竭尽全力也拉不开弓，于是生气地骂了几句扔下弓。这群赴宴的人找借口说今天是阿波罗的节日，拉弓射箭不合适。他们觉得还是明天再试比较好。于是他们献祭了一头山羊，烧了脂肪和骨头献给那位弓箭之神，做完这些事情之后，他们又回去喝酒了。

此时那位乞丐出来说，为了娱乐大家，他想来试试这把强弓。那群粗鲁的求婚者纷纷嘲笑威胁他，对他恶语相向。但珀涅罗珀十分大度，她走上前阻止了那群人，送给乞丐一身新衣服，还说如果他赢得竞赛就送他出国。忒勒马科斯同意了，他建议亲爱的母亲回到后宫做些家事，他知道接下来的事情会变得很血腥。与此同时欧迈俄斯让欧律克勒亚锁好女仆的房门，欧律克勒亚立即照办。

奥德修斯拿起自己的弓检查了一番，查看二十年来是否有虫蛀或者破损。求婚者们讽刺地喊道："哈！要饭的也是弓箭手啦？"但是他们又惊讶又惭愧地发现，那个乞丐居然轻松拉开了弓。他拨动紧绷的弓弦，弓发出砰的一声脆响。这件武器十分称手，他露出满意的微笑。求婚者目瞪口呆地坐着。乞丐捡起脚边的箭，放平箭杆，卡在凹槽处。他拉开弓，瞄准目标，射出箭。箭准确地穿过十二个斧头上的环。一声响雷在空中炸响，奥德修

勇敢的奥德修斯大喊一声，向那些求婚者表明身份。忒勒马科斯跑到他身边。奥德修斯敏捷又精准地一箭射穿了愚蠢的安提诺乌斯的喉咙。

斯知道宙斯在保佑着自己。

勇敢的奥德修斯大喊一声，向那些求婚者表明身份。忒勒马科斯跑到他身边。奥德修斯敏捷又精准地一箭射穿了愚蠢的安提诺乌斯的喉咙。其他人在大厅里四散奔逃寻找庇护的地方，但是到处都找不到武器，也没有任何盔甲，他们只能用凳子和桌子保护自己。欧律马库斯表示要赔偿，他以为说些好话就能逃脱。但是根本没人听他说话，最终他拔出自己的剑扑向奥德修斯。奥德修斯又射出一支箭，欧律马库斯倒在血泊中死了。

但是复仇的人这边也缺乏武器和盔甲，忒勒马科斯跑去取武器，奥德修斯继续迅速射箭消灭那些求婚者。就在箭囊里的箭快要用完的时候，忒勒马科斯带着长矛、剑和盾来了。他们立刻武装起来，背对背站着，父子二人一起御敌。

但是墨兰提俄斯也怀疑武器被藏起来了。他跑向储藏室，拿了各种武器装备给剩下的求婚者。奥德修斯叫欧迈俄斯和菲洛提俄斯抓住叛徒，把他紧紧绑起来。两位忠实的仆人立刻照办，然后他们回到奥德修斯父子身边。雅典娜也和他们在一起，她假装成一位老朋友。各种武器朝父子二人砸去，女神保护他们不被那群求婚者打中，而他们对求婚者的攻击全部命中目标。牛倌用长矛刺穿了其中一个暴徒的胸膛，不禁十分满足，对方正是之前朝奥德修斯丢牛蹄子的那个人。他走上前，抓住那人的尸体，夺过他的武器。很快大厅里尸体堆积如山，到处血流成河。

## 重逢

粗鲁的求婚者个个罪有应得。奥德修斯命令欧律克勒亚将背叛主人、跟随无耻求婚者的女仆召集起来，让她们跟牧人们一起把大厅里的尸体和血污收拾干净。

随后不忠实的女仆被带到宫殿后面，忒勒马科斯用绳子把她们全部吊起来。她们的脚在空中蹬了几下，就咽气了。最终墨兰提俄斯也为背叛付出了代价。他被削掉了鼻子、耳朵和生殖器。接着他被拉到宫殿围墙外面，砍掉手脚。最后他挣扎良久才死。

坚定的奥德修斯叫昔日的保姆来服侍自己。他们用硫黄和火清洁了大厅。收拾完之后，国王叫来他忠实的王后，珀涅罗珀受神祇庇护，在他们复仇期间一直沉睡着。现在家中所有的仆人都来到国王面前，很多人看到失踪多年的主人不禁激动得喜极而泣。奥德修斯流浪已久，已经累得受不了了。他控制自己的情绪太久了，他现在想和大家一起快乐地流泪，但是还有一个非常重要的任务要做。

欧律克勒亚俯身叫醒珀涅罗珀，她轻轻摇晃王后，呼唤她的名字。

"怎么了，亲爱的欧律克勒亚？怎么闹哄哄的？"长久忍受痛苦的珀涅罗珀呻吟一声醒来，"我做了个很奇怪的梦！我看到奥德修斯了，他正在回家的路上，我做过很多次这个梦。但这一次特别清晰！他和他的手下遭遇了船难，我那命运多舛的丈夫孤身一

"怎么闹哄哄的？"长久忍受痛苦的珀涅罗珀呻吟一声醒来，"我做了个很奇怪的梦！我看到奥德修斯了，他正在回家的路上，我做过很多次这个梦。但这一次特别清晰！"

人在海上漂着，几乎要溺死。他到了卡吕普索的岛上，被关了好多年。然后他又乘着一只筏子出海，可是大能的波塞冬对他感到生气，又给他造成了很多麻烦。我梦见他被擅长航海的淮阿喀亚人救了，还把他送到了伊萨卡的海滩上，让他待在附近一个神圣的山洞里，还留下很多贵重礼物。孤独的女人真是幻想很多啊！我发誓我几乎可以听见他和忒勒马科斯在商量复仇计划，消灭那些不受欢迎的求婚者！啊，可怜可怜我吧！我觉得我头脑混乱了！多年的等待和希望几乎要把我压垮了。"

老女仆忙着替女主人寻找合适的长袍和面纱，险些跌倒，在一只结实的雪松木箱子里，她找到了最精美的服饰。"这不是梦，亲爱的夫人！这一次不是梦！"欧律克勒亚高声说，她神采飞扬，眼睛周围的皱纹随着微笑堆起来，"这一次你的梦成真了！国王——他就在这里，就在这个宫殿里！他现在要见你！你一定要快点，夫人！"

"但这不可能，"谨慎的王后说，"没有传令官通报他回来了啊？我们在宫里没有收到任何消息。唯一的客人——除了那群该受诅咒的野蛮求婚者——就是我儿子收留的那个不幸的乞丐。"

欧律克勒亚笑着说："不，他就在这里。而且他消灭了那些可恶的求婚者，一个都不剩！那些不忠诚的仆人——神祇给他们安排的命运都实现了。但是现在，快点吧，夫人，求你了！我得马上带你去楼下。"

"我还在做梦吧，一定是的，"珀涅罗珀高兴起来，"好吧，亲爱的保姆，我就跟你去吧。我急于见到失踪已久的丈夫，即使是做梦也没关系。"

她让女仆服侍自己更衣梳头。雅典娜让她看起来比平时更美，

那份优雅美丽让奥德修斯目眩。她沿楼梯而下，侍女们簇拥着她，接着她在自己儿子身边坐下，旁边是之前和她谈过话的乞丐。

王后看着那位陌生人，沉默地等着。忒勒马科斯生气了，他起身来到父母之间，质问母亲道："母亲，他终于站在这里了！你难道不欢迎你的丈夫和国王吗？快来吧，经历了这么漫长的旅途，任何人都应该受到爱人的欢迎！我父亲经历了二十年的痛苦和孤独，难道不值得你热烈欢迎吗？"

"这不是梦，亲爱的夫人！这一次不是梦！"欧律克勒亚高声说，"这一次你的梦成真了！国王——他就在这里，就在这个宫殿里！他现在要见你！"

欧律克勒亚俯身叫醒珀涅罗珀，她轻轻摇晃王后，呼唤她的名字。

《珀涅罗珀被欧律克勒亚唤醒》，安吉莉卡·考夫曼，1772 年。

珀涅罗珀没说什么，只是以温和的话语回应自己的儿子："亲爱的忒勒马科斯，我并不是不高兴，而是惊讶得说不出话来了。如果说这是一个梦或者是众神的恶作剧我也不会感到意外。这么多年过去，我已经放弃与亲爱的丈夫、你亲爱的父亲再会的希望了。"

奥德修斯耐心地等她说完，然后对忒勒马科斯说："让我们单独待一会儿吧，儿子。有些事情只能在夫妻之间说，这样我们才能真正确认彼此的身份。去吧，不用担心。"他朝儿子鼓励地笑了笑，忒勒马科斯就走了。奥德修斯看着自己小心谨慎的妻子，珀涅罗珀坐在华丽的椅子上疲倦地看着他。

奥德修斯说："亲爱的夫人，也许我还是去沐浴更衣，换身打扮，我们再谈吧。在我沐浴的时候，你叫人准备宴会吧，宫里应该充满喜庆的情景和声音，免得城里的人发现今日的屠杀，之后我们再想办法。"

他沐浴结束后整个人都变了样，不仅是脱下了乞丐的服装。出现在珀涅罗珀面前的是个神采奕奕的人，周身散发着强壮的男子气概。他看起来似乎更年轻也更英俊了。他重新坐在珀涅罗珀对面，她的心不禁猛地一跳，

喜庆的声音和气味环绕在他们身边。但是王后依然怀疑地看着他，依然觉得自己可能在做梦，或者是疲了。她什么话都没说，貌如天神的奥德修斯摇摇头，疲倦地叹了口气："好吧，如果你没什么要说的，我就让女仆在大厅里给我铺个床吧。"

"请你理解，这真的太难相信了！这么多年，我一直在等待、期盼你回来！我都放弃了，不得不逼迫自己去做那件讨厌的事情，去选个新丈夫。现在你突然出现——至少你自己是这么说的。"

聪明的老女仆欧律克勒亚叫来仆人，大家一起在卧室地板上铺满气息香甜的香草，在床上铺了细腻的亚麻布，仿佛这对忠于彼此的夫妇又一次结婚了似的。

"请你理解，这真的太难相信了！"珀涅罗珀痛苦地大声说，"这么多年，我一直在等待、期盼你回来！我都放弃了，不得不逼迫自己去做那件讨厌的事情，去选个新丈夫。现在你突然出现——至少你自己是这么说的。好吧，我让女仆把你的旧床搬到这里来，你至少能睡得舒服些，我就回我自己的房间里，我要好好想想这些令人惊讶的事情。"

"你竟敢这么说？"拥有雄狮之心的奥德修斯高声说，"那张四柱床是我亲手做的。其中一根床柱是活的橡树树干，那个卧室就是围着那棵橡树建造的。要是我们的婚床可以搬走，就必须砍掉那棵树，那也太惊人了。"

珀涅罗珀突然扑向丈夫。她搂着他的脖子，不停地亲吻他的脖子和肩膀，喜悦的泪水从她眼中涌出。

"我不是在做梦……不是做梦。"她哽咽着说。她眼神闪亮地望着奥德修斯的眼睛，他的神情也温和起来，因为他知道刚才只是测试。现在他对自己的妻子十分佩服，她耐心等待了那么久，一切都是出于责任、尊重和爱。他心都融化了，搂住自己的妻子，最终他也哭起来，内心充满快乐和从容。他们紧紧抱着对方，然后下楼去了卧室。

聪明的老女仆欧律克勒亚叫来仆人，大家一起在卧室地板上铺满气息香甜的香草，在床上铺了细腻的亚麻布，仿佛这对忠于彼此的夫妇又一次结婚了似的。奥德修斯和他的王后进入卧室，仆人们就退出了。

这对爱人整夜拥抱彼此，智慧的女神雅典娜让金色的黎明推迟到来，这样他们就有充分的时间在彼此的怀抱里享受爱情。

## 潘多拉

英雄们就这样活着又死去，他们就像众神的棋子。越是伟大的英雄就越要忍受巨大的痛苦。赫拉克勒斯被间歇性的疯狂折磨着，他杀死了自己的孩子；阿喀琉斯和其他无数年轻人在战争中痛苦地死去，在特洛伊战争中幸存的人也都失去了儿子和兄弟，回乡后他们发现自己的家庭也四分五裂。

迈锡尼和忒拜贵族家族的诅咒一代又一代地传下去，产生了无数思想扭曲的人，对自己的亲人实行各种邪恶计划。他们被家族流放，经历艰难的旅行、各种无法预测的危险和伤痛，常常面对死亡的威胁——不光来自人类和非人类的敌人，这些都是英雄必须克服的困难。英雄们必须超越自我，战胜最强大的自然力量，迎战众神强加于他们的一切超自然力量。但是很多人都有去无回。事实上，人生就是泪流成河。

为什么必须是这样呢？为什么我们出生就是为了痛苦地死去？一切都是众神的作为，没有例外。当普罗米修斯保护人类，众神听从宙斯的命令，制造出了潘多拉来惩罚人类。

*《潘多拉》，但丁·加百利·罗塞蒂，1879 年。*

从天上偷来火焰让人类种族延续的时候，他知道这个结果。他是一位提坦神，是旧神族之一。他知道受自己保护的人类会受到惩罚和折磨，其残忍程度不亚于他自己所受的折磨，但他依然认为这是好事。他知道众神会在人类生命中安插各种阻碍和困难——但是他也知道，只有在超越困难的火焰中人类才能净化灵魂上的污垢，让自己内心的英雄呈现出来。全人类的父亲普罗米修斯要求我们即使陷入足以吞噬灵魂的痛苦和悲伤中，也不要屈服，要始终奋发超越我们的人生。

宙斯这边则在想方设法毁灭人类，他制造出各种灾祸，足以让我们忘记自己作为人类的潜力，去过着和无知野兽相差无几的生活；只能任凭众神奴役，一切都不能自主。宙斯找到了一个非常高效的方法来毁灭人类。他不想花费大把时间去发明阻挠人类的困难，这周一个疾病，下周一场饥荒，太麻烦了。他发现只需要一个东西就能一劳永逸解决问题，他要把这个东西做得很美，人类不但不会避开这个灾祸，甚至会高兴地迎接它。他想出这个办法之后，不禁放声大笑，整个奥林匹斯都在他的笑声中摇晃。

　　他命令伟大的赫菲斯托斯用泥土做了这个灾祸，受普罗米修斯庇护的人类拥有的一切技能它也有，但是只有一点不一样。这个新的人类是女性，不是男性，奥林匹斯的众位女神给予她无人能抗拒的美，雅典娜教给她各种巧手技能，阿佛洛狄忒让她变得非常优雅富有魅力。不过根据宙斯的命令，狡猾的赫耳墨斯赋予她诡诈的心机和小偷一样的脾性。

　　众神完成了自己的工作之后，这个美丽的物品就一动不动地站在那里，她还是个毫无生命的人偶，最后一切凡人和众神之父宙斯将生命吹入她体内。他把这个美丽的灾祸称为潘多拉，意思是"天赐的礼物"，因为她是集合众神制造出来的，男人的一切错误都是她造成的。

　　普罗米修斯盗火是为了弥补自己的兄弟犯下的错误，因为厄庇墨透斯没有给人类分配必要的生存技能。普罗米修斯被带走，锁在高加索山上，他的兄弟厄庇墨透斯就无人保护了。普罗米修斯警告他千万不要接受任何来自奥林匹斯众神的礼物，因为他们和提坦神族之间隔着愤恨的深渊。但是当宙斯把美丽的潘多拉送给他当妻子的时候，厄庇墨透斯忘了哥哥说过的话，高高兴兴地

潘多拉将一切邪恶放出
来为害人间,只有希望
还留在盒子里。

《潘多拉》,约翰·威廉姆·
沃特豪斯,1896年。

接受了。

　　直到这个时候,人类还过着没有罪行、劳役、疾病的生活,
像克洛诺斯统治着他们时一样。但是潘多拉,世界上第一个女人,

是个充满怪异好奇心的小偷，她打开了一个装满邪恶的盒子，把里面的一切坏东西都放到世界上来了。一切人类情绪——有建设性的、毁灭性的、琐碎无用的——全都出来了，但只有希望还留在盒子里，这也是宙斯决定的，这样人类就会过着毫无希望的生活。这是最残忍的，因为普罗米修斯的火给我们带来了希望。

人类不会有未来了。就像每天都有鹰来啄食普罗米修斯肝脏，人类每天也会迎来新的苦役和痛苦，凡人就这样处于无穷无尽的痛苦循环中。现在那位提坦神也自由了，而我们却依然被潘多拉的行为束缚着，永无尽头，直到永远。我们始终处于生产、制造、生活、死去的沉重循环之中。有时候，在这痛苦之中，会有喜悦的火花——某个人的人生会变得非常耀眼，充满对荣誉、冒险或复仇的渴望，这种渴望是刻在人类共同记忆中的。这也是缪斯在诗人心中激发的故事，它点燃我们的想象力，让听众暂时得到放松，从喜怒无常的众神统治的世界里短暂解脱出来。赞美缪斯，宙斯的女儿！赞美众神！

# 参考书目

## Select Bibliography

这些神话形成于希腊历史早期，大约在公元前 1500 年到公元前 500 年之间。总的来说，在这本书中，我们尽可能地使用了现存最早的版本（从公元前 8 世纪的荷马开始），并慎而又慎地使用了后来的作家的作品（如罗马诗人奥维德，公元 1 世纪初的一位杰出的讲故事者）。

保存或反映神话的古希腊和罗马作家的优秀或适当的译本——如荷马、赫西俄德、《荷马史诗》、品达、悲剧作者们、伪阿波罗多罗斯、希吉努斯和奥维德——随处可得，特别是在牛津世界经典（Oxford World's Classics）和企鹅经典系列（Penguin Classics series）中。这两个系列的空白可以由哈佛大学出版社（Harvard University Press）出版的勒布古典丛书（Loeb Classical Library）来填补，尽管勒布的译本可能已经过时了。

伪阿波罗多罗斯的《希腊神话丛书》（*Library of Greek Mythology*）是最完整的资料来源（虽然成书较晚，可能是在公元 2 世纪），共有三个较新的译本：Keith Aldrich 的《阿波罗多罗斯：希腊神话丛书》（*Apollodorus: The Library of Greek Mythology*）（Lawrence: Coronado Press, 1975）；Michael Simpson 的《希腊众神与英雄：阿波罗多罗斯丛

书》（*Gods and Heroes of the Greeks: The Library of Apollodorus*）（Amherst: University of Massachusetts Press, 1976）；以及包含了两个重要文本的《阿波罗多罗斯丛书和希吉努斯传说集》（*Apollodorus' Library and Hyginus' Fabulae*）（Indianapolis: Hackett, 2007），由 R. Scott Smith 和 Stephen Trzaskoma 编著。还有一本不错的选集：《古典神话选集：翻译中的主要来源》（Indianapolis: Hackett, 2004），其中收录了许多翻译文学资料的摘录，由 Stephen Trzaskoma, R. Scott Smith 和 Stephen Brunet 合编。

## 一般参考

Simon Price and Emily Kearns (eds), *The Oxford Dictionary of Classical Myth and Religion* (Oxford: Oxford University Press, 2003). This consists of lightly edited essays extracted from the third edition of *The Oxford Classical Dictionary*, ed. by Simon Hornblower and Antony Spawforth (Oxford: Oxford University Press, 1996), which is a treasure trove of information on all aspects of the ancient world.

## 希腊宗教概论

Louise Bruit Zaidman and Pauline Schmitt Pantel, *Religion in the Ancient Greek City*, trans. by Paul Cartledge (2nd edn, Cambridge: Cambridge University Press, 1997).

Jon Mikalson, *Ancient Greek Religion* (Oxford: Blackwell, 2005).

## 希腊英雄们

Moses Finley, *The World of Odysseus* (London: Chatto & Windus, 1956).

John V. Luce, *Homer and the Heroic Age* (London: Thames and Hudson, 1975).

Barry Strauss, *The Trojan War: A New History* (New York: Simon & Schuster, 2007).

## 神话的古代来源

The standard reference work on the iconography of ancient Mediterranean myth is the 16-volume *Lexicon Iconographicum Mythologiae Classicae*, popularly referred to as *LIMC* (Zurich: Artemis, 1981). 以下还有一些能够找到的，如：

Gudrun Ahlberg-Cornell, *Myth and Epos in Early Greek Art: Representation and Interpretation* (Jonsered: Paul Åströms, 1992).

Thomas Carpenter, *Art and Myth in Ancient Greece* (London: Thames and Hudson, 1991).

Timothy Gantz, *Early Greek Myth: A Guide to Literary and Artistic Sources* (Baltimore: The Johns Hopkins University Press, 1993; 2-vol. paperback edn, 1996).

Alan Shapiro, *Myth into Art: Poet and Painter in Classical Greece* (London: Routledge, 1994).

## 后代对神话的解读研究

除了可以在网上找到的书籍外，还推荐以下书籍：

Colin Bailey, *The Loves of the Gods: Mythological Painting from Watteau to David* (Fort Worth: Kimbell Art Museum, 1992).

Jane Davidson Reid, *The Oxford Guide to Classical Mythology in the Arts, 1300–1990s* (2 vols, Oxford: Oxford University Press, 1993).

Maria Moog-Grünewald (ed.), *The Reception of Myth and Mythology: Classical Mythology in Literature, Music and Art* (Leiden: Brill, 2010).

## 关于神话的讨论

Jan Bremmer (ed.), *Interpretations of Greek Mythology* (London: Croom Helm, 1987).

Richard Buxton, *Imaginary Greece: The Contexts of Mythology* (Cambridge: Cambridge University Press, 1994).

Ken Dowden, *The Uses of Greek Mythology* (London: Routledge, 1992).

Ken Dowden and Niall Livingstone (eds), *A Companion to Greek Mythology* (Oxford: Wiley-Blackwell, 2011).

Lowell Edmunds (ed.), *Approaches to Greek Myth* (Baltimore: The Johns Hopkins University Press, 1990).

Richard Gordon (ed.), *Myth, Religion and Society: Structuralist Essays* (Cambridge: Cambridge University Press, 1981).

Fritz Graf, *Greek Mythology: An Introduction* (Baltimore: The Johns Hopkins University Press, 1993).

Geoffrey Kirk, *The Nature of Greek Myths* (Harmondsworth: Penguin, 1974).

Helen Morales, *Classical Mythology: A Very Short Introduction* (Oxford: Oxford University Press, 2007).

Martin Nilsson, *The Mycenaean Origin of Greek Mythology* (2nd edn, Berkeley: University of California Press, 1972).

# 希腊罗马人名对照表

Greek and Roman Names of Charactors

| 希腊名 | 罗马名 | 希腊名 | 罗马名 |
|---|---|---|---|
| 宙斯<br>Zeus | 朱庇特<br>Jupiter | 阿佛洛狄忒<br>Aphrodite | 维纳斯<br>Venus |
| 赫拉<br>Hera | 朱诺<br>Juno | 阿瑞斯<br>Ares | 马尔斯<br>Mars |
| 波塞冬<br>Poseidon | 尼普顿<br>Neptune | 赫菲斯托斯<br>Hephæstus | 伏尔甘<br>Vulcan |
| 哈迪斯<br>Hades | 普鲁托<br>Pluto | 赫耳墨斯<br>Hermes | 墨丘利<br>Mercury |
| 赫斯提亚<br>Hestia | 维斯塔<br>Vesta | 克洛诺斯<br>Cronus | 萨图恩<br>Saturn |
| 得墨忒耳<br>Demeter | 刻瑞斯<br>Ceres | 狄俄尼索斯<br>Dionysus | 巴克斯<br>Bacchus |
| 雅典娜<br>Athena | 密涅瓦<br>Minerva | 珀耳塞福涅<br>Persephone | 普洛塞庇娜<br>Proserpina |
| 阿波罗<br>Apollo | 阿波罗<br>Apollo | 厄洛斯<br>Eros | 丘比特<br>Cupid |
| 阿耳忒弥斯<br>Artemis | 狄安娜<br>Diana | 奥德修斯<br>Odysseus | 尤利西斯<br>Ulysses |

# 译名对照表

## Index of Names and Places

### A

Abas 阿巴斯

Acamas 阿卡玛斯

Acastus 阿卡斯托斯

Achaeus 阿开俄斯

Achelous 阿科洛厄斯（河神/河名）

Achilles 阿喀琉斯

Acragas 阿克拉加斯

Acrisius 阿克里西俄斯

Actaeon 阿克特翁

Admetus 阿德墨托斯

Adonis 阿多尼斯

Adrastus 阿德剌斯托斯

Aeacus 埃阿科斯

Aeaea 埃埃亚岛

Aedon 埃冬

Aeëtes 埃厄忒斯

Aegeus 埃勾斯

Aegicerus 埃奎刻卢斯

Aegina (daughter of Asopus) 埃癸娜
（阿索波斯之女）

Aegina 埃癸娜岛

Aegisthus 埃癸斯托斯

Aegyptus 埃古普托斯

Aeneas 埃涅阿斯

Aeolia 伊奥利亚岛

Aeolus（son of Hellen）埃俄罗斯
（赫楞之子）

Aeolus（son of Hippotes）埃俄罗斯
（希波忒斯之子）

Aerope 埃罗珀

Aeson 埃宋

Aethra 埃特拉

Aetolia 埃托利亚

Agamemnon 阿伽门农

Agave 阿高厄

Agenor（of Phoenicia）阿革诺耳
（腓尼基）

Agenor（of Troy）阿革诺耳（特洛伊）

Aglauros 阿格劳洛斯

Agrius 阿格里俄斯

Ajax（of Locri）小埃阿斯（罗克里的
埃阿斯）

Ajax（of Salamis）大埃阿斯（萨拉米
斯的埃阿斯）

Alcestis 阿尔刻提斯

Alcinous 阿尔喀诺俄斯

Alcmaeon 阿尔克迈翁

Alcmene 阿尔克墨涅

Alcyoneus 阿尔库俄纽斯

Alexander 亚历山大（帕里斯别名）

Aloeus 埃厄忒斯

Althaea 阿尔泰亚

Amalthea 阿玛耳忒亚

Amazons 亚马逊人

Amphiaraus 安菲阿刺俄斯

Amphion 安菲翁

Amphitrite 安菲特里忒

Amphitryon 安菲特律翁

Amythaon 阿密塔翁

Ancaeus 安开俄斯

Anchises 安喀塞斯

Androgeos 安德洛革俄斯

Andromache 安德洛玛刻

Andromeda 安德洛墨达

Anius 阿尼乌斯

Antaeus 安泰俄斯

Antenor 安忒诺耳

Anticlea 安提克勒亚

Antigone (of Phthia) 安提戈涅
　　（弗提亚）

Antigone (of Thebes) 安提戈涅（忒拜）

Antilochus 安提罗科斯

Antimachus 安提马科斯

Antinous 安提诺乌斯

Antiope (Amazon) 安提俄珀（亚马逊）

Antiope (of Thebes) 安提俄珀（忒拜）

Aphrodite 阿佛洛狄忒

Arachne 阿拉克涅

Arcadia 阿卡狄亚

Arcas 阿尔卡斯

Ares 阿瑞斯

Arete 阿瑞忒

Argo "阿耳戈号"

Argonauts 阿耳戈英雄

Argos 阿尔戈斯（王国）

Argus 阿耳戈（工匠）

Argus 阿耳戈斯（奥德修斯的忠犬）

Argue 阿耳戈斯（百眼巨人）

Ariadne 阿里阿德涅

Arion 阿里翁（马）

Aristaeus 阿里斯泰俄斯

Arnaeus 阿尔纳乌斯

Arsinoe 阿耳西诺厄

Artemis 阿耳忒弥斯

Asclepius 阿斯克勒庇俄斯

Asia/Asia Minor 亚细亚／小亚细亚

Asopus 阿索波斯（河神／河名）

Aspyrtus 阿斯皮耳图斯

Astyanax 阿斯提阿那克斯

Astydamia 阿斯梯达弥亚

Atalanta 阿塔兰忒

Athamas 阿塔玛斯

Athena 雅典娜

Athens 雅典

Atlas 阿特拉斯

Atreus 阿特柔斯

Atropos 阿特洛波斯

Augeas 奥革阿斯

Aulis 奥利斯

Autolycus 奥托吕科斯

Automedon 奥托墨冬

Autonoe 奥托诺厄

# B

Balius(horse) 巴利奥斯（阿喀琉斯的

神马）

Bellerophon 柏勒洛丰

Boeotia 皮奥夏

Boreas 波瑞阿斯

Brightness 光明（原始神）

Briseis 布里塞伊斯

Bromius 布罗米乌斯（狄俄尼索斯
　　别称）

Busiris 布西里斯

# C

Cacus 卡库斯

Cadmus 卡德摩斯

Caeneus/Caenis 凯纽斯 / 凯妮斯

Calaïs 卡莱斯

Calchas 卡尔卡斯

Callidice 卡利狄刻

Calliope 卡利俄珀

Callirhoe (daughter of Achelous) 卡利
　　洛厄（阿科洛厄斯之女）

Callirhoe (daughter of Ocean) 卡利洛
　　厄（俄刻阿诺斯之女）

Callisto 卡利斯托

Calydon 卡吕冬

Calypso 卡吕普索

Canace 卡那刻

Capaneus 卡帕纽斯

Caria 卡里亚

Cassandra 卡珊德拉

Castor 卡斯托尔

Caucasus (mountain) 高加索山脉

Cecrops 刻克洛普斯

Celeus 刻勒俄斯

Celts 凯尔特

Centaurs 肯陶洛斯

Centaurus 肯陶洛斯人（马人族）

Cephalus 刻法罗斯

Cepheus (of Palestine) 克甫斯（埃塞
　　俄比亚）

Cepheus (of Tegea) 克甫斯（泰耶阿）

Cephisus 克菲索斯（河神 / 河名）

Cerberus 刻耳柏洛斯

Cercopes 刻尔科珀斯兄弟

Cercyron 刻耳库翁

Cerynea (mountain) 刻律涅阿山

Ceto 刻托

Charon 卡戎

Charybdis 卡律布迪斯

Cheiron 喀戎

Chimera 喀迈拉

Chloris 克洛里斯

Chrysaor 克律萨俄耳

Chryseis 克律塞伊斯

Chryses 克律塞斯

Chrysippus 克吕西波斯

Chrysothemis 克律索忒弥斯

Cicones 色雷斯

Cilicians 西里西亚

Cilix 喀利克斯

Cinyras 刻尼拉斯

Circe 喀耳刻

Cius 喀乌斯

Clio 克利俄

Clotho 克洛托

Clytemestra 克吕泰涅斯特拉

Clytius 克吕提俄斯

Cnossus 克诺索斯

Cocalus 科卡洛斯

Colchis 科尔喀斯

Corinth 科林斯

Coronis 科洛尼斯

Cos (island) 科斯岛

Creon (of Corinth) 克瑞翁（科林斯）

Creon (of Thebes) 克瑞翁（忒拜）

Crete 克里特

Cretheus 克瑞透斯

Creusa 克瑞乌萨

Crisa 克里萨（德尔斐）

Crommyon 克罗米翁

Cronus 克洛诺斯

Curetes 库瑞忒斯

Cyclopes (Hephaestus' assistants) 独眼
巨人（赫菲斯托斯的助手）

Cyclopes (lawless giants) 独眼巨人
（野蛮的巨人们）

Cycnus (son of Ares) 库克诺斯（阿瑞
斯之子）

Cycnus (son of Poseidon) 库克诺斯
（波塞冬之子）

Cyprus (island) 库克诺斯（岛）

Cythera (island) 塞西拉（岛）

Cyzicus 库齐库斯

## D

Daedalus 代达罗斯

Danae 达那厄

Danaids 达那伊得斯姐妹

Danaus 达那俄斯

Daphne (daughter of Teiresias) 达佛涅
（泰瑞西阿斯之女）

Daphne (loved by Apollo) 达佛涅（阿
波罗的爱慕对象）

Darkness 黑夜（原始神）

Day 白昼（原始神）

Death 死神

Deianeira 得伊阿尼拉

Deidameia 得伊达墨亚

Deino 得诺

Deiphobus 得伊福玻斯

Delos (island) 提洛岛

Delphi 德尔斐

Demeter 得墨忒耳

Demodocus 得摩多科斯

Demophoön 德摩丰

Dercymus 德尔库姆斯

Deucalion 丢卡利翁

Dexamenus 得克萨默诺斯

Dicte (mountain) 狄克忒山

Dictys 狄克堤斯

Diomedes (son of Ares) 狄俄墨得斯
（阿瑞斯之子）

Diomedes (son of Tydeus) 狄俄墨得斯
（堤丢斯之子）

Dionysus 狄俄尼索斯

Dioscuri 狄俄斯库里（双子座兄弟）

Dirce 狄耳刻

Dodona 多多那

Doliones 杜利奥纳人

Dolon 多隆

Dorus 多洛斯

Doso 多索

## E

Earth 大地女神（盖亚）

Echepolus 厄刻珀罗斯

Echidna 厄喀德那

Echo 厄科

Egypt 埃及

Eidothea 埃多泰娅

Eileithyia 厄勒梯亚

Elaïs 厄莱斯

Electra 厄勒克特拉

Electryon 厄勒克特律翁

Elephenor 厄勒斐诺耳

Eleusis 厄琉息斯

Elis 伊利斯

Elpenor 埃尔皮诺尔

Enaesimus 恩阿俄西姆斯

Enceladus 恩克拉多斯

Endeis 恩得伊斯

Endymion 恩底弥翁

Enyo 厄倪俄

Eos (Dawn) 厄俄斯（黎明女神）

Epaphus 厄帕福斯

Ephesus 以弗所

Ephialtes (son of Aloeus) 厄菲阿尔忒
斯（埃厄忒斯之子）

Ephialtes (giant) 厄菲阿尔忒斯（巨人）

Epidaurus 埃皮达鲁斯

Epimetheus 厄庇墨透斯

Erato 埃拉托

Erechtheus 厄瑞克透斯

Erichthonius 厄里克托尼俄斯

Eridanus (river) 厄里达诺斯河

Erigone 厄里戈涅

Eros (Love) 厄洛斯（爱神）

Erymanthus (mountain) 厄律曼托斯山

Erysichthon 厄律西克同

Erytheia (mythical island) 厄律忒亚
（神话中的岛）

Eryx 厄律克斯

Eteocles 厄忒俄克勒斯

Ethiopians 埃塞俄比亚人

Etna (mountain) 埃特纳山

Eumaeus 欧迈俄斯

Eumenides 欧墨尼得斯（复仇三女神）

Eumolpus 欧摩尔波斯

Eupalemon 欧帕勒蒙

Euphemus 欧斐摩斯

Euphorbus 欧福耳玻斯

Europa 欧罗巴

Eurotas (river) 欧罗达斯河

Euryale 欧律阿勒

Euryalus 欧律阿罗斯

Eurycleia 欧律克勒亚

Eurydice 欧律狄刻

Eurylochus 欧律洛科斯

Eurymachus 欧律马库斯

Eurypylus (of Cos) 欧律皮洛斯（科斯
国王）

Eurypylus (son of Euaemon) 欧律皮洛
斯（欧埃蒙之子）

Eurystheus 欧律斯透斯

Eurytion (centaur) 欧律提翁（马人）

Eurytion (of Phthia) 欧律提翁（弗提
亚国王）

Eurytus (giant) 欧律托斯（巨人）

Eurytus (of Oechalia) 欧律托斯（俄卡
利亚国王）

Euterpe 欧忒耳珀

F

Fates 命运三女神

Fear 畏惧之神

Furies 复仇三女神

# G

Gaia 盖亚

Ganymede 伽倪墨得斯

Geryon 革律翁

Giants 巨人族

Glauce 格劳刻

Glaucus 格劳克斯

Gorge 戈尔革

Gorgons 戈尔贡三女妖

Graces 美惠三女神

Graeae 格赖埃姐妹

Gration 格拉提翁

Gythium 古提乌姆

# H

Hades 哈迪斯

Haemon 海蒙

Harmonia 哈耳摩尼亚

Hebe 赫柏

Hebrus (river) 赫布鲁斯河

Hecate 赫卡忒

Hecatonchires 百臂巨人

Hector 赫克托耳

Hecuba 赫卡柏

Helen 海伦

Helenus 赫勒诺斯

Helicon (mountain) 赫利孔山

Helios (Sun) 赫利俄斯（太阳神）

Helle 赫勒

Hellen 赫楞

Hellespont 赫勒斯旁海峡（达达尼尔海峡）

Hephaestus 赫菲斯托斯

Heracles 赫拉克勒斯

Hermaphroditus 赫耳玛佛洛狄托斯

Hermes 赫耳墨斯

Herse 赫耳塞

Hesione 赫西俄涅

Hesperides 赫斯珀里得斯姐妹

Hesperus 赫斯珀洛斯

Hestia 赫斯提亚

Hestiaeotis 希斯提奥提斯

Hilaeira 希拉娥伊拉

Hippasus 希帕索斯

Hippocoön 西波库昂

Hippodamia (of Elis) 希波达弥亚（伊利斯）

Hippodamia (of Hestiaeotis) 希波达弥亚（希斯提奥提斯）

Hippolyta 希波吕忒

Hippolytus (giant) 希波吕托斯（巨人）

Hippolytus (son of Theseus) 希波吕托斯（忒修斯之子）

Hippomedon 希波墨冬

Hippomenes 希波墨涅斯

Hyacinthus 雅辛托斯

Hydra 许德拉

Hylas 许拉斯

Hyleus 许琉斯

Hyllus 许罗斯

Hyperion 许珀里翁

Hypermestra 许珀耳涅斯特拉

Hypsipyle 许普西皮勒

# I

Ialebion 伊阿勒比翁

Iapetus 伊阿珀托斯

Iasion 伊阿西翁

Icarus 伊卡洛斯

Ida (mountain) 伊达山

Idaeus 伊达欧斯

Idas 伊达斯

Idmon 伊德蒙

Idomeneus 伊多墨纽斯

Inachus (river) 伊纳科斯（河神 / 河名）

Ino 伊诺

Io 伊娥

Iobates 伊俄巴忒斯

Iolaus 伊俄拉俄斯

Iole 伊娥勒

Iolcus 伊俄尔科斯

Ion 伊翁

Iphicles 伊菲克勒斯

Iphigeneia 伊菲革尼亚

Iphimedea 伊菲墨狄亚

Iphitus 伊菲托斯

Iris 伊里斯

Ismene 伊斯墨涅

Italy 意大利

Ithaca 伊萨卡

Itoni 伊托尼

Itys 伊堤斯

Ixion 伊克西翁

J

Jason 伊阿宋

Jocasta 伊俄卡斯忒

L

Labdacus 拉布达库斯

Lachesis 拉克西斯

Ladon 拉冬

Laertes 拉厄耳忒斯

Laestrygonians 拉斯忒吕戈涅斯

Laius 拉伊俄斯

Lamus 拉姆斯

Laocoön 拉奥孔

Laodamia 拉俄达弥亚

Laomedon 拉俄墨冬

Lapiths 拉庇泰人

Leda 勒达

Lemnos (island) 楞诺斯岛

Lerna 勒拿

Leto 勒托

Leucippus (son of Oenomaus) 琉喀浦
    斯（俄诺玛俄斯之子）

Leucippus (son of Perieres) 琉喀浦斯
    （佩里厄瑞斯之子）

Leucothea 琉科忒亚

Leucothoe 琉科托厄

Libya 利比亚

Linus 利努斯

Lotus-Eaters 莲果（忘忧果）

Lycaon 吕卡翁

Lycia 吕基亚

Lycomedes 吕科墨得斯

Lycurgus 莱克格斯

Lycus 吕科斯

Lydia 吕底亚

Lynceus (son of Aegyptus) 林叩斯（埃
    古普托斯之子）

Lynceus (son of Aphareus) 林叩斯（阿
    法柔斯之子）

# M

Macaria 玛卡里亚

Machaon 玛卡翁

Maenads 酒神的女信徒

Maia 迈亚

Maiden's Well 少女井

Maleas(cape) 马勒阿斯海岬

Marathon 马拉松

Maron 马龙

Marpessa 玛耳珀萨

Marsyas 玛息阿

Massilia 马西利亚

Medea 美狄亚

Medusa 美杜莎

Megapenthes 米格潘忒斯

Megara (town) 墨伽拉（地名）

Megara (wife of Heracles) 墨伽拉（赫
　　拉克勒斯妻子）

Melampus 墨兰波斯

Melanippe 墨拉尼珀

Melanippus 墨兰尼波斯

Melanthius 墨兰提俄斯

Meleager 墨勒阿革洛斯

Melpomene 墨尔波墨涅

Memnon 门农

Memory 记忆女神

Menelaus 墨涅拉俄斯

Menestheus 墨涅斯透斯

Menoeceus 墨诺叩斯

Menoetes 墨诺厄忒斯

Menoetius (Argonaut) 墨诺提俄斯
　　（阿耳戈英雄）

Menoetius (brother of Prometheus) 墨
　　诺提俄斯（普罗米修斯的兄弟）

Merope (daughter of Atlas) 墨洛珀
　　（阿特拉斯之女）

Merope (of Corinth) 墨洛珀（科林斯
　　王后）

Metaneira 墨塔涅拉

Metis 墨提斯

Mimas 米玛斯

Minos 米诺斯

Minotaur 米诺陶洛斯

Minyas, daughters of 米努阿斯的女儿们

Moliones 摩利俄涅斯

Mopsus 摩普索斯

Mother of All 众神之母（瑞亚）

Muses 缪斯

Mycenae 迈锡尼

Myrmidons 密耳弥多涅斯人

Myrrha 密耳拉

# N

Nauplia 纳夫普利翁

Nauplius 瑙普利俄斯

Nausicaa 瑙西卡

Naxos (island) 纳克索斯岛

Neleus 涅琉斯

Nemea 尼米亚

Neoptolemus 涅俄普托勒摩斯

Nephele (wife of Athamas) 涅斐勒（阿
　　塔玛斯的妻子）

Nephele (mother of Centaurus) 涅斐勒
　　（马人族之母）

Nereus 涅柔斯

Nessus 内萨斯

Nestor 涅斯托耳

Night 夜晚（原始神）

Niobe 尼俄柏

Nisus 尼苏斯

# O

Ocean 大洋河

Odysseus 奥德修斯

Oechalia 俄卡利亚

Oedipus 俄狄浦斯

Oeneus 俄纽斯

Oeno 奥俄诺

Oenomaus 俄诺玛俄斯

Oenone 俄诺涅

Oeonus 俄俄诺斯

Oeta (mountain) 欧伊塔山

Ogygia (mythical island) 俄古癸亚岛
　　（神话中的岛）

Olympia 奥林匹亚

Olympic 奥林匹克

Olympus (mountain) 奥林匹斯山

Omphale 翁法勒

Orchomenus 奥科美那斯

Orpheus 俄耳甫斯

Oreithyia 俄瑞提亚

Orestes 俄瑞斯忒斯

Orthus 俄耳托斯（双头犬）

Ossa (mountain) 奥萨山

Othrys (mountain) 俄特律斯山

Otus 俄托斯

# P

Palamedes 帕拉墨得斯

Palestine 巴勒斯坦

Palladium 雅典娜雕像（帕拉斯神像）

Pallas (brother of Aegeus) 帕拉斯（埃
　　勾斯的兄弟）

Pallas (giant) 帕拉斯（巨人）

Pallene 帕勒涅半岛

Pan 潘

Pandarus 潘达洛斯

Pandion 潘迪翁

Pandora 潘多拉

Pandrosus 潘德洛索斯

Paphos 帕福斯

Paris 帕里斯

Parnassus (mountain) 帕纳索斯山

Parthenopaeus 帕耳忒诺派俄斯

Pasiphae 帕西法厄

Pasithea 帕西忒亚

Patroclus 帕特洛克罗斯

Pegasus 珀伽索斯

Peisistratus 佩西斯特拉托斯

Pelagon 佩拉冈

Peleus 佩琉斯

Pelias 珀利阿斯

Pelion (mountain) 皮立翁山

Pella 佩拉城

Pelopia 佩罗皮亚

Peloponnese 伯罗奔尼撒

Pelops 珀罗普斯

Pemphredo 佩佛瑞多

Peneus (river) 珀纽斯（河神 / 河名）

Penelope 珀涅罗珀

Penthesilea 彭忒西勒亚

Pentheus 彭透斯

Periclymenus 佩里克吕墨诺斯

Periphetes 珀里斐忒斯

Persephone 珀耳塞福涅

Perseus 珀尔修斯

Phaeacians 淮阿喀亚人

Phaedra 淮德拉

Phaethon 法厄同

Pharos (island) 法罗斯岛

Phasis (river) 法席斯河

Phegeus 斐格奥斯

Pherae 弗里

Pheres 斐瑞斯

Philoctetes 菲罗克忒忒斯

Philoetius 菲洛提俄斯

Philomela 菲洛墨拉

Philyra 菲吕拉

Phineus (seer) 菲纽斯（先知）

Phineus (of Palestine) 菲纽斯（克甫斯的兄弟）

Phocis 福基斯

Phocus 福库斯

Phoebe (daughter of Leucippus) 福柏（琉喀浦斯之女）

Phoebe (Titaness) 福柏（提坦神）

Phoenicia 腓尼基

Phoenix (son of Agenor) 菲尼克斯（阿革诺耳之子）

Phoenix (son of Amyntor) 菲尼克斯（阿米托尔之子）

Pholus 福洛斯

Phorcys 福耳库斯

Phrixus 佛里克索斯

Phrygia 弗里吉亚

Phthia 弗提亚

Phyleus 费琉斯

Pierus 庇厄洛斯

Pirithous 庇里托俄斯

Pittheus 庇透斯

Pluto 普路托（哈迪斯）

Poeas 波厄阿斯

Polybotes 波吕玻忒斯

Polybus 波吕玻斯

Polydectes 波吕得克忒斯

Polydeuces 波吕丢刻斯

Polydorus (son of Cadmus) 波吕多洛斯（卡德摩斯之子）

Polydorus (son of Priam) 波吕多洛斯（普里阿摩斯之子）

Polymestor 波吕墨斯托耳

Polymnia 波吕许谟尼亚

Polynices 波吕涅刻斯

Polyphemus 波吕斐摩斯

Polyxena 波吕克塞娜

Porphyrion 波尔费里翁

Poseidon 波塞冬

Priam 普里阿摩斯

Priapus 普里阿普斯

Procne 普洛克涅

Procris 普罗克里斯

Procrustes 普罗克路斯忒斯

Proetus 普罗托斯

Prometheus 普罗米修斯

Protesilaus 普罗忒西拉俄斯

Proteus 普罗透斯

Psamathe 普萨玛忒

Pterelaus 普忒瑞劳斯

Pygmalion 皮格马利翁

Pylades 皮拉德斯

Pylos 皮洛斯

Pyrrha (Achilles) 皮拉（阿喀琉斯化名）

Pyrrha (wife of Deucalion) 皮拉（丢卡利翁的妻子）

Pythian 皮提亚

# R

Rhadamanthys 拉达曼提斯

Rhea 瑞亚

Rhesus 瑞索斯

Rome 罗马

# S

Salamis (island) 萨拉米斯岛

Salmacis 萨耳玛西斯

Salmoneus 萨尔摩纽斯

Saronic Gulf 萨罗尼克湾

Sarpedon 萨耳珀冬

Satyrs 萨提尔

Scamander (river) 斯卡曼德河

Scheria (mythical island) 斯刻里亚岛
（神话中的岛）

Schoeneus 斯科俄纽斯

Sciron 斯喀戎

Scylla (daughter of Nisus) 斯库拉（尼
苏斯之女）

Scylla (monster) 斯库拉（六头女妖）

Scyros (island) 斯库罗斯岛

Scythes 斯库忒斯

Scythia 塞西亚

Sea, Aegean 爱琴海

Sea，Black 黑海

Sea，Mediterranean 地中海

Sea，Myrtoan 弥耳陶恩海

Seasons 季节女神

Selene (Moon) 塞勒涅（月亮女神）

Semele 塞墨勒

Seriphos (island) 塞里福斯岛

Sibyl 太阳神的女祭司（西比尔）

Sicily (island) 西西里岛

Sicyon 西锡安

Sileni 西勒尼

Sinis 辛尼斯

Sinon 西农

Sipylus (mountain) 西皮洛斯山

Sirens 塞壬

Sisyphus 西绪福斯

Sleep 睡神

Snatchers 掠夺者（鸟妖哈耳庇厄）

Solymi 索律摩伊

Sparta 斯巴达

Spermo 斯佩尔默

Sphinx 斯芬克斯

Stheneboea 斯忒涅玻亚

Stheno 斯忒诺

Strife 纷争之神

Stymphalus 斯廷法罗斯

Styx (river) 斯堤克斯河

Sunium (cape) 苏尼翁岬

Syleus 绪琉斯

Syria 叙利亚

# T

Talos 塔洛斯

Talthybius 塔耳堤比乌斯

Tantalus 坦塔罗斯

Tartarus 塔耳塔洛斯

Taygetus (mountain) 泰格图斯山

Tegea 泰耶阿

Teiresias 泰瑞西阿斯

Telamon 忒拉蒙

Teleboans 忒勒波昂斯人

Telemachus 忒勒马科斯

Tenedos (island) 忒涅多斯岛

Tereus 忒柔斯

Terpsichore 忒耳普西科瑞

Tethys 忒梯斯

Teucer 透克罗斯

Thalia 塔利亚

Thamyris 塔密里斯

Thebes 忒拜

Theia 忒亚

Themis 忒弥斯

Theophane 忒奥法涅

Thersites 忒耳西忒斯

Theseus 忒修斯

Thespiae 忒斯庇伊

Thespius 忒斯庇乌斯

Thesprotia 忒斯普罗提亚

Thessalus 忒萨鲁斯

Thessaly 色萨利

Thetis 忒提斯

Thoas 托阿斯

Thrace 色雷斯

Thrinacia 特里那喀亚

Thyestes 梯厄斯忒斯

Tiphys 提费斯

Tiryns 梯林斯

Titans 提坦神

Tithonus 提托诺斯

Tityus 提堤俄斯

Trachis 特剌喀斯

Triptolemus 特里普托勒摩斯

Troezen 特洛伊西纳

Tros 特洛斯

Troy 特洛伊

Tydeus 堤丢斯

Tyndareos 廷达瑞俄斯

Typhoeus 提福俄斯

Tyre 堤瑞

Tyro 堤洛

U

Urania 乌拉尼亚

Uranus 乌拉诺斯

X

Xanthus (horse) 克桑托斯（阿喀琉斯
的神马）

Xuthus 苏托斯

Z

Zephyrus 仄费罗斯

Zetes 泽忒斯

Zethus 泽托斯

Zeus 宙斯

**图书在版编目（CIP）数据**

希腊神话：众神与英雄的故事 / (英) 罗宾·沃特
菲尔德, (英) 凯瑟琳·沃特菲尔德著；王爽译 . -- 北
京：北京联合出版公司, 2022.5
　　ISBN 978-7-5596-3928-8

Ⅰ. ①希… Ⅱ. ①罗… ②凯… ③王… Ⅲ. ①神话—
作品集—古希腊 Ⅳ. ①I545.73

中国版本图书馆 CIP 数据核字（2020）第 006728 号

**希腊神话：众神与英雄的故事**

作　　者：[英] 罗宾·沃特菲尔德（Robin Waterfield）
　　　　　[英] 凯瑟琳·沃特菲尔德（Kathryn Waterfield）

译　　者：王　爽
出 品 人：赵红仕
出版监制：刘　凯　赵鑫玮
选题策划：联合低音
特约编辑：杨　静
责任编辑：高霁月
封面设计：林　丽
内文排版：黄　婷

关注联合低音

北京联合出版公司出版
（北京市西城区德外大街 83 号楼 9 层　100088）
北京联合天畅文化传播公司发行
北京华联印刷有限公司印刷　新华书店经销
字数 268 千字　889 毫米 ×1194 毫米　1/16　24 印张
2022 年 5 月第 1 版　2022 年 5 月第 1 次印刷
ISBN 978-7-5596-3928-8
定价：128.00 元